你若静好，蓦然阑珊

NI RUO JING HAO

MO RAN LAN SHAN

若之 著

RUO ZHI

ZHU

内蒙古出版集团
远 方 出 版 社

图书在版编目 (CIP) 数据

你若静好，蓦然阑珊 / 若之著 .—呼和浩特 : 远方出版社 ,2016.7
（紫水晶情感小说系列）
ISBN 978-7-5555-0726-0

Ⅰ . ①你… Ⅱ . ①若… Ⅲ . ①长篇小说 – 中国 – 当代
Ⅳ . ① I247.5

中国版本图书馆 CIP 数据核字 (2016) 第 150291 号

你若静好，蓦然阑珊

作　　者　若 之
责任编辑　云高娃
出版发行　内蒙古出版集团　远方出版社
社　　址　呼和浩特市乌兰察布东路 666 号　邮编 010010
电　　话　（0471）2236471 总编室　2236460 发行部
经　　销　新华书店
印　　刷　北京富达印务有限公司
开　　本　650mm × 940mm　1/16
字　　数　348 千
印　　张　25
版　　次　2016 年 7 月第 1 版
印　　次　2016 年 9 月第 1 次印刷
标准书号　ISBN 978-7-5555-0726-0
定　　价　36.00 元

目录

第一章　凤鸣上市

近日，夕愿集团最新推出的一款男士香水凤鸣，遭到多数女性的哄抢，预售活动现场人山人海，引起很大的轰动。

现场的消费者之所以如此激情饱满，不光是因为这款香水的特殊功能，更是因为这款香水的制造者——沐玲欣。她凭着一双巧手制造出来的香水横扫整个香水市场，让所有同行望洋兴叹。

沐玲欣从电视里看到壮观的预售活动场面，惊讶过后，还是欣喜地笑了笑。这是她为父亲的终身幸福而研制，也是送给夕愿集团的一个巨大礼物，她就等着看爸爸的公司产品独占整个市场。

满足地吞掉一片土司，她擦掉嘴角的面包屑，趿着拖鞋上了二楼卧室。

“刘叔。”忽然间想起来什么，沐玲欣顿住了脚步，倚在光可鉴人的护栏上朝下面喊，“刘叔，等下给我办理出国手续，明天中午八点之前，我要脚下踩着的是国外的土地。”

刘管家从外面走进来，一边擦着额头的汗，一边惊讶地看着沐玲欣，“小姐，好端端的，你这么急着出国干吗？”

“躲人。”

沐玲欣说话从来不避讳，也不闪躲，干脆大方地承认目的。

这回答倒让刘管家实实在在地惊讶了一下，“这……后天就是老爷为凤鸣特意举办的庆功礼，你若出国了，老爷找谁庆功啊！”

“嘿嘿，凝姨不是还在嘛！我爸若到时候把凝姨娶回来，他就是最大的有功之臣，庆功宴上他就成主角嘛！”沐玲欣调皮地冲刘管家眨眨眼。

凝姨是她妈妈生前的闺中密友，两人关系非同一般。自从妈妈过世后，凝姨就主动承担起照顾他们爷俩儿的重担，十几年如一日，亲人一样地对待沐玲欣和她的爸爸。而沐玲欣心里也早将凝姨当成了亲妈，敬重爱戴她。

只是，情感方面木讷的爸爸似乎完全没有感受到凝姨的一片心意，仍旧对凝姨的真心付出抱以感激的态度，这让沐玲欣看在眼里，急在心里。

所以她历时一年，反复试验，终于研制出了带有魅惑成分的男士香水。她想用这个让爸爸和凝姨生米煮成熟饭，尽早办事，也好了了她的一桩心事。

只是弄巧成拙，没有成功地撮合成爸爸和凝姨，反倒把自己给搭了进去……

看沐玲欣眉飞色舞的表情，刘管家虽然心里舍不得她离开，但还是露出了“明了”的笑意，“就你丫头鬼精灵！”

沐玲欣扮个可爱的鬼脸，满面笑容地噔噔噔地回了卧室。

刘叔的办事效率从来都不是盖的。

第二天，美国时间上午八点钟，沐玲欣已经稳稳地踏着美国街道上的细碎阳光，漫步其中，惬意而满足地享受异国清晨。

殊不知，此时此刻，国内却因她鸡飞狗跳。

雅芙集团顶楼。

西装笔挺的男人正埋头阅读凤鸣的说明书，看到“诱惑”二字时，脸色蓦地沉了下来。这女人不愧是“香水奇人”，这么诡异的香水也能研制出来，并且刚上市预售就引起一股狂热的“凤鸣风”，其销量和影响力让不少正要发布新品的同行顾忌。

只是，这个女人把火玩大了，做实验竟敢做到他头上来了，果然是活腻了，想要换种死法！

“叮咚。”随着一声短促的敲门声过后，一个保镖模样的男人垂着头进来。

“肖总，人不见了。”五大三粗的汉子说出来的话细若蚊声，可在这方安静的空间里，肖鲭然还是听得一清二楚。

“什么？人不见了？”肖鲭然抬起那张足以迷惑众生的俊脸，语气冰冷地逼问，“今天早上还在凤鸣的预售现场，见她露了一面之后匆匆离开，怎么现在就不见了？”

“是，真的。”男人无地自容地说完，不自觉地把头垂得更低，“刚才你说让去安宅请安小姐过来，一同商议一下凤鸣专利权的有关事宜，我去问了，管家说安小姐不在，一点都不愿透露任何信息。”

肖鲭然越听越觉得火大。她沐玲欣算什么，勾引自己一把之后，把他甩得一干二净，然后拍拍屁股玩消失？

又恨又怒的情绪霎时蒙蔽了肖鲭然清澈明亮的双眼，他下意识地把手里的说明书攥成一团，一字一句地吩咐：“查，不遗余力地查！”

国外的日子舒适而又短暂，短暂得让人不由得叹息。

明明一天还没有怎么享受呢，又要迎来一个璀璨繁华的夜晚。

沐玲欣出来这么久，虽然总会怀念国内繁忙且充实的生活，但女人天生的惰性，让她一入夜便连大门都不愿意出了。外面一片热闹喧嚣的场景，不禁勾起了她对国内生活的想念——唔，又饿了！好想念国内的清汤小面。

她默默地转身离开阳台，拿了钥匙，便噔噔噔地下楼。

楼下有家中国人开的面馆，是地道的川菜。虽然沐玲欣性格火辣，饮食方面却从来不喜辣。不知不觉出国也有一周了，每每想念国内的面点时，她便会忍不住去吃川面，吃得久了，倒也觉得火辣辣的味道入口，别提有多爽了！

这里不是中国，而美国人喜甜，尽管面馆的味道让人怀恋，却总是留不住外国人的胃。

沐玲欣进去的时候，里面的生意有些冷清，在这个繁华地段，就有些让人感觉惨淡。

“小姐，还是四川拌面吗？”

服务生认得她，热情地招呼她坐下来，笑容可掬地问道。

“嗯，对。”

面上得很快，热气腾腾的白雾下面一片鲜红，沐玲欣看得胃口大开。

正吃得爽快，似乎又来了客人，笑容甜美的服务生立刻迎上去，正打算张口询问，却见对方指了一个方向，“要一份和她一模一样的面。”

“好的。”

沐玲欣正大快朵颐，根本没顾得上旁边坐着一个中国男人，白色的衬衫，不羁的碎发，在白亮而不刺眼的灯光下，俊美得活像一幅美人图。

面很快就上来了，男人看了一眼，眉心微微蹙起，没有动筷吃的打算，估计是被上面鲜红的辣椒吓到了。他有些嫌弃地把面推到一边，手指随意地轻叩桌面，发出笃笃的响声，像是等人一般，不疾不徐，很有耐心。

第二章　异国相遇

“老板，结账！”

沐玲欣辣得哧溜鼻子，一边喊服务生。

“不用了，这顿我请。”

一旁的男人终于缓缓站了起来，笑意盈盈地看着沐玲欣，那笑容像是一条盯上了猎物的毒蛇一般，沐玲欣清楚地看到，他几乎是吐着蛇信向她走过来。

白亮的灯光铺天盖地地洒在他白色的衬衣上，右耳垂上殷红的钻石耳钉幽幽地发着炫彩的光芒，快乐得就像他脸上的笑容。

“你……你怎么在这里？”

沐玲欣惊得舌头直打颤，呆呆地看着肖鲭然一步一步走过来，心里不由得一阵哀嚎：我明明已经躲得这么远了，你怎么还能找到……老天这是要玩死我吗？

“你都有能力躲到这个地方，怎么没有能力猜一猜我怎么会出现在这里呢？”肖鲭然脸上的笑容一如既往地温和无害，在沐玲欣耳朵旁轻轻咬出这句话的时候，清晰地看到她通红的脸颊上细微的变化。

这动作太暧昧了！

一秒钟以后，沐玲欣若无其事地抹了一把绯红的脸颊，“哦，对不起，刚才认错人了。”

说完，她冷静中略显慌乱地站起身子，要从肖鲭然眼前溜走。眼看就要离开他胳膊所能够到的范围，头皮突然间一阵发麻，沐玲欣痛得大叫："啊！疼……疼……疼！你放手啊……"

她一边用手抓着头发，一边艰难地转身，面容扭曲，用眼神控诉他，"你知不知道，你拽人家头发的举动很幼稚，并且我很疼！"

若不是看在肖鲭然的手仍旧停留在自己的发尾上，沐玲欣早就气得跳脚，但此时她就像是一个重心不稳的洋娃娃一样，别说跳了，想要挺直腰板站在肖鲭然面前都很难。

"知道。"肖鲭然含笑的嘴唇淡淡地开口，"但我就是喜欢这样。"

蓄积好了的怒火就等着他为自己辩解，好有充分的理由用各种变态的词汇骂他，却没想到会是这样的结果。沐玲欣目瞪口呆地看着肖鲭然，好半天才咬牙切齿道："无耻！"

肖鲭然不怒反笑，"承让承让。我这行为，比起你赤身裸体勾引我的举动，倒显得有些小巫见大巫了呢！"

"你……"

往事不堪回首，现在被人血淋淋地拎出来说，沐玲欣竟是无语辩解，虽然他说得很片面。她是无奈之下才做出一些让人不能理解的举动，让他误以为是在勾引，他是误会了，但奈何是事实。

肖鲭然嘴角仍旧含着淡淡的笑意，头越压越低，最后停在沐玲欣眼前一厘米处的位置，"你不仅算计我，还把我吃干抹净之后拍拍屁股玩失踪，这让我很不舒服。让我不舒服的人，通常是会被惩罚的。沐玲欣，我以后的日子不会寂寞了哦。"

沐玲欣一直搞不明白肖鲭然突然跟着她出国的目的。虽然他看起来痞气十足，面相俊美得像个无所事事的公子哥，但沐玲欣知道，他不是那种会把玩乐当作第一的人，虽然他在这方面是出了名的。

灼热的火苗舔着锅底，沐玲欣想得正入迷，却见锅里的水沸腾出来，扑哧扑哧地浇灭了火苗。她一惊，手忙脚乱地关火起锅，不经心被烫了指头，当即疼得哇哇大叫，眼泪在眼眶里直打转。

"喂喂，让你做饭啊，不是让你上房揭瓦呢。"许是听到厨房里的动静太大，肖鲭然舍弃了悠闲看电视的权利，站在厨房门口，嫌弃地看着沐玲欣笨手笨脚地做饭。

从面馆就被肖鲭然一路揪着头发回来的沐玲欣，心里本就愤愤不平，此时彻底爆发，“是沙发上的刺戳到你屁股了吗？没事瞎晃悠什么，真碍眼，走开！”

“狗咬吕洞宾，不识好人心！”肖鲭然同样愤愤地嘀嘀咕咕重新回到客厅。

但他的目光没法停留在电视上了，而是四处打量，终于在茶几下面的小抽屉里找到了一管治疗烫伤的药膏。

正要拿进去给沐玲欣，却见她战战兢兢地端着面条出来了，一边走得小心翼翼，一边不忘回击肖鲭然刚才的嫌弃，“请你说话之前想清楚自己的立场。就算是狗咬吕洞宾，你不要试图掩盖你自己是狗的事实。这地方是我的，我好心收留了你，你却恩将仇报！”

肖鲭然没再搭理她，皱着眉头看眼前的那碗清汤挂面，他自觉没有挑食的习惯，可是怎么看着眼前白森森的一坨，这确定是面条吗？

沐玲欣有些诧异地看着原本在药盒里的烫伤膏此时被放在茶几上，心头微微一动，想要撵人的狠厉语气也不由得弱了下来，“赶紧吃，吃完赶紧走！我要休息了。”

扭头却见肖鲭然盯着那坨她也不知道是什么的东西不肯动筷子，她有些心虚，莫非他知道自己在面里动了手脚？也不敢再催，唯恐被他戳破，只好悻悻地坐在沙发上。

“喂，我说你到底是吃还是不吃啊？好歹也是人家的处女作，不吃的话，请挪开你的屁股，让给我。”

“为什么不吃？”肖鲭然看着碗里的一坨吞了吞口水，不屑地说，“你自己都送给我了，现在放到眼前的面不吃，岂不是浪费？”

“闭嘴！”

提起那晚，沐玲欣的脸霎时红成一片。

“怎么？做都做了，还不敢说？”

“说了让你闭嘴！”

“还是说，让你爸爸把凤鸣故意弄我身上，那就是你的计谋？”

肖鲭然拿着筷子划拉了半天，坨成一坨的面却纹丝不动，最后不得已放弃，吧嗒一声把筷子放下，淡笑着看向沐玲欣。

“凤鸣是我送给我爸的礼物，是为他终身幸福所想，只是没想到弄巧成拙……”沐玲欣垂头认真地抹药膏，脸颊上早已经羞红，犹如火烧云，“事……事情就是这样，你爱怎么想，就怎么想。”

第三章　冲动误事

凝姨是个温婉贤惠的南方女人，脸皮薄，很多事情都不好意思张口。其实沐玲欣能够看出来，她对爸爸还是有想法的，不然不会单身这么多年未嫁。

研制凤鸣也是她一时兴起，看着爸爸和凝姨的关系没有实质上的进展，她冥思苦想一夜，终于想要通过物质来促进两人的感情交流。爸爸的公司夕愿集团主营香水，她便有着天生便利的条件。费尽心思终于研制好了具有魅惑效力的男士香水——凤鸣，她就等着家宴上给爸爸用。

可是没想到，家宴那天，爸爸却请了贵客过来，此人正是肖鲭然。她把凤鸣送给爸爸，爸爸兴奋得当场就要打开看，只是没想到失手把凤鸣洒到肖鲭然身上。当时在场的，除了爸爸、肖鲭然和她之外，还有凝姨。她生怕凤鸣发生作用，便随便找了个借口把肖鲭然带到一家酒店。

路上她早已经安排好了人，找个干净的女人送到指定房间。但千算万算，由于她和肖鲭然待的时间有些久，不知不觉就被魅惑了……

一夜缠绵，等她清醒之后，一切都已经到了无可挽回的地步……

通常情况下，遇到解不开的心结，沐玲欣习惯性选择放松一段时间，逃到国外也正是因为如此。但是这家伙是怎么知道自己在哪个国家的，又这么精准地找过来，到底谁是内奸？

遇到肖鲭然之前，沐玲欣一直都是一个极其勇敢的孩子，但现在遇到他，她所有的生活都变得一团糟！

“啊！姓肖的，你滚开！”沐玲欣捂着脸尖叫着转身。

她已经不知道第几次撞到肖鲭然赤身从卫生间大摇大摆地走出来。他全身上下只在腰间围了浴巾，其松垮程度达到肖鲭然走一步便开一点的地步。

自从在这里见到她之后，他便死乞白赖地非要和沐玲欣住在一起。多次抗议无效，他还是强硬地登堂入室，堂而皇之地住了下来。沐玲欣气结，但是对一米八五的肖鲭然一点办法都没有，只得忍气吞声地受着。

但奈何他毫无廉耻之心！

“你如果说话温柔那么一点，或许我真会听你的话，滚得远远的。”肖鲭然慢条斯理地紧了紧快要掉的浴巾，淡淡地开口。

“真的？”

“假的！”

……

吃早饭的时候，沐玲欣终于忍不住爆发了。她啪的一声，重重地把筷子拍到桌子上，“姓肖的，你到底什么时候走！”

语气已经到了逼问的地步。

肖鲭然优雅地喝一口牛奶，看着天花板思考，良久才淡淡开口，“和你一块回去吧。”

“我不回去了！我现在发现，自己挺喜欢这里的，想要在这里住一辈子！”

“没事，反正已经是我的人了，我留下来陪你也可以。但可能要委屈你了，因为我的户口本在国内，没办法和你登记结婚的。”

“结婚”两字再次深深地刺激到了沐玲欣。她一向觉得自己是个较毒舌的女人，但此时在肖鲭然面前，她忽然间发现，原来自己还是如此温柔的。

“你这是要赖上我了？”

“不，是对你负责。”

肖鲭然说话总是一副认真的样子，让人想当成玩笑来听都有些困难。这一句话经他一本正经地说出来，温柔得让沐玲欣差点沦陷其中。

她听过很多暖心的话，唯独这句让她一时之间竟难以忽略。

但她忘了，没有谁会对谁负责一辈子。

肖鲭然住在这里，仍旧保持着白天出去晚上回来的节奏。沐玲欣则整日窝在家里，大门不出，二门不迈，偶尔嘴馋了，就去楼下的川面馆里解解馋。

两人心照不宣地住一起，吵闹拌嘴是每天必不可少的调味料，但是谁也不会放在心上。对于对方的秘密，却是不约而同地不过问。沐玲欣不知道肖鲭然来这里的目的，肖鲭然也不知道沐玲欣躲到这里到底是为了什么。

秘密总有一天不再是秘密。

那天傍晚，肖鲭然回来之后一如既往地先去洗澡。

忽然间，他放在口袋里的手机毫无预兆地响了起来，这是两人一块生活这么多天，她第一次见肖鲭然的手机有动静。

沐玲欣知道偷看手机是不对的行为，但那天她不知道为什么鬼使神差地拿起肖鲭然的手机。

是苏亦俊的短信，“凤鸣的代理权你到底还需要谈判多久？”

极其简短的一句话，沐玲欣像是读了长篇小说一样漫长，一字一句地念完之后，头痛欲裂，“凤鸣的代理权”几个字在脑海中循环飘荡，挥之不去。

沐玲欣忽然间觉得自己好笑。肖鲭然什么都没有说就强硬地住了下来，而她竟然也什么都没问，半推半就地同意了。

事实证明，女人果然是念旧情的动物。

她没奢望肖鲭然真的能说到做到，为她负责一辈子，但是这么短的时间就经历了浅浅的心动过后，便接受被骗的事实，让她有些反应不过来。

沐玲欣没有删掉短信做出毁尸灭迹的举动，而是把手机放回原处，踉踉跄跄地回了卧室。

这里的夜空绚烂美丽得像是一幅画，让人向往又迷恋。或许是因为在这里的日子太过于安逸了，让她一时间忘了人心难测。沐玲欣瞬间觉得有些孤独，这里明明繁华热闹，她却一个人坐在床中间感受不到一丝温度。

第二天，当她顶着一双熊猫眼打开卧室门的时候，首先映入眼帘的便是一份合同。

隔着薄薄的几页纸，沐玲欣看着站在她面前的男人，一夜不见，他似乎精神更加饱满，细碎的短发被他打理得一丝不苟，俊美非常的五官一改往日的模样，此时一脸平静地看着她。

“安小姐，希望你不会让我失望。”

肖鲭然拿着合同，目光深沉冰冷，像是突然间变了一个人似的，就连称呼也变得有些生冷，不讲情面。

沐玲欣失望地盯着他的眼睛，心里十分期许能从那里面看到一星半点的歉意和愧疚，但她整整盯了一分钟，最后更加失望地垂了眼。

他的眼里清寒一片，无波无澜，一丝一毫的情绪都没有，甚至连一个解释都不给，只是淡漠地看着她。

“你确定要这么做？”沐玲欣垂着头，说出来的话带着点鼻音。

第四章　被逼而走

肖鲭然在她看不到的地方目光微变，神色有些松动，但还是面无表情地开口，“短信你也看到了。这就是我来的目的，既然被你识破，便也没有装下去的必要……签字吧。”

沐玲欣一声苦笑，“呵，原来你自始至终都是在装，就是为了骗到我，让我在这上面签字？”再抬眼，她眸子里泪水氤氲，“肖鲭然，这就是真实的你吧，冰冷无情又果决干脆？”

生怕被她看出端倪，肖鲭然的目光自始至终都和她两两相对，坚定不移地道：“是。”

一个简单的字，再也忍不住的沐玲欣猛然转身，拿衣袖狠狠地在眼眶一抹，深吸了几口气，转身便心灰意冷地接过他手里的笔，唰唰两下，干脆利落地写上自己的名字。

最后一笔刚落，手里的合同瞬间被人抽走。沐玲欣看着肖鲭然一身黑色的西装，笔直的背影在她的视线里决然地一步一步离开。

“肖鲭然！”沐玲欣终于忍不住喊出声来，“你！真！狠！”

肖鲭然像是没有听到一样，脚步不停，径直打开房门走了出去。

沐玲欣之后的记忆里，时光仿佛被人蒙了一层纱一般，变得模糊不堪。她拼命眨眼，想把眼泪都咽回肚子里，奈何心早已经痛得不能呼吸，装修得英伦风十足的天花板在她的眼前，像是被人打开了时光转轮似的，让她一阵眩晕。

T 市的天空是北方特有的干燥晴朗。

刚下飞机，肖鲭然透过墨镜看清楚站在不远处一身休闲装扮的男人时，他心头闪过一阵说不出来的滋味。

男人看到他扭头就走，还是他身边的秘书疾步走上来接过肖鲭然手里的行李。

“肖先生一路辛苦了。已经安排好了车子等在外面，我们去公司谈。”

“嗯。”

肖振杰在 T 市是行业内的佼佼者。他旗下经营的化妆品品牌畅销全国数年。但近几年由于化妆品市场的饱和，不少公司饱受摧残之后颓然落败，他的公司在众多竞争者中略显艰难。

尽管如此，他在公司的管理理念上坚持自己的想法，一成不变。也是因为这样，才和他的儿子肖鲭然产生了不可调解的矛盾，数年来，鲜见两人同进同出的场景。这是行内人尽皆知的事情。

今天，整个姿婄集团的人都像是看到了怪兽一样，目送着肖振杰和他的儿子一同前往公司总裁室。

办公室里，气氛一如往常一般严肃。肖振杰和儿子肖鲭然面对而坐，静得让人压抑。

肖鲭然已经记不清多久没有仔细观察过面前的男人了，上次看他还是满头黑亮的头发，现在白发已经悄然爬上了他的耳际。

肖振杰看了眼桌面上放的合同，眼底滑过一丝愧疚，最终还是他先打破了安静，“做得不错！”

没有摘掉墨镜的肖鲭然没有接话，眼前只是浮现出沐玲欣强忍着泪水的脸，眼眶通红，让人见之犹怜，心有不忍。

肖振杰欣慰地拿着合同翻看了一会儿，不由得感叹，“沐玲欣那丫头果然有两把刷子！仅仅一款香水，在市场上已经被抢断了货，现在不知道有多少公司都在虎视眈眈盯着这样一份合同……哎，肖鲭然，你去哪儿？”

话音未落，门口已经不见了肖鲭然的身影。

去往机场的路上，肖鲭然把车子开得飞快。

“喂，听说你回来了，我在悦宴盛典等你，赶快过来喝两杯，庆祝一下？”电话那头苏亦俊的声音满是欣喜。

“我去不了，在开往机场的路上。并且你说的那个合约，我给别人了。”肖鲭然把窗户开得很大，狠狠地抽一口烟，语气淡然地说。

“不会吧？有没有搞错，刚回来就出去，兄弟你怎么了？”

苏亦俊有些惊讶，怎么这合约拿下送回来就转身出国？究竟发生了什么事？一向淡定的肖鲭然行为怎么这么反常！

“我没事，你们好好玩吧，不用管我了。这件事也算是告一段落了，我自己还有点私事要解决，你就带着他们好好工作，我很快就会回来的，会给你们发奖励。”

肖鲭然的话语中带着深深的疲倦，听出来他的意思，苏亦俊也就没说什么，只是叮嘱了几句让肖鲭然好好照顾自己便挂了电话。

肖鲭然忘不了那日沐玲欣撕心裂肺的呐喊和询问，知道自己已是伤了她的心，现在不知道还来不来得及。肖鲭然只希望，沐玲欣能原谅他这一次，就这一次。

天气渐冷，英国又出现了大雾迷蒙的景象，人与人之间隔一两米就看不清对方的模样了，那样迷蒙又遥远。

肖鲭然用最快的速度赶到了他和沐玲欣曾经住过的地方，那里拥有他们的回忆和温暖。

可惜重回故地，已是物是人非。房中的各种摆设都没有改变，甚至冰箱里的食品都如他离开的那天一样，似乎这一天便是那一天。

但是房子还在，喝剩下的酒还在，他们一起睡过的床还在，所有的种种都在，唯独少了不能缺少的那个人。整个房间里充满了绝望，令人窒息的绝望。肖鲭然呼吸着这绝望，仔仔细细，一遍又一遍地寻找着那个人，衣柜里，床下，浴室，厨房。最终他不得不停下，面对沐玲欣早就离开了的事实。

再次相遇，原来只是为了再次分别。

肖鲭然无力地拿起电话，却传出一声又一声的“您拨的电话号码不存在，请查证后再拨”。

沐玲欣被他找到，又被他逼走，他可谓是自作孽，不可活。原来一直心心念念的人，好不容易花尽力气找到了，用时间去温暖她去改变她，终于能够让她为之所动，可结果，又被他自己因为利益而无情地推开。沐玲欣是怎样的人，肖鲭然调查过，所以他也知道，此事一过，他没来得及解释，那便是他和沐玲欣之间一道永远的伤痕。

肖鲭然像发疯了一般在整个英国寻找，每个城市，每个角落，他都要亲自探查一番，生怕下一秒沐玲欣就会出现在他的背后。可终究没有结果，肖鲭然只能回国。

在肖鲭然走后，沐玲欣嘲笑自己竟然在短短几天内就对这个男人动了心，她又禁止自己对这个男人有任何的非分之想。以利益为寄托的感情，是不可能长久的，沐玲欣深深地明白这个道理。所以她决绝地断了自己所有的念想，背上行囊重新回国，做一个新的自己。

第五章　诸事不顺

肖鲭然刚上飞机第二次去往英国，沐玲欣就下飞机回了 T 市，两人在飞机场擦肩而过，谁都不知道。上天便是如此喜欢捉弄人，让两个明明爱着的人擦肩而过。

一下飞机，沐玲欣就打的直奔雨竹公司。

雨竹公司是夕愿集团下的一个子公司，现在的经营者白青青不仅是雨竹公司的负责人，也是沐玲欣的死党。刚刚被肖鲭然欺骗的时候，她在国外，而白青青在国内。心如刀绞的感觉，让她恨不得揪住白青青一通狠打，然后指着她的鼻子质问：为什么要把我的行踪告诉别人？为什么！

她和肖鲭然在国外第一天遇到，由于愤怒和激动，她一时间忘了思考很多问题，后来的日子忽然间毫无预兆地变得愉悦而轻快，就算是无聊地坐在沙发上，心里却在下意识等肖鲭然的归来，不免也多了想念。那段时间心无旁骛，专心致志。

肖鲭然决然离开的那个背影，深深地刺痛了她的眼睛和心。之后，她开始慢慢思考一些事情。

她出国的事情没有告诉别人，别墅里的管家和保姆都是信得过的人，口风很紧实，让人格外放心。若说不放心的，那便只有白青青。倒不是她这个人信不过，而是她和苏亦俊的关系让她第一时间成为沐玲欣的怀疑对象。

白青青的未婚夫苏亦俊和肖鲭然不仅是合作伙伴的关系，更是好朋友，并且在美国，她看到苏亦俊发给肖鲭然的短信，让她对白青青的怀疑更加确定。

雨竹公司的大楼没有夕愿集团那般宏伟高大，但在 T 市也是一座独立的楼。

沐玲欣拉着行李箱，踩着细高跟出现在雨竹公司的时候，引来不少员工驻足观望，更多的是朝她投来羡慕又崇拜的目光，毕竟不是人人都可以研制出凤鸣那样出名的男士香水。

白青青办公室外面的秘书看到沐玲欣立刻起身，想要把她引进去，见沐玲欣轻轻抬手阻止她的动作，便微笑着点头坐了下来。

“呦！是哪股风把您老给吹过来了？”听到高跟鞋的声音，白青青不用想也能猜到来人是谁，便在沐玲欣推门而入的瞬间，笑着开口说道。

“人贵有自知之明。白青青，这才几天不见，你的尊贵之处可就荡然无存了？”

沐玲欣把手里的行李箱随手推到落地窗旁边，拍打掉手上根本就不存在的灰尘，在她办公室的真皮沙发上坐下来，“说吧，你是因为什么把我卖了的？”

“呵呵，不愧是我白青青的朋友，果然聪明。”白青青起身，身姿摇曳地在沐玲欣的旁边坐下来，坦然地接受了沐玲欣送过来的白眼，毫不在意地笑笑，“这么短的时间里，就能想到我身上，你这聪明，有点伤人心哦！”

“为了什么卖我？”沐玲欣还是介意肖鲭然对她的欺骗，再次开口逼问。

白青青美丽妖娆的脸上噙着一丝浅笑，很轻很淡，如果不是沐玲欣离得近，根本看不到她笑容里的苦涩。

“为我。”白青青像是如释重负一般，深深地呼出一口气，“我和苏亦俊的事情你也知道。你离开的头天晚上，经双方家长愉快地商议，想要把我和苏亦俊的婚礼安排在下个月中旬。”说着，她无奈地看着沐玲欣耸耸肩膀。

"所以，你为了说服苏亦俊和你共同抗议下月的婚礼，就把我出卖了，以此和他达成统一战线？"

白青青点头，"你猜得完全正确。但你不要忽略一个事实哦，那就是，我也在很努力地撮合你和肖鲭然呢！"

"撮合你妹！"现在只要一提起"肖鲭然"这三个字，沐玲欣就火大得恨不得把他拆骨剥皮！

"抱歉，我没有！"白青青一本正经地摊手，积极配合沐玲欣的盛怒，"好了好了，为了补偿我对你的行为，等下请你吃海鲜！"说着，抱住沐玲欣的双肩不停地摇晃请求原谅。

沐玲欣脖子挺得笔直，"别想用这些来收买我，我的态度非常坚定！不吃海鲜，我要吃火锅！"

"出息！"白青青惊讶又好笑地狠狠点了沐玲欣的头，"我这就让人去安排。等下我有惊天的消息要告诉你，做好充分的心理准备哦！与你有关。"

白青青扭着妖娆的水蛇腰，一边拿出手机预订座位，一边朝沐玲欣抛个诱人的媚眼，惹得她一阵恶寒。

与她有关的惊天消息？被肖鲭然骗了，算不算？如果沐玲欣一直身居国外，就算是被肖鲭然迷奸了，她都不会在意，毕竟相距甚远，眼不见心不烦，她玩得一开心，把这件事情忘了也说不准。但现在她是实实在在地回来了，在 T 市，和肖鲭然共呼吸同一片天空下的气息。

这么一想，沐玲欣瞬间就觉得浑身不自在，每个毛孔都充斥着一种叫作不安的因子，叫嚣着，让她有些不知所措。

"你装什么安静？这不适合你的调调哦！"那边已经安排妥当的白青青挂了电话，走过来揶揄沐玲欣。

沐玲欣心累地瞥了她一眼，淡淡道："人生中遇到一个叫作白青青的女人，我愿把这一辈子的白眼毫无保留地全部打包送给你！"

"嗯，谢了！我很荣幸。"

雨竹公司虽然经营香水，但也有自成一体的化妆品销售体系。沐玲欣一路上遇到好几个经营化妆品市场的龙头老总从雨竹公司的会客厅走出来，皆向她投来不明所以的目光。

“我是不是今天穿错了衣服或者是脸上的妆花了？”坐在白青青的车里，沐玲欣拿着化妆镜左右上下一点一点审视今天自己的着装打扮，生怕哪点出了差错，那可就丢人丢大了！

白青青正开着车，闻言瞥她一眼，“我说沐玲欣，拜托你，如果想让别人夸你独到的搭衣眼光或者是精湛的化妆技术请明说，我会满足你所有的虚荣心，但别用这种不入流的手段引诱我，好吗？”

“不是，既然这些都没有问题，那他们为什么都用奇怪的眼光看我？”收起手里的化妆镜，沐玲欣急切地侧身问道。

“嗯，这也就是我接下来要和你说的那个惊天的消息喽！”

沐玲欣心下一惊，总觉得好像有些什么事情即将破土而出一样，浑身都变得期待而又紧张，一时间竟忘了坐直身子，仍旧保持着侧身看向白青青的姿势。

第六章　商业之争

白青青眨巴一下眼，没看沐玲欣，“你先别激动，等下咱们到地方，我再慢慢说。”

车子又开了十几分钟，最后在T市一家有名的四川鱼火锅店门口停了下来。停好车，白青青率先朝里面走。

忽然她疑惑地回头，“你不是从来不吃辣吗，怎么今天忽然要吃川菜？”

沐玲欣笑而不答，白青青也没有再问，直接把沐玲欣领到三楼的包间里。沐玲欣兴致勃勃地点了最辣的香辣锅，白青青在一旁看得眉心直皱。

很快就点好了菜，白青青对沐玲欣点头示意让她等下，就跟着服务员一块出去了。

没一会儿，她就推门而入，身后还跟着一个男人，身材高大修长，穿着一身卡其色休闲服。

“苏亦俊，你怎么在这里？”

沐玲欣惊讶地站起来。

自从商业联姻这个狗血的事情落到白青青和苏亦俊的身上之后，沐玲欣就很少见两人共同出现。

白青青甩掉手上的水珠，在沐玲欣旁边坐下来，撩一下散到前面的头发，“刚才在停车场看到他的车子，我就把他叫过来吃个饭，商量一点事情。”

苏亦俊也在离白青青最近的位置上坐下来，扫了一眼服务员刚端上来的菜和锅里鲜红滚辣的汤料，闭嘴不提肖鲭然的事情，“听说你失踪了，什么时候回来的？”

沐玲欣闻言心里冷笑，脸色如常地回答：“刚回来呢！有些私人恩怨要解决。”说着她转头看向白青青，“你不是有事和我说吗？”

很显然，心里对肖鲭然的气以直接忽视苏亦俊来表现。

“有关凤鸣的代理权。”白青青看了一眼苏亦俊，他脸上表情淡淡的，看不出什么变化，“现在不少商家都想要拿到凤鸣的代理权，我想问一下，你介不介意把代理权给多家公司？”

沐玲欣愣了一下，面色不善地看一眼白青青，“怎么你也想要掺一脚？雨竹公司虽然实力不足，但也好过需要一个用香水来提高化妆品销量的公司吧？”

当着苏亦俊的面冷讽，看来沐玲欣是真怒了。

苏亦俊和肖鲭然合伙办的雅芙集团正是经营化妆品，并且肖鲭然为了得到凤鸣的代理权，不惜牺牲人格去欺骗沐玲欣的感情。

苏亦俊混迹商场多年，第一次被一个女人讽得面色发红，张嘴要辩解，桌子底下的脚尖被白青青轻轻撞了两下，两人对视一眼，只好悻悻地闭了嘴。

虽然不知道沐玲欣和肖鲭然发生了什么事，但肖鲭然刚从英国回来又掉头赶回去，而现下沐玲欣也在国内，苏亦俊搞不懂两人之间的状况。

白青青也被沐玲欣的话说得脸色发白，她赶紧摆手，“我可不敢。凤鸣的效果在业界虽然是有目共睹，但我雨竹集团主打女士化妆品，这个男士香水还真用不到。不过……我就是想不明白了，你怎么会把代理权卖给肖振杰？”

“肖振杰？”沐玲欣惊了，“我明明……”

她明明含泪在肖鲭然递过来的合同上签了字，怎么转眼凤鸣的代理权就成了肖振杰的了？沐玲欣一时难以接受这个事实，呆呆地坐着，完全不知道该怎么办。

苏亦俊发给肖鲭然的短信清楚地询问凤鸣的代理权，第二天，肖鲭然就拿着代理权的合约强迫她签字，但好像……

沐玲欣忽然间想起来，当时自己被愤怒冲昏了头脑，根本就没有细读合约内容，就连合同的甲乙双方都没有搞清楚，糊里糊涂地签了自己的名字。现在想想，不免一阵后怕，还好肖鲭然当时的目的只是凤鸣的代理权，不然后果真的让她想不到是惊喜还是惊讶。

苏亦俊只知道肖鲭然把好不容易弄到手的合约给了别人，但那人是谁肖鲭然不说，他也没敢问。现在看来，事情似乎有点拨云见日的样子。

肖振杰的公司现在正处于即将落败的地步，老品牌的倒下是轰轰烈烈的，之所以保留着最后一口气，也是在等最后的救星。显然，凤鸣的出世，成了他唯一的救星。雅芙集团成立不久，想要扎实自己的基础，没有显眼的产品不行，拿到凤鸣的代理权，是目前在行业里站稳脚跟的最有力、最便捷的途径。

可能肖鲭然让他来找白青青要沐玲欣的具体地址，也是早已经想好了要把代理权给他爸爸吧。亏他还暗自高兴了好久，以为肖鲭然终于要为了公司使美男计了……

吃完饭，沐玲欣没让谁送，也没打电话让沐家的人来接，而是在路边打了车直接回家。

爸爸这会儿还在公司，家里只有凝姨在。

远远地看见沐玲欣拉着行李箱回来，她立马小跑着出来迎接。

“小欣终于回来了！”凝姨迎面把沐玲欣抱在怀里，激动不已，“你电话里说还要再玩几天，我还以为你玩疯了，近几天不会回来呢！想死阿姨了！”

仅仅多半月时间没见，再见沐玲欣，凝姨不免眼眶微红，像是出远门的孩子终于回来时，亲人的喜极而泣。

“凝姨对不起，让你担心了！”

“傻孩子，说什么呢。”

家里久违的温暖和惬意，让沐玲欣心里的那份寒凉慢慢消融。她自认为不是一个重感情的人，甚至称得上薄情，但生平最恨的就是别人的欺骗。

多次午夜梦中，肖鲭然面色冰冷地拿着一份合同矗立在她门口的画面让她瞬间惊醒。不是因为肖鲭然冷酷的样子多可怕，而是因为，他这样的行为犹如在她毫无防备的心里直直地刺入一把尖刀，让她无处可逃。

沐爸爸知道女儿回来高兴得合不拢嘴，嚷嚷着要在公司隆重地举行一个欢迎仪式，被沐玲欣白眼加冷脸吓得再也不敢想什么欢迎仪式了。

日子总是过得飞快，尤其是跳出那段让她蚀骨难忘的心痛之后，天上总是阳光万里，碧海苍穹。

沐玲欣将有关肖鲭然的所有回忆都统统地深埋在心底，从来不会在有光线的地方拿出来晾晒。但生活在同一片天空下，总是不免要有纠缠。

事情发生在肖振杰公司依靠着凤鸣的力量重生之后的某天。

雨竹公司里的大小事宜，白青青从来不会找沐玲欣商量，这次却破了天荒。

接到白青青的电话时，沐玲欣正窝在家里睡觉，外面的天气阴雨蒙蒙，最适合睡懒觉了。

“小欣，公司出了点事情，你赶快过来。”白青青的声音急切又紧张。

沐玲欣没来得及问到底是什么事情，电话就啪的一声被人掐断了。

肖振杰的姿婄集团主营化妆品，依靠着凤鸣的力量再度发展起来之后，行事作风慢慢变得乖张霸道，大有买断整个行业销路的趋势，丝毫不给人留活路。

第七章　商业联姻

雨竹公司的销量也在他的挤兑下每况愈下，白青青无数次被气得没处发泄，只好来她这里发疯。

沐玲欣不敢想象到底发生了什么，让一向泰山崩于眼前而淡定自若的白青青会这么急躁，电话再次打过去，对方已经关了机。

沐玲欣当下也没敢磨蹭，随便找了衣服披上，头发也没打理，匆匆往公司赶。

白青青的办公室没有在顶楼，而是在最中间的那一层。

沐玲欣下了电梯，一路风风火火地朝白青青办公室跑。就在她转身往办公司里闯的那一瞬间，却在门口咚的一声撞上了一个人。

男人很高大，她快一米七的个子硬生生撞上了对方的胸口，没抬头看男人的脸，匆匆丢下一句“对不起”就错身要离开。

手腕却在下一秒被人抓住。

“小欣。”

低沉干净的嗓音无比熟悉，一字一字地灌入沐玲欣的耳朵。她瞬间被人施了定身咒一般，呆呆地站住动弹不得。

这声音曾经在梦里出现过多少次，坏笑的、调皮的、宠溺的，在梦里经久不散，每一句都能让她含笑醒过来，但枕头上的潮湿清楚地提醒着她，这个男人欺骗过自己。

种种迹象表明，她在深深地思念着这个男人。

可现在被他握在掌心里的手腕，下意识带着反抗的因子，猛地抽出来，“先生，您认错人了。”

肖鲭然失落地看着她，轻轻握了握空荡荡的掌心，一片虚无，内心巨大的痛苦表现在脸上时，却是一片平静和愧疚，“小欣，我……”

话音未落，沐玲欣已经闪身进了办公室，用脚狠狠一踹，门便用力地合上，发出惊天动地的响声。

“咚！”

肖鲭然被关在门外面，神色不明地垂了垂头。

“白青青，公司出了什么事？”

沐玲欣双手分开撑在白青青办公桌的边缘，居高临下看着白青青问，语气里满是不善，不知道是愤怒在这里碰上了肖鲭然，还是急成这样。

“哦，公司的产品被抄袭了，我给你说一声。”白青青抬眼看了沐玲欣，又平静地垂头，继续翻阅文件。

这动作和神态完全没有被抄袭之后的暴怒啊，平静地更像是在说“我们一会儿去逛街吧”。

沐玲欣火大地握起拳头，咬牙切齿，“玩我很好吗？”

“没有啊，只是知会你一声，如果以后有人问到这个问题，你别说漏嘴了就成。”似乎感受到了沐玲欣的愤怒，白青青终于把手里的文件合起来，“下周就是我和苏亦俊的订婚典礼。根据双方家长的友好协商，订婚过后，一个月内就要把婚礼给办了。”

白青青和苏亦俊两个人性格都比较平静，不轻易冲动。双方父母在商业圈中熟知，彼此也有利益牵连，两个孩子的商业联姻也正是为了牵绊彼此。

沐玲欣知道，这样的婚姻已经迫在眉睫，和利益有关，谁都不会放手，事情也是板上钉钉，几乎不会有回转的余地。

“那你想怎么样？”

白青青叹了一口气，“不想怎么样，既然取消不了，干脆就小小地反抗反抗，总该把自己的立场表明一下，也不枉我现在还是个未婚女人。”

"那刚才……他过来干什么？"肖鲭然的名字是沐玲欣心里的一块恒久的伤痛，现在想到这个人心里都是一阵疼痛。

她没问名字，但白青青肯定能听懂她问的是谁。

"嗯，他啊？他过来处理抄袭事件。雅芙集团抄袭雨竹公司的创意，苏亦俊是创意总监，这件事情估计他本人不好照面，便打发他好兄弟肖鲭然过来，看我愿不愿意私下解决。"

沐玲欣听得云里雾里，白青青订婚和苏亦俊抄袭有什么关系？脑子里很想把这两件事情串联起来，努力想了一会儿无果，最后不得不妥协，"你确定要败坏苏亦俊的名声吗？再怎么说，他以后将是你的未婚夫、老公，你这么做，会不会有点不近人情了？"

白青青冷笑一声，"老公？你看清楚现实好不好？我们就算是结婚，也只是挂名夫妻而已。生活上相敬如宾，只有朋友之谊，而无夫妻之情，这样的婚姻索然无味得堪比白开水，我现在想想都绝望得不行，更何况到那个时候了。我知道，他爸爸其实更看好的是另外一个女孩子，我现在这样搅和一下，说不定让他们受点惊吓，就会重新审视这段商业联姻，或许还有一线希望。"

沐玲欣一阵无语，敢情她口口声声说的"抄袭"，只是一件莫须有的事情。但是她是怎么把一件子虚乌有的事情弄得这么逼真，让肖鲭然都出面要解决呢？

"你有没有听过日久生情这个成语？"沐玲欣认真地看着白青青问，"你还没有和苏亦俊结婚，怎么就知道他不会在婚后爱上你？"

白青青是个极其会享受的人，办公室后面有个小内室，里面布置得很具有个人特色，精致又奢华。在意大利纯手工制作的真皮沙发上坐下来，沐玲欣等着白青青的答案。

"这么大的人了，想法还这么幼稚，一点也不成熟。"白青青无可救药地看着沐玲欣摇摇头，"苏亦俊他是什么人，你虽然不清楚，但也应该听说过。花花公子这个称呼与他无缘，那是因为他掩饰得好。'万花丛中过，片叶不沾身'，他可算是把这句古言演绎得淋漓尽致。心思花得比霓虹还要妖娆的人，想让他在婚后能收心爱上你，这世上恐怕也只有你会这么想了。”

兴许是气急了，白青青一边挥手比划，一边激动地陈述，最后接了一杯白开水，啪地放桌子上。

“这样的男人，我就是一辈子单身，也绝不能毁了自己。”

眼神坚定地说完，沐玲欣看到白青青眼角有晶莹闪过，表情无助又让人心疼。

“他若是有肖鲭然一半好，我就是削尖了头也要嫁给他，可惜他没有。”

沐玲欣想要伸出胳膊把白青青揽在怀里安慰的动作，就被她那句极具毁灭性的话硬生生震得僵在半空中。

“那是因为你没有被他欺骗过，所以才会这么轻而易举地下结论。”

心情复杂地丢下这句话，沐玲欣逃也似的离开了白青青的办公室。

她不知道肖鲭然在别人眼里是怎么定义的，或许是冷峻多金的总裁，或许是专注而又成功的男人。不管怎么样，自己被他骗得心神俱伤的事情还历历在目。

他决然的背影，冰冷的面容，丝毫不顾及一点旧日情分，就那样拿着她被迫签下的代理权合同果断离开，一点歉意都没有，甚至一句解释的话都没说，就那样残酷地离开她的世界，硬生生把她一颗滚烫的心冻得无一丝温度。

沐玲欣强忍住落泪的冲动，凄凉地站在昏暗的楼梯间里，靠在冰凉的墙壁上无力下滑，一时间哭得不能自已。从肖鲭然离开到现在，她从来没有在清醒状态下畅快地哭过。爸爸说过，哭泣是弱者的表现。虽然她不觉得弱者有错，却从未哭过。

第八章　纠缠不清

今天，往事被清晰地勾起来，不堪、痛不欲生霎时犹如潮水般朝她涌过来，令她窒息。

她是真的承受不住了。

这是她第一次发现，原来靠哭能发泄出来的情绪，真的是深入骨髓的。

走出雨竹公司的大门，外面的天色仍旧阴沉得厉害，但雨慢慢小了下来。压抑的空气，灰蒙蒙的远天，让她一时之间分不清现在是上午还是下午。

刚刚哭过的眼眶这会儿红红的，她生怕有熟人看到，此时此刻不想回家，却无处可去，只好低着头沿着马路漫无目的地走。

“小欣。”

眼前忽然出现一双熟悉的皮鞋，沐玲欣身子蓦然僵住。

“小欣，我们好好谈谈，可以吗？”

肖鲭然声音有些沙哑，恳求的声音听得沐玲欣鼻子直发酸，心口越发疼得厉害。

“对不起，你认错人了。”

就像在白青青办公室门口一样，沐玲欣转身想要离开，手腕却再次被人抓住，“小欣，不要这样好不好？”

生怕她再轻易挣扎开，肖鲭然这次抓住她手腕的力道很大。

“不要这样？”沐玲欣朝他冷冷一笑，抬头逼视着他的眼睛，“请问，你说的这样到底是哪样？还有先生，请问我认识你吗？”

沐玲欣保持着被抓住的姿势不变，愤怒地看着肖鲭然。肖鲭然眼里仍旧平静无风，一丝愧疚都没有。沐玲欣越看越气，自己被他欺骗了感情，最后错的还不是他。他到底凭什么骗自己骗得这么心安理得？

她越挣扎，肖鲭然掌心用劲越大，恨不得要把她的骨头抓碎一样，倔强地不肯放手。

英国一别，他心里的苦也没人知道。虽然和爸爸的矛盾已经不是一天两天，父子俩也像是对着干一样，从来不在人们的视线里同时出现，但当听到爸爸的公司有可能面临着破产的危险，他心里还是控制不住地有些难过。

姿婄集团相当于爸爸半条命，拼了一辈子就拼了这么一个公司，并且相当成功，不能不说这样大的成就让人艳羡，但是背后的心酸他也看得一清二楚。

他知道雅芙集团需要这个合同，但他明白，还有更需要这个合同来救命的，那就是爸爸的姿婄集团。

和沐玲欣的情迷，让他打心底里觉得对不住这个魅惑又干净的女孩子，所以听说她不见了的时候，他心里想得最多的不是凤鸣的代理权，而是她到底去了哪里？怎样才能找到她？什么都不为，就想单纯地找到她，看着她活跃在离他不远的世界里。

英国的气候和国内有很大的差别。他一路没有任何停留，直奔目的地。在异地他乡，终于见到那个心心念念的女人时，心里的激动是无法形容的，尽管努力控制，但是他欣喜非常的眼睛还是时时刻刻提醒着他，那时的他真的很激动，很兴奋。

去之前，他已经在心里盘算好了，用多久能劝服这个倔强的小女人，把凤鸣的代理权卖给他，并且已经把心里的说辞以及她听了这些说辞之后的反应都一一设想好了。国内化妆品市场形势很严峻，情况一天一变，并且总是出乎人的意料。

所以，他给自己的时间只有两天。

但万万没想到，心里万无一失到堪称完美的计划，在见到沐玲欣的那一刻，霎时崩塌得烟消云散。

她没有很温柔，却很善良，很恋旧情，就算是被气到发飙，仍旧学不会态度强硬地赶他离开，这让他心里有一丝窃喜。

原本计划两天的任务，整整被他找各种理由往后推了一周。

直到那天苏亦俊的短信发过来，他才如醍醐灌顶，恍然清醒。

忽然，手下挣扎的力道越来越大，肖鲭然猛地从回忆里清醒，一边心里暗恼自己在这个时候分心，一边又不动声色地加大力道。

大街上，沐玲欣和肖鲭然两个人拉拉扯扯，已经引起了不少人的注意，并且女孩子眼眶红红的，嘴里一直嚷嚷着不认识男人，惹得路人指指点点。

肖鲭然看了看周围的人，似乎有点着急，他压低声音说："小欣，别闹了。我们先离开这里。"

"我不认识你，凭什么跟你离开！你放开我！放开！"肖鲭然似乎已经没了耐心，弯腰把沐玲欣抱在怀里，朝不远处的车子走去。

没想到他会用强的，沐玲欣吓得啊的一声大叫，引得周围人议论纷纷，却没有一个人敢上前拦住这个冷酷又霸道的男人。

"肖鲭然，你无耻！你放开我！"被紧紧禁锢在肖鲭然胸口的沐玲欣气得咬牙切齿，拿拳头直直朝肖鲭然砸去，"肖鲭然，你混蛋！"

恶狠狠盯着头顶男人线条干净简洁的下巴，他腮帮子僵硬地动了动，像是极力忍着什么，没有看沐玲欣，但是手上禁锢的力道似乎有意无意地稍微放松了，原本硌在沐玲欣腿上的疼痛感有片刻舒缓。

见她挣扎，肖鲭然终于忍不住低头瞪她一眼，不动声色地稍微加大力道。到车子跟前，他打开车门，不顾哇哇乱叫的沐玲欣，把她塞进副驾驶之后，猛地把车门关上，然后迅速绕到驾驶座上，坐进去之后，不等沐玲欣打开车门就熟练地锁了车门。

"肖鲭然，你到底想怎么样？"沐玲欣愤怒地转身，咬牙切齿地问。

"你现在终于不再装作不认识我了？"肖鲭然锁好车门发动引擎，驱车离开。

沐玲欣见自己彻底被困住，气得脸色发青，拳头死死地握住，几乎从牙缝里挤出来一句话，“你到底想怎么样？骗了我之后，是不是觉得特有成就感，或者说，你觉得自己的人格都在无形中升华了？现在又装作若无其事地过来找我，难道我在你眼里就是这么没有原则，这么贱的一个女人，被一个男人欺骗之后，还能和你一样装作什么都没有发生，继续和你勾肩搭背、称兄道弟吗？”

沐玲欣每逼问一句，肖鲭然握在方向盘上的手就加大一分力道，修长好看的骨节越来越惨白，狠狠地扣在方向盘上。

“我……”忽然间他想说的话，在愤怒的眼眶发红的沐玲欣面前变得那么苍白无力。他抿抿嘴唇，扫了眼车窗外飞速后退的绿化带，竟是再也说不出来一个字。

“你想说什么？”沐玲欣情绪有些不受控制地激动起来，“肖鲭然，你到底想说什么？那天我在卧室里等你，整整等了两天，就想亲自听你一句解释，哪怕只是回来给我告个别，让我知道，你要离开我了。可是你没有，自始至终都没有，甚至一个怜悯的眼神都不曾施舍给我……现在你还来纠缠我干什么？你到底想要干什么！”

最后把这半个月里心里积压的郁气全部发泄出来，沐玲欣再也忍不住捂着脸呜呜咽咽地抽泣。

第九章　情绪失控

她哭的声音很小，像是已经被气得上不来气一样。

肖鲭然眼神慌乱地闪了闪，像是愧疚，又像是后悔。他试探着想要触碰她的头发给予安慰，却被沐玲欣灵活一闪避开，他的手尴尬地僵在半空中。

"别碰我！我觉得恶心……"沐玲欣沙哑着嗓子，冲着肖鲭然大吼。

肖鲭然深呼吸一口气，极力忍耐着什么，收回手，认真专注地开车。

忽然，他像疯了一样，猛踩油门，车子霎时如离弦的箭一般，唰一下飞离出去，连闯几个红灯，沐玲欣惊慌失措地一边尖叫，一边看着飞速行驶的车了从车窗前闪过，差一点就撞上！她心里瞬间被揪紧，耳边除了紧急刹车的声音，她再也听不到别的。

就这样，肖鲭然一路把车子开上高架桥，嘴唇抿得紧紧的，目不转睛地盯着前方的路况，方向盘在他惨白的手掌下灵活地急速打转……

沐玲欣吓得嘴哆嗦着，一句话也说不出来，只是泪眼婆娑地看着前方的路。

"你是想让我死吗？"

觉得车速似乎慢慢缓了下来，沐玲欣捂着脸低声地问，声音已恢复了平静。肖鲭然能从她的平静中清晰地听到鱼死网破的决绝，似乎他如果真的要让两人同归于尽，她也不会反抗。

是的，不是她不反抗，而是没有办法反抗。

肖鲭然转弯下了高架桥，在路边慢慢停下来。“小欣，你现在能平静下来了吗？那我们来谈谈。”

趁着肖鲭然说话的空，沐玲欣开了车门就要离开。肖鲭然眼疾手快地把车门锁死，恼怒地把沐玲欣用力扯进怀里，“你到底想要怎么样？”

“这句话应该我问你吧，肖鲭然！”沐玲欣红着眼眶，陡然提高声音，朝他大喊，挣扎着起身，抬头狠狠地看着肖鲭然，肖鲭然亦狠狠地瞪着沐玲欣。

两人像是展开了一场暗斗一样，彼此谁也不退缩，沐玲欣眼睛里除了恨，更多的是怒；肖鲭然眼神仍旧是深邃一片，刚才飞车时万年玄冰般的脸色有些许缓和。

良久，他眼神微微松动，声音也轻了下来，“沐玲欣，我们非要这样不可吗？那件事情我不觉得自己不对，代理权的问题早晚都要找你商议解决，只是，我没有在一开始和你摊牌而已，也是念及旧情，不想伤了彼此的和气……”

想了很久，看着近在眼前满目伤痛的沐玲欣，肖鲭然也很心疼，开口的瞬间差点把心里最真实的想法说出来。

这是他内心最深处的秘密，此时此刻，他知道说不得，越把事情往感情上解释，就越有欺骗她的嫌疑，到最后他自己都不会原谅自己对她的所作所为。

“和气？”沐玲欣冷冷一笑，“我谢谢你，真会顾及我们的旧情！”这句话讽刺意味十足。

此时被肖鲭然紧紧搂在怀里，沐玲欣挣扎不得，干脆微微僵直身子，尽量在气势上比他略高，然后一点一点朝他逼近，“肖鲭然，你做事情之前，是不是从来都是按照自己的想法、自己的设定毫不考虑别人的感受？我恳求你，现在换位思考一下，如果我是你，处心积虑接近你，让你开心，让你烦恼，直到你已经觉得不能离开我了，又突然间告诉你，我这么做其实是有目的的，你会不会想要杀了这个人？”

沐玲欣咄咄逼人地责问，手却越过肖鲭然的身子，找准按钮，轻轻一按，车门锁应声而开。她心里暗舒一口气，面上却如刚才一般，苦涩一笑道：“肖鲭然，我没有你那么狠心，下不了这么重的手，所以你不会理解我此时的心情，永远都不会。”

为了不动声色地开锁，此时的她紧紧挨着肖鲭然的胸膛。

打定主意，以后再也不要和面前的男人有所纠缠，沐玲欣心里一空，不知道这辈子还有没有机会这么近距离地挨着了。

她神色复杂地低头细细打量肖鲭然。他今天穿了月白色的衬衫，没有打领带，领口的扣子不多不少地开了两粒，从她的角度，能清楚地看到他结实的蜜色胸膛在剧烈地起伏着。

沐玲欣生怕自己再次在他面前沦陷，立刻拉开两人的距离，深呼一口气，面色凝重地看着肖鲭然。

“肖鲭然，不见！”

决绝地说完这句话，她就迅速打开车门，略显狼狈地下车离开。

终于能在这个狠心的男人面前留下一个潇洒的背影，算是扳回了一局。本该高兴才对，沐玲欣此刻却怎么也高兴不起来。眼角的余光看着黑色的车身随着她的步伐一点一点从她的视线里消失，没有人追上来。

一阵没来由的失落顿时涌上来。

随手在路边拦了一辆出租，沐玲欣坐上车，看了眼仍旧纹丝不动的黑色轿车，对司机说：“师傅，去青景别墅。”

沐玲欣半闭着眼，车子上了高架，然后穿过霓虹闪烁的市中心，在接近郊区的别墅群外围停下来。她手指不断地摩挲着手机，自始至终没有接到一个电话或是短信。沐玲欣已经说不出来此时心里的感觉，到底是失望大于失落，还是已经濒临绝望。

但这些都已经不重要了，以后他们都不会再见面了。

第十章　不白之冤

沿着堪称 T 市绿化一流的小路，沐玲欣努力调整着比天气还要压抑的心情。

两三分钟的路程，她今天整整走了十多分钟，到家的时候，阴沉的天色已经渐渐黑了下来。

凝姨今天亲自做了饭菜，此时正坐在客厅里给沐玲欣织入秋以后才用得着的围巾，见她回来，赶紧放下手里的活计迎上来，关切地问："你这是去哪儿了？怎么这么久，打你电话，你电话关机，问你爸，你爸也不知道。真是急死我了。你若再晚回来会儿，估计我就要去报警了。"

"凝姨，对不起，让你担心了。"沐玲欣歉意地笑笑，疑惑地看了看手机，"我手机明明……它怎么就没电了！"

沐玲欣不知道该笑还是该哭，一路上就在等肖鲭然的一个电话或短信，等得肝肠寸断，望眼欲穿，却没有一丝消息，这手机关机了啊……

"傻孩子，这么客气做什么。"凝姨宠溺地揉了揉沐玲欣的头发，满目柔情，"快去换了衣服下来，等下你爸回来吃饭，说有事情要找你谈。"

沐玲欣没敢打开手机，生怕看到希望之后又是巨大的失望。

饭桌上，爸爸看起来很高兴，把所有吃饭的时间都用来看沐玲欣，笑得特别欣慰，笑得沐玲欣莫名其妙。

饭后，沐爸爸清清嗓子，终于要开说正事了。

“小欣，今年也不小了吧？”

这话一问出来，沐玲欣心里一咯噔，有一股不祥的预感。

果然，沐爸爸紧接着又开口了，“都怪爸爸平时忙于公司的事情，而忽略了你，现在都二十二了，却一个男朋友都没有。幸好今天你柳叔叔问起来你的终身大事，不然，爸爸可就犯下大错了。”

沐玲欣听完，大概已经猜到了接下来爸爸要说什么，便也没有接话。

倒是坐在一旁的凝姨按捺不住地问：“柳靖和你说了什么呀？是哪家的孩子，能不能配得上咱们小欣？”

沐玲欣暗叹，姜还是老的辣！

凝姨问题问得一针见血，她虽然对相亲没有感觉，但还是比较关注一点：到底是谁家的孩子，能让一向清心寡欲、不问世事的柳叔叔都来插上一脚。

柳靖其实和爸爸是从小长大的朋友。只是两人大学毕业之后，爸爸回到 T 市继承家业，成了商场中的翘楚，而柳靖则无心应对商场上的明争暗斗，凭着自己农大的硕士学历，找了个山清水秀的地方，包了座山头，专心研究，日子过得倒也格外清闲，惹人羡慕。

但是，想到柳靖，沐玲欣就不得不想到另外一个人，柳靖的侄子——柳卓航。

柳卓航，沐玲欣大学时发誓要追到的男生。记忆中的他，身穿一件和蜘蛛侠一样颜色的格子棉衬衣，身材修长挺拔，削短的头发不羁又帅气，那张三百六十度无死角的俊脸，是全校女生爱慕的对象。

被公认为校草的他本人对此却毫无知觉，仍旧孤傲又冷酷。沐玲欣为了引起他的注意，曾经整整创造了五次两人偶遇的机会，什么河边垂柳树下的长椅上偶遇、什么 KTV 里不经意地撞到了一起等等，但是连他的一个眼神都没有换回来。

直到他要出国深造，临走的那天，爸爸带着她陪柳叔叔一块去送行，她才知道柳卓航和柳叔叔的关系。但就算是这样，男神看到她仍旧没有一丝的情绪波动，像陌生人一般冲她露出一个淡然的笑，便再也没有把眼神在她身上多停留一秒钟。

往事不堪回首，沐玲欣受伤地止住回忆，眼含幽怨地看着爸爸。

“小欣啊，你柳靖叔叔的侄子，卓航，你还记得不？他过几天要从国外回来，你柳叔叔张罗着要给他介绍个对象，不然这么多年一直单身也不是个事。刚好想到你们俩曾经是校友，还有可能认识，肥水不流外人田，先把你介绍过去再说。”

沐爸爸说完，沐玲欣满脸不可置信地看着爸爸，柳卓航要回来了？

这个消息对于她来说，不知道是好还是坏，才被肖鲭然骗得心神俱伤，想起来就疼痛得不能呼吸，这个时候却得知曾经坚持不懈追求的男神要回来了。

沐玲欣无语望天，老天这是要玩她吗？

她眯着眼盯了爸爸整整一分钟，最后气得一跺脚，捂着脸跑回了自己的房间。

留下沐爸爸和凝姨莫名其妙地面面相觑，这孩子到底是怎么了？

夜色微凉，空气中带着雨后的芬芳。朦胧的路灯下，升腾起一片稀薄的水雾，昏黄又静谧。

沐玲欣透过窗户看到路灯下停着一辆熟悉的黑色轿车，脸色瞬间骤变，唰的一声合上了窗帘，转身扑倒在大床上。

一分钟前，她还曾怀着忐忑又激动的心情打开手机，心里不断地默念着，只要肖鲭然发过来一个道歉的短信，自己就原谅他。如果实在没有短信，只要是有一个他的未接来电也可以。

就这样一点一点地说服自己，下意识放宽给他的条件，但……

手机打开的一瞬间，她就如坠谷底般，浑身透着失望。

没有，一个都没有。短信没有，未接来电没有。他果然是一点都不在乎自己了。

也是，一个男人骗一个女人，骗得那么心安理得，他怎么会在乎！

沐玲欣扯过被子，把头深深地埋进被窝里，不让自己去想楼底下靠车而立的高大男人，就当他自始至终没有在自己的世界里出现过吧！

这几天，沐玲欣除了偶尔回家吃饭睡觉之外，就整日待在实验室里研究香水，伤心和失望已经让她思考不了太多的事情。

柳卓航回国的日子在沐爸爸的惦念中越来越近，白青青和苏亦俊的抄袭事件也一点一点在众人视线中炸开锅。

期间肖鲭然打了一次电话过来。

那天沐玲欣正在实验室里忘我地研究，手机忽然间在外间的办公室响起来。经历过那天的纠缠之后，沐玲欣对电话铃声的敏感程度大大增加，当下放了手里的器材出去接听。

看着屏幕上跳跃的“肖鲭然”字样，她十分不可置信，恍恍惚惚地看着电话断了之后又再次响起来。

“沐玲欣。”

肖鲭然的声音一如既往地富有磁性，清脆若击玉般激荡着沐玲欣的耳膜，意识在听到他开口的一瞬间有些许模糊，但下一秒就被他的话陡然惊醒，“沐玲欣，你如果有气冲着我来，不要拿我的公司开玩笑。”冰冷的警告，一字一句传入沐玲欣的耳朵。

“肖鲭然，你这话什么意思？什么叫我拿你的公司开玩笑？我做了什么让你这么说我？”肖鲭然莫名其妙的话让沐玲欣瞬间火大。

第十一章　卓航归来

她就算再气、再怒，却没有想过要报复谁。他肖鲭然或许在别人眼里是个功成名就的男人——家庭富有，却坚持自己创业，到现在已经在T市的化妆品行业里稳打基础，独占鳌头——但她沐玲欣还不会将这些放到眼里！

“沐玲欣，我劝你最好和白青青放手，抄袭事件的真相到底是什么你应该比我还清楚。还有你们两个人的目的，不要把这些人都当成傻子耍。雅芙集团虽然成立时间不算很长，但还不至于轻易就能落败在你们两人手里。”

沐玲欣心里一惊，这到底是怎么回事？白青青明明说过抄袭只是为了陷害苏亦俊，让苏家人看清事实，解除和白家的商业联姻，怎么现在倒把雅芙集团也拖下水了。白青青到底做了什么？

“肖鲭然，你够了！”她激动地朝电话大喊，纵使不清楚事情的经过，但沐玲欣也不是随随便便给她安个罪名，便稀里糊涂地承担下来的，“你说你聪明，有本事你把事情的真相调查清楚了再过来责问我。我是不是清楚事情的经过，还轮不到你替我回答！”

这次沐玲欣真的是被气到了。从来都喜欢心平气和处理事情的她，再也忍不住，恨不得把手机砸在肖鲭然的脸上，让他好好调查清楚之后再过来质问自己！

现在雅芙集团涉嫌抄袭的事情在整个T市被闹得沸沸扬扬，就算她不想知道，但整日被周围人议论，也多多少少知道一点。

沐玲欣没有马上联系白青青，白青青反倒先找上了她。这个时候，她才知道原来白、苏两家人的联姻没有那么容易。

柳卓航如期归来。

沐爸爸和凝姨一大早都高兴得合不拢嘴。两人也不知道到底抱着什么样的目的去接柳卓航，总之，为了今天的迎接，他们特意去量体裁衣，让顶尖设计师临时赶制了一套衣服出来。

换上新衣服的沐爸爸显得更高兴，昂头挺胸地在沐玲欣眼前走来走去显摆，并且有意无意地把目光往沐玲欣身上看过去，欲言又止。

直到临上车前，凝姨才疑惑地看着沐玲欣，“今天去接人，顺便带你一块去相亲，昨天不是让保姆放在你衣柜里一件新衣服吗，你怎么没有穿上？”

沐玲欣没有什么太高兴的表情，“唔，我觉得我身上的这件就挺好的。再说了，相亲又不是订婚，搞那么紧张干什么？”

凝姨一时无语，默默地坐上了车。

说者无意，听者有心。沐爸爸忽然灵机一动，击掌大声叫好，“哎呀，你这想法好啊！我怎么都把这事给忘了！今天你们两人见见面，感觉可以的话，就直接把婚订了，然后你们再磨合几年，等感情稳定了就结婚！小欣，你觉得怎么样？”

沐玲欣已经被爸爸彻底打败，惊得目瞪口呆，“不……不怎么样！”

机场里人来人往，声音嘈杂，在高大空旷的等候厅里，阵阵回音，一遍遍广播着最近起升和降落的航班。

忽然间机场里面传来一阵骚动，像是有明星经过一般，不少人兴奋得直抽气，有的直接尖叫一声。

“哎哎！来了来了！”沐爸爸起身的瞬间，不忘再次捋一下自己的衣服。

沐玲欣循声望去。

这一看惊得合不拢嘴。

从机场里面走出来两拨人，准确地说是两个男人，只是因为两人各自都有自己的“粉丝团”围着，看上去像是两拨人一样。

略靠前的男人身材高大清瘦，像是一棵孤直的松，在人群里更显鹤立鸡群。

是柳卓航。几年不见他似乎变得更帅气了，脸上原本冰山一角般的冷酷表情也变化了不少，始终挂着淡淡的笑意。

他一身棕色的休闲 T 恤，俊美立体的五官，薄薄的唇，短碎的头发在机场灯光下散发着健康的光泽，姿态慵懒地拉着一个行李箱朝这边走过来。

而步调略靠后的男人则是沐玲欣这一辈子再也不想见到的肖鲭然。今天他的打扮和往常一样的风格，白色衬衣搭配黑色西裤，铿亮的黑色皮鞋一尘不染。他嘴唇抿得紧紧的，面无表情往前走。

两个男人，一个成熟英俊，沉稳内敛；一个年轻帅气，俊美不羁。

霎时间成了机场一道靓丽的风景线。

沐玲欣不经意间朝肖鲭然看了一眼，恰好肖鲭然也抬头朝她的方向看了过来。

目光在空中对视的一刹那，肖鲭然愣怔了一下，似乎没想到沐玲欣会过来接自己，这是做梦都不敢想的事情，没想到就成了真的。他强压下心里的惊喜，面上很快恢复平静，表情依旧冰冷，目光却没有离开沐玲欣一下。

然后看着她表情没有任何变化地移开目光，笑容满面地走过来，略显娇羞地垂头撩一下额头的刘海。

肖鲭然见过沐玲欣的很多面，温柔的、愠怒的、气急败坏的，但唯独没有见过娇羞的她。肖鲭然此时的心像是一池被吹皱了的湖水一样，说不出来地舒服。

最后，沐玲欣在肖鲭然的注视下，欣喜非常地接过前面男人手中的行李，两人挨得很近，肖鲭然看不清沐玲欣的表情，但站在他的角度，刚好看到男人笑着在沐玲欣的脸颊上印上一吻。接着，两人并排走在肖鲭然前面。

事情变化得太快，肖鲭然脸上的表情僵得也很突然，垂在一侧的手下意识地握起了拳头，目送着沐玲欣和陌生男人说说笑笑离开了机场。

“肖鲭然？”沐爸爸无意间看到他，有些惊讶，“你也刚回来吗？”

“嗯。”肖鲭然点头，心里明明有股冲动，忍不住想要知道和沐玲欣并肩离开的陌生男人的身份，但还是不忘礼貌地开口套话，“刚刚看到沐玲欣，她也是刚回来吗？”

“小欣啊？她不是。今天过来接一个她大学校友。两人几年没见了，她不免有些激动。”激动得都没有看到你。

一番为沐玲欣开脱的话，让肖鲭然不屑地勾了勾嘴唇，校友还能麻烦爸爸和阿姨一块过来接？他又不是傻子！

机场外面，沐玲欣已经和陌生男人端端正正地坐在了车里，看似热络地聊着天，气氛轻松和谐。

肖鲭然和沐爸爸还有凝姨随后走了出来，沐玲欣装作没看见，继续对着柳卓航一个人傻子似的自言自语。

其实自从两人从机场出来，就一直是这个状态。

柳卓航表情看似比以前柔和了不少，但仍旧是一副拒人于千里之外的高冷样子，为了不让别人看出端倪，她便一路上装作两人很友好的样子，唧唧喳喳说个不停，但她根本不知道自己都和柳卓航说了什么。

她心不在焉地说着，而柳卓航则旁若无人地闭着眼休憩。

眼角瞄到爸爸和肖鲭然说了什么，然后凝姨帮肖鲭然把他的行李放到车子的后备厢里，肖鲭然拉开车门，在沐玲欣惊讶不已的目光中，坦然地坐上了车子的副驾驶座。爸爸和凝姨则坐上后面的一辆车子。

第十二章　非她不可

刚开始没人说话，沐玲欣原本装装样子的小把戏，当着肖鲭然的面是怎么也装不下去了，一心只希望这难熬的路程可以变得短暂一点，最好是她一眨眼，睁开之后就到目的地。

但这会儿柳卓航像是突然来了兴致似的，半眯着眼慵懒地开口问道："你……叫什么来着？"

沐玲欣尴尬得恨不得找个地缝钻进去。忽然间她急中生智，身子稍微朝柳卓航靠了一点过去，"你好坏啦！这么大人了，还跟人家玩这种装陌生人的游戏，真是不可理喻呢！"

沐玲欣说着，佯怒地噘着嘴，把头扭向一边，生怕柳卓航再次拆她的台，她没有把动作做得太大，只是微微侧了侧脸。

没想到刚一抬眼，视线就那么有意无意在镜子里再次和肖鲭然相对。

他的表情没有柳卓航那么公式化，嘴角若有似无地勾了勾，看向镜子里沐玲欣的眼神也柔和了许多，了然地透露出"原来如此"的信息，一副幸灾乐祸的样子。

柳卓航淡淡地扫了两人一眼，无聊地把双手枕在脑后，神情高贵无比地斜了眼沐玲欣，"装陌生人的游戏，在你追我的四年里，我跟你玩了整整一个大学，你现在才知道吗？"

充满嫌弃不屑的话，从柳卓航嘴里慢慢溢出来，沐玲欣一瞬间犹如被人给了当头一棒，晕晕乎乎地不知今夕何夕。

原……原来，柳卓航一直都知道自己啊！

沐玲欣不知道柳卓航的心思对现在的她来说是幸福还是不幸。柳卓航的语气里满满的都是“我说的是正经话”的意思，让她一瞬间心乱如麻。

她现在说不清楚自己和肖鲭然的关系，但是她知道自己真的放不下。就像大学期间，她曾经执着地追求柳卓航一般，凡是她沐玲欣认定了的人或事，不管付出什么样的代价，她都会拼上一拼，给自己创造更多的机会。

但前提是她能看到自己努力后有成功的希望。

肖鲭然不同。

他明明看起来很简单明朗，沐玲欣却根本感受不到他内心的真实想法，要不然也不会两人一起生活一周之久，她也没有看透他接近自己的真正目的，或者说她不往那个方向想肖鲭然，那样俊美的男人，却有着城府和心计。

她在肖鲭然那里没有看到一丝希望，却仍旧下意识地抓住舍不得撒手。

柳卓航现在说的这番话不知道是真实的想法，还是看透两人的关系想要暗中帮沐玲欣的忙。

此时沐玲欣心里犹如一团乱麻，剪不断，理还乱，抓耳挠心地烦躁。

“哦？真没想到沐小姐还有追人的经历。刚好我心里也有中意的人选，想要过段时间试试追一下，不知道沐小姐可有什么好的建议吗？”肖鲭然笑着问，让人看不透那笑里的真正含义。

沐玲欣却觉得这番话里无一字不露出浓浓的嘲讽意味。

当下也动动嘴角，扯出一个敷衍的笑，“对不起，独家秘诀，恕不外漏！”

肖鲭然闻言，不怒反笑，便也没再开口。

车子闭塞的空间里，一时间寂静无声，无形中有一股压抑的气流，逼迫得人心跳紊乱，快要不能呼吸。沐玲欣垂头咬牙，强自忍着。

车子又开了十几分钟，终于在柳靖叔叔提前预订的酒店门口停了下来。

柳卓航像是决定要帮忙帮到底一样，角色投入很快。

车子刚停下来，他就迅速开门下车，然后绕到沐玲欣的车门口拉开车门，服务周到地伸手挡在她头顶。

一系列动作他做下来自然又流畅，仿若一个真正的绅士一般，毫不刻意做作。沐玲欣满意地点点头，不顾身后肖鲭然陡然阴沉下来的脸色，和柳卓航并肩朝酒店里面走去。

酒席也是早就预定好的。直到饭菜满桌，沐玲欣才知道，原来肖鲭然也被意外地请过来参加这次她和柳卓航的相亲宴，哦不，是订婚宴！

因为刚刚柳靖叔叔代表柳卓航的父母——趁着沐玲欣离开去卫生间——问了柳卓航的意见，见柳卓航点头，当下两家家长便板上钉钉，兴高采烈地把事情定了下来。

等她从卫生间回来，柳叔叔象征性地问她："小欣啊，卓航今天刚回来，你感觉怎么样啊？"

沐玲欣尴尬地扫了一眼在场的人，正要开口，"哎呀，看来这两孩子都是愿意的，可喜可贺啊！"柳叔叔笑得找不着眼。

沐玲欣张着嘴呆呆地僵住了，她明明还没有发表意见，说话权就被人抢走了。

柳伯母也在一旁笑得跟朵花似的附和："就是，我看这两个孩子也觉得般配得紧呢！"

"是吗？"

沐玲欣看了眼柳卓航，他倒了两杯酒，一杯递给面无表情的肖鲭然，一杯握在自己手里，隔空对着肖鲭然举了一下，然后嘴角含着一丝说不明的笑意，一仰脖喝了下去。

挑衅，他这是赤裸裸地挑衅！

沐玲欣看得心惊肉跳，柳卓航这是干吗？刚回国，就打算树遍地的敌人吗？如果想要在T市混下去，得罪了肖鲭然，可真是自寻死路。

肖鲭然靠着椅背，眼光淡淡扫了酒杯一眼，然后像是不耐烦一样，懒洋洋地坐直身子，端起桌子上的酒杯，气势不输柳卓航一饮而尽，然后拿着见底的酒杯缓缓翻过来，扣在桌子上。

无声的回击。

在场的人皆疑惑地看着肖鲭然和柳卓航，不知道两人到底在搞什么鬼，除了面色意味深长之外，没一点他们能看得懂的表情。

柳卓航忽然一把抓住沐玲欣放在桌子底下的手，凑到自己嘴边轻浅一吻。

做这个动作的时候，他的眼睛死死盯着肖鲭然，众人这才明白，两人这是在互相挑衅。

沐玲欣不自然地想要抽回手，却被柳卓航自然而然地放到了他的腿上，用桌子掩饰两人暗地里的较量。

然后他对沐清风说："谢谢沐伯父能放心地把小欣交给我。我们大学同学四年，对彼此也算是了如指掌。今天阔别重逢，虽然刚见面就订婚不太合适，但请您和凝姨放心，我一定会对小欣好的。"

沐玲欣听得一脸迷茫。他这说的什么意思？什么叫了如指掌，对对方了如指掌的人分明是她好吗？他柳卓航对自己了解吗？他凭什么当着自己爸爸的面这么说？

"嗯，我也觉得有些不妥。"肖鲭然突然间开口，"毕竟沐小姐在T市也是名门望族，这个订婚宴太简单了。沐伯父一辈子就这么一个女儿，订婚宴当然也不能委屈了才是。"

肖鲭然的话合情合理，柳靖有些尴尬地看了眼老友，面色为难地开口，"其实我也知道这个太简单了，对不住小欣这么好的姑娘。但我也是不得已而为之。老沐，你就当帮帮我了。"

第十三章　相亲宴会

面对多年老友的哀求，沐清风和凝姨面面相觑，神色犹豫，“老柳，你如果让我在其他方面帮你，我就是倾家荡产、砸锅卖铁都要帮你。可拿小欣的终身大事开玩笑，你这不是逼我吗？”

事情突然间演变到这种地步，是所有人始料未及的。原本以为就是一个简单的相亲宴，突然间成了订婚宴，没有人会想这背后还有一些不可说的东西。

沐玲欣此时心里说不出来的感觉，庆幸和失望并存，一时间复杂得她也不知道该怎么办才好。

她的手被柳卓航放在腿上，大拇指像是在安抚，又像是在缓解什么情绪，一下一下摩挲着沐玲欣的手背。柳卓航此时的表情没有多大的变化，仿佛柳叔叔说的“不得已而为之”和他没有一点关系。

肖鲭然则重新靠回椅背，姿态悠闲，看起来就像是冷眼旁观，高高地扬着下巴，睥睨着被柳卓航抓在手里的沐玲欣的手。

“老柳，非小欣不可吗？”心情起伏许久的沐清风终于忍不住颤着声音问道。

餐桌上的气氛一时间也变得有些微妙，每个人都心情复杂地思考着，就连空气中的气流也变得凝重起来。

柳靖暗暗叹气。

“非她不可。”

沐玲欣其实一直都不想爆发，当着这么多人的面惹得爸爸难看，更让自己的面子上过不去。

但她真的是忍不住了，猛地从座位上站起来，冷眼扫视一圈在场的所有人，语气愤怒地说：“你们够了！”

说了简短的一句，沐玲欣就不知道该怎么说下去了。心里原本憋着的怒火，在看到爸爸和柳叔叔略显愧疚的目光之后，忽然间心软了，“爸爸，柳叔叔，你们都是从我这个年纪过来的，纵然我没有设想过自己的婚姻是什么样子，但是也不是说你们随便一句话就可以轻易决定的。不管订婚还是结婚，都应该慎重。”

再开口时，沐玲欣看着肖鲭然嘴角噙着的那抹意味不明的笑，已经完全不想说下去了，“好了，叔叔阿姨，你们慢聊，我先走了。”

这个包间她一点也不想待下去了，说完就拎着包往外面走。

开门的瞬间，她眼睛的余光瞄到肖鲭然也缓缓站了起来，笑着和爸爸说了什么，然后不疾不徐、姿态怡然地跟了出来。

出了包厢的门，沐玲欣下意识把脚步放得飞快，一路上小跑着往外面走。

不知道肖鲭然跟着她出来到底想要干什么，她现在心里很乱，不想说话。但身后的脚步声如影随形，不依不饶地跟着。沐玲欣急着想要摆脱身后的肖鲭然，突然看到前方拐角的地方就是女厕所，当下来不及想，转身就要往里面进。

身后的脚步忽然间加快了速度，就在沐玲欣将要迈进女厕所的前一秒，胳膊被人拽住，然后用力往回一扯。

沐玲欣没来得及反应，就被狠狠地拽进肖鲭然的怀里，她鼻子重重地撞上肖鲭然结实的胸膛。

厕所里面点着的熏香似有若无地在沐玲欣的鼻尖前萦绕，却比不上肖鲭然胸口熟悉的味道，没有一点杂质，纯粹的男人特有的阳刚味道汹涌地包裹着她。

“你干什么！”鼻尖的疼痛让她痛呼出声，紧紧箍在后腰上的胳膊咯得她一阵生疼。

“你在躲我？”肖鲭然的心情莫名地有点好，对着怀里挣扎的女人也忽然间有了耐心，好笑地看着她奋力挣扎，他则见招拆招，轻而易举再次把她制服。

“我为什么要躲你？肖鲭然，奉劝你一句，自我感觉太过良好的人是追不到女人的！”狠狠地说完这句话之后，沐玲欣就有点后悔。当时也不知道怎么的，忽然间就想起来肖鲭然说要追自己心仪的女人，一时没控制住，心直口快就说了出来。

厕所门口来来往往的人都用异样的眼光看着两个不断反抗、不断压制的人。忽然间，男人像是听了什么好笑的笑话一样，原本紧皱的眉心愉快地舒开来，笑得开心。

“哈哈，沐玲欣，你这是关心我？”

面对肖鲭然的耐心，沐玲欣忽然间没有了再和他纠缠下去的兴致，手指朝他侧腰上的肉狠狠掐了下去，“关心你？你做梦！”

肖鲭然吃痛，好看的眉毛微微蹙着，但眼里还是浓得化不开的笑意。

“肖鲭然，你放开我！这么多人看着，你不怕丢人，我还怕以后坏了名声！”见周围已经有人认出来沐玲欣的身份，肖鲭然却仍旧没有放手的意思，沐玲欣恨不得一巴掌拍死肖鲭然，不由得挣扎得更加强烈了。

女厕所门口围的人也越来越多，沐玲欣急得额头直冒汗。

“名声？”肖鲭然轻而易举压下沐玲欣举起来的拳头，嘴角似笑非笑，“反正现在我在你的心里，名声已经臭得不能再臭了，其他人怎么看我，根本就不在乎，媒体报纸怎么报道，都与我无关了。你说，既然如此，我还会在乎一个无关紧要的名声吗？”

“肖鲭然，你不要忘了，你一个人的名声或许关系到雅芙集团的命运，你真的能够泰然自若地不在乎吗？”

肖鲭然和爸爸的关系一直不好，自大学毕业起和朋友苏亦俊一起创建的雅芙集团，是他唯一能向自己爸爸证明能力的存在。沐玲欣现在忽然间想通了一点，那就是肖鲭然从她这里拿到了凤鸣代理权的合同之后，为什么没有直接拿回自己公司，而是毫不犹豫地给了他爸爸。

原来，这也是他向肖振杰证明自己的一种方法。相比较直接拿凤鸣充实自己的雅芙集团，前者除了能说明他对爸爸仍旧关心之外，更能向肖振杰证明自己的能力。

不得不说，肖鲭然在这方面还是格外顾全大局的，一举两得的事情不仅缓和了和老爸的关系，更是证明了自己。

沐玲欣不得不打心眼里佩服眼前这个男人。

但是佩服归佩服，还不至于佩服到为了他，连自己的脸面都不要的地步。

果然不出所料。

说完这句之后，沐玲欣感觉到紧箍住自己的胳膊狠狠地僵了一下！

沐玲欣趁机赶紧挣扎欲逃走。

却没想，举臂刚要抵抗，肖鲭然便陡然间清醒一般，浑身一震，扫了一眼周围围观的人，当下二话不说，强硬地搂着沐玲欣往不远处的另一间 VIP 包厢里走去。

刚好包厢里空无一人。

肖鲭然搂住有些踉跄不稳的沐玲欣推门而入，然后移开一点身子，用脚够住门之后，狠狠踹门关了起来。

他行云流水地做完一系列动作之后，不等沐玲欣反应过来，便重重地把她推在门上，束缚在他和门之间，头渐渐低了下去。

第十四章　卑鄙威胁

沐玲欣被他略带粗暴的动作震得头直晕。等她好不容易清醒过来之后，眼前便是一张瞬间放大了的肖鲭然的俊脸。

“呵呵。”肖鲭然冷冷地笑了一声，“不错啊，半月不见，智商有所长进，都知道威胁人了？”像是真心为沐玲欣高兴。

他墨黑的瞳仁清楚地倒映着沐玲欣惊慌的影子，眼底有隐忍的怒意流转，也被气得呼吸越来越重。

从来没见过这样的肖鲭然，面色平静，但目光深沉凌厉如刀锋，此时此刻的他犹如大海一般，表面平静，但深处酝酿着万丈波涛。

沐玲欣被这样的肖鲭然实实在在地吓到了，睁大眼睛不可置信地看着他头越来越低，离她的距离越来越近。

就在他的嘴即将落到沐玲欣的唇上时，沐玲欣下意识地把头偏向一边，然后肖鲭然略带冰凉的唇便在她的脸颊上如凉水滑落一般擦了过去。

肖鲭然再也掩饰不住眼底的怒火，怒不可遏地把沐玲欣的脸狠狠扳过来，“怎么？在床上那么手到擒来，我到如今都忘不了你，这么快你就要忘了？”

有人说，发怒了的男人，女人不要惹，但少了一句话，发怒了的女人，男人也惹不起！

沐玲欣一度以为肖鲭然是冰冷无情的男人，却在他说完那句话之后，便再次认识到了这个男人的另一面：衣冠禽兽！

肖鲭然扳着沐玲欣的下巴不让她躲避，凶狠地垂下头用力地吻上她的唇。

沐玲欣气得咬牙切齿，恨不得把肖鲭然伸进她嘴里的舌头咬掉，但几次都被他轻松地躲开。

他这是算怎么回事！

为了拿到凤鸣的代理权，不惜用感情来欺骗自己。当初走得决绝又狠心，一句解释都没有，拿了她含泪签字的合同便无情离开。

现在她一点都不想看到这个男人，本来以为他就要从自己的世界里离开了，可没想到，他却又再次可恶地出现，然后试图和她纠缠不清。

这样算来，她到底在他心里是什么！只是一个一时兴起的玩偶吗？

这个吻来得强硬又霸道，肖鲭然恶狠狠地在沐玲欣的嘴唇上碾压。男人的阳刚气息通过两人交叠的嘴唇，犹如波涛般汹涌地环绕着沐玲欣。

沐玲欣越想越气，反抗无果之后，只有把眼睛睁得大大的，清醒地看着眼睛微红的肖鲭然在她的唇上为非作歹，胳膊绕到她的身后，隔着她身上薄薄的衣衫，火热的大掌在沐玲欣的背上游走。

良久，他像是吻上瘾了般舍不得放开。

吻到最后，似乎有点动情。

动作也渐渐轻柔下来，时不时还会停下来，轻啄一下沐玲欣的唇角，眼底再也掩饰不住的伤痛清晰地呈现在沐玲欣的眼前。这样的肖鲭然让她恍然间升起了一股莫名的心疼。

“我想要你……”肖鲭然吻得动情，但脑子还很清醒，知道这是个独立的包厢，方便两人办事。

但他下意识的一句话，让沐玲欣瞬间惊醒！

脑子已经来不及反应，沐玲欣的动作就已经率先发出了指令。

啪！

清脆的耳光声在空荡荡的包厢里回响着！

沐玲欣摸着被肖鲭然咬流血了的嘴唇，气得牙根痒痒，“肖鲭然，别以为你用曾经的破事就能威胁到我！”

肖鲭然的脸狠狠地歪向一边，过了一会儿，缓缓抬头看着沐玲欣，眼底冰冷，毫无情欲，仿佛刚才那个强硬的吻从来不曾发生过。

“曾经的破事？”被猛然打醒的肖鲭然脸上火辣辣地疼，他用舌尖舔了下嘴角，口腔里有淡淡的血腥味。这女人真狠！

他心里暗暗想着，面上冷笑着看向沐玲欣，“你把自己都送给我了，还妄想着嫁给柳卓航。你觉得他会要一个没有了贞洁的女人吗？”

“没有贞洁”四个字狠狠刺痛了沐玲欣的神经。

沐玲欣不可置信地看着肖鲭然，气得浑身发抖，良久，才抖着嘴唇吼道：“就当我喂狗了！现在医院多得是，随便找个地方都能做，国内不行，我去国外！你除了这个还有别的能威胁到我吗？”

她没有哭，眼睛水雾朦胧地泛着晶亮，坚强又倔强。

肖鲭然一时间无言以对。刚才慌不择言说出去的话，伤害已经造成，他也无力挽回。看着这样的沐玲欣，他也心疼，想说点什么来弥补，嘴巴张了张，却后悔得说不出来一句话。

“肖鲭然，现在的你真让我恶心！”

沐玲欣说完用力推开肖鲭然，转身就要离开，忽然放在门把手上的动作停住，然后她转身，在肖鲭然还没有反应过来的情况下，啪地在他另一边脸颊上又掴了一巴掌！

“肖鲭然，这个巴掌，就当你为我的身体付出的代价吧。从此以后，你我两不相欠！”

“两不相欠！”四个字如千金重石般狠狠砸在肖鲭然的心上。

说完，沐玲欣转身仓皇离去。

沐玲欣一直没有哭，脸上始终挂着优雅得体的笑容，眼底的湿润也被她强硬地逼退了回去。

长廊上的灯光在她头顶摇晃，沐玲欣脚步虚浮如同踩在云端，挺直了脊背，动作缓慢地离开酒店。

她和肖鲭然在这里耗得时间很长，足足有半个小时。原本以为爸爸阿姨们都已经提前离开了，却没想到，在酒店门口的停车场，看到柳卓航倚车而立的高大身影。

见她出来，柳卓航没有立刻迎上去，而是站着不动，看着沐玲欣，迎着暖暖的日光。

从天空微微倾斜而下的日光有些刺眼，让柳卓航有点看不清站在他前方的沐玲欣，隐隐约约看到一个模糊的轮廓，有光点在她周身起起伏伏，看起来像梦幻中的人物般，日光在她周身朦胧模糊地晕染开来，连同中间的人影也变得模糊不清。

人影似是犹豫了一会儿，才缓缓步下台阶，朝他走过来。

“你怎么没有回去？”沐玲欣走到他面前，开口问道。

“我已经把沐叔叔他们送走了，直觉告诉我，你没有离开，就干脆在这里等着。”

他也同样顶着大太阳，好在也是刚到。

沐玲欣看着柳卓航含笑回答她的问题，有片刻恍惚，仿佛看到了大学时光里那个帅气的大男孩。她总是喜欢在一个隐秘的不远处偷偷收藏他的一举一动。

那时暗恋一个人可以那样疯狂，肆无忌惮的年龄和现在形成了鲜明的对比，让沐玲欣有些许心酸。

“谢谢你！”

沐玲欣不否认柳卓航是她心里的男神，无可替代。她现在或许会对肖鲭然在意，但是两种截然不同的感觉让她一时间有点迷茫，不知道接下来该怎么做。

但，即使这样，人生大事依旧马虎不得。

第十五章　无言往事

她曾经或许会幻想一种专注执着、独一无二的婚姻，但是现在人心难测，让她像是被狠狠打了一巴掌般无所适从，但又不得不尝试着接受。

“柳……卓航，你不用这样刻意地对我好，我会认真考虑婚事的。”忽然间不知道该怎么称呼柳卓航，沐玲欣的脸上挂着一抹淡淡的红晕，显得很是尴尬。

“呵，婚事我自己都没有放在心上，又怎么会强迫你惦记呢？”柳卓航仗着身高的优势，像是好朋友一样把双臂轻松地搭在沐玲欣的肩膀，“结婚登记的事情，我们暂且不谈吧。等下，要不要跟我去一个地方？”

此时，柳卓航微微俯着身子，上身朝沐玲欣靠拢，姿态有些许暧昧，但他眼神清亮纯净，停在沐玲欣的眼前，一眨不眨地看着她，像是在征求沐玲欣的意见。

这样的柳卓航，干净帅气又纯净无瑕。沐玲欣本就毫无抵抗力，再加上刚刚在酒店被肖鲭然刀锋似的话伤得体无完肤，忽然间受到别人的尊重，心里是一种无法言说的欣慰感。

“嗯。”

沐玲欣点头同意，就算此时此刻不知道柳卓航要带她去哪里，已经不重要了。

柳卓航见沐玲欣答应了，似乎心情大好，嘴角还勾着一抹意味不明的笑意。

他绕过车头，把车门打开，看着沐玲欣坐进去，然后又绅士地帮她扣好安全带。往常侍者这样周到地服务，沐玲欣会觉得理所当然，所以能很自然地接受他们一系列的细致服务。

可现在为她服务的人是柳卓航，一时也觉得尴尬。柳卓航探过身子为她扣上安全带的瞬间，她能清楚地看到外面的阳光在他的发梢雀跃，有微风拂来，带来他身上独特的味道。

他身上有着不同于肖鲭然成熟稳重的男人气息，同样的干净清爽，但柳卓航似乎纯净得毫无瑕疵，一如那些年她执着追他时的耀眼迷人。

柳卓航关门前，状似无意地扫了一眼沐玲欣红肿的嘴唇上挂着的伤口，他俊秀的五官没有任何情绪变化，只是眸子垂了垂。

“这么多年不见，我都没说要去哪里，你就傻乎乎地跟着我走，不怕我把你卖了吗？”柳卓航坐上驾驶座，一边发动车子，一边开玩笑似的问道。

“是啊，这么多年不见，以我对 T 市的了解，就算是一个隐秘的地下室，我都有详尽的地图，如果想卖我，你倒是可以试着挑战一下我的记忆力呢。”沐玲欣从小就没有什么特别的爱好，除了对各种香味敏感之外，还对各地区的文化有种特别的感情。

也正是因为如此，她才会对 T 市的每一个角落都了如指掌。

柳卓航惊讶地扭头看一眼沐玲欣，“不会吧？一直以来，你地理方面不都很差劲吗？我可是清楚地记得，你初中地理考试从来都没有及格过的啊。”

“你怎么知道？我们初中不是一个学校的啊！”沐玲欣惊讶了半晌。

她只记得，自己是从大学开始才知道柳卓航的存在，而他怎么会知道自己初中时候的事情？难不成，他私下里调查过自己？

柳卓航没有回答，双眼认真地看着前面的路况，脸上的笑温和又坦荡，让沐玲欣一时之间也无从猜测。

其实柳卓航说得一点也不错。她不光在地理方面很渣，就连平常出门都会找不着家。爸爸担心她会走丢，只要她出了大门，都会派人跟着，这样的情况一直持续到她上大学。

大学里，总不能再安排个保镖贴身为她指路。或许是考虑到以后更远的路，沐玲欣建议爸爸撤掉保镖，爸爸犹豫了一下，点头答应。

大学上半年，她整日除了正常上课，便把所有时间都用到了熟悉校园上面。也正是因为如此，她每次制造和柳卓航的“偶遇”地点，都是经过精心挑选的。为了不临时掉链子迷路，她便沿着那条路来来回回走上数百遍。

大学期间她总共制造了五次和柳卓航“偶遇”的事情。前四次都堪称完美“邂逅”。虽然最终结果出奇地一致，那就是她对柳卓航更加动心，柳卓航却无动于衷，连她是谁都不知道。

最难忘也就是最心酸的一次，便是最后一次在学校外面一家 KTV 走廊上。

本来按照柳卓航宿舍一个线人提供来的消息，他将要在暑假最后一场考试的头一天晚上在 KTV 和哥们儿聚一次。原本学校里面的路线就让她走得头昏脑涨了，何况现在是校外。她找了朋友陪着她来来回回走了几遍，加上下了狠劲，在走完第十六遍之后，才勉强记住了路线。

原本柳卓航和哥们儿的聚会就是临时的。沐玲欣除了时间上来不及多熟悉路程之外，更要命的是那天还是个晚上。

那天的天气不太好。沐玲欣费力地走出校门口，天上忽然下起了大雨，一时间无处可躲。看着大雨中那些原本明亮的店面忽然间只有闪烁的霓虹，她瞬间就被闪晕了头，本来就没有方向感的她迷茫地站在雨里，不知道该如何是好。

这是在暑假之前最后的一次“偶遇”了，她实在不想放弃这个机会。如果错过，就要再等上最少两个月的时间才能见到他。

想到这里，沐玲欣心一横，牙一咬，缩着脖子冲进茫茫雨夜里。

或许是老天眷顾，那天她一路低着头，凭着记忆中的路线，竟然奇迹般找对了地方。

然后，在柳卓航室友和她的天衣无缝地配合之下，她还是成功地“偶遇”柳卓航，并且非常惊喜地扑进了对方的怀里。

对于这样的福利，沐玲欣整整激动了一夏……

“听说你的感情经历这么多年来一直处于空白状态？”柳卓航突然间开口说话，吓了沐玲欣一跳。

“啊？哦，是的……”

回忆被打断，沐玲欣人也变得清醒起来，车子里忽然间就充满了压抑感。沐玲欣下意识把头扭向窗户，看着路边飞快倒退的高大树木。

“这……你这是要带我去哪里？”路边的景物竟然有种莫名的熟悉感。

“你不是说T市的每个角落都记得吗？那现在就用你超常的记忆力回想一下，这是在去哪里？”柳卓航打趣地看了一眼沐玲欣。

沐玲欣往车窗外稍微远一些的景物看过去，“这是……你要带我回学校？”

她满脸的不可思议，甚至惊喜地看着柳卓航开车时认真专注的表情，“我们回学校做什么？”

“当然是叙旧了。”柳卓航回答得理所当然。

“你那时又不认识我。我们没有什么可叙的。”虽然声音里带着失落，可沐玲欣的话却是平静地道出了事实。

第十六章　所谓真相

“呵，别急。”柳卓航下意识抬手揉沐玲欣的头发，摸了一下，忽然间感觉到掌心里的头发垂直柔顺，不是记忆里想念的那个精致的波浪卷发。他的手有些僵硬地停了一下，最后还是勉强保持自然状态，做完了这个动作。

沐玲欣感觉有些不好意思，还有一点疑惑，紧接着就听柳卓航说：“大学里的日子，是我近几年回忆最多的时光。好不容易从国外回来了，坐在飞机上时，我就特别想要回来看看。你陪我回忆一些往事吧？”

他说话的语气也带着回忆的味道。

沐玲欣不知道柳卓航说的往事就是表面上的意思，是指大学的美好往事，还是另有所指。总之，不用她回答，柳卓航的车子就在大学门口平稳地停了下来。

修建的中规中矩的大学校门矗立着，让人还未进去就感觉到一股强烈的严肃感。

沐玲欣这次不等柳卓航帮她开门，率先走了下来。

柳卓也航下了车，站在校门口，抬头看着高高的大门，嘴唇微微抿着，不知道在想什么。

实在想不通柳卓航到底要来学校回忆什么，但沐玲欣觉得，他的所有回忆一定与自己无关。

此时正值夏季，还未到放暑假的季节，校园里到处都是肆意飞扬的青春伴随着汗水与热血的味道。

两人并肩路过学校偌大的操场，沐玲欣下意识看了一眼看台，不由得便笑了。

“你笑什么？”柳卓航好奇地顺着她的目光看过去。

不远处几个男生正奋力打篮球，各个英姿飒爽，大汗淋漓。忽然一个堪称完美的进球，引得看台上唯一的一个女生激动得站起来鼓掌。她没有呐喊，也没有冲到进球的男生面前，只是默默地为他鼓掌。

沐玲欣在女生的身上似乎看到了自己，当年的她也是这么傻乎乎地暗地里给柳卓航加油。他的每一个动作都能让她激动得跳起来！那时的开心与伤痛，永远都有清楚的界限。

“看台上的那个女生好傻啊！”沐玲欣低头感叹，“明明那么激动，却始终不肯喊出来呢。”她的声音很小，像是自言自语，又像是在嘲笑当年的自己。

闻言，柳卓航停下了脚步，目光复杂地看了一眼沐玲欣，好久才开口问：“你是真的觉得那个女生很傻，还是因为你想到了当年的一些人或事？”

说这话的时候，沐玲欣正站在大太阳底下，今天出来没有拿伞，额头上早就沁出了一层汗珠。而柳卓航正站在树荫底下，光与影的交界处，有一刹那的黑暗，让柳卓航的表情看得很不真切，也让人猜不透他说这话的日的。

沐玲欣歪着头想了想，“暗恋本来就是世界上最模棱两可的恋情，如果没有说出来始终都不会有机会。不用回想，这样的事情大学里随处可见，也没什么奇怪啊！”

柳卓航缓缓上前一步，走到沐玲欣面前，这次沐玲欣终于看清楚了，他脸上挂着明了的笑意，意味深长地看了沐玲欣一眼，说：“是啊，这样的事情，大学里到处都有。”

不知道他是在阐述事实，还是暗指当年的沐玲欣。总之，他话音刚落，沐玲欣瞬间就被他这句话说得耳廓发红，呆呆地站着，看着前面柳卓航挺直如松的背影。

T 大的校园修建得很有特色，不仅有亭台长廊，还有小桥流水，有些地方装饰得古香古色，站在屋檐下，恍惚中竟有种穿越了的感觉。

沐玲欣和柳卓航并肩行走，不知不觉就到了小河边的长椅旁。

这是当年沐玲欣和柳卓航“巧遇”的一个地点。虽然不知道为什么会来这里，但沐玲欣看柳卓航已经坐到了长椅上，便也跟着在他旁边坐了下来。

河面上的湿意随着微风晃悠悠地带来了浮草特有的气息。沐玲欣见柳卓航不说话，她便也安安静静的。两人本来就不是特别熟悉的朋友，加上几年没见，别说感情了，就连最基本的称呼之类的，沐玲欣也把握不准，生怕说错什么，干脆就不开口。

柳卓航悠闲地靠在椅背上，半晌之后，终于开口打破了两人间的安静，“小欣在这里读了整整四年吧！应该对这里的一花一草了如指掌。”

沐玲欣点了点头，很快就又摇了摇头，“我不熟悉。本来就有点路痴的我，大二之前，我凭着对大学的……情有独钟，逼着自己熟悉校园的一花一草，可是后来慢慢就松懈了，也就没有再记。”

“哦。”柳卓航做思索状点头，“那也真为难你了，总喜欢一个人出现在一些小道上，大学四年竟然没有走丢，挺不容易的！”

沐玲欣被柳卓航说得面红耳赤，但也总不能这样为自己辩解：其实，那完全是为了和你“邂逅”才死记硬背记住的线路图啊！

“呵呵。”忽然，柳卓航自嘲一笑，说道，“不管怎么说，还是很感谢你那些年曾经为了我付出的真心。对于我对你的态度，今天我先给你道个歉吧，也给我自己道个歉！”

“你这是……怎么回事？”沐玲欣疑惑地问。

“你放弃记学校的路线图，是因为人走了。而我硬逼着自己练成铁石心肠，迫不及待地出国，却是因为人还在。”柳卓航目光远远地看着河面上一片波光粼粼，却忽然问道，“小欣，你知道无能为力是什么样的感觉吗？”

知道柳卓航此时陷入了回忆里，沐玲欣没有接话，而是认真听着。

“无能为力，其实真的很折磨人。事情明明只差最后一步就可以成功，或者是改变一下现状，可我却因为能力不够，要眼睁睁看着我妈妈被气得久卧病床。即使是这样，有人仍旧不愿意放弃，想要取我当时没用的性命。你说，那些人是不是很可恶？真的，无能为力到绝望。”

柳卓航的声音越来越深沉，甚至渐渐激动起来，“我多想把自己置之度外，不管别人的生死，肆无忌惮地在这里挥霍我正值年少的青春。可我真的做不到！

“最爱我的舅舅下葬那天，所有人都在哭，我没有。舅母想要霸占柳家财产，便不惜对我妈妈下手，那天我妈妈差点就被他们害死，我仍旧没有哭。我舅母是个心狠手辣的女人，为了给她唯一的儿子争夺更多的利益，就算是计划失败，仍旧没有放弃追杀我妈妈的念头，因为她现在是除舅舅之外柳家唯一的孩子，拥有柳氏集团一部分的股权。舅母想要独霸柳氏集团，我妈妈就是最大的阻碍。

“你们或许只知道我忽然间出国学习，可是却没人知道，我在国外一边读书，一边躲避别人的追杀时的绝望。小欣，你无法体验到那种生死一线的紧迫感。

“纵然那样，我仍旧没有哭，因为我知道，事情没有处理，哭再多都是枉然的。”

柳卓航真的是有点激动过头，一番话说得语无伦次。沐玲欣勉强懂了一点。

第十七章　河边赏景

也就是说，他舅母想要霸占柳氏集团，便试图暗中铲除掉所有的阻碍。因为柳卓航妈妈现在是柳卓航外公唯一的孩子，拥有柳氏集团的股份。

但这是家族中的争斗，柳卓航本来就是内敛的人，今天突然说这些……

“小欣，我今天给你说这些，是想让你可以认真考虑一下订婚的事情。沐叔叔和我叔叔的关系很好，这些事情你爸爸肯定也会知道。我虽然不确定他会不会劝你，但我知道，他不会看着好友有难，却不愿意出手帮助。”

沐玲欣点点头，柳卓航说得很对，爸爸就是一个很热心的人，尤其是对柳靖叔叔。

但这些理由听起来似乎很有说服力，沐玲欣不是傻子，当然不会忽略一件最重要的事情。

“今天说了这么多，你可以告诉我，为什么非要是我吗？”

柳卓航听了沐玲欣的话之后，微微怔了一下，随后，他有些僵硬地转过身子，看向了沐玲欣，“因为我知道，你会帮我。”

一个曾经追过自己的女人，应该在很大程度上会帮助自己吧！

沐玲欣轻轻地吁了一口气，她侧过头，目光幽幽地颤动着。

她没有说话，目光也不敢去看柳卓航。的确，柳卓航的遭遇很让人同情。但是，为什么那个人非得是她，他并没有给出一个合理的解释。

想到这里，沐玲欣轻轻地叹了一口气，她的目光幽幽地颤动着，缓缓地说道：“我会考虑一下的。”

柳卓航抿了抿嘴唇，没有说话。不过，很快他便坐了下来，他的目光幽幽地看向了前面的一片波光。

沐玲欣有些僵硬地转过头，看了柳卓航一眼。

这个男人和记忆中的那个男人是同一个人，没有任何改变。

那时候的她，每天都出现在他要出现的道路上。那时候的她，为了多看他一眼，而选择不吃饭，只为了在某个地方蹲守，直到他出现。

但是，那是过去的事情了。如今的她，心境和以前不一样了。

她心里装着的不再是眼前这个英俊潇洒的男子，而是另外一个男人……

一想到肖鲭然，沐玲欣很快就低下了精致的眸子，她黑鹅卵石一般的眼睛轻轻颤动着。

“如果你不介意的话，能不能坐在我的旁边？”柳卓航并没有转过头去看沐玲欣，他的目光依旧停留在波光粼粼的河面上，继续说道，“陪我一起坐一坐。”

沐玲欣很快就回过神来，她看了一眼柳卓航，随后轻轻点了点头，说道：“好……好啊！”

沐玲欣轻抚了一下自己的裙子，随后就坐了下来。她的坐姿很优雅。

柳卓航深邃的目光看着河面，他感慨道：“我已经很久没有这样子舒舒服服地吹吹风了。”

一阵微风袭来，柳卓航微长的刘海迎风扬了扬。

沐玲欣硬生生地吞了吞口水，看着坐在自己旁边的柳卓航，不得不说，岁月让他看起来更加成熟了一些。

如果她的心里没有肖鲭然的话，如果肖鲭然不进入她生命里的话，她说不定会再次喜欢上柳卓航。

想到这里，沐玲欣低下了眸子，她长长卷卷的睫毛轻轻颤动着，就像是蝴蝶展翅一样。

“大学的时候，我也经常到这里坐着。”就在这个时候，柳卓航轻声说道。

他的声音很是柔和，带着男性特有的磁性。这让沐玲欣听了之后，脸上不由得有着淡淡的红晕。

“我知道。”那时候的她也经常来这个地方。她时常就站在柳卓航的身后，就这样静静地看着柳卓航。

那时候的她并不期待柳卓航能够看到自己，她只要能够静静地看着柳卓航就已经足够了。

“沐玲欣……”就在这个时候，柳卓航侧过头，目光幽然地看着沐玲欣，说道，“能够帮助我的人，只有你了。”

沐玲欣的手指不由得一阵轻颤，她没有回答，有些窘迫地回避了柳卓航的目光。

就在这个时候，柳卓航伸出手轻轻地揽过了沐玲欣的肩膀。

沐玲欣的身体瞬间哆嗦了一下，她打了一个激灵，随后睁大眼睛，有些困惑地看向了柳卓航。

“风似乎有点大了。”柳卓航看到沐玲欣那惊诧的目光，嘴角处有一抹云淡风轻的笑意。

沐玲欣低下了精致的眸子，没有去看柳卓航。

她不知道自己此时此刻是什么样的心境。但是，当柳卓航伸手来揽住她的时候，她着实吓了一跳。

有点惊喜，同时又有点想拒绝。

“我看时候也有些不早了。”沐玲欣看了看蔚蓝的天空，随后笑着说道。

柳卓航抬起眸子，看向了如同蓝锦缎一样的天空，他沉默了一会儿，说道：“是吗？”

沐玲欣嘴角处的笑意瞬间就凝固在了嘴边。

此时此刻的她，真像是搬起石头砸自己的脚啊！这个时候明明还是下午，天色也没有暗下来，她居然说出这样的话。

柳卓航自然知道沐玲欣想要离开，但是他不给她这样一个机会。他知道沐玲欣和自己坐在一起难免会有一些局促，难免会有些心乱。

沐玲欣的额头上很快就出现了汗珠，那是说谎之后的不安表现。

这个时候，柳卓航闭上了眼睛。

沐玲欣转过头，看到了柳卓航光洁的额头。

曾几何时，她看着那样光洁的额头，恨不得伸出手去戳一戳。

沐玲欣硬生生地吞了吞口水，然后斗胆伸出自己的手，慢慢地往柳卓航的额头移动。

然而，就在这个时候，柳卓航睁开了眼睛，他狭长的眼睛微微眯了眯，目光瞬间就定在了沐玲欣的脸上。

沐玲欣的手指停在了半空中。

“你这是？”柳卓航似笑非笑地看着沐玲欣。

沐玲欣的脸瞬间就红了，她的目光很快移动到自己的手指尖上。蓦地，她将自己的手指收了回来，脸上却有着窘迫的神情。

柳卓航看着沐玲欣，随后轻笑道：“你能够告诉我，你刚刚要干什么吗？”

他这是明知故问。

沐玲欣低下了眸子，没有说话。

柳卓航看着沐玲欣羞涩的表情，嘴角处的笑意越来越深了。

然而，虽然柳卓航嘴角处的笑意越来越深，他的眼里却是那样的冷漠。

那是一种皮笑肉不笑的笑容。

沐玲欣很快就站了起来，她的目光幽然地看着前面的风景，随后轻轻地吁了一口气，说道：“我可能要先回家了。”

“那我送送你吧！”这一次，柳卓航不再挽留，他伸出自己修长的手，撑着草地，霍地一下站了起来。

沐玲欣摇了摇头，说道：“不用了，我自己可以走。”

第十八章　猝不及防的车祸

听到这里，柳卓航也不好再说什么，只是轻轻地叹了一口气，说道："那好，如果你执意自己走，我也只好看着你走。"

沐玲欣抿了抿嘴唇，起身准备离开。然而，就在这个时候，柳卓航说话了，他说道："那件事情……"

沐玲欣听了柳卓航的话之后，停下了脚步，她硬生生地吞了吞口水，说道："我会好好地考虑考虑的。"

说完之后，沐玲欣就仓促地离开了。

柳卓航看着沐玲欣远去的身影，轻轻地叹了一口气。随后，他握紧了拳头。

不管怎么说，他都要好好珍惜这次机会。

只要他能够和沐家联姻，那他就什么都不用怕了。

肖鲭然此时的脸上有着难看的神情，指节分明的手按在了方向盘上，脸上的戾气却越来越重。

一想到沐玲欣的那几巴掌，一想到沐玲欣的那种态度，肖鲭然就觉得自己要发狂了。

他不知道自己是什么样的一种感觉！他觉得自己快要发疯了，心里特别难受！

沐玲欣，你可知道，你刚刚那样的话，比夺人命的小刀还要伤人！

想到这里，肖鲭然咬住了自己的下嘴唇，脸上的神色是那样的冰冷。

他不曾知道，自己会喜欢一个人喜欢到这个地步！她的一句话，她的一个行为，就能够让他伤心欲绝。

肖鲭然原本纤细的指节在此刻更加分明。他的脸上有着难以抚平的愤怒，胸口处也堵得慌。

他从来没有想过，自己有朝一日会因为一个女人变成这副模样。他也从来没有想过，自己会喜欢一个女人喜欢到如此疯狂。

肖鲭然猛一踩油门，车子急速在马路上奔驰着。

肖鲭然的脸上有着密密的细汗。此时，他有些神志不清了，已经忘记自己是在马路上开车。

猛地，当前面出现一辆货车的时候，肖鲭然才回过神来，这才意识到自己还在马路上开车。

然而，此时此刻，一切都来不及了。

车子的速度太快了，即便踩了刹车，也来不及了。

肖鲭然的额头上出现了冷汗，他的瞳孔在瞬间紧缩了起来。

这是生死存亡的时刻。

这个时候的肖鲭然头脑异常清醒。他知道，如果这辆车撞上眼前的这辆大货车，后果不堪设想。

肖鲭然很快转过头，看了看左右，他突然发现旁边有一排栏杆。

如果他全力转动方向盘，改变方向，车子应该会撞上栏杆。虽然车子撞上栏杆，他也会受伤，但是总比撞上大货车要好很多。

于是，肖鲭然毅然决然地转动方向盘，全力改变车子的方向。

就在要与前面的大货车相撞的那一刻，肖鲭然成功地改变了车子的方向，车子撞上了栏杆。

由于车速很快，撞上栏杆后发生了巨大的冲力，车子受到剧烈的撞击之后往后退了退。

肖鲭然也猝不及防地撞上方向盘，随后被破碎的玻璃击中头。

车子……停下来了吗？

肖鲭然感觉有一股液体正从自己的额头流下来，慢慢地往下淌。

他知道这液体是什么，他有些缓慢地伸出手，慢慢移向了自己的额头，当发现自己额头上的鲜血之后，微微眯了眯眼睛。

此时，他的目光有些涣散，感觉自己的视线有些模糊。

为了能够清醒一点，肖鲭然摇了摇头，试图让自己的眼睛恢复焦距。

但是，无论他怎么样努力，都无法让自己的眼睛恢复焦距。他有些缓慢地伸出手，慢慢地将手放到了车门的位置。

他得离开这个地方。

因为他刚才闻到了汽油的味道，要是他再不出去会有危险。要是车子爆炸了，那就是车毁人亡啊！

他用力打开了车子的门，然后有些艰难地从车子里爬了出去。

这个时候，肖鲭然觉得自己的呼吸有些急促，视线越来越模糊。

但是，他不能够在这个地方倒下，他必须爬到一个相对安全的地方。

只是，视线越来越模糊，意识越来越薄弱，而且呼吸越来越急促。

肖鲭然知道，自己可能要支撑不住了。他有些僵硬地转过头，看向了车子的方向，随后，他失去了最后一点意识，倒在了冰冷的地面上。

鲜血从他受伤的额头处慢慢地往下流淌，将附近的地面染成了红色。

滴答滴答滴答……

很快，救护车及时地赶到了车祸现场，医护人员将肖鲭然抬上了救护车，往医院的方向行驶。

“沐玲欣……”

人们隐隐约约地从肖鲭然的嘴巴里听到声音，但是他的声音是那样弱，以至于在场的医护人员都没有听到肖鲭然在说什么。

回到家的沐玲欣觉得自己的心情很是不好。

按理说她应该觉得开心才是，毕竟柳卓航是她暗恋了四年的男人。

沐玲欣走到了阳台上，伸出自己的手，轻轻地扶住了自己的脸颊，轻声叹了一口气。

可是，她并没有觉得很开心。因为她知道，柳卓航不是真心想要和她结婚，他只不过是为了个人利益，为了能够继承柳家的财产而选择跟她在一起。

她对于柳卓航来说，就是一个可以利用的女人而已。

一想到这里，沐玲欣低下了眸子，眼睛里有着淡淡的忧伤。

她应该接受这样的婚姻吗？

不，她不想接受这样的婚姻。

想到这里，沐玲欣抬起自己的手，按住了头，皱起了眉头。

然而，就在这个时候，她看到楼下站着一个男人，这个男人身板笔直，脸上有着森冷的表情。

这个人，便是柳卓航。

他怎么会在这里？

沐玲欣轻轻眨了一下自己黑鹅卵石一样清澈的眼睛，随后有些困惑地看向了楼下的柳卓航。

然而，就在这个时候，一大堆气球从楼下飞了起来。那些气球五颜六色，上面还有用红笔画着的爱心。

沐玲欣的目光停留在这些气球上，并且随着气球的移动，她的目光也在移动着。

“喜欢吗？”温柔的声音响了起来。

沐玲欣回过神来，她低下了眸子，看了一眼柳卓航，随后点了点头，说道：“嗯，我很喜欢。”

这是她出生以来，第一次遇到这样浪漫的事情。

第十九章　浪漫一刻

以前，她还是学生的时候，就经常幻想着有一个帅气的王子能够在阳台底下，放着气球，拉着小提琴。

就在沐玲欣恍惚的时候，柳卓航已经拿出了小提琴，随后放在自己的肩膀上忘我地拉了起来。

优雅的旋律就这样从柳卓航手里流泻出来。

沐玲欣沉醉在这美妙的琴音之中，她的脸上有着陶醉的表情。她仿佛回到了学生年代，回到了那样纯真的时代。

琴音在这个时候戛然而止。

沐玲欣眨了一下自己的眼睛，很快就回过神来，她看着柳卓航，皱起了眉头，问道："怎么？"

"想要我继续拉小提琴的话，你得答应我一件事情。"这个时候，柳卓航的嘴角处有着浅浅的笑容。

沐玲欣看着柳卓航，一挑眉头，问道："哦？你想要我答应什么事？"

"嫁给我。"柳卓航一字一顿地说道。

沐玲欣嘴角的笑意瞬间凝固了。

但是下一秒钟，沐玲欣的嘴角又恢复了淡淡的笑容，她看着柳卓航，说道："你等一下，我马上就下去。"

柳卓航只是淡淡地笑了笑，随后轻轻点了点头。

沐玲欣轻轻地叹了一口气，随后就迅速地走下楼。

沐清风看到沐玲欣急匆匆地往外跑，问道："你要去哪儿？怎么这么急匆匆的啊？"

沐玲欣停下脚步，道："那个……柳卓航来了，就在门外，我去看看。"

"哦，原来是这样啊！"沐清风看了一眼报纸，随后又说道，"如果出去玩的话，不要玩太久，要记得早点回来。"

"好的，爸。"沐玲欣点了点头。

"要不然这样吧，你让人家卓航进来坐坐。"凝姨从厨房里走了出来，脸上带着随和的笑容。

沐玲欣看了一眼沐清风，又看了一眼凝姨，摇了摇头，说道："我觉得有些不妥，毕竟他和我们不是很熟。"

到时候让他和自己的父亲坐在一起，也不知道会谈论一些什么话题！

想到这里，沐玲欣就急匆匆地往外走去。

她刚刚打开门，就看到柳卓航站在门口，着实吓了一跳。

"你……你怎么到这里来了？"沐玲欣压低了声音，小声说道。

"怎么，很意外吗？"柳卓航一挑眉头，继续说道，"我刚刚就在你的楼下，这个时候来到你的身边，你不应该觉得意外才是。"

"卓航，你来了啊？要不要进来坐坐？"凝姨看到柳卓航之后，笑得合不拢嘴。

沐玲欣的额头处有一抹冷汗。

说实话，她不想柳卓航进自己家，因为她觉得他肯定会和父亲谈论结婚的事情。这个时候的她，不想听到那个话题。

"不用了，阿姨，我来这里，只是想找小欣出去散步。"柳卓航彬彬有礼地看着凝姨，温和地说道。

"也好，也好。"凝姨点了点头，说道，"你们现在的关系也非同小可了，也是时候去外面散步增进感情了，我们这些大人在场，反而会妨碍你们感情的进展。"

"阿姨，我不是这个意思。"柳卓航听了凝姨的话之后，嘴角处的笑意在瞬间就凝固了，他摇了摇头。

凝姨看着柳卓航，抬起手掩住嘴唇，轻轻地笑了笑，她说道：“我知道，我知道，阿姨是跟你们开玩笑的，不要放在心上。”

沐玲欣看了一眼凝姨，说道：“那我先出去了。”

“去吧，去吧！”凝姨眉开眼笑地看着沐玲欣。

其实，凝姨早就将沐玲欣当作自己的亲生女儿了，沐玲欣的婚事，她很早就开始操心了。

如今看了柳卓航这个孩子，她也觉得不错，跟沐玲欣很是相配。

沐玲欣双手放在背后。

柳卓航看着沐玲欣，轻轻笑了笑，说：“你干吗把手放在背后呢？”

沐玲欣轻轻笑了笑，回答：“只是一种习惯而已。”

“原来是这样啊！”柳卓航的嘴角处有一抹春风般的弧度，说道，“我还以为你跟我在一起很紧张呢。”

沐玲欣没有说话，只是付之一笑。

“你有特别想要去的地方吗？”柳卓航侧着头看了一眼沐玲欣，一挑眉头。

沐玲欣摇了摇头。

柳卓航伸出手想要握住沐玲欣的手，沐玲欣却侧过身子拒绝了他。

沐玲欣不知道自己为什么会这样，她不知道自己为什么会突然之间侧过身，也许是条件反射吧！

柳卓航有些尴尬地看了一眼沐玲欣，随后低下了眸子，轻笑道：“是我太突兀了！”

接下来，柳卓航和沐玲欣就这样并排走着，彼此没有说话。

最先打开话匣子的人是沐玲欣，她一挑秀气的眉头，问道：“我还是想知道，为什么那个人非我不可？”

柳卓航的手指不由得一阵轻颤，他敛了一下眉头，说道：“那是因为……我姥爷喜欢你……”

什么？

沐玲欣觉得自己丈二和尚摸不着头脑，她完完全全不明白柳卓航在说什么。

沐玲欣伸出手，轻轻揉了揉太阳穴，她说道："我不太懂你的意思。"

柳卓航并没有觉得很吃惊，他看了一眼沐玲欣，继续说道："那是因为我没有将整件事情说明白。事情是这样的，我姥爷将我和我妈接回家里的时候，无意间发现了你的一张照片，于是就以为你是我的女朋友。"

沐玲欣抿了抿嘴唇，没有说话。她甚至不明白，为什么自己的照片会出现在柳卓航那里。

柳卓航像是一眼看出了沐玲欣的心事，继续说："难道你忘记了，上大学的时候，你曾经邮寄过一张照片给我。"

沐玲欣仔细一想，发现的的确确发生过这样一件事。那时候的她不敢向柳卓航表白，也非常害羞，于是偷偷摸摸地买了一张邮票和一个信封，将自己的照片装进信封里，随后来到了邮局。

那时候的她心情非常忐忑，站在邮局前思来想去，在投递与不投递之间犹豫，最终，她的手指一抖，那封信就这样进入了邮箱。

第二十章　意外相遇

沐玲欣看向了柳卓航，说道："那已经是很久之前的事情了，我都已经忘记了。"

"你真的忘记了吗？"柳卓航用试探的语气问道。

沐玲欣轻轻笑了笑，并没有回答。

这个时候，沐玲欣不知道为什么居然会想起肖鲭然，她也不知道肖鲭然现在在干什么，现在还好吗？

柳卓航看到沐玲欣心不在焉的样子，微微眯了眯眼睛，嘴角的笑意凝固了好一会儿，随后，嘴角又堆满淡然的笑意，说道："我知道一个好地方，你跟我来吧！"

沐玲欣有些困惑地看了一眼柳卓航，"是什么地方啊，你怎么这么神秘啊？"

"你跟我来就知道了！"柳卓航眨了一下自己的眼睛，脸上的笑意越来越深了。

记忆中，沐玲欣似乎没有看过柳卓航笑。看到他笑的那一刻，她出现了一种恍惚，她总觉得这样的笑容似乎是堆砌出来的。

柳卓航带着沐玲欣来到了一片薰衣草田地。

一阵风袭来，风带着薰衣草的味道拂来，让人不经意间觉得神清气爽。

沐玲欣的头发也被风吹得有些凌乱，她原本想要抬手将凌乱的头发拨至耳朵后面，柳卓航却率先伸出了自己的手，将沐玲欣有些凌乱的头发拨至耳后。

“这里的风似乎有些大。”柳卓航看着沐玲欣，嘴角处有着浅浅的笑意。

沐玲欣回过神来，她轻轻点了一下头，说道：“是啊，风的确有点大呢！”

“你觉得这里怎么样？”柳卓航将手插进裤兜里，目光炯然地看着前面的薰衣草，说道，“我觉得你应该会喜欢这个地方，所以就带你过来了。”

沐玲欣抿了抿嘴唇，却不知道应该怎么回答。

“空气中都是薰衣草的味道。”柳卓航闭上了眼睛，用力吸了吸鼻子。

“是啊！这里很漂亮，连空气中都带着好闻的味道。”沐玲欣长长卷卷的睫毛轻轻颤动着，目光幽幽地看向了前方。

“只要你喜欢，我就觉得很是安慰。”柳卓航侧头看了一眼沐玲欣，说道，“我刚刚还想，要是你不喜欢这个地方，那可怎么办呢！”

沐玲欣轻轻笑了笑，说道：“要是我不喜欢这个地方，那你打算怎么办？”

“说实话，我还真没有想到那一方面。”

两人有说有笑，其乐融融。

肖鲭然因为车祸被送入了医院，情况不容乐观。

医生们对肖鲭然进行了检查诊治。好在车祸没有伤到致命地方，所以并没有生命危险，然而并不代表他没事了。

肖鲭然看着镜子中的自己，脸上尽是哀愁。他不曾想过，有朝一日，他居然会因为车祸进入医院。

看着镜子中缠绕着绷带的自己，肖鲭然发出了一声与他身份地位不相符的叹息。他将镜子往旁边一扔，握了握自己的手。

自己的手此时有些酸痛。

不仅仅是手，他的脚也很酸痛，准确地说，他浑身都很酸痛。

要不是他及时清醒过来，要不是他当机立断急忙转动车子的方向盘，恐怕他此时已经撞上了那辆大货车。

如果他真的撞上了那辆大货车，那他就不会只是待在医院里这么简单了。

想到这里，肖鲭然又是一阵轻叹。

就在这个时候，门吱呀一声打开了。

肖鲭然很快往门的方向投去了希冀的目光。然而，当看到从门外进来的那个人之后，肖鲭然的目光瞬间黯淡了下来。

进来的那个人，不是他挂念的那个女人，不是沐玲欣。

想到这里，肖鲭然低下了头。

进来的女人长得非常漂亮，打扮得非常妖艳和时髦，她看到肖鲭然低下头后，一挑秀气的眉头，问道："你怎么一副消极的模样呢？看来，看到我，你很是失望哦。"

"你怎么来了？"肖鲭然不打算和眼前这个女人费口舌，所以，他有些缓慢地移动身子，躺了下来。

"因为你在这里，所以我来了。"女人轻轻笑了笑，嘴角处有一抹妖魅的笑容。

眼前这个女人不是别人，正是肖鲭然的前女友叶芳芳。

叶芳芳看着肖鲭然，继续说道："别摆出这样一副表情啦，我又不欠你什么。"

"我就是觉得奇怪，你为什么会出现在这个地方。"肖鲭然微微眯了眯眼睛，看向了正在关门的叶芳芳。

叶芳芳将自己名贵的 LV 包放在了一边，在肖鲭然的旁边坐了下来，说道："说起来还真是缘分呢！你知道吗，我刚好在这医院里做体检，做完体检的时候正好看到你被推车推进手术室了。"

原来是这样啊！

他刚刚正在纳闷呢，叶芳芳怎么知道他受伤了，又是怎么知道他住在哪个病房的呢！

"我听医生说，你是因为车祸而受伤的。"叶芳芳抬起自己的手，放在自己的嘴巴上，轻轻笑了笑，继续说道，"我就觉得很纳闷，你平时开车不是很小心谨慎的，怎么会摊上这样一件事情。”

“事到如今，你幸灾乐祸？”肖鲭然一抬眉头，有些不爽地看向了叶芳芳。

叶芳芳伸出了自己的手，轻轻滑过肖鲭然的手臂，轻声说道：“你哪只眼睛看到我幸灾乐祸了？你要知道，我现在很是心痛，毕竟你是我曾经爱过的男人，当然，现在也是。”

肖鲭然没有说话，只是微微眯了眯眼睛，似乎若有所想。

叶芳芳的脸色瞬间沉下来了，她的声音带着试探的语气，说道：“你是因为女人才心不在焉的吗？”

“不是。”肖鲭然冷声说道。

“事到如今，就不能够对我坦白吗？”叶芳芳长长地叹了一口气，她的眼睛幽幽地看向了肖鲭然，说道，“虽然我最近没有靠近你，不知道你的情况，但是我每天都在关注你的情况。前些天，我还看到你和一个女人走得很近。”

“你调查那么多干什么？”肖鲭然的语气中带着不满的味道。

“你觉得呢？”叶芳芳反问道，“你真的不知道我为什么要调查那么多吗？”

肖鲭然没有说话，但是他的目光幽然地转动着。

他当然知道为什么叶芳芳会去调查他。

“虽然我不知道你当初为什么要甩了我，但是，我想恐怕跟我没有魅力有关吧！最近一段时间，我又去学习化妆，又去学习打扮自己，就是为了再次得到你的爱。”叶芳芳敛下了自己的眉眼，她长长卷卷的睫毛在眼睛下面留下了一个好看的剪影。

第二十一章　悉心照顾

肖鲭然没有转过头去看叶芳芳，他只是有些冷漠地说道：“你出去吧！我很累了，想要休息。”

“你想要吃什么，我马上就出去做。”这个时候，叶芳芳扬起了自己的睫毛，目光幽幽地看向了肖鲭然。

肖鲭然摇了摇头，脸上有着森冷的表情，说道：“不需要，我不饿。”

叶芳芳站了起来，随后帮肖鲭然掖了掖被单，她轻笑了一声，说道：“既然你不肯说你喜欢吃些什么，那我就自己看着办了哈！”

肖鲭然没有说话，只是静静地闭上了眼睛。然而，当他闭上了眼睛，眼前又闪过了沐玲欣的画面。

那样的画面，又深深地刺痛了他的心脏。

很快，肖鲭然就睁开了自己的眼睛，目光有些无神地看着天花板。

肖鲭然出车祸之后，心里想着的人一直都是沐玲欣。

他甚至希望，她能够来医院看他。

想到这里，肖鲭然暗暗地叹了一口气。

这个时候，叶芳芳带着粥进来了，她红红的嘴唇在灯光下特别显眼。她看到肖鲭然睁着眼睛之后，笑了笑，“你在想什么呢？”

肖鲭然没有回答。

叶芳芳将粥放到了一边，笑了笑，“我熬了猪肚鸡汤给你补补身子。你说什么都得喝点吧！”

肖鲭然看着叶芳芳，说道：“我不是已经说了不饿。”

“我知道你不饿，但是你的身体现在很虚弱，需要补补。我做的猪肚鸡汤就是为了给你补身子的。”叶芳芳盛了一碗汤出来，坐到肖鲭然的面前，轻声笑了笑，“人说什么都不能够跟自己作对，你说对吧！所以，你就乖乖地起来喝汤吧！”

叶芳芳很是热情，肖鲭然觉得如果这个时候拒绝叶芳芳，说什么都有些过意不去了。于是，他撑着身子缓缓地坐了起来。

叶芳芳看到肖鲭然起身有些困难，就放下手里拿着的汤碗，伸出手想要把肖鲭然扶起来。

“不用你。”肖鲭然冷然地看了一眼叶芳芳，脸上有着森冷的表情，看了一眼叶芳芳，“我又没有残废，完全可以自己来。”

“但是，你受伤了。”看到肖鲭然固执的模样，叶芳芳轻声叹了一口气，说道，“就让我帮你吧！你不要太固执了，好吗？”

叶芳芳的声音中带着恳求的味道。

肖鲭然只是轻轻地抿了抿嘴唇，不再说话。

叶芳芳轻轻地叮了一口气，她将肖鲭然扶起来，说道：“我不乞求你能够给我一次机会，我只希望你能够好好的。只要你能够好好的，我就很安心了。”

肖鲭然听了叶芳芳的一番话之后，心里起了波澜。

无论是谁，在住院的时候能够听到这样一席话，心里都会觉得温暖吧！

这个时候，肖鲭然的脸色柔和了很多，不像之前那样森冷，他轻轻地吁了一口气，说道：“你最近过得怎么样？”

叶芳芳听到肖鲭然跟她说话，脸上荡漾起满意的笑容，她伸出手，轻轻掩住了嘴唇，说道：“和你分手之后，我就一直在反思自己，反思自己是不是不够有魅力。之后，为了能够再次回到你的身边，我开始学习，学习如何做一个有韵味有魅力的女子。”

肖鲭然没有说话。

叶芳芳看到肖鲭然没有说话，就端起放在一旁的猪肚鸡汤，轻轻地舀起一勺，随后轻轻地吹了吹，“汤可能还是有点烫。”

肖鲭然的脸上有着微醺的表情，他张开嘴巴喝下了叶芳芳递来的汤水。

“味道怎么样？”叶芳芳一挑眉头，然后满怀期望地看着肖鲭然。

肖鲭然点了点头，说道：“还不错。”

得到肖鲭然的肯定，叶芳芳嘴角的笑意更明显了，红红的嘴唇也在灯光下更加显眼。

肖鲭然觉得眼前这个女人变了，变得跟以前很不一样。

“你似乎变了。”肖鲭然看了一眼叶芳芳，缓缓地说道。

“人都是会变的。”叶芳芳听了肖鲭然的话，轻声笑了笑，随后将空碗放在一边，站了起来，背对着肖鲭然，“我是因为你才做出改变的。”

肖鲭然抿了一下嘴唇，什么都没有说，低下了眸子。此时，他的眼里有着复杂的神情。

“离开你之后，我很痛苦。”叶芳芳硬生生地吞了吞口水，她抬起头，像是在讲一件悲伤的事情一样，声音有些哽咽，“那一夜你提出分手之后，我哭成了泪人。你知道吗，我从来没有这样深深地爱过一个男人。离开你之后，我觉得我的世界崩塌了，我每天都沉浸在悲伤之中。”

听了叶芳芳的话，肖鲭然只是轻声叹气。

“后来，我经常去你公司里找你，但是都被保安给赶出来。”说到这里，叶芳芳长长地叹了一口气。

“我不知道还发生过这样的事情。”肖鲭然看了一眼叶芳芳，目光中带着愧疚的神情。

叶芳芳摇了摇头，她伸出手抹了抹已经从眼角处滑下来的眼泪，转过头说道：“都已经是过去的事情了，我原本就不应该旧事重提。”

看到叶芳芳的模样，肖鲭然轻声叹了一口气，他说道：“对，都是过去的事情了，过去的事情就不要提了。”

但是，此时的肖鲭然看着叶芳芳，心里有一股愧疚。

“对啦，你不是喜欢吃葡萄吗？我刚刚还在附近的水果店里买了一些葡萄上来。”就在这个时候，叶芳芳走到一旁的小冰箱前，打开了小冰箱，将葡萄拿了出来，轻笑了一下，“现在医院里的设施真是齐全呢！”

叶芳芳看了一眼空调，又看了一眼液晶电视，又看了饮水机，继续说道：“我怎么感觉这里比五星级酒店还要奢华。”

肖鲭然没有回答，目光只是有些幽然地看向了窗户外面的风景。

这里是 VIP 病房，自然要比普通病房看起来奢华很多。

叶芳芳看到肖鲭然没有理会自己后，就沉默着拿着葡萄往洗手间的方向走去。

待叶芳芳离去的时候，肖鲭然才有些僵硬地转过头看向叶芳芳的背影。

这个时候的叶芳芳，已经和以前的叶芳芳有很大不同了。以前的她，很是清纯，现在的她，更多的是妖艳。

她会有如此大的变化，完完全全是因为他吗？

想到这里，肖鲭然又是一阵长叹。

肖鲭然又将自己的目光投向了天花板，目光中有着复杂的神情。

就在这个时候，叶芳芳拿着葡萄走了过来，轻笑道：“你在想什么呢，想得那么入神？”

第二十二章　奇怪的情侣

“我什么都没有想。”肖鲭然轻吁了一口气，随后坐了起来，看向摆在一旁的水果。

叶芳芳很快就知道肖鲭然在担心什么，轻笑了一声说道：“放心，这是进口水果，一点都不酸，好甜的。”

随后，叶芳芳又非常贴心地帮肖鲭然将葡萄皮给撕开。

肖鲭然吃着叶芳芳剥开的葡萄，随后敛下了自己的眉目，缓缓地说道：“芳芳，你完完全全可以找到一个真正爱你的男人。”

肖鲭然的言外之意不言而喻。

听到这里，叶芳芳的手指不由得一阵轻颤，嘴角处的笑意在瞬间就凝固了。

叶芳芳的目光有些呆滞地看着肖鲭然，随后，她有些缓慢地说道：“我不需要找一个爱我的人，我只想陪在你的身边。”

肖鲭然没有说话，他只是沉默着。

空气中的气氛在瞬间降低到了最低点。此时此刻，谁也没有说话。

沉默了好一会儿之后，肖鲭然说道：“我已经困了，你先出去吧！”

“可是……”叶芳芳咬住了嘴唇，说道，“葡萄……”

肖鲭然自然知道叶芳芳说的是什么意思，轻轻地吁了一口气，继续说道：“我醒来的时候自然会吃，不需要你担心。”

“你现在不是全身酸痛吗？”叶芳芳长长卷卷的睫毛轻轻颤动着，

继续说道，“既然全身酸痛，那你怎么吃葡萄？”

肖鲭然微微眯了眯眼睛，冷笑了一声，说道：“我只是酸痛，又不是残废！”

叶芳芳听出话语中带着讽刺味道，于是低垂着头走到肖鲭然的旁边，帮肖鲭然把被子盖好，幽幽说道：“房间里面还开着空调，小心感冒了。”

这样一句话带着温暖的味道。

肖鲭然的手指也因为这句话而轻轻颤动了一下，他抬起眸子看了一眼叶芳芳，说道：“你把空调调低点。”

“好。”叶芳芳点了点头，她拿起放在桌子上的遥控器，把温度调低了很多。

之后，叶芳芳就离开了。

肖鲭然看着叶芳芳离去的背影，轻轻地吁了一口气。

他不知道自己此时此刻是什么样的一种心情，但是当叶芳芳说出那样的话的时候，他觉得自己的心着实感到了温暖。

肖鲭然目光幽幽地看向了天花板的方向，此时此刻，他的脑海中又闪过了沐玲欣的身影。

沐玲欣和柳卓航在田野里散步了半天，随后就回到了家里。

在回家的过程中，他们发现了两个奇奇怪怪的人坐在公园。

“他们两个人看起来是情侣。”柳卓航看了一眼坐在长凳上的一男一女，幽幽说道。

沐玲欣回过神来，看了一眼柳卓航，说道：“也许是兄妹。”

就在这个时候，那个长发女生看着那个男生，却伸手指了指柳卓航的方向，“你看看别的男人，长得是那么英俊潇洒，你再看看你自己，你这个没用的东西，猛一看很丑，仔细一看还是很丑，你觉得你的长相对得起父母对得起我吗？”

“别闹了。”那个男生顺着女生所指的方向看了过去，看到了柳卓航，说道，“人家长得帅，所以他的女朋友也很漂亮。我长得丑，你不也很丑吗？”

长发女生听了男生的话之后，低下了眸子，说道："那么我们以后生出来的孩子会跟我们一样丑吗？"

"别傻了，你没有学过数学吗？叫作负负得正，我们两个长得丑，孩子一定会长得很漂亮的。"男生看着女生，回答道。

长发女生一下子就领悟了过来，她点了点头，竖起了大拇指，说道："亲爱的，你真是太厉害了！"

听到这里，沐玲欣的额头上流下了一滴葡萄般大小的冷汗。

"看来我说对了。"柳卓航一挑眉头，轻笑道，"他们真的是情侣。"

沐玲欣轻轻点了点头，她想，这对情侣应该非常幸福吧！

"我看天色也不早了，先送你回家吧！"柳卓航抬起眸子，望向了被彩霞分割着的天空说道。

沐玲欣也抬头看向被彩霞分割着的天空，目光轻轻颤动着，"嗯，好。"

沐玲欣回到家里之后，伸出手打开了手机，但是手机屏幕上没有任何提示语。

不知道肖鲭然现在在干什么？

想到这里，沐玲欣轻轻吁了一口气。

然而，就在下一秒，手机突然响了起来。

沐玲欣的手指轻轻颤动了一下，她低下头看向了手机屏幕。

屏幕上显示是柳卓航来电。

不知道为什么，当沐玲欣看到是柳卓航的来电后，心里竟然会有一点点的失落。即便是这样，她还是按了接通按钮。

"欣欣，你在干吗呢？"声音中带着男性特有的磁性。

"没干吗，在家里无聊着呢！"沐玲欣回答道，出于礼节问道，"那你呢？"

"我在医院呢！"

医院？

听到这里，沐玲欣的眉头微微皱起了起来，问道："你在医院干什么？你生病了吗？"

“不是！”柳卓航轻笑道，“我没事，你不必担心。我来医院只是为了看望一个老朋友。你也认识，他就是雅芙集团的老总肖鲭然。”

听到这里，沐玲欣的目光猛地呆滞了一下，手指也在瞬间颤动了一下，她简直不能够相信自己耳朵所听到的。

沐玲欣调整了一下自己的情绪，但是，说话的时候还是忍不住颤动，“他……他怎么了？”

“他出车祸了。”柳卓航云淡风轻地说，好像是在说一条事不关己的新闻一样。

轰隆——

沐玲欣觉得头上空瞬间电闪雷鸣，让她脑袋一片空白。

沐玲欣也不知道自己是怎么挂断电话的，等她回过神来的时候，她已经离开了家，打着出租车去往医院。

“司机师傅，能够麻烦您再快点吗？”沐玲欣有些着急地催促着出租车司机。

司机看了一眼坐在后座的顾客，轻轻吁了一口气，说道：“女士，我这已经是最快的速度了，再快的话就超速了。”

“超速就超速，请务必以最快的速度赶到医院。”沐玲欣皱着眉头说道。

这个时候的她心七上八下的，非常不安。她只要一想到肖鲭然躺在医院病床上的模样，就觉得非常难受。

“女士，你看看，这前面到处都是摄像头，超速不得的。”司机轻轻地叹了一口气，回答道。

沐玲欣伸出手，有些不安地揉了揉自己的太阳穴，皱着眉头回答：“我知道了。”

第二十三章　探视爱人

此时此刻的沐玲欣额头上渗着冷汗，她似乎能够想象肖鲭然浑身缠着绷带躺在医院的模样。

那样的场面让沐玲欣觉得非常难受，好像有什么东西堵在胸口一样。

沐玲欣看着窗外的风景，眉头却紧紧地拧了起来。

她现在也没有心思欣赏外面的风景了，此时，她的心已经奔到了医院里，奔到了肖鲭然的身边。

肖鲭然，你千万不能有事啊！

想到这里，沐玲欣紧紧地咬住了自己的下嘴唇，这让她原本粉嫩的嘴唇有些惨白。

沐玲欣赶到医院的时候，天已经黑了。

她踩着高跟鞋急急忙忙地跑到了肖鲭然的病房面前。

然而，就在她打算敲门的时候，目光瞬间呆滞了一下。

病房里面传来了一个女人的声音。

"肖鲭然，好点了吗？"声音中带着妩媚。

沐玲欣敛下了眉目，她的目光轻轻颤动着。她苦笑了一声，突然觉得自己很傻很天真。

她伸出手按住了太阳穴，随后将身子贴在了门上，脸上有着冷然的笑意。

原来，他的身边早有美人的陪伴了，那她到底算什么呢？

肖靖然醒来的时候看到叶芳芳陪在身边，问道："你怎么还在啊？"

"你现在是病人，有人看着总是好的。"叶芳芳轻轻笑了笑，脸上的笑容是那样的好看。她坐在肖靖然的身边，伸出手握住了肖靖然的手，"医生刚刚来看过了，他说你并无大碍，过几天就可以出院了。"

肖靖然看着叶芳芳，然后伸出自己的手轻轻地捏住了叶芳芳的鼻子。

倚着墙壁的沐玲欣摇了摇头，她安慰自己，自言自语道："他们两个也许只是普通的朋友，那个女人只是过来探望他而已，不要想太多了。"

想到这里，沐玲欣下定决心打开病房的门。然而，当她打开房门的时候，看到肖靖然的脸上有着幸福的笑意。当她看着他的手捏着叶芳芳的鼻子的时候，她的脸色突然之间变得很难看。

门突然被打开了，肖靖然有些困惑地看了过去，当看到是沐玲欣的时候，脸上有着讽刺的笑意，问道："你怎么来这里了？"

沐玲欣张了张嘴巴，却什么都没有说。

"你是过来看我笑话的吗？"肖靖然的语气带着讽刺。

"不是！"沐玲欣的手指不由得一阵轻颤，缓缓地回答道。

"哦？"肖靖然一挑眉头，问道，"那你为什么来这里呢？"

"不知道。"此时此刻的沐玲欣的脑袋就像糨糊一样，她觉得自己的脑袋乱成一团了。

不知道？

听到这里，肖靖然微微眯了眯眼睛，看向了站在不远处的沐玲欣，好似在揣摩她的心思。

"这位是？"叶芳芳看到沐玲欣，一挑眉头，有些困惑地问道，"肖靖然，能给我介绍一下吗？"

"哦，忘了向你介绍了……"肖靖然的脸上有着笑意。

"不用你介绍。"沐玲欣猛地抬起眸子，凝视了肖靖然一眼，随后，她将目光放在了叶芳芳的身上，简短地介绍道，"我是沐玲欣。"

“哦？”叶芳芳抬起自己的手轻轻地掩盖住嘴唇，轻轻地笑了笑，说道，“听说你很厉害，制作出了全世界独一无二的香水，那名字似乎还叫凤鸣，是吗？”

沐玲欣没有回答，此时她的心里尽是失落。

不知道为什么，当她看到肖鲭然和其他女人有如此亲密的接触之后，她觉得自己的心里很是难受，很是失落。

“我问你，你为什么会出现在这里？”这个时候，肖鲭然往沐玲欣的方向投去了复杂的目光。他很想得到这么一个答案，很想知道沐玲欣是不是因为担心他而过来看望他。

沐玲欣听到肖鲭然讲话之后，手指不由得一阵轻颤，她回过神来看着叶芳芳，随后轻笑道：“这位是你的新欢吗？”

叶芳芳听到沐玲欣这么说，嘴角处有一抹浅浅的笑意，伸出手妩媚地将散落在前面的头发往后拨了拨，回答道：“与其说是新欢，还不如说是旧爱。”

沐玲欣咬住了自己的下嘴唇，随后转过身子打算离开。

“站住！”肖鲭然冷冷地下令道。

沐玲欣就这样僵硬地站在了原地，她的声音带着冷漠味道，问道：“有事吗？”

“你就打算这样走了？”

听了肖鲭然的话之后，沐玲欣苦笑了一声，她抬起眸子看向天花板的位置，问道：“难道我还要留下来看你们恩恩爱爱吗？我不喜欢当第三者……”

还没有等沐玲欣把话说完，肖鲭然就皱起了眉头，解释道：“不是你想的那样。”

“嗯？”沐玲欣有些僵硬地转过头，看向了躺在病床上的肖鲭然，苦笑了一声，问道，“不是我想的那样，那是哪样？”

“我和她……”肖鲭然低下了眼帘，随后继续解释道，“我们只是朋友。”

叶芳芳听了肖鲭然的话之后，黯然失神，缓缓地松开了握着肖鲭然的手，低下了眼帘，目光中有着难过的神情。

沐玲欣将叶芳芳的反应都看在了眼里，只是苦笑了一声，随后说道："肖鲭然，你跟她是什么关系，跟我一点关系都没有！我过来，只是纯粹想看看你伤成什么模样了。既然你没事，那我也就可以放心和我的未婚夫在一起了。"

未婚夫……吗？

听到沐玲欣的话之后，肖鲭然的目光也黯淡了不少，他说道："你们发展到什么地步了？"

沐玲欣没有说话，但是手指不由得一阵轻颤，问道："这和你有什么关系吗？"

"有！"肖鲭然想都没有想就点了点头。

这个时候，肖鲭然想要支开待在一旁的叶芳芳，侧着头看向了她，说道："我和她有些事情要聊，你能不能先回避一下。"

叶芳芳轻轻地吁了一口气，随后点了点头，柔声说道："那好吧！你们聊吧，我回避就是了。"

"你不用走。"沐玲欣看向了叶芳芳，随后目光又移向了肖鲭然，冷然地说道，"我和他没有什么可以聊的。"

叶芳芳听了沐玲欣的话之后，一时间也不知道该怎么办，竟也站在了原地。

肖鲭然皱起了眉头，觉得自己非常心烦气乱！

她一定要气死他才可以吗？

肖鲭然拧紧了眉头，手在不知不觉之中也握成了拳头。

沐玲欣冷然地看了一眼肖鲭然，随后非常潇洒地转过身子往病房外走去。

第二十四章　答应求婚

然而，当她走出病房之后，脸色在瞬间变得非常难看，目光也黯淡了下来。她长长地吁了一口气，睫毛轻轻颤动着。

她伸出手撑在墙壁，随后沿着墙壁慢慢地往外走。

跟刚刚相比，她简直是判若两人。

沐玲欣从来没有想过，有朝一日自己竟然会因为一个男人而变得如此心灰意冷。

而这个时候，沐玲欣也非常确定自己是爱着这个男人的。

但是，她和肖鲭然也许不适合。

沐玲欣离开了医院，此时，垂头丧气地在街上走着。

她看着人来人往的大街，看着霓虹灯闪烁着的街道，轻轻地吁了一口气。

沐玲欣觉得自己的心里很是压抑，很是难受。她不曾想过，自己有朝一日居然会因为一个男人而伤心成这个样子。

这个时候的她发现前面似乎有一大堆人在围观，出于好奇，沐玲欣慢慢地往前走。

靠着昏暗的路灯，沐玲欣发现有一群女人正在围攻一个女子，准确地说不是围攻，而是集体在扒那个女人的衣服。

看到这里，沐玲欣皱起了眉头，原本打算上去制止，但是下一秒，只能够跟其他围观者一样静静地站在原地。

“好你一个贱人，居然敢来勾引我的老公！我让你好看，我让你好看！”一个满脸油光的女子伸出手，撸起了自己的衣袖，随后用力扒开那个年轻女人的衣服。

“不要啊！不要啊！”那个年轻女人想拼命反抗，可是，她的手却被其他女子紧紧地禁锢着，根本没有反抗的能力。

“不要？”满脸油光的中年女子用力往年轻女子脸上吐了一口唾沫，随后说道，“你勾引了男人，做了贱人，就没有你说不要的份！老娘我今天脸都豁出去了，就是为了好好教训你这个贱人一番！”

“不是我勾引你的男人。”年轻女人哭丧着脸解释道。

听到年轻女子这么一说之后，满脸油光的中年女子一挑眉头，问道：“不是你勾引我的男人，难道还是我的男人勾引你吗？”

年轻女子用力吞了吞口水，此时满脸都是泪光，点了点头，继续说道：“是你自己没有魅力，怪得了谁啊！”

听到这里，满脸油光的女人的火在瞬间就被点燃了，她伸出手，然后拽起了年轻女人的头发，大吼了一声，“好你个狐狸精，事到如今还敢叫嚣！今天我要是不好好教训你，我就对不起我的孩子！”

说着，她伸出手用力地扯那个女子的头发，“别以为你长得很漂亮，其实你长得没有什么特色，要身材没有身材，要脸蛋没有脸蛋，你就只有年轻！”

周围的人开始在起哄。

“真是不要脸的小三啊！”这个时候，一个路人伸出手指了指被扒衣服的小三，“真是活该！”

“就是！就是！居然做起小三来！这种小三绝对不能够姑息！”另外一个路人也伸出手指了指那个年轻的女人。

沐玲欣看着那个被扒得只剩下内衣的女人，突然之间可怜起这个年轻女子来。

就在沐玲欣打算出手帮助这名年轻女子的时候，一个高大的男人出现在了她的视线。

这个男人看着油光满脸的女人，冷然地说道：“梅丽，我这辈子最后悔的事情就是娶了你这样的女人！你要是再敢碰我的女人，休怪我不客气了。”

那名叫作梅丽的满脸油光的女人听到自己的丈夫这么说之后，很不服气地说道：“我把我的这辈子都给了你，还为你生下了可爱的孩子，可是你……你居然能够脸不红心不跳地说出这样的话，你觉得你对得起我吗？你觉得你对得起我的孩子吗？”

“那你这样做，你觉得对得起谁啊？你对得起她的父母吗？”男人不满地反驳道。

最后满脸油光的女人扬起手想要扇这名男人一巴掌，可是男人已经蹲下身子来，脱下自己的衣服将年轻女人包好，随后掩护这名年轻女子离开。

沐玲欣看着那名男人掩护着年轻女子离开，目光幽幽地颤动着。

这个社会似乎就是这样，如果你当了第三者，就注定要被别人唾弃。

一想到这里，沐玲欣又想到了肖鲭然和刚才出现在病房里的那个女人。他们两个人看起来是那么般配。

或许她就是第三者吧！介于肖鲭然和刚刚那个出现在病房里的那个女人之间。如果是这样的话，她选择离开肖鲭然，成全叶芳芳和肖鲭然。

想到这里，沐玲欣苦笑了一声。

这个时候，沐玲欣的耳边还充斥着周围人对刚才那个第三者的谩骂。

“这个社会，什么都不可怕，就是第三者最可怕！真恨不得这些破坏别人家庭的狐狸精能够快快死光。”

“就是啊！”

……

沐玲欣轻轻地吁了一口气，随后转过身往家走去。

回家的路是那么漫长，沐玲欣不知道自己走了多久才回到家，但是有一点她可以确认，当她回到家的时候，周围的霓虹灯都暗淡了下来。

“欣儿啊，你去了哪里啊？你知道我们都很担心你的吗？”这个时候，凝姨看着沐玲欣皱着眉头非常担忧地说道。

“凝姨，真是不好意思，让你们担心了。”沐玲欣轻轻地吁了一口气，随后有些垂头丧气地往房间走去。

“这孩子到底是怎么一回事啊？”凝姨看着沐玲欣，有些困惑地说。

“年轻人嘛，总会有一些感情问题，我们是插不了手的。”这个时候，沐清风拿着水杯到饮水机倒了一杯水。

凝姨看了一眼沐清风，随后轻轻地点了点头。

沐玲欣回到自己的房间后，很快就趴在柔软的床上。

心好痛！

沐玲欣的目光幽幽地颤动着，伸出手放在自己的心脏上，脸上有着淡淡的忧愁。

不知不觉之中，沐玲欣觉得似乎有眼泪从眼角流了出来，赶紧拿出纸巾擦拭了一下。

很快，她就伸出手轻轻拍了拍自己的脸颊。

沐玲欣，你不能够哭，你不能够因为那个男人而哭！

可是，她真的很喜欢肖鲭然，她很爱他！看到他和别的女人这么亲近之后，觉得自己的世界似乎山崩地裂了。

沐玲欣吸了吸鼻子，目光幽然地看向了前方，突然她下了一个决定，那就是转移自己的注意力。

只有转移了自己的注意力，心才不会那么痛。

想到这里，沐玲欣做出了一个艰难的决定，那就是答应柳卓航的求婚。

第二十五章　夜色下的办公室

或许，只要转移了感情，她的心就不会这么备受煎熬了，她的心就不会那么痛苦了吧！

想到这里，沐玲欣握紧了拳头。

柳卓航此时就坐在自己办公室的沙发上，深邃的目光正望着手里端着的红酒。

门吱呀一声被打开了。

柳卓航并没有因为门被打开而转移自己的注意力，目光依旧看着手里的红酒。

“怎么，你就不好奇进来的人是谁吗？”声音中带着妩媚，带着性感。

“能够不敲门就进来的人，除了你，没有其他人了。”柳卓航的声音沉着而稳重。

女子伸出手轻轻地卷了卷红色的大卷，随后扭着自己的腰肢走到柳卓航的面前，低下了头将自己的手搭在了柳卓航的肩膀上，嘴唇轻轻地张了张，“这酒……有什么好看的呢？”

柳卓航侧着头看了一眼这名性感的女子，随后轻轻笑了笑，说道：“的确，跟你相比，这酒的的确确不好看。”

“你真会说俏皮话啊！”女子伸出手摸了摸柳卓航那薄薄的嘴唇。

“我让你办的事，你办得如何了？”柳卓航嘴角处有一抹浅浅的笑意，目光中闪过一道寒光。

“一切都按你的指示在进行。”女子站直身体之后，又背过身子，将自己的后背倚在了沙发上，红红的嘴唇在阳光下特别显眼。

“那就好。”柳卓航再次转过头，目光幽幽地定在了手里端着的红酒上。

他轻轻摇晃着手里拿着的高档酒杯，那红色的液体开始在酒杯里晃动。

“那你和你的小女友现在怎么样了？”女人微微侧过头看向柳卓航的后脑勺。

柳卓航沉默了一会儿，说道：“她还不是我的女友。”

“这不是迟早的事情吗？”女人抬起自己的手掩在了嘴唇中央，说道，“你不是已经说了吗，她迟早是你的。”

“我有这么说过吗？”柳卓航侧着头，目光深邃地看着身后的女人。

此时这个女人身穿黑色吊带裙，与她雪白的肌肤相互映衬。

“难道你忘记了吗？”此时，女人低下了头，随后伸出自己染着红指甲油的手指轻轻在柳卓航的胸口转动了几圈，轻轻地笑道，“难道说是我记错了吗？”

柳卓航没有回答，目光幽然地看着手里端着的酒杯，然后一挑眉头，带着狡黠的目光。

就在这个时候，他的手机响了。

柳卓航的手机放在不远处的桌子上。

女人听到手机铃声响起来之后，脸上有一抹淡淡的笑容，站直了身体，随后扭着自己的腰肢走到了桌子旁边，看了一眼来电显示之后，一挑自己秀气的眉头，轻声笑了笑，说道：“是沐玲欣的来电。”

柳卓航听了之后，没有说话，只是拿起酒杯优雅地喝了一口红酒。

女人像是知道柳卓航的心里在想什么，于是踏着妖魅的步伐走到柳卓航的身边坐了下来，轻声笑了笑，“你打算不接她的电话吗？”

柳卓航将喝了一半的红酒递给了女人，一挑英气的眉头，反问道："你觉得呢？"

"我当然明白。"女人将手机递给了柳卓航，随后另外一只手接过柳卓航手里拿着的酒杯，并且优雅地将红酒一饮而尽。

柳卓航看了一眼女人，示意她不要说话，随后接通了电话。

"怎么这么久才接电话啊？"沐玲欣的声音中带着抱怨的味道。

"嗯，刚刚有急事，现在才有空接电话，怎么了？"柳卓航的声音中带着温暖的味道。

沐玲欣轻轻吁了一口气，声音带着沮丧的味道，说道："关于结婚……"

听到这里，柳卓航的嘴角处有一抹得意的笑容，这件事似乎在他的意料之中。

看到柳卓航的嘴角有一抹得意的笑容，女人轻轻笑了笑，慢慢倒在了柳卓航的怀抱中。

此时此刻，女人像一只温顺的猫咪一样躺在柳卓航的怀抱中，时不时伸出手轻轻地摸柳卓航那坚实的胸膛。

"关于结婚？"柳卓航沉默了一会儿之后，他一边伸出自己的手轻轻抚摸一下躺在怀里的女人，一边假装困惑地问道，"那是怎么一回事？"

沐玲欣吸了吸自己的鼻子，继续说道："我已经决定了，我接受你的求婚。"

柳卓航的嘴角处有一抹得意的笑容，轻轻回答道："我知道了，欣儿，我这就去你家找你。"

"不，不用了，现在天色已经这么黑了……"沐玲欣回答道。

"没关系。"柳卓航的话语中带着温暖的味道，说道，"我很开心，所以我想去见你，就这样决定了。"

沐玲欣还没有回过神来，柳卓航便把电话挂掉了。

躺在柳卓航怀里的女人皱起了眉头，目光有些黯淡地看着柳卓航，轻轻地叹了一口气，"这么说来，你今晚不陪我了？"

柳卓航伸出手轻轻地拨了拨女人额头上的刘海，随后低下了头，在女人的额头上烙下了浅浅的一吻，说道：“不是，我只是去处理一些事情，处理完这些事情，我自然会去陪你。”

听到这里，女人的嘴角处又露出开心的笑容，她撑起身子，随后吻上了柳卓航薄薄的嘴唇。她的声音很好听，就像银铃一样说道：“那好，我等你。”

女人从柳卓航的怀抱中爬了起来，坐在一旁，一挑眉头，问道：“今晚还是老地方吗？”

柳卓航愣了一下，很快地点了点头，说道：“好，那就老地方。”

女人看了一下柳卓航，随后伸出手轻轻地帮柳卓航整理一下衣服，她说道：“形象是很重要的呢！”

柳卓航侧着头看了一眼女人，说道：“这个时候，你应该在病房里，不是吗？”

“他把我赶出来了，他的心情看起来不怎么好。”这个时候，女人低下了眸子，目光轻轻颤动着，说道，“这个时候，我也不想待在他的身边，我总感觉自己是多余的。”

“只允许今晚。”柳卓航走到女人的身边，伸出手轻轻地帮女人把大波浪卷拨至肩膀后面，说道，“明天，你好好地陪他。”

女人轻轻点了点头。

第二十六章　他的确认

沐玲欣经历过医院的事情之后，就一直处于心情低落的状态。

凝姨见她目光无神地看着电视，有些困惑地问道："欣儿，你怎么了，你看起来好像有些不开心。"

听到凝姨的声音，沐玲欣一个哆嗦回过神来，看了一眼凝姨，随后嘴角扯起了苍白的笑容，问道："凝姨，你怎么会在这里？"

"我一直在这里啊！"凝姨回答道。

沐玲欣伸出手轻轻揉了揉太阳穴，轻轻笑了笑，"对哦，看来是我傻了。"

"欣儿，如果你心里有事，一定要告诉凝姨。"凝姨轻轻叹了一口气，随后走到沐玲欣的旁边坐了下来。

沐玲欣低下了眸子，没有说话。

看到沐玲欣心情沮丧的模样，凝姨轻声叹了一口气，问道："你……是不是在为订婚的事情而感到忧伤啊？"

沐玲欣只是抿了抿嘴唇，没有说话。

"欣儿……"凝姨伸出手轻轻拍了拍沐玲欣的肩膀，说道，"有什么事情还是说出来比较好，憋在心里，很容易将自己憋坏的。"

沐玲欣回过神来，有些勉强地笑了笑，说道："凝姨，我知道了。但是，我一切还好，我没有不开心啊！"

"胡说！"凝姨皱着眉头继续说道，"你的脸色已经将你出卖了。"

“我的脸色？”沐玲欣有些困惑地看着凝姨，随后笑了笑，“我的脸色很难看吗？”

凝姨点了点头说道：“以前的你面色红润，你看看你，现在的脸色多么难看。”说到这里，凝姨低下了眸子，“有些事情，如果你不方便跟你爸爸说的话，可以跟凝姨说。毕竟凝姨也是女人，不仅仅能够做你的倾听者，说不定还能够帮助你解决一些事情。”

沐玲欣看着凝姨，随后轻轻笑了笑，说道：“凝姨，你和我爸爸的事情打算什么时候解决啊！”

“真是人小鬼大。”凝姨伸出手轻轻地捏了捏沐玲欣的鼻子。

沐玲欣只是咯咯地笑了笑。

就在这个时候，门外响起了门铃声。

凝姨看了一眼沐玲欣，随后一挑眉头，问道：“你说这么晚了，还有谁过来呢？”

沐玲欣看了一眼凝姨，站了起来，说道：“打开门看一眼不就知道了吗？”

凝姨抬起手掩住嘴唇，轻轻地笑了笑，说道：“你真是鬼精灵。”

沐玲欣走到了门口，打开了门。

当她看到英气挺拔的柳卓航站在门口的时候，一点都不觉得很吃惊。

“这么晚了，怎么还过来啊？”沐玲欣低下了眸子，目光幽幽地颤动着。

“我来这里主要有几件事情要确认。”柳卓航目光中有浅浅的笑意。

“嗯，要不要进来坐？”沐玲欣看了一眼柳卓航，随后又转过头看了一眼站在自己身后的凝姨。

“阿姨，您好。很抱歉，这么晚了还打扰到您。”柳卓航彬彬有礼地鞠了一躬。

凝姨连连摆手，轻笑道：“不打扰不打扰，你赶紧进来坐吧！”

“不用了，阿姨。”柳卓航轻笑，随后将目光移到沐玲欣的身上，目光很是深情，就像是海水吻过沙滩，“我想找沐玲欣出去散步。”

沐玲欣侧着头看了一眼凝姨，说道："我们很快就会回来的。"

凝姨笑不拢嘴，说道："去吧去吧！"

她看着沐玲欣和柳卓航远去的方向，轻叹了一口气，"年轻人就是年轻人……"

不像她已经老了，已经没有精力去玩浪漫了。

想到这里，凝姨慢慢抬起下巴，目光幽幽地凝视着沐清风的书房。

月明星稀。

沐玲欣抬起头看了一眼黑色的苍穹。

此时，夜风吹得乌云往西边移动着，将原本皎洁的月亮遮住了。

柳卓航嘴角有着淡淡的弧度，深深地吸了一口气，说道："我喜欢这样的夜晚，很舒服。"

沐玲欣没有说话，但是她也点了点头，说道："的确。"

"对了，关于电话里的事情……"柳卓航突然间侧过身子，目光幽幽地看向沐玲欣，问道，"是真的吗？"

电话里的事情？

也就是她答应他求婚的事情吧？

一想到这里，沐玲欣点了点头，她说道："是真的。"

听到这里，柳卓航伸出手抱住了沐玲欣，将她紧紧地搂在自己的怀抱中，说道："谢谢你。"

被柳卓航突然拥入怀中，沐玲欣并没有觉得非常开心，反而觉得这样拥抱有些奇怪。

沐玲欣低下了眼帘，硬生生地吞了吞口水，随后缓缓说道："不用谢。"

"你放心，等我们两个人结婚之后，我一定会加倍对你好。"柳卓航这个时候松开了沐玲欣的肩膀，嘴角处有着淡然的笑意，说道，"听了你本人当着我的面确认之后，我这悬着的心就放下来了。"

"为什么？"沐玲欣幽幽地问道。

柳卓航看了一眼沐玲欣，说道："要知道，一开始我还以为你是在说气话，因为你在电话中的声音有些不对劲。”

沐玲欣笑了笑，说道：“所以你就跑过来想要亲自确认一下，是吗？”

柳卓航没有直接回答，但是点了点头。

沐玲欣看着柳卓航，看着那张英气的脸，觉得很奇怪，为什么她看到那张梦寐以求近在眼前的脸没有任何感觉。

记得大学的时候，只要一见到柳卓航，她的心跳就会加速。

然而，此时此刻，她居然没有了那种感觉。

想到这里，沐玲欣心里有一股失落感。

“我的头有点晕，我想回去休息了。”沐玲欣伸出手按了一下自己的太阳穴。

柳卓航侧着头看了一眼沐玲欣，随后点了点头，他说道：“那好，我送你回去休息。”

“不用了，我自己可以回去，我家就在不远处。”沐玲欣委婉拒绝道。

柳卓航轻轻吁了一口气，说道：“那好吧，一路小心。”

沐玲欣转身往别墅方向走去。

柳卓航看着沐玲欣远去的背影，嘴角处的笑意在瞬间凝固了。

看到她回到家之后，他沉默着转身，踏着稳重的步伐往前走去。

柳卓航包裹在黑夜里的脚步，却在不远处的小巷子里停了下来。

第二十七章　圈套与真相

柳卓航在小巷子里停了下来，他看着斜靠在小巷子里的女人，脸色有些阴沉，说道："我不是让你先去酒店等我了吗？"

女人伸出手环绕住柳卓航的脖子，像蛇一样，说道："我们这种情况，还真不适合到酒店里去。"

柳卓航笔直站在原地，有些困惑地看向了女人，问道："这是为何？"

"你想想……"女人嘴角处的笑意越来越深了，往柳卓航的方向吐了一口气，接着说道，"这开房吧，需要身份证。而开房的信息会留在公安局系统里，万一以后被查到你与我开房，那可怎么办？"

柳卓航听了这句话，轻轻吁了一口气，说道："你想得很周到。"

"所以，不如……"这个时候，女人顿了顿，眯了眯眼睛，继续说道，"让我去你家吧！"

"这就是你在这里等我的原因吗？"柳卓航的声音很是冷静，并没有因为听到女人的话而有所波澜。

女人点了点头，她说道："是的，这就是我等你的原因。"

柳卓航看了一眼女人，随后伸出手轻轻抬起了女人的下巴，说道："为了不引起别人的怀疑，我是不可能把你带回家的。"

女人嘴角处的笑意并没有因此而消失，一抬头，继续说道："这么说来，你是不打算和我一起过夜了咯？"

柳卓航的目光猛一沉，随后回过神来，嘴角处有一抹淡然的笑意，说道："当然不是。"

"那你说我们去哪里？"女人一挑秀气的眉头，继续问道，"难道你打算带我到荒无人烟的野外吗？"

"你想去那种地方吗？"柳卓航反问道。

"当然不是。"女人摇了摇头。

"那就对了。"柳卓航抬起了女人的下巴，随后慢慢地接近女人的嘴唇，幽幽说道，"我们去酒店。"

女人有些困惑地看向了柳卓航。

这个时候，柳卓航像变魔术一般变出了两张身份证，说道："有了这两张身份证，我们就不怕被查了。"

听到这里，女人嘴角处的笑意越来越深，伸出手环住柳卓航的腰，像妖精一样往柳卓航的身上蹭了蹭。

柳卓航伸出手抱住了女人，嘴唇轻轻动了动，轻声说道："等我得到一切，该是你的，不会少了你。"

听到这里，女人更加用力抱住了柳卓航的身体，像是要将他紧紧镶嵌在自己的身体里面一样。

这柳卓航伸出手牵起了女人的手，往前面走去。

女人看着柳卓航牵着自己的手，有些困惑地挑起了眉头，问道："你这样牵着我不怕吗？"

柳卓航看了一眼女人，说道："怕什么？"

"你就不怕被熟人撞见吗？"女人左右看了看，最后目光停在了柳卓航的身上。

柳卓航只是淡淡笑了笑，说道："现在已经是午夜了，我还怕什么？"

的确，此时已经是午夜了，该睡觉的人都已经睡觉了，街道上人迹稀少，他还怕些什么呢？

"要是我们之间的关系被沐玲欣知道了，你说我们该怎么办？"这个时候，女人低下了头，用试探性的语气问道。

柳卓航的目光猛一沉，不过，很快回过神来，缓缓说道："那时候再说。”

似乎没有听到想要听的答案，女人的眼神黯淡了少许。

她不知道自己的将来是怎么样的，她不知道自己的身份能不能得到承认，但是有一点她是非常确定，她为了眼前这个高大英气的男人可以做任何的事情。

“你别担心。”这个时候柳卓航补充道。

听到这里，女人有些困惑地抬起了眸子，凝视着眼前这个男人。

“她知道的时候，我已经拥有了柳氏集团的股份，到时候我再向她表明就是了。”

听到这里，女人的目光幽幽地颤动着，很快低下了眸子，缓缓说道：“其实，如果到时候我没有名分也没有关系，只希望能够待在你的身边，就算只能够做你的情人也没有关系。”

“不行。”柳卓航摇了摇头，目光严肃地看向了女人，说道，“我爱的人是你，到时候我一定会让你拥有你应该得到的名分。”

“有你这句话，我就已经放心了。”女人的嘴角处有一抹浅浅的笑意。

只要有了柳卓航这样一句话，她做什么都值得。

柳卓航伸出手用力地拥紧了女人的身体。

他柳卓航不甘心一无所有！所以，他一定要耗尽全力得到那些原本属于他的东西！

他一定要打败他的舅母，夺回属于自己的东西！

想到这里，柳卓航的目光一阵冰冷，眼睛里有着凌厉的神情。

女人抬起头看了一眼眼前这个帅气的男人，脸上有着微醺的表情。

他们两个人就往不远处的酒店里走去。

包裹在黑夜里的步伐很是沉稳，并没有因为漆黑而有所凌乱。

女人这个时候低下了眸子，用力地扣紧了柳卓航的手。

一想到她明天就要去陪另外一个男人，眼睛里有着淡淡的忧伤。

不过，她不后悔！因为她所做的一切都是为了自己所爱的男人，所以根本没有任何后悔。

想到这里，女人的目光又是一片宁静。

柳卓航侧着头看了一眼女人，说道：“你要尽快将肖鲭然拿下，我们已经没有多少时间了。”

女人一阵恍惚，但是很快就回过神来，点了点头，说道：“我知道该怎么做了，你放心吧！”

柳卓航嘴角处的笑意更加深了。

他目光幽幽地看向了黑夜中的天穹，目光中闪过一道寒光。

女人看着柳卓航的侧脸，随后轻轻吁了一口气。

虽然肖鲭然和她曾经有过一段感情，但是，此时此刻，她已经将肖鲭然忘记了，当她想起肖鲭然的时候，心也不会痛了，她已经不爱肖鲭然了。

直到遇到柳卓航为止，女人不曾想过自己会如此深地爱着一个人，而这个男人是柳卓航。

女人低下了眉，轻轻叹了一口气。

“芳芳，酒店已经到了。”柳卓航看着前面的酒店，轻声说道。

女人的名字叫作叶芳芳，是肖鲭然的前女友。

第二十八章　晴天霹雳

这天一大早，当肖鲭然醒来的时候，发现叶芳芳就在自己身边，面带笑容地看着他。

“你怎么还在这里啊？”肖鲭然伸出手轻轻揉了揉太阳穴，随后问道，“我的头怎么这么沉啊？”

他的头很沉，很晕。

肖鲭然还觉得自己的视线不是很清晰，于是，摇了摇头想要让自己的视线清晰一些。

昨晚发生了什么事情，他也不记得了。

“可能是发生车祸的原因吧。”叶芳芳轻轻吁了一口气，随后低下了眸子，目光幽幽颤动着，说道，“发生车祸之后，你的身体机能有所损坏，所以你比往常要疲惫很多。”

“这样啊！”肖鲭然轻轻吁了一口气，侧头看着叶芳芳，问道，“这么说来昨晚你都在这里咯？”

叶芳芳的手指轻轻颤动了一下，说道：“嗯，因为我想好好地照顾你。”

听了叶芳芳的话，肖鲭然的脸上有着淡然的神情，看着叶芳芳说道：“你是一个好女孩。”

叶芳芳没有回答，很快拿来了一套衣服，放在肖鲭然的面前。

肖鲭然看着眼前的衣服，一挑眉头，问道：“这是？”

“医生说了，你今天就可以出院了。”叶芳芳伸出手轻轻摩挲了一下那一套衣服，继续说道，“不过，有一件事情我得事先说明。你原本的衣服染了血迹，我洗了好久都没有洗掉。所以，我就斗胆将你的衣服扔了，重新去买了一模一样的。”

肖鲭然低下头看着摆放在自己面前的一套衣服，轻轻吁了一口气，说道：“让你破费了，这花了多少钱？我出院之后马上把钱还给你。”

听到这里，叶芳芳赶紧摇了摇头，说道：“这衣服不用钱，不用钱的。”

不用钱？

肖鲭然一挑眉头，目光幽幽地看向了叶芳芳，说道：“叶芳芳，我又不是傻子，你觉得你这样的低级谎言能够骗得了我吗？”

叶芳芳抿了抿嘴唇，随后双手有些不安地摩挲了一下，低下头，说道：“有什么关系啊，就当作是我送给你的出院礼物。”

听到这里，肖鲭然没有说话。他拿起了放在自己被单上的衣服，然后站了起来，一步一步地往洗手间走去。

“你在这里换就可以了，你要是怕被我看到的话，我可以转过身不看你。”叶芳芳说着转过身子。

但是肖鲭然没有理会叶芳芳的话，拿着衣服就往洗手间走去。

出院之后，肖鲭然第一件事情就是回公司。

然而，就在他要离开的时候，叶芳芳伸出手握住了他的手。

肖鲭然微微眯了眯眼睛，随后侧过头看向了站在自己身后的叶芳芳。

叶芳芳低下了眸子，说道：“肖鲭然，我希望能够挽回我们的那一段感情。”

肖鲭然看了叶芳芳好一会儿，随后低下了眸子，缓缓说道：“关于这件事情，我们以后再说吧！”

叶芳芳张了张嘴唇，说道：“好，我听你的。但是，你知道吗，我为了你，什么都可以改变。”

肖鲭然没有说话，只是冷漠地站在原地。

叶芳芳红红的嘴唇在阳光下很是鲜艳，红色的大波浪卷在阳光下闪着淡淡的光芒。

肖鲭然的目光望着前方，并没有转过头去看叶芳芳，说道："红色的头发很张扬，如果可以的话，我倒是希望你能够把头发染回去，我不喜欢红色的头发。"

叶芳芳点了点头，说道："好，既然你不喜欢，我就把头发染回黑色。"

肖鲭然点了点头，随后抽回了自己的手。

叶芳芳看着肖鲭然，说道："你刚刚出院，饮食一定要以清淡为主，不能够抽烟，不能够喝酒，那会伤害自己的身体。"

"啰嗦。"肖鲭然冰冷地喊了一声。

叶芳芳的手指不由得一阵轻颤，很快就低下了头。

似乎能够感觉到叶芳芳的失落，肖鲭然补充道："这些事情我当然知道，你就不要瞎操心了。"

叶芳芳点了点头。

之后，肖鲭然像是想起了什么一样，问道："你最近住在哪里？"

"我们以前一起住的那个房子。"叶芳芳的声音中带着喜悦的味道，继续说道，"如果你想找我，就去那里找我吧！"

肖鲭然不再说什么，但是他的脸上有着淡然的神情。

回到办公室之后，苏亦俊就来到了肖鲭然的面前。

"肖鲭然，你最近去哪里了？为什么联系不上你？"

肖鲭然微微眯了眯眼睛，目光幽然地看着前方，"没去哪里。"

"那为什么联系不上你？"苏亦俊有些困惑地看向了肖鲭然，看到肖鲭然的脸上贴着白色纱布之后，一挑眉头，问道，"你受伤了？"

肖鲭然伸出手轻轻摸了摸额头上的白色纱布，轻点了一下头，说道："出了一点小状况。"

"我看是大状况吧！"苏亦俊看了一眼肖鲭然，继续说道，"我看你也不会把事情的经过告诉我。对了，有一件事，我想有必要跟你汇报一下。"

“嗯？”肖鲭然看向苏亦俊，说道，“什么事情？”

“你知道沐玲欣吧？”苏亦俊这个时候双手环胸，目光幽幽地晃动着，“她和柳卓航订婚了。”

肖鲭然的手指不由得一阵轻颤，脸色在瞬间就阴沉了下来。

虽然他在医院里听到沐玲欣提到过她有未婚夫的事情，但是，他一直以为那只是沐玲欣说出来气他而已。

不知道为什么，肖鲭然听到沐玲欣订婚的消息之后心烦意乱，感觉头脑一片空白。

肖鲭然握紧了拳头，眸子里充满愤怒。

下一秒，还没有等苏亦俊回过神来，肖鲭然已经拿起办公室的电话给沐玲欣打过去。

苏亦俊看着肖鲭然那一脸愤怒的神情，只是轻轻叹了一口气，并没有多说什么。

肖鲭然打通了电话后，却一直不说话。

“你是谁？”电话那头，传来了沐玲欣有些疑惑的声音。

第二十九章　伤心后的慰藉

沐玲欣觉得很奇怪，为什么对方打电话给她却又不说话。

但是，沐玲欣隐隐约约感觉到打电话给她的那个人是肖鲭然。就在她打算问对方是不是肖鲭然的时候，那边把电话挂断了。

沐玲欣伸出手轻轻揉了揉太阳穴。此时此刻，她得让自己冷静下来，不要让这个电话弄慌了。

然而，她的心已经起了涟漪，很难再平静下来。

刚刚那个电话到底是什么意思？

一想到这里，沐玲欣伸出手回拨电话，然而那边似乎没有人回应。

沐玲欣咬住了嘴唇，疯狂地拨打着电话号码。

另外一边，守在电话面的肖鲭然森冷地看着电话，看着电话一遍又一遍地响起来。

苏亦俊双手环胸，看着肖鲭然，问道："你真的不打算接吗？"

"就算接了又如何？"肖鲭然一挑眉头，目光冷然地看向了苏亦俊，冷笑了一声，接着说道，"听她说她和柳卓航订婚了的事情吗？"

苏亦俊没有说话，只是微微眯了眯眼睛。

"要我恭喜她吗？"肖鲭然继续说道。

苏亦俊轻轻吁了一口气，伸出手轻轻地拍了拍肖鲭然的肩膀，安慰道："我不是这个意思。"

肖鲭然抿了抿嘴唇，说道："我知道。"

苏亦俊似乎想要再说些什么，但是看到肖鲭然低落的模样，只好轻轻叹了一口气，不再说什么。

肖鲭然觉得自己此时此刻的心情烦透了！他皱着眉头，眼里尽是焦躁的神情。

这个时候，肖鲭然想起了叶芳芳，想起了在医院里照顾自己的那个女人。

“苏亦俊，我要出去一趟。”肖鲭然侧着头看了一眼站在落地窗面前的男人，说道。

“你才刚刚回来就要出去吗？”苏亦俊侧着头看了一眼肖鲭然。

肖鲭然点了点头。

苏亦俊轻轻吁了一口气，挺直了身子，目光幽然地看向了窗外，微微眯了眯眼睛，看向了人来人往的街道，说道：“你也是时候放松一下自己的心情了。打从你进来到现在，就看不到你的脸上有任何开心的表情。”

肖鲭然没有回答，只是笔直地站着。

“去好好放松一下吧！”苏亦俊转过身来，后背抵在窗户上，嘴角带着浅浅的笑意，问道，“需要我和你一起去吗？”

肖鲭然沉默了一会儿，冷冷地回答：“不需要。”

苏亦俊听了，只是淡淡笑了笑，说道：“看来你是打算去见女人哦。”

肖鲭然白了一眼苏亦俊，但是并没有说话。

不过，不得不说，还真被苏亦俊猜对了！此时此刻，他觉得非常焦躁，心情非常不爽。

肖鲭然想，如果他去叶芳芳家里坐一会儿，说不定心情会有所缓解。

待在这个地方，只会让他想起沐玲欣，想起她和柳卓航订婚的事实！

“需要我借钱给你吗？”苏亦俊看了一眼肖鲭然，打趣道。

“不需要。”肖鲭然斜睨了一眼苏亦俊，随后像是想起了什么事情，问道，“你和白青青最近关系如何？”

听到“白青青”这个名字，苏亦俊脸上的温度急剧下降，变得非常森冷，再次转过头看向窗户外面，说道：“我们俩已经订婚了。”

肖鲭然听到这样的回答不以为意，毕竟他们俩一直保持着情侣关系，就算苏亦俊说订婚，他当然也不会觉得很意外。

“这样啊，那就得好好恭喜你了。”肖鲭然笑了笑，但是眼睛里看不到笑意。

苏亦俊苦笑了一声，抬起头闭上了眼睛，又睁开了眼睛，眼睛里一片肃杀的神情，说道：“你是在打趣我吗？”

“你觉得像吗？”肖鲭然一挑眉头说道。

“你知道我们俩都是商业联姻的牺牲者。”苏亦俊缓缓说道，似乎在说一件非常难过的事情。

肖鲭然当然知道他和白青青之间的事情。

“好了，你还不走？”苏亦俊双手环胸，斜靠在了墙壁上，说道，“不是想去找女人放松一下心情吗？”

肖鲭然微微眯了眯眼睛，看向了眼前这个男人。

苏亦俊只是淡笑，随后走到了肖鲭然的面前，伸出手轻轻拍了拍肖鲭然的肩膀，说道：“放心吧，我会处理好公司里的一切事务的。”

肖鲭然点了点头，说道：“那这里就交给你了。”

“好好放松心情，别摆着一张苦脸给我看，否则我还以为欠了你钱呢！”苏亦俊笑完之后，就找了一个座位坐了下来。

肖鲭然不再说话，只是踏着沉稳的步伐往外面走去。

苏亦俊看着肖鲭然远去的背影，长长叹了一口气。

肖鲭然来到了叶芳芳的住处，他在门前站了好一会儿。

他在犹豫要不要进去！

叶芳芳只是他的前女友，他到底要以什么样的身份再次进入这个别墅呢？

以前男友的身份吗？

想到这里，肖鲭然苦笑了一声，他抬起的手就一直停在半空中，并没有按下门铃。

然而，这个时候门却突然被打开了。

肖鲭然吓了一跳，睁大了眼睛，看着站在自己眼前这个穿着非常艳丽的女子。

“怎么？不进来？”叶芳芳一挑眉头，嘴角处有着浅浅的笑意。

“我……”肖鲭然不知道自己该说些什么好。

其实，这个时候他也在犹豫，犹豫自己应不应该进去。

“进来吗？”叶芳芳打开了门，然后做出了一副欢迎的样子。

肖鲭然伸出手轻轻揉了揉太阳穴，摇了摇头，好让自己回过神来。

很快，他清醒了过来。他知道自己已经没有资格再进这个屋子了，于是轻轻吁了一口气，说道：“我只是过来确认一下你是不是住在这里。”

“我的确是住在这里的。”叶芳芳回答道，“你觉得我骗了你？”

“不是。”肖鲭然摇了摇头。

“既然人都已经来了，那就进来喝杯茶吧！”叶芳芳嘴角处有着妩媚的笑意。

肖鲭然看着叶芳芳，随后喉结上下滚动着。

就在叶芳芳以为肖鲭然会进来的时候，肖鲭然突然间转身了。

叶芳芳看着肖鲭然远去的背影，目光黯淡，她说道：“为什么不进来？”

肖鲭然没有回答她，他的身影渐行渐远。

第三十章　不醉不归

肖鲭然觉得自己此时糟糕透了。

他差点就进了叶芳芳的房间，他知道自己进去之后会发生些什么。

他明明已经和叶芳芳分手了，心里装着的女人明明就是沐玲欣。他不能够那样做，不能够进叶芳芳的房间。

离开叶芳芳的住处后，肖鲭然来到了附近的一家酒吧。

酒吧的名字叫作不醉不归。

肖鲭然来到酒吧的柜台前，冷漠地说道："给我两瓶上好的酒。"

肖鲭然拿着酒来到一个角落里，开始喝起了闷酒。

此时，他需要麻醉自己，希望自己能够忘掉所有的烦恼，忘掉不开心的事情。

说到底，他就是想要麻醉，麻醉自己的情感罢了！

肖鲭然想到这里，就伸出手给自己倒了满满一杯酒，随后拿起来咕噜一下喝光了。

就在这个时候，一个穿着非常暴露的女子走到了肖鲭然的面前。她伸出手像蛇一样环住了肖鲭然的脖子，说道："怎么啦？怎么一个人在喝闷酒啊？"

肖鲭然没有说话。

"我的名字是绿叶哦。"这个时候，那名自称绿叶的女人坐到了肖鲭然旁边，伸出手轻轻地在桌面上画圈圈。她看到肖鲭然一脸颓废的样子之后，继续说道："帅哥，天底下女人多得是，你就不要单恋一枝花了？"

肖鲭然斜睨了一眼眼前这个打扮得花枝招展的女人。

绿叶看到肖鲭然没有理会自己，慢慢移动自己的丰臀，就差整个人贴到肖鲭然的身上了。

肖鲭然闷声不响，他只是重复着一样的动作，给自己倒酒。

然而，这个时候绿叶伸出手挡在酒瓶前，说道："我来帮你倒，你觉得如何？"

肖鲭然没有说话。

绿叶微微眯了眯眼睛，看着眼前这个男人。他身上穿着名贵的衣服，而且行为举止有着说不出的气质。她斗胆猜测，眼前这个男人应该是个有钱人。

这么说来，她已经钓到了有钱男人。

想到这里，绿叶嘴角处的笑意越来越深。

说不定她能够从肖鲭然的身上拿到一笔钱，也说不定能够咸鱼大翻身，成为有钱人的太太。

"帅哥，今晚有空吗？"绿叶红红的嘴唇在灯光下有些耀眼，她往肖鲭然的方向蹭了蹭，说道，"今晚，我可是很有空哦！"

肖鲭然没有说话，只是一个劲儿地喝着闷酒。

这个时候，绿叶斗胆地侧着头往肖鲭然的耳朵里吐气息，随后还伸出自己的手轻轻地摸肖鲭然那宽厚的胸膛，不停地说道："你的身材真是太棒了，我很喜欢你这样的男人。"

肖鲭然依旧没有说话，他觉得头有些晕晕沉沉的。

"对了，亲爱的，我的家就在不远处，你要不要来玩玩？"这个时候，穿着暴露的女人嘴角处有一抹得意的笑容，她伸出手开始往肖鲭然的衣服里钻。

肖鲭然很快就皱起眉头，伸出手抓住了绿叶那双不安分的手，蹙起眉头，冷然地说道："不要随随便便碰我。"

绿叶听到肖鲭然的话愣了一下，不过很快就回过神来，轻轻笑了笑，“好，我不碰你了。我知道，你们这些事业有成的人不希望在公共场合里与女人过度亲密，我家就在前面，走，去我家玩玩吧！”

肖鲭然没有回应这个女人。

绿叶看到肖鲭然不为所动，又笑着说道：“我不贵哦，而且我的技术很棒，一定能够让你尽兴的。”

这个时候，另外一个穿着暴露的女人走了过来，她走到绿叶面前轻轻笑了笑，“不好意思，他是我的。”

绿叶浑身愣怔了一下，她转过头看向了那个穿着暴露的女人，说道：“你的？哼，凡事都有个先来后到，他是我先看到的。”

穿着暴露的女人一挑眉头，说道：“我不是你们这行业的，我是她的女朋友。”

肖鲭然缓缓地转过头，当他看到叶芳芳，有些震惊地挑起了眉头，问道：“你怎么会在这里？”

“你们俩……”绿叶伸出手，指了指肖鲭然，随后又指了指那个跟自己一样穿着暴露的女人，震惊地说道，“你们认识？”

叶芳芳轻轻吁了一口气，说道：“我担心你，所以就跟在你的身后。”

听到这里，肖鲭然没有说话，只是低下了眸子，目光幽幽颤动着。

“算我今天倒霉！”绿叶倒是识相，伸出手用力一拍桌子，随后站了起来，开始寻找自己的新目标。

叶芳芳看着肖鲭然，问道：“我不是跟你说了吗，你才刚刚出院，不能够喝酒。”

肖鲭然苦笑了一声，说道：“事到如今，还有谁会关心我呢？”

“我！”叶芳芳非常坚定地说道，“不管怎么样，都不能够跟自己的身体过不去！肖鲭然，不要再喝酒了，好吗？”

肖鲭然此时喝得也有点醉醺醺的，苦笑了一声，然后再次帮自己倒了一杯酒，说道：“你要喝吗？”

叶芳芳抿了抿嘴唇，看着肖鲭然颓废的模样，轻声叹了一口气，

“你不要这样下去了。”

就在这个时候，叶芳芳低下了身子吻住肖鲭然的脸颊，随后她说道：“我还爱着你，所以，求求你，看在我的面子上，不要再喝了，好吗？”

肖鲭然的手指不由得一阵轻颤，他的脸上有着受伤的表情。

出乎意料，肖鲭然居然放下了手里拿着的酒杯，侧着头看向了叶芳芳，说道：“好，我答应你。”

然而，这个时候的肖鲭然已经喝了差不多两瓶酒了，此时也已经醉了。

叶芳芳看着有些昏头昏脑的肖鲭然，嘴角处在不经意间闪过一丝冷然的笑意，但转瞬即逝。

肖鲭然伸出手握住了叶芳芳的手，说道：“来，扶我起来，我要回家。”

叶芳芳赶紧点了点头，随后扶起醉醺醺的肖鲭然往酒吧门外走去。

此时此刻的肖鲭然一身酒气，叶芳芳不由得皱起了眉头。

就在叶芳芳扶着肖鲭然离开的时候，只听得绿叶跟另外几个穿着暴露的女人说道：“我今天可真是倒大霉！原本已经上钩的猎物都被别人抢了！”

另一个穿着暴露的女人安慰道：“没事，以你的姿色，再钓到大猎物不是不可能的。”

第三十一章　查清事实的真相

叶芳芳扶着肖鲭然往自己家的方向走去，她伸出手轻轻地帮肖鲭然抹了抹额头上的冷汗。

肖鲭然突然伸出手握住了叶芳芳的手，侧着头说道："你走吧！不要来理我！"

"我不能够放任你不管！"叶芳芳回答道，"我不能够看着你堕落。"

听到这里，肖鲭然的目光轻轻地颤动着，微微眯了眯眼睛，目光有些无神地看着前面，说道："可是……我们已经结束了啊！"

就在这个时候，叶芳芳抱住了肖鲭然，紧紧地抱住了肖鲭然，说道："我一直不想和你结束，我对你的爱一直都在。"

即便此时的肖鲭然已经醉了，但是听到这样一句话还是不由得心头一暖。他伸出手慢慢地靠近叶芳芳的后背，最后抱住了叶芳芳。

"可是，我已经辜负过你了……"肖鲭然的目光轻轻地颤动着，此时就像一个单纯的小孩子一样，目光中有着愧疚的神情。

"所以，我不希望你再辜负我了。"叶芳芳的目光颤颤地看着肖鲭然，说道，"我想要和你好好地过这一辈子，好吗？"

肖鲭然的手指不由得一阵轻颤，点了点头，说道："好，我不辜负你。"

来到叶芳芳的家之后，肖鲭然的目光轻轻颤动着。

这里的一切，对于肖鲭然来说当然不陌生。

"这里的一切，和我们分手之前并没有两样。"叶芳芳的目光环视着四周，接着讲道，“每当我面对这样的房间，我就会想起我们以前在一起的点点滴滴。”

肖鲭然突然之间伸出手握住了叶芳芳的手，随后将她往自己所在的方向用力一拉。

叶芳芳猛地跌落到了肖鲭然的怀抱里，这个时候，她的嘴角处有一抹得意的笑容，一挑眉头看向了肖鲭然，说道：“待在你的怀抱里，永远是我最开心的事情。”

肖鲭然低下头吻住了叶芳芳的嘴唇。他是那样忘情地吻着，仿佛只要一停下来，就会想起沐玲欣的事情一样。

叶芳芳看到肖鲭然这么疯狂地吻着自己，自然也回应着他。

沐玲欣知道自己已经和柳卓航订婚之后，心里非常烦躁。她不知道为什么，心里就觉得莫名烦躁。

明明就是自己答应的，为什么还要如此烦躁呢？

想到这里，沐玲欣咬住了下嘴唇。

就在这个时候，沐清风来到了沐玲欣的身边。他看着自己愁眉苦脸的女儿，一挑眉头问道：“女儿，你怎么了？”

听到自己爸爸的声音，沐玲欣一个哆嗦回过神来，看到爸爸后，笑了笑，“爸，你怎么不在书房啊？”

沐清风轻轻叹了一口气，说道：“这是我家，我想在哪里就在哪里啊！”

沐玲欣点了点头，轻轻笑了笑，说道：“爸爸讲得有道理。”

很快，沐玲欣就低下了眸子，神情有些恍惚。

“欣儿……”沐清风看到沐玲欣低落的模样，轻轻吁了一口气，看着沐玲欣的目光中有担忧。

沐玲欣似乎没有听到自己的父亲在叫她一样，目光依旧有些呆滞。

“欣儿……”沐清风再次喊了一声。

沐玲欣缓缓抬起头看向自己的父亲，笑了笑，“爸爸，你怎么还在这里？公司里不是还有很多事情吗？”

沐清风轻轻叹了一口气看向沐玲欣，问道："听你凝姨说你已经和柳卓航订婚了，是吗？"

听到这里，沐玲欣的目光黯淡，轻轻地吁了一口气，随后转过头，目光幽然地看着前方，点了点头，说道："是啊！"

"你后悔吗？"

沐玲欣完全没有想到沐清风会突然这样问，怔了一下，不过很快就回过神来，摇了摇头，说道："不后悔。"

不后悔吗？

不，她有些后悔了。她觉得自己太鲁莽了，这么鲁莽就答应了柳卓航的求婚。

想到这婚礼，沐玲欣伸出自己的手轻轻按住了太阳穴，皱起了眉头。

沐清风看着沐玲欣有些难看的脸色，又看了看她烦恼的模样，微微眯了眯眼睛，若有所想。

"清风啊！你就放心吧！"凝姨看着沐清风，轻轻笑了笑，她说道，"欣儿这是婚前恐惧症。"

真的是这样吗？

沐清风有些怀疑。

很明显，她这是心事重重，不是什么婚前恐惧症！

沐玲欣一想到柳卓航帅气的面容，就会马上想起肖鲭然那张英气的脸。

好烦啊！

沐玲欣猛地站了起来，随后踏着凌乱的步伐往自己的房间走去。

沐清风看着电视上播放着的动画片，随后微微眯了眯眼睛，说道："欣儿很不对劲。"

凝姨看向电视，随后点了点头，说道："欣儿平时不看这种动画片的。再说，欣儿每次离开都会将电视关了的。"

沐清风轻轻地吁了一口气，随后转身往自己的书房走去。

凝姨看着沐清风远去的背影，走到沙发前拿起遥控器将电视关了。

这个家里有一种怪怪的气氛。

凝姨轻轻叹了一口气。

沐玲欣回到自己的房间之后，目光就定在了手机上面。她似乎期望着某个人的来电。

大概对着屏幕看了十分钟，沐玲欣不再去看手机了。她躺在床上，伸出手遮住了自己的眼睛。

沐玲欣，你振作起来，你不能够再想那个男人了。

这个时候，沐玲欣又从床上爬了起来，她坐起来看着前方。

和肖鲭然在一起的画面又出现在她的脑海里。

她烦恼地伸手抱住了头。

书房里。

沐清风若有所思地看着前方，很快他坐了下来，拨通了秘书的电话。

“沐总，你找我有事吗？”电话那头传来了秘书毕恭毕敬的声音。

“我需要你帮我查一件事情。”沐清风微微地眯了眯眼睛，冷然说道。

“是！”

沐清风挂断了电话，走到巨大的落地窗前，目光幽然地看着前面。

为何订婚了还闷闷不乐，这其中必定有原因！而且这原因绝对跟婚姻恐惧症没有任何关系。

想到这里，沐清风的瞳孔一片紧缩。

第三十二章　沐清风的发现

沐清风认为自己的女儿订婚之后还闷闷不乐，而且看起来心事重重，里面必定有蹊跷。

于是，沐清风让人好好调查一下，调查沐玲欣心事重重的原因。

然而，当他拿到调查报告之后，他的手在瞬间握成了拳头。

“这份资料有没有可能存在问题？”沐清风抬起眸子看着眼前这个侦探，说道，“我的女儿应该不会做出这种事情才对！”

“沐总，你在跟我开玩笑吧？”侦探看着沐清风，摇了摇头，说道，“你看这上面的图片也很清晰，这是我从酒店的摄像头里调出来的画面。那分明就是你的女儿，那男人就是肖靖然。”

沐清风轻轻吁了一口气，他的脸上有着难看的神情。

他当然清楚照片上的女人就是自己的女儿没错。但是，当他知道这样一件事情之后忍不住震惊，也忍不住想要找个借口来说服自己不可能发生这样一件事情。

“我知道了！”这个时候，沐清风有些无奈地叹了一口气，目光幽幽地看向了眼前这些资料，脸色却异常难看，说道，“你出去领钱吧！”

“好的。”侦探一点头，非常兴奋地往外面走。他知道，沐清风是一个有钱人，自己为沐清风办事，必然能够拿到一笔不薄的佣金。

“等等！”这个时候，传来沐清风带着威严的声音。

侦探听到沐清风的话，停下了脚步。他转过身子，困惑地看向了沐清风，不知道他还有什么吩咐。

“今天的事情，你知，我知，不允许第三个人知道。”沐清风微微眯了眯眼睛，紧缩的眼睛里带着不可抗拒的威严。

“沐总，我办事，你放心。该怎么做，我心中有数。你放心吧，我会毁掉所有证据的。”侦探嘴角处有一抹自信的笑容。

“好，我信你。”沐清风一扬下巴，冷然地说道。

随后，侦探就踏着沉稳的步伐往外面走去。

办公室里，沐清风看着手里的这些资料握紧了拳头。

他怎么也想不到，他的宝贝女儿居然会发生那样一件事情！他的宝贝女儿居然和肖鲭然有这样的关系！

沐清风的脸上有着戾气，他的神情非常难看。

唰拉一声，沐清风将手里的资料全部撕成了碎片，脸上出现了青筋。

肖鲭然，你毁了我的女儿，我定不会让你好看。

这个时候，沐清风的脸上有着狡诈的神情。

碎片如同雪花一般纷纷扬扬，掉落地面。

这个时候的沐清风站直了身体，站在巨大的落地窗面前，目光冷然地看着前面。

肖鲭然醒来的时候，发现自己躺在雪白的床上。

这里是？

肖鲭然伸出手轻轻揉了揉太阳穴，觉得脑袋有些发晕。

他再次抬起眼皮扫量着这个房间。

这个房间很熟悉，似乎在什么时候见过这样的一个房间。

对了，他怎么会到这里来了？他明明记得自己在喝酒，就在不醉不归酒吧里！

想到这里，肖鲭然便伸出手撑着自己有些昏沉沉的头坐了起来。

这个时候，一个只穿着上衣的女人斜斜地倚在了门上，说道：“你醒了？”

肖鲭然听到声音，便顺着声音的方向看了过去，却看到穿着非常诱人的叶芳芳站在门口，他硬生生地吞了吞口水。

“你终于醒了。”叶芳芳伸出手，轻轻指了指放置在肖鲭然旁边的闹钟，说道，“现在已经中午十二点了哦！”

“我怎么睡这么久啊？”肖鲭然伸出手，再次揉了揉有些昏沉沉的头。

“你喝了很多酒。”叶芳芳挺直了身体，随后走进了肖鲭然的房间，继续说道，“后来你醉了。”

为什么他没有印象？

就在这个时候，肖鲭然发现自己是光着上半身的。

肖鲭然的目光猛一沉，随后伸出手轻轻地挑了一下挂在自己下半身的被子。

居然一丝不挂。

昨晚发生了什么事情，他不清楚！

“昨晚发生了什么事情？”肖鲭然侧着头看了一眼叶芳芳，随后有些困惑地问。

“昨天晚上发生了什么事情，你忘记了吗？”叶芳芳伸出自己修长的手轻轻滑过了肖鲭然的脸颊，笑靥如花。

“不记得了。”肖鲭然摇了摇头。

“讨厌！”叶芳芳伸出手指轻轻地推了推肖鲭然的额头，随后侧过身子扭捏了一下，像一只受了委屈的猫一样吸了吸鼻子，说道，“你吃完了就打算忘记了吗？”

听到这里，肖鲭然有些难以接受地动了一下自己的手指，他的喉结上下滚动了一下，用试探性的语气说道：“你的意思是……我们俩做了男女之间的那种事情了吗？”

“嗯。”叶芳芳有些羞涩地点了点头。

肖鲭然没有说话，微微眯了眯眼睛，似乎在想什么事情一样。

但是，此时此刻他的头依旧有些昏沉。

“对了，我拿来一些蜂蜜茶，有利于醒酒。”叶芳芳倒了一杯茶递给肖鲭然，说道，“你赶紧喝了吧！”

肖鲭然看了一眼叶芳芳，从她的手里接过蜂蜜茶喝了下去。

叶芳芳目光炯然地看着肖鲭然，嘴角处有一抹甜甜的笑容，说道："我觉得我们好似回到了谈恋爱的那段时光，那时候的我也总是这样待在一旁看着你。"

肖鲭然没有说话，抬起头看向了叶芳芳，说道："你能不能将衣服穿好？"

此时的叶芳芳露出了她好看的肩膀，还露出了肚脐，一副诱人的模样。

叶芳芳轻轻笑了笑，随后她伸出手撑着床缓缓靠近了肖鲭然，说道："难道你不想吗？"

肖鲭然闭上了眼睛，随后他伸出手拿起放在不远处的一条浴巾，将自己的下半身围了起来，说道："我得去上班了。"

叶芳芳轻轻地吁了一口气，低下了头，目光中有着淡淡的忧伤，语气中带着难过，说道："你知道吗？昨天晚上，我还以为……我们还可以回到过去……"

肖鲭然听了叶芳芳的话，目光中闪过一丝波澜。

第三十三章　目睹她和别人牵手

他和叶芳芳还能够回到过去吗?

这一点，他不太清楚。

“我已经做好了早餐还有中餐，你吃完再走吧！”叶芳芳低下了眸子，幽幽地说道。

“都这个时候了还做早餐？”肖鲭然有些困惑地问。

叶芳芳轻轻地吁了一口气，目光幽然地看着自己染着红色指甲油的手指，说道：“我七点多就已经起来帮你准备早餐了。但是看到你睡得那么香，不好意思叫醒你，于是就在这里一直看着你睡觉。十一点半的时候，我又觉得是时候做午饭了，随后又去做午饭。”

肖鲭然听了，目光中有些复杂的神情。

他低下了眼帘，此时此刻微长的刘海已经遮住了他的眼睛，让人看不到他眼底的情愫，说道：“也许我们可以回到过去。”

听到这里，叶芳芳的眼睛瞬间就亮了起来，侧着头看着肖鲭然，嘴角处的笑意越来越深，非常惊讶地问道：“是真的吗？”

肖鲭然只是轻轻地抿了抿嘴唇，再次说道：“也许吧！”

虽然他嘴上是这么说，但是肖鲭然发现，自己心中最喜欢的那个女人依旧是沐玲欣，他无法忘掉那个娇小可爱的女子。

想到这里，肖鲭然的脸上有着淡淡的忧伤。

她是那样完美，又是制造香水的佼佼者，在他没有防备的情况下进入他的内心。

“我还有点事情得处理，我先走了。”肖鲭然侧着头看了一眼穿着非常诱人的叶芳芳，随后冷然地说道。

听到这里，叶芳芳低下了眼帘，长长的睫毛在眼睑下面留下了扇形的影子，说道：“可是我已经做好午餐，全都是你最喜欢吃的食物。”

肖鲭然听到这里，手指不由得一阵轻颤。

“那好，我吃完午饭再走。”肖鲭然的声音不再像之前一样冷冰冰了，声音中带着温柔的味道。

听到这里，叶芳芳笑着站了起来，走到了肖鲭然的面前，伸出自己的手拉起了肖鲭然的手，牵着他来到了餐桌旁。

“我们已经有很久没有这样子一起吃饭了。”叶芳芳坐了下来，嘴角处有着开心的笑意。

肖鲭然没有看叶芳芳，他拿起了筷子，随后风卷残云一般吃着午饭。

叶芳芳双手相交放在自己的下巴处，脸上有着浅浅的笑意。

意识到叶芳芳并没有吃饭，肖鲭然一挑眉头，问道：“你怎么不吃？”

“啊？”叶芳芳回过神来，笑着说道，“对于我来说，能够看你吃饭是一件非常开心的事情。”

“那你也要吃啊，傻瓜。”肖鲭然放下筷子，轻轻地吁了一口气，目光中有着淡淡的柔和的光芒。

叶芳芳看到肖鲭然放下了筷子，问道：“你怎么不吃了？”

“我吃不下了。”肖鲭然站了起来，说道，“我先走了，你慢慢吃吧！”

其实，肖鲭然不习惯，不习惯让叶芳芳看着自己吃饭。这样子，只会让他更加愧疚！他明明什么都给不了叶芳芳，因为他的心里已经装了别的女人。

所以，当叶芳芳看着他吃饭的时候，他心里的愧疚感和负罪感越来越强烈。

肖鲭然几乎是逃一般离开了叶芳芳的屋子。

这明明就是以前两个人甜甜蜜蜜住在一起的别墅，但在肖鲭然看来，这是一栋嘲笑他的别墅。

毕竟，两个人的感情经不过时间的考验，他和叶芳芳最终也分道扬镳了。

叶芳芳站在阳台上看着站在楼下的肖鲭然。此时，她的脸上堆积着的不再是笑容，而是冷漠。

其实，她并没有真正喜欢上这个男人。她之前跟他在一起，无非就是贪图他的钱财！后来，她觉得这种生活已经无聊透顶了，于是制造出一件又一件让肖鲭然厌烦她的事情，最后他提出了分手。

想到这里，叶芳芳的嘴角抽动了一下，转过身拿起了放置在一旁的手机，给另外一个手机发送了一条信息。

肖鲭然并没有直接去公司，而是来到了沐家的别墅。

他想要找沐玲欣好好谈一谈。

为了不让沐清风发现，肖鲭然躲在附近的一棵树后面。

他想只要沐玲欣一出来，他便会走过去拉着她到一家咖啡馆，好好聊一聊他们两个人的关系。

然而，就在这个时候，门吱呀一声响。

听到大门打开的声音，肖鲭然探出了头。

当他看到大门后面出来的人是沐玲欣的时候，他的眼睛在瞬间就亮了，往前迈出了一步。

然而，当他看到从大门后面出来另外一个人的时候，目光瞬间就黯淡了下去，目光中有着淡淡的忧伤。

那个人便是柳卓航。

肖鲭然暗暗地叹了一口气，随后很失望地收回自己刚刚迈出去的脚。他伸出手按在了树干上，目光有些忧伤地看着不远处的两个人。

此时的柳卓航牵着沐玲欣的手往前走。

一路上，柳卓航还时不时伸出手轻轻摸一摸沐玲欣那墨玉一般的长发，时不时还去逗一逗沐玲欣。

沐玲欣的脸上有笑容，那样的笑容如同阳光一般，是那么灿烂。

两个人看起来是那么的般配。

肖鲭然低下了头，目光黯淡。

刚刚看到沐玲欣脸上的笑容，他莫名地觉得自己的心好痛，仿佛是被她那灿烂的笑容刺痛了一般。

也许，他应该从他们的视野中退出来，也许他应该放弃沐玲欣，不应该再做垂死挣扎。毕竟，他无法给沐玲欣那样幸福的笑容。

想到这里，肖鲭然的脸色越发难看，他浑身上下也散发着让人不寒而栗的寒气。

肖鲭然转过身，低着头往公司的方向走去。

这个时候的肖鲭然觉得自己的人生很失败，只能够眼睁睁地看着喜欢的女人和其他男人订婚！他只能够看着自己喜欢的女人和其他男人手牵着手幸福地笑着！

肖鲭然长长叹了一口气，抬起了眸子，看向了蔚蓝的天空。

此时的天空蔚蓝得仿佛没有任何杂质，这样蔚蓝的天空，却在此时此刻刺痛了肖鲭然的眼睛。

因为他的内心此时阴雨密布。

第三十四章　泳池风波

沐玲欣看着站在自己身边的那个男人，脸上露出勉强的笑容。

“刚刚沐叔叔打电话给我了。”这个时候，沐玲欣脸上的笑容在瞬间就凝固了。

嗯?

父亲打电话给柳卓航了?

沐玲欣有些困惑地看向了柳卓航，有些诧异地问道：“我爸爸打电话给你干什么？”

“他说你最近有些不开心。”说到这里，柳卓航停住脚步，目光有些严肃地看向了沐玲欣，问道，“欣儿，你最近是不是遇到什么烦心事了啊？”

沐玲欣低下了眼帘，目光幽幽地颤动着，说道：“没什么事情，你不要想太多了。”

“欣儿，我不是傻瓜。”柳卓航轻轻吁了一口气，眸子里有着黯淡的光芒，“你心里是不是有事，我能够一眼看出来。”

沐玲欣没有说话，但是她额头上已经有了冷汗。

她心里的事情不能够跟柳卓航说，要是让柳卓航知道此时此刻的她正想着肖鲭然，他会怎么想?

“欣儿，我希望以后你心里有什么事情能够跟我说。”柳卓航伸出手握住了沐玲欣的小手。

沐玲欣一个哆嗦回过神来，缓缓抬起头看向了柳卓航。当她看到柳卓航那担忧的目光之后，觉得心里有些困扰。

很快，沐玲欣的目光中闪过一道灵光，转移话题，说道："我肚子好饿，你看看附近哪里有吃的。"

柳卓航自然知道沐玲欣在转移话题，但是，这个时候他也不好揭穿，于是轻轻点了点头，说道："嗯，好，你想吃点什么？"

"随便。"沐玲欣回答道。

柳卓航不知道自己应该说些什么，于是沉默着伸出手握住了沐玲欣的手。

沐玲欣虽然想要反抗，但是一想到自己已经答应了柳卓航的求婚，最终选择了不反抗。

"你有想要去的地方吗？"柳卓航边走边用余光扫量了几眼沐玲欣。

沐玲欣摇了摇头。

"我看你的心情似乎不怎么好呢！要不我们吃完饭之后去看电影？"柳卓航提议道。

沐玲欣只是轻轻叹了一口气，随后她说道："我对看电影完全提不起兴趣。"

相对于看电影，她更加喜欢在实验室里做实验，更喜欢研究新型的而且非常吸引人的香水。

"这样啊……"柳卓航的目光幽幽颤动了一下，笑了笑，说道，"想不想去水上乐园或者去游泳？"

沐玲欣摇了摇头，说道："我不会游泳，而且我怕水。"

怕水？

柳卓航一挑眉头，随后目光中闪过一道寒光。

既然沐玲欣很怕水，那他应该有办法让沐玲欣将注意力转移到他的身上来。

"既然如此，我也不强迫你了。"柳卓航轻轻吁了一口气，随后说道，"那你可以陪我吗？"

"嗯？"沐玲欣有些困惑地看向了柳卓航，她不知道柳卓航话里的意思。

“我今天下午约了一个朋友竞赛游泳，你可以在岸边为我加油打气吗？”柳卓航的语气中带着恳求的味道。

沐玲欣点了点头，说道：“可以啊！但是，我只是去加油打气！”

柳卓航伸出手轻轻摸了摸沐玲欣的头，嘴角处有一抹浅浅的笑意，说道：“有你在我的旁边加油打气，我就已经很知足了！你不会游泳，而且又怕水，难道我还要强求你下水吗？”

沐玲欣笑了笑，但是没有说话。

不知道为什么，沐玲欣觉得自己跟柳卓航在一起没有很快乐的感觉，她觉得自己的心里似乎有一个疙瘩，这个疙瘩让她觉得很难受。

说实话，这个时候的沐玲欣已经喜欢上了肖鲭然，她不可能就这样简简单单地忘记他。肖鲭然就像一颗种子一样，已经种在了她心中，悄然发芽。

这个时候要她忘记肖鲭然，恐怕没有那么容易。

柳卓航看到沐玲欣有些心不在焉，伸出手轻轻地在沐玲欣的面前晃动了几下。

沐玲欣打了一个哆嗦，很快就回过神来，看着柳卓航，说道：“你的朋友呢？”

“在那里呢！”柳卓航伸出手，指了指一个强壮的男子，继续说道，“他是我在国外认识的，叫木威廉。”

木威廉，好奇怪的名字啊！

“卓航，今天可是说好要比赛自由泳的哦。”这个时候，木威廉伸出手轻轻拍了拍柳卓航的肩膀。

柳卓航轻轻地笑了笑，说道：“这一次我一定会赢你！毕竟我跟你不一样。”

“有什么不一样？”木威廉的脸上有着浅浅的笑意，转过头看向了站在一旁的沐玲欣，伸出手指了指沐玲欣，“是因为她吗？”

“没错。”柳卓航点了点头，“她是我的未婚妻，我想有我未婚妻加油，我应该不会输。”

沐玲欣发现木威廉看自己之后，只是淡淡地笑了笑。

接着，沐玲欣就看着木威廉和柳卓航一起到了起点，准备跳水。

然而，就在这个时候，沐玲欣看到了另外一个人。看到这个人的时候，沐玲欣的心猛地提到了嗓子眼。

这个人便是肖鲭然。

为什么……肖鲭然会在这个地方？

沐玲欣的目光猛一沉，黯然地看向了站在不远处的那个男子。此时，站在男子旁边的还有一个女人。

沐玲欣看到这个女人之后，嘴角处有一抹讽刺的笑意。

这个女人正是沐玲欣在医院里看到的那一位。

想到这里，沐玲欣低下了眸子，她的心里一阵苦涩。

此时的柳卓航正在水里准备游泳，而沐玲欣已经没有精力去为柳卓航加油助威了！就在这个时候，沐玲欣觉得自己的后背有一股力量。沐玲欣还没有回过神来，就发现自己的身体直直地往前面倾去。此时的她正站在游泳池的边缘，前面就是泳池。

她几乎是来不及稳住自己的身体，就这样睁大眼睛往泳池掉了下去。

扑通一声，水面上溅起了巨大的水花。

沐玲欣觉得自己的身体猛地被寒冷所侵蚀，咕噜咕噜地喝了几口水，随后赶紧扑腾着自己的手，想要让头探出水面。

“救命啊！救命啊！”沐玲欣不自觉地大喊了几声！

站在不远处的肖鲭然听到这样一句话之后，目光猛一沉，赶紧往声音的方向看了过去。

当他发现落水者是沐玲欣的时候，瞳孔在瞬间就紧缩了。

第三十五章　无能为力

肖鲭然知道落水者是沐玲欣之后，心瞬间提到了嗓子眼，他二话不说，像一头猎豹一样往泳池的方向奔跑而去，用力一跃，在半空中划过一个美丽的弧度进入了水中。

此时的沐玲欣已经筋疲力尽了，觉得自己的身体在一点一点往下沉着。

这里没有救护人员吗?

为什么……为什么还不来救她?

这就是她不喜欢泳池的原因了。小的时候，她就是差一点淹死在大海里。

所以，后来她就再也不喜欢下水了。

肖鲭然很快来到了沐玲欣的身边，抓住了沐玲欣的手臂，帮助她浮出水面，帮助她呼吸。

“振作一点，沐玲欣。”肖鲭然的声音带着男人特有的磁性。

是谁?是谁在唤她?

沐玲欣此时的眼睛已经失去了焦距，只是隐隐约约地看到有一个非常熟悉的人影在自己的面前晃荡。

“放心，我一定会把你救上去的。”肖鲭然一边抓着沐玲欣，一边往岸上游去。

太好了!

有人来救她了吗?

这个时候，沐玲欣觉得自己的呼吸有些急促，而且头脑有些沉重。

等肖鲭然将沐玲欣带上岸的时候，发现沐玲欣已经闭上了眼睛。

这个时候，肖鲭然的脸上有着密密的虚汗，赶紧伸出手按住了沐玲欣的肚子。

按了几下之后，沐玲欣的嘴角处就已经吐出了水池里的脏水。

肖鲭然吐了一口气，随后开始皱着眉头说道："沐玲欣，你赶紧给我醒过来，听到没有？"

他是那样着急，同时又是那样害怕。他非常害怕，害怕沐玲欣不会醒过来。

这个时候，他突然觉得生命是那样脆弱，那样渺小。

看到沐玲欣没有醒过来，肖鲭然的手心直冒冷汗，俯下身子想要帮沐玲欣做人工呼吸。

"放开她！"声音冷冷的，带着森冷的味道。

肖鲭然的手指不由得一阵轻颤，随后缓缓抬起头，看到了一脸冰冷的柳卓航。

"首先，我很感激你救起了我的女人，我的未婚妻。"柳卓航蹲了下来，伸出手横抱起了沐玲欣。

肖鲭然没有回答，但是他的目光中有着复杂的神情。

此时此刻，他多么想说，不要碰她。

可是，他却没有足够的勇气说出这样一句话。毕竟柳卓航才是和她订婚的男人，而他肖鲭然什么都不是！

"其实，即便我们是朋友，我还是得警告你。"柳卓航的声音中带着威胁的味道，"这是我的女人，你最好和她保持一定的距离。"

也就是这个时候，叶芳芳来到了肖鲭然的身边，她伸出手扶起了蹲在地上的肖鲭然，有些担忧地说道："你怎么一声不吭就跑了啊？害我找了很久。"

肖鲭然没有说话，也没有转头看叶芳芳。

柳卓航看到叶芳芳的时候，微微眯了眯眼睛，但是最终还是选择了沉默。

“卓航，发生什么事情了？”就在这个时候，木威廉从水里爬到了岸上，随后他的目光定在了紧闭着眼睛的沐玲欣身上，皱着眉头问道，“她怎么了？”

“威廉，恐怕我今天无法和你比赛了。”柳卓航轻轻吁了一口气，目光黯淡地看向了像是睡着了的沐玲欣的脸上，说道，“我的女人溺水了，我得带她回去。”

“没事，我们可以下次再比。”木威廉笑了笑。

“谢谢你的理解和配合。”柳卓航此时的脸色非常阴沉，同时也显得非常冷漠。

木威廉看着柳卓航的模样，轻轻吁了一口气。在木威廉看来，柳卓航此时非常伤心难过，毕竟他的未婚妻遭遇这样的事情。

听到他们两人的对话，肖鲭然低下了头，他的脸上有着密密的细汗，突然觉得很无奈。

自己喜欢的女人昏迷不醒，他却只能够看着其他男人将她抱走。

肖鲭然的目光幽幽地颤动着，随后伸出手握住了一旁的叶芳芳的手，轻声说道：“芳芳，不要离开我。”

叶芳芳不知道肖鲭然为什么会突然这么说，但是她轻轻拍了拍肖鲭然的后背，柔声说道：“好，我不离开你，我就在你的身边好好地陪你。”

柳卓航的背影渐渐淡出了肖鲭然的视线，肖鲭然突然觉得自己很无力，而且很窝囊。

今天早上，看着她和柳卓航有说有笑地离开之后，他就很失落。为了缓解心中这份失落的感情，他去找了叶芳芳，并且要求叶芳芳陪自己去游泳，好好缓解一下这份失落感。然而，他怎么都没有想到，沐玲欣居然也来游泳。

在肖鲭然沉浸于失落之中，叶芳芳抬起头看向了柳卓航远去的方向，随后暗暗叹了一口气。

柳卓航将沐玲欣带回了自己的别墅，他命人好好照顾沐玲欣。

这个时候，柳卓航的嘴角处有一抹嗜血的笑容。

这个剧本跟他想象得一模一样。

他已经在明确警告肖鲭然，让他不要掺和他和沐玲欣之间的事情。

柳卓航拿出了珍藏已久的红酒，帮自己倒了一杯酒，随后端着酒杯来到了巨大的落地窗前。

此时，已经是黄昏了，暖暖的光线透过窗户照射在柳卓航的身上，给他身上披上了一层淡淡的光芒。

柳卓航微微眯了眯眼睛，望着挂在天边的夕阳，嘴角处的笑意却越来越深了。

一切尽在他的掌握之中！

他和沐玲欣结婚，只是迟早的事情。

想到这里，柳卓航突然之间背过身子，他的后背靠在窗户上，下巴微微地往上扬着，目光中一片冰冷的神情。

但是，他只要一想到叶芳芳，目光就柔和了很多。

不过，为了他心中的霸业，就算是牺牲了他最爱的女子，那也是物有所值。

他轻轻摇动手中端着的红酒，一饮而尽。

轻轻地吁了一口气之后，柳卓航就顺着巨大的落地窗缓缓地往下滑落，直到坐在带着夕阳温度的地面上。

阳光将柳卓航的身影拉得很长很长。

柳卓航看着自己的身影，轻轻地笑了笑。

不知道过了多久，柳卓航伸出手撑着地板，从地上站了起来。此时，他已经走开了，然而地面上却留着一个高脚酒杯。

夕阳，已经将最后一抹光芒收敛了起来，天已经渐渐暗了下去，天空中出现了点点繁星。

第三十六章 独处一室

沐玲欣醒过来的时候，发现自己正躺在一张柔软的床上，但是她很快就意识到这不是她的床。

沐玲欣那黑鹅卵石一般的眼睛很快就将这陌生的房间扫了一个遍，发现墙壁上挂着柳卓航的照片之后，她就猜想，这里应该是柳卓航的房间。

但是，她为什么会出现在这样的一个房间里呢？

对此，沐玲欣没有任何印象。

一想到这里，沐玲欣就轻轻叹了一口气。

她明明记得自己在游泳池，对了，她好像还掉进游泳池里了。

想到这里，沐玲欣的手心在瞬间就攥紧了。

“你起来了啊？”柳卓航看到沐玲欣坐起来之后，脸上有着温和的笑容，说道，“感觉怎么样了？”

沐玲欣看向柳卓航，点了点头，说道：“我的头有些昏昏沉沉，发生了什么事情了？”

“欣儿，都是我不好。”这个时候，柳卓航低下了头，脸上有着懊悔的神情。

沐玲欣看着柳卓航，脑子里都是问号。

“都怪我没有保护好你，才让你掉进泳池里。”说到这里，柳卓航有些内疚地叹了一口气。

沐玲欣看到柳卓航内疚的模样，轻轻吐了一口气，说道：“你就不要放在心上了，你看我不是好着吗？”

“欣儿……”柳卓航伸出手轻轻地握住了沐玲欣的手，脸上有着难看的表情，说道，“我真的无法想象，无法想象没有你的日子。”

沐玲欣的心瞬间加速跳动，她完全不知道柳卓航在说些什么。

“当你闭着眼睛躺在我的面前的时候，我心里非常痛苦。也就是在那个时候，我才真正发现，原来，我喜欢你已经喜欢到无法自拔的地步了。”

这样的话听起来非常动人，可是沐玲欣却怎么也开心不起来。

她隐隐地感觉到，她在昏迷的时候遇到了肖鲭然，但是自己也不确定。

就在沐玲欣恍惚间，柳卓航伸出手试探了一下沐玲欣的体温，随后又缩回手摸了摸自己的额头。

“还好，你的烧已经退了。”柳卓航温柔地说道。

“少爷，粥已经准备好了。”这个时候，一个女佣端着一碗热腾腾的粥来到了沐玲欣的面前。

“趁热喝。”柳卓航从女佣的手里接过那碗粥，随后非常贴心地搅拌了几下，好让这粥的温度能够冷却下来。

沐玲欣皱着眉头看着那碗粥，毫不领情地说道：“我不喜欢喝粥，给我来一杯咖啡吧！”

柳卓航看了一眼女佣，女佣很快就点了 下头，说道：“是！”

“你知道我平时的口味吗？”沐玲欣看向了女佣，一挑眉头问道。

柳卓航目光幽然地看了一眼沐玲欣，随后转头看着那名女佣，慢条斯理地说道：“你去泡拿铁黑咖啡，记得放半块糖。”

听到柳卓航这么说，沐玲欣有些惊讶地看着他，问道：“你怎么知道我平时的口味？”

“你觉得呢？”柳卓航平静地回答道。

沐玲欣突然不知道自己应该说些什么，于是低下了眸子。

“现在天已经黑了，今晚就留在这里吧！”这个时候，柳卓航站了起来，目光沉着地看向了窗户外面。

嗯？

听到这里，沐玲欣的手指不由得一阵轻颤，额头上已经渗出了一滴虚汗，硬生生地吞了吞口水，说道："我觉得这样有些不好吧！我们还没有结婚呢！"

柳卓航沉默了一会儿。此时他依旧背对着沐玲欣，然而在灯光下，柳卓航原本俊美绝伦的侧脸更加好看，而且显得他的皮肤白皙。

"这是迟早的事情。"柳卓航的嘴唇中突然蹦出这样一句话。

就算是迟早的事情，但是此时此刻他们还没有结婚。

"怎么？"这个时候，柳卓航侧过头，看向了低垂着头的沐玲欣，用试探性的语气问道，"你怕了？"

沐玲欣的手指动了一下，不过很快就摇了摇头，说道："如果我不回家的话，我的家人会担心我的。"

"关于这一点，你完全可以放心。"柳卓航走到了沐玲欣的旁边，随后坐了下来，说道，"我已经跟你的家人打好招呼了。"

沐玲欣看到柳卓航坐到自己的旁边，觉得有一种无形的逼迫感。

"再说，你迟早是我的人了，你根本吃不了亏。"

谁说的？

万一……万一她反悔了呢？万一她不想和他结婚了呢？

突然间，沐玲欣觉得柳卓航不安好心。

就在这个时候，柳卓航伸出手握住了沐玲欣的手。

沐玲欣被吓了一跳，脸在瞬间变白了不少。

"欣儿，我娶了你，就会给你幸福。"柳卓航的脸上有着严肃的表情，"结婚以后，我会跟你踏踏实实地生活，给你一个完美的家。"

真的可以吗？

想到这里，沐玲欣低下了眸子。

就在这个时候，柳卓航慢慢地靠近沐玲欣。

沐玲欣看着那张渐渐放大的脸，长长卷卷的睫毛轻轻颤动着。

不知道为什么，她有点想要拒绝这个吻。

于是，她伸出手挡在了柳卓航的面前。

柳卓航目光幽幽地看向了沐玲欣，一挑眉头看向了沐玲欣，问道："怎么了？"

"我想起来了，我还没有刷牙呢！你知道的，我睡醒之后一般都要刷牙的！"说完之后，沐玲欣就蹦蹦跳跳地从床上下来，急急忙忙地跑到了卫生间。

此时，她的心正此起彼伏地剧烈跳动着。

她伸出手按住了自己如同小鹿乱蹦的心，长长吁了一口气。

不知道为什么，当柳卓航要吻她的时候，她的眼前出现了那个男人的身影，肖鲭然。

他总是这样悄然地出现在她的眼前，如同一个幽灵一样纠缠着她。

"欣儿……"就在这个时候，卫生间外面传来了柳卓航的声音。

沐玲欣一挑眉头，问道："怎么了？"

"我给你带来了洗漱用品……"

沐玲欣轻轻地吁了一口气，打开了卫生间的门，低下了眉目，缓缓说道："对不起，我想，我得回家了。"

"嗯？"柳卓航有些困惑地一挑眉头，问道，"是这里环境太差了，你习惯不了吗？"

沐玲欣摇了摇头，说道："不是！不是这样的！"

"那是为什么呢？"

第三十七章　促膝谈心

一时间，沐玲欣也找不到其他借口，情急之下随便编了一个借口，说道："我不习惯用你这里的洗漱用品。"

听了沐玲欣的解释，柳卓航一时间愣在了原地，很快，他一挑眉头，用试探性的语气问道："哦，是吗？"

沐玲欣有些语塞，硬生生吞了吞口水，说道："是，是啊！"

柳卓航没有说话，只是沉默着将洗漱用品放在了卫生间内，说道："既然如此，我开车送你回家。"

"不……"沐玲欣伸出手挥了挥，说道，"我自己一个人就可以回家。"

"我是你的未婚夫。"这个时候，柳卓航转过头神情复杂地看向了沐玲欣，说道，"既然我已经是你的未婚夫了，那我完全有责任保证你的安全。"

沐玲欣低下了眸子，随后轻轻地吁了一口气，说道："那好吧！"

柳卓航没有看沐玲欣，而是径直往外走去。

沐玲欣虽然低着眸子，但她还是往柳卓航的方向偷瞄了几下。

此时，她能够感觉到从柳卓航身上散发开来的寒气。

他生气了吗？

他应该是生气了吧！

沐玲欣轻轻地吁了一口气，往外走去。然而，她刚走出卫生间不远，就有女佣跟在她的身后，还端着一杯咖啡。

“这是咖啡吗？”沐玲欣突然之间停下了脚步，转过头看了一眼那个女佣。

女佣点了点头，非常恭敬地说道：“是的，小姐。”

“拿过来，我喝一口。”

女佣将咖啡递给了沐玲欣。沐玲欣轻轻抿了一口，随后抬起头看向了墙壁上的挂钟。

此时已经是午夜了，已经十二点了。

这个时候，她真的要回家吗？

沐玲欣敛了敛眉眼，她的目光在这个时候有着复杂的味道。

“柳卓航……现在在哪里？”沐玲欣侧着头，看了一眼站在自己身后的女佣。

女佣摇了摇头，说道：“这个我不知道。”

沐玲欣喝完咖啡之后，便将杯子递给了女佣，随后便在这栋别墅里闲逛。

经过书房的时候，沐玲欣轻吸了一口气，随后打开了书房的门。

此时的柳卓航正翻着书卷，脸上有着黯淡的神情。然而，这头顶上的灯光却给他带来了一层淡淡的、明亮的光辉。

沐玲欣轻轻吁了一口气，伸出手弯了弯自己的手指，轻轻敲了敲门。

柳卓航没有抬起头，说道：“进来！”他的声音很好听。

沐玲欣提起了精神，走了进去。她的眼睛打量了一下柳卓航的书房，却意外发现书房里还摆着一些大学时代的书。随后，她走到了书架前，伸出手轻轻摸了摸这些有些年代的书，轻声说道：“没有想到你还珍藏着大学时代的书。”

“嗯。”柳卓航轻轻点了一下头，说道，“虽然大学的书基本上都是理论，但是我们在实践中，很多时候还是能用到。”

沐玲欣轻轻吁了一口气，说道：“是啊！理论就是基础！”

说完，沐玲欣不知道自己应该要说些什么，于是又沉默了下来，时不时用余光去看柳卓航，发现他依旧低着头在翻阅手里的书卷。

此时，两个人都没有提回家的事。

“那个……”沐玲欣硬生生吞了吞口水，目光看向了其他地方，说道，“我已经决定了……”

柳卓航的手指在不轻易间轻轻地颤动了一下。

“我想了想，我还是不回家了。”沐玲欣双手紧紧地握在一起，说道，“这么晚了，让你送我回去也怪不好意思的，我一个人回去也不安全！”

柳卓航沉默了一会儿，随后抬起了眸子，看向了沐玲欣，“如果你真的很想回去，我一定会送你回去。”

“我想了想……”沐玲欣伸出手轻轻地挠了挠自己的脸颊，脸上有着俏皮的表情，说道，“那多不好意思啊！你说对吧！要你千里迢迢送我回家。”

“如果你真的很想回去，就算是万里迢迢，我也要亲自送你回去。”柳卓航合上书卷，抬起头看向了沐玲欣。

沐玲欣轻轻吁了一口气，说道：“谢谢，但是，我已经决定了，就住在这里。再说，我迟早要住在这里的。”

听了沐玲欣的话，柳卓航站了起来，走到沐玲欣的身边，伸出手轻轻地握住了沐玲欣的手，拿起来放在自己的脸颊旁，说道：“你知道吗，我听到你这句话很开心。从你接受我的求婚以来，我总觉得你的心似乎很难接纳我。”

沐玲欣低下了头，眸子里有淡淡的光芒在闪烁。

那是因为，她的心里装着另外一个男人，而要将这个男人从自己的心里赶出去需要时间。

这个时候，柳卓航放下了沐玲欣的手，突然抱住了沐玲欣。

沐玲欣就这样猝不及防地跌入了柳卓航温暖的怀抱中。

他的身上有淡淡的薄荷味道，胸膛很温暖，有一种可以依靠的感觉。

沐玲欣能够感觉到柳卓航的心跳，那么平稳的心跳。

相比起柳卓航平稳的心跳，沐玲欣心跳的频率可以算是非常紊乱。

“今晚跟我同房，可以吗？”这个时候，柳卓航低下了眸子，眸光淡淡地颤动着。

什么？同房？

听到这样一个词，沐玲欣觉得头里闪过了电闪雷鸣，她硬生生吞了吞口水，推开了柳卓航的身子，侧过头不去看柳卓航，说道：“在结婚之前，我不想和你同房。”

听到这里，柳卓航长长吁了一口气，说道：“反正都是迟早的事情。”

沐玲欣咬住了嘴唇，说道：“我……”

“我不会碰你。”柳卓航打断了沐玲欣的话，目光幽幽地看着沐玲欣，继续说道，“你放心，我只是想看着你睡觉。”

沐玲欣张了张嘴唇，没有说话。

说实话，她不知道他们两个人同房之后是不是能够什么事情都能不发生。换句话说，她不知道柳卓航能不能控制住自己。

第三十八章　财务危机

“我就这么不可信吗？”柳卓航问道。

他高大的身子立在沐玲欣面前，沐玲欣不敢去看他的眼睛，选择低下了眸子。

“不是！”沐玲欣摇了摇头，脸上有一滴虚汗，硬生生吞了吞口水，说道，“我只是不习惯。”

“傻瓜，这种事情不习惯很正常！但是，我只是想看着你睡觉而已，我并不会做任何伤害你的事情。”柳卓航的脸上有着淡淡的笑意。

看着柳卓航，沐玲欣的眸子更低了。她双手有些不安地握在了一起。

说实话，她很难相信两个没有任何血缘关系的异性睡在一起不会发生关系。

“我先去睡觉了，我困了。”沐玲欣选择了回避。她打了一个大大的呵欠，随后看向了站在一边的女佣，笑着说道：“你带我回我的房间吧！”

柳卓航看着沐玲欣远去的背影，轻轻地吁了一口气。

是他太心急了吗？

柳卓航微微眯了眯眼睛，目光幽幽地看向了书架的位置。

不得不承认，他对沐玲欣有想法。他觉得沐玲欣对他似乎没有以前她追他的时候那么好了，他害怕沐玲欣后悔，后悔与他订婚。

所以，他要想办法将沐玲欣尽早弄到手，以免夜长梦多。

想到这里，柳卓航轻轻地吁了一口气。

既然同房这个办法行不通，他应该另想其他办法才是。

想到这里，柳卓航的目光中闪过一道寒光。

沐玲欣跟随女佣来到了一间屋子。房间并不大，但是装饰得非常温馨。

“你可以下去了，有什么事情，我会叫你。”沐玲欣侧头看了一眼站在自己身后的那个女子。

“我知道了。”女佣微微欠身，很快就离开了。

沐玲欣很快就躺在了床上，但是，此时此刻，却怎么也睡不着。

大概是白天睡多了，所以导致她晚上难以入睡吧！

咚咚咚——

咚咚咚——

这个时候，门外响起了敲门的声音，沐玲欣的神经瞬间紧绷了起来了。

这个时候来敲她房门的，十有八九是柳卓航。

难道柳卓航还是想要进来和她同房吗？

想到这里，沐玲欣决定不出声，假装自己已经睡着了。

“欣儿，我知道你没睡。”站在门外的柳卓航轻轻地吁了一口气，缓缓地说道，“我来送点粥给你，你醒后就没有吃什么东西了。”

“不用了。”沐玲欣看向了门的方向，说道，“睡前吃东西对肠胃不好，我就不吃了。”

“这样啊！”柳卓航轻轻叹了一口气，继续说道，“那你能不能陪我一起到阳台上赏赏月。”

沐玲欣抬起头看向了窗外，此时此刻，乌云将月亮完完全全遮住了。

沐玲欣提高了警惕。

很明显，他另有目的。

“我困了。”沐玲欣轻轻吁了一口气，缓缓说道。

她虽然不知道柳卓航有什么目的，但是，她隐隐觉得柳卓航似乎要对她做些什么。

柳卓航遭遇了沐玲欣的几次拒绝之后，心情有些低落，于是低垂着头往自己的房间走去。

沐玲欣的警惕性似乎比他想象的还要强。

城市另一头的肖靖然，此时坐在沙发上，脸色异常难看。

一想到今天沐玲欣被柳卓航抱着离开的画面，他就忍不住握紧拳头。

然而，就在这个时候，肖靖然的电话响了起来。

这么晚了，还有谁给他打电话？

肖靖然皱着眉头拿起了电话，当看到来电显示是苏亦俊，长长叹了一口气。

肖靖然愣了一会儿，还是拿起了电话，他的语气带着不耐烦的味道，说道："还真会挑时间打电话，也不看看现在几点了。"

"打扰你，我很抱歉。但是，肖靖然，我们公司近来的运转出了点问题。"

什么？公司的运转出现了问题？

肖靖然皱着眉头说道："怎么会呢？"

公司的税务问题才刚刚解决，怎么突然之间运转又出了问题呢？

"我也不太清楚。"苏亦俊的语气中带着感叹的味道，说道，"最近一段时间，不少股东纷纷撤回资金，公司的运行出现了极大困难。"

听到这里，肖靖然皱着眉头问："你有没有问过他们撤资的原因？"

"问过了。"苏亦俊继续说道，"但是他们说，投资我们雅芙，收益和投资不成正比，所以撤资。"

胡说八道！最近几年，公司的运营一切正常，股东的收益也有保障。

这里面应该有什么问题。

"这件事你为什么现在才说？"肖靖然皱着眉头质问道。

"因为你现在才开机。"苏亦俊长长地叹了一口气，说道，"肖靖然，你是不是出了什么事情？”

“没有。”肖鲭然摇了摇头。

但是，一想到公司的财务出现了很大问题，肖鲭然就觉得头都大了。

若是不能够及时解决公司的财务问题，那这个财务危机就会危害到公司，到时候公司不得不解散了。

想到这里，肖鲭然长长叹了一口气。

他站了起来，走到阳台，目光幽幽地看向了天空。

此时，风将乌云往月亮的方向吹了过去。肖鲭然微微眯了眯眼睛，看着夜空中的乌云与繁星。

股东在一夜之间全部撤回资金，这里面一定有问题。

想到这里，肖鲭然握紧了拳头，目光中一片森冷。

不管怎么样，雅芙公司是他和苏亦俊两人辛苦打拼而创建的，绝对不能够说倒就倒。但是，目前，他要怎么解决公司的财务危机呢？

想到这里，肖鲭然低下了眼帘。

他皱起了眉头，往大厅走去。

这个时候，他不应该再想沐玲欣了，而是应该想想怎么渡过这次财务危机。

如果渡过这次财务危机，他的公司就能够重生。如果渡不过这次财务危机，雅芙公司恐怕就要解散了。

第三十九章　毁婚计划

第二天一大早，沐玲欣没有跟柳卓航打招呼就离开了他的别墅。

然而，沐玲欣在路上遇到了另外一个女人，这个女人便是叶芳芳。

叶芳芳看着沐玲欣，嘴角处有一抹浅浅的笑意，笑着看着沐玲欣，说道："你好，久闻沐玲欣姑娘大名了。"

沐玲欣看着叶芳芳，却没有说话。

"沐玲欣小姐，请问方便借一步说话吗？"看到沐玲欣没有说话，叶芳芳就直入主题。

沐玲欣冰冷的眸子看着叶芳芳，冷然问道："请问有事吗？"

"当然有。"叶芳芳昂起了自己的下巴，神情非常高傲，说道，"如果没有事的话，我想我也不必一大早就过来蹲点了。"

"你这话是什么意思？"沐玲欣微微眯了眯眼睛，扫量了一眼眼前这个打扮得花枝招展的女人。

"我的意思，你还会不明白吗？"叶芳芳一挑眉头，一脸挑衅地说道，"沐玲欣小姐，老实说，你的存在让我觉得很是困扰。"

"呵呵，照你的意思说，我的存在碍着你了？"沐玲欣不爽地冷哼了一声。

叶芳芳点了点头，继续说道："是的，你的存在的的确确碍着我了。"

听到这里，沐玲欣觉得很不舒服，冷笑了一声，"既然话都说到这个份儿上了，你有话就直说吧，也不必借一步说话了。”

“好，那我就有话直说了。”叶芳芳嘴角处的笑意瞬间凝固了，转而换之的是非常冰冷的神色，“请你不要再出现在肖鲭然面前，可以吗？”

沐玲欣的手指不由得一阵轻颤，苦笑了一声，但是没有说话。

“我是真的很爱他，而他也接受了我。我不希望我们两个人有第三者插入。”叶芳芳顿了顿，继续说道，“向来第三者就受到世人唾弃，我可不希望沐玲欣小姐也成为过街老鼠那样，人人喊打。”

“看来，我还得谢谢你。”沐玲欣冷笑了一声，双手环胸，继续说道，“感谢你能够及时提醒我，以防我变成第三者。”

叶芳芳没有说话。

“你还有什么话吗？”沐玲欣一挑秀气的眉头，冷冷地问道，“没有的话，我可要走了。你要知道，我的时间很宝贵，我可不像你这么闲，每天除了化妆打扮之外，就只知道和男人腻在一起。”

叶芳芳的手指轻轻动了动。无论是谁，都能够听出沐玲欣话里讽刺的味道。

“我没有什么话要跟你说了。”叶芳芳说道。

“那就好。”沐玲欣冷笑了一声，说道，“我倒是要感谢你，感谢你不问我的名字，也不问我是怎么研发出令世人喜欢的香水来。一般而言，像你这样的人，很容易问这些没有营养的问题。”

叶芳芳的脸色变得非常难看。

“对了，我想我有必要跟你说一声。”沐玲欣一脸挑衅地看着叶芳芳，“你身上所喷的香水，是劣质香水。不知道小姐你是没钱买真品还是被卖香水的人骗了。”

“我……”叶芳芳咬住了自己的下嘴唇。

沐玲欣没有听叶芳芳把话讲完，就踏着轻盈的步伐往前走。

叶芳芳望着沐玲欣远去的方向，握紧了拳头，脸上有着难看的神情。

这个时候，一个男子走到了叶芳芳的身边。

叶芳芳看到这个男人之后，很快就低下了眼帘。

“你不要太在意，她就是这样的人。”柳卓航看了一眼叶芳芳，柔声说道。

“我明白的。”叶芳芳的声音弱了下来，脸上有着淡淡的红晕。

“进来吧，我请你喝茶。”柳卓航的声音淡淡的，似乎听不到任何情感。

叶芳芳嘴角处弥漫出淡淡的笑意，踏着轻盈的步伐往柳卓航的别墅走去。

沐玲欣没有直接回家，而是去了好友白青青的家。

白青青看到沐玲欣，嘴角处挂着淡淡的笑容，说道：“是什么风把你吹到我这里来了啊？”

沐玲欣白了一眼白青青，冷冷说道：“狗嘴巴里吐不出象牙来。”

“沐大小姐，你用脑子想想，能够吐出象牙来的还是狗吗？”白青青打趣道。

“算了，我就不跟你在这里扯些有的没的了。”沐玲欣轻轻叹了一口气，继续说道，“我就有话直说，我明天就要和柳卓航订婚了，需要你的帮忙。”

“哦？”白青青提高音调，用试探性的语气问道，“你需要我帮什么忙？”

“破坏我和他的订婚现场。”沐玲欣直截了当地说道。

听到这里，白青青整个人都懵了，似乎不相信自己听到的话，像是确认性地问道：“你说……你要我想办法破坏你和柳卓航的订婚？”

沐玲欣点了点头，她说道：“是的。”

“为什么啊？”白青青皱起了眉头，说道，“据我所知，你大学的时候可是爱他爱到死去活来呢！还制造了五次和他邂逅的机会。”

“那是过去的事情了。”沐玲欣敛了敛自己的眉眼，缓缓说道，“那时候我是喜欢他，但是，那也是过去的事情。现在的我，并不想和他订婚。”

白青青轻轻叹了一口气，说道：“我总觉得你交给我的责任实在是太大了，你让我怎么做才好？”

“这个嘛……”沐玲欣轻轻吁了一口气，摊了摊手掌，说，“这就不关我的事了。”

“你……”白青青伸出手，非常不满地指了指沐玲欣。

说实在的，白青青不知道沐玲欣那个猪头到底在想些什么，怎么会突然之间就不想订婚了呢？

“白青青，我相信你，相信你一定会有办法的。”沐玲欣闭上了一只眼睛，另外一只睁开的眼睛不时地向白青青放电。

白青青长长叹了一口气，低下了头，说道：“我知道了。不过到时候我只负责破坏，有什么后果，必须由你承担。”

“行！”沐玲欣点了点头，继续说道，“那么就拜托你了。”

“交了你这样的朋友，我不知道应该哭还是应该笑！”白青青耸着肩看了一眼沐玲欣。

沐玲欣嘴角处的笑意越来越深，伸出手揽住了白青青的肩膀，说道：“这还用问吗？当然应该笑，你看看你有一个这么厉害的朋友，你不觉得很自豪吗？”

第四十章　真相大白

“就知道往自己脸上贴金。”白青青皱着眉头看向了沐玲欣，说道，“你的脸皮比树皮还要厚呢！”

“你言重了。”沐玲欣看着白青青，笑着说道，“事实上，我的脸皮可比树皮要薄好多好多呢！”

白青青有些无奈地伸出手扶住了自己的额头，随后长长叹了一口气。

“对了，你最近和苏亦俊发展如何？”沐玲欣像是想起了什么一样，赶紧转头看向白青青。

“这个……”白青青听到苏亦俊的名字，眉头不由得皱了起来，长长吁了一口气，说道，“我们订婚了。”

“这么突然？”沐玲欣一挑眉头，有些不解地看向了白青青。

“雅芙公司的税务出了一些问题，而我们订婚之后，税务问题会得到解决。”白青青的声音有些低沉，冷笑了一声，继续说道，“说到底，我们就是商业联姻，没有感情基础却要被捆在一起的两个可怜人。”

沐玲欣轻轻吁了一口气，说道：“我觉得苏亦俊这个人看起来不错，感情是可以培养的。”

“万一不适合呢？”白青青抬起了眸子，眸子里有着淡淡忧愁，继续说道，“万一不适合，那该怎么办？”

“的确，强扭的瓜不甜。”沐玲欣低下了眸子，缓缓说道。

白青青似乎还想要再说些什么，但是看到沐玲欣一副无计可施的模样之后，又乖乖闭上了嘴巴。

这个时候，沐玲欣连自己的事情都无法解决好，又怎么可能解决好她的事情呢？

她现在只是在期许，期许自己以后能够爱上苏亦俊，能够和他过得幸福。

“虽然我们俩的订婚解决了雅芙公司的税务问题，但是，那边似乎还出现了新的问题。”白青青背靠在沙发上，长长叹了一口气。

新的问题？

沐玲欣侧过头看向了白青青，一挑眉头，问道：“出现了什么新的问题？”

“听说所有股东纷纷撤资，雅芙公司处于崩溃的边缘。”白青青侧着头看着沐玲欣，语气平淡，似乎在讲一件与自己无关的事情。

听到这里，沐玲欣的脸色瞬间阴沉下来。

看到沐玲欣有些恍惚的模样，白青青皱起了眉头，伸出手在沐玲欣的面前轻轻晃动了几下，“沐玲欣……沐玲欣……”

沐玲欣一个哆嗦回过神来，看向白青青，说道：“抱歉，白青青，我还有一些事情，我先走了。”

“可是你才刚刚到了没有多久啊！”白青青一脸不乐意地看向了沐玲欣。

最近一段时间，白青青明显感觉到沐玲欣跟自己的关系有些疏远了。以前，沐玲欣有事没事就会屁颠屁颠地跑到她家里来，和她聊聊天，说说娱乐圈里的事情，说说一些令人毛骨悚然的新闻。

然而，最近一段时间，沐玲欣来她家的次数急剧下降，而且脸上明显有着忧愁。

“我知道你舍不得我。”沐玲欣一脸笑意地看着白青青，说道，“但是你放心，我很快就会再来的，陪陪我的好闺蜜啊！就这样了，拜拜，你知道的，我很忙的。”

白青青还没有来得及说话，沐玲欣就已经溜到了大门前。

还没有等白青青眨眼，沐玲欣就已经溜出了她家。

正所谓来也匆匆，去也匆匆啊！

不过，白青青只要一想到沐玲欣给自己留的任务，就觉得头疼。

要她破坏沐玲欣与柳卓航的订婚？

白青青总觉得很为难。

不过，沐玲欣为什么会让自己破坏她和柳卓航的订婚呢？

想到这里，白青青有些困扰地皱起了眉头。她走到巨大的落地窗前，此时，正好可以看到沐玲欣离开的身影。

这个丫头脑子里到底装了些什么？

白青青长长叹了一口气，坐回沙发上，伸出手按住了太阳穴，开始思考沐玲欣交给她的任务。

虽然她不知道沐玲欣那个丫头的脑子里到底在想些什么，但是，既然是沐玲欣交给她的任务，一定要全力以赴才是。

这个臭丫头……最近变得越来越神秘了……

想到这里，白青青又是一阵长叹。

沐玲欣离开白青青的别墅之后，就一直闷闷不乐。她实在想不通，为什么肖鲭然的公司会突然遭遇这样的问题。

但是，她可以确信，绝对有人在暗中给肖鲭然使绊儿，不然，绝对不可能出现股东在一夜之间撤资的事情。

沐玲欣想到这里，长长吁了一口气。

这个时候，她想起了昨天下午自己落水之后的事。

她停住了脚步，眼睛瞬间睁大了。

昨天……救她上来的人不是柳卓航，而是肖鲭然。她隐隐约约地记得，肖鲭然在救她上岸时，一脸担心的模样。

想到这里，沐玲欣握紧了拳头。

既然这样，她也得做些事情才行，毕竟肖鲭然救过她一次，她也得还情才是。

柳卓航的电话打了过来。沐玲欣看到手机屏幕上的来电显示之后，轻轻吐了一口气。

她看了好一会儿才接电话。

“欣儿，你现在在哪里啊？”柳卓航的声音很好听，带着磁性。

沐玲欣的目光幽幽地看向了蓝天，缓缓回答道：“我现在在家里呢，有事吗？”

电话那头停顿了几秒，说道：“哦，这样啊！我现在就在你家门口。”

听到这里，沐玲欣的脸上闪过一丝尴尬的神色，脸上流下了一滴虚汗，硬生生吞了吞口水，说道：“你……你来我家干什么？”

“当然是为了见你啊！”电话那头传来淡淡的笑意。

沐玲欣打了一个激灵，有些吞吞吐吐地说道：“我……我今天出不了门了，你……你赶紧回家吧……”

“这样啊！”电话那头传来了一声叹息，说道，“嗯，那好，你好好休息，我先回去了。对了，别忘了，我们明天还要举行订婚仪式呢！”

“我知道了，我记得呢！”沐玲欣赶紧回答道。

挂了电话，沐玲欣觉得自己的小心脏跳动得特别快，比平时的心率要快很多。

她几乎什么都没有想，就急急忙忙往家里赶去。

“卓航，我爱你。”这个时候，躺在柳卓航身边的那个娇小女人撒娇一般钻进了柳卓航的怀抱中。

柳卓航望着自己怀里的女人，嘴角处的笑意越来越深了。

第四十一章　接到请帖

沐玲欣回到家里，看到自己的父亲在写东西，于是凑近沐清风，一挑眉头，问道："爸，你在干什么？"

沐清风听到自己闺女的声音，脸上带着淡淡的笑意，伸出手指了指书卷上的名字，笑着说道："这些都是明天的嘉宾，他们都会来参加你和卓航的订婚仪式。"

"哦！"沐玲欣只是冷漠地回答道。

就在她打算转身离开的时候，发现嘉宾的名单上有肖鲭然的名字。

这个名字如同明晃晃的炽热的灯光一样，刺痛了她的眼睛。她硬生生吞了吞口水，伸出手，有些颤颤地指了指上面，有些不可置信地问道："爸，为什么上面有肖鲭然的名字？"

沐清风转过头，脸上带着云淡风轻的笑意，一挑眉头，笑着问道："怎么，有问题吗？"

沐玲欣缓缓低下了眉目，幽幽地说道："没……没问题……"

很快，沐玲欣抬起头，眼睛中带着一点恍惚的神情，说道："爸，我先回房间了，我有点累。"

"好好休息一下吧！毕竟明天就是你的订婚仪式了。"

对啊！明天就是订婚仪式了！可是她……现在却不想和柳卓航订婚！如果可以，她想要时间回到过去，拒绝柳卓航。

可是，这个世界上根本没有后悔药啊！

回到房间，沐玲欣倚在了门的背后，扬起了自己的下巴，目光有些恍惚地看着天花板。

与其说她在看天花板，还不如说她在看向虚空。

明天就是订婚仪式了，来得这么快，快到她根本没有时间来应付这样的订婚仪式。

想到这里，沐玲欣顺着门慢慢往下滑落，最后滑落到了地面。她低下了头，将下巴埋在两膝之间，目光幽幽地颤动着。

在为公司的财务问题忙得不可开交的肖鲭然突然之间收到了一封请帖。

“这是谁的请帖？”肖鲭然没有抬头，目光依旧停在公司的财务报表上。

穿着制服的秘书小声说道：“是沐玲欣的请帖。”

听到“沐玲欣”三个字，肖鲭然的手指不由得一阵轻颤，喉结上下移动了一下，抬起头，用确认性的语气问道：“你刚刚说谁的请帖？”

“回总裁的话，那是沐玲欣小姐的请帖，她明天就要正式和柳卓航先生订婚了，这是他们送来的请帖。”秘书看到肖鲭然的脸色有些难看，压低了声音，说道，“若是总裁不想去的话，我这就找个理由拒绝了。”

听了秘书的话，肖鲭然微微眯了眯眼睛，目光有些冷然地看着前面，说道：“去，当然去，为什么不去！”

秘书看了看肖鲭然的脸色，决定闭上自己的嘴巴。这个时候要是让肖鲭然不高兴，那她这份工作也休想要了。

肖鲭然握紧了拳头，脸色异常难看。

秘书隐隐地感觉到肖鲭然的身上散发出了令人不寒而栗的气息。

“若是没有其他事情的话，我先出去了。”这名穿着黑色制服的小秘书被这股气息压制得有些喘不上气来。

“出去吧！”肖鲭然冰冷地说道。

秘书将那封请帖放在肖鲭然的办公桌上出去了。

秘书退出之后，肖鲭然才慢慢地移动眸子，将眸子定在那封请帖上。

他翻开了请帖，低下了眸子，看着沐玲欣的名字。此时此刻，他觉得那名字刺痛他的眼睛。

肖鲭然伸出手将那请帖揉成了团，丢进了垃圾桶里。

他的脸上有着愤怒的神色，但是更多的是无奈。

他在沐玲欣的心里到底算什么？只是睡过的男人，还是只是一个路人甲？

这个时候，肖鲭然苦笑了一声。

或许，他在沐玲欣的心里什么都算不上，连一个路人甲都算不上。

想到这里，肖鲭然心里一片苦涩。他抬起下巴，将背倚在了皮椅上，有些颓废地吐了一口气。

她订婚那天，他要给她带什么东西？

这个时候，一个穿着黑色吊带衫的女子走进了他的办公室。肖鲭然看到这名女子，长长吁了一口气，说道："你来这里干什么？"

"怎么，我不能够进来吗？"叶芳芳坐到了肖鲭然的办公桌上，随后拿起了镜子和口唇，对着镜子涂口唇。

肖鲭然的额头上流下了一滴冷汗，说道："你赶紧从我的办公桌上下来，我这里有椅子。"

叶芳芳看着肖鲭然，说道："我听你的话就是。"

"明天沐玲欣就要举行订婚仪式了，你打算怎么做？"叶芳芳坐在了一旁，翘起了二郎腿，脸上带着笑意。

"还能够怎么样，当然去参加啊！"既然已经拿到了请帖，那注定他得去参加她的订婚仪式吧！

"带上我，可以吗？"这个时候，叶芳芳低下了眸子，轻声说道。

带上她？

肖鲭然听了这句话，微微眯了眯眼睛，若有所思。

"你去凑什么热闹？"肖鲭然瞟了一眼叶芳芳。

“我想以你女朋友的身份去参加她的订婚仪式。”说到这里，叶芳芳低下了眸子，缓缓说道，“我爱你。我记得我们以前分开的理由，你说我们的圈子不一样，你说我们俩没有共同语言。”

肖鲭然没有说话，只是轻轻地抿了一下嘴唇。

的确，以前他觉得自己似乎很难和叶芳芳有共同语言。

“所以，我想要理解你的圈子，想要进入你的圈子，这也是……”叶芳芳轻轻叹了一口气，接着说道，“为了和你有共同的语言。”

“我明白了。”肖鲭然双手交合，手肘撑在办公桌上，手背撑着自己的下巴，说道，“我会带你去。”

听到这里，叶芳芳的脸上有兴奋的表情，笑着看向肖鲭然，嘴角处的笑意越来越深了，说道：“这一次，我无论说什么都不会再放手了。”

肖鲭然听了这样一句话之后，轻轻地吁了一口气，说道：“以前是我对不起你，是我太任性了。”

叶芳芳没有犯一点错，而他却用那样的借口甩了她。

第四十二章　订婚仪式

时间一点一滴地过去了。

沐玲欣的脸上出现了很多虚汗。她知道，她就要和柳卓航举行订婚仪式了。

“欣儿，你起来了吗？”这个时候，凝姨走到了沐玲欣的房间前，伸出手轻轻敲了敲门。

“啊？凝姨，怎么啦？”沐玲欣明知故问道。

她知道，这个时候凝姨之所以会出现在自己的房门前，肯定是想催她赶紧去打扮，好等一下举行订婚仪式。

“欣儿，时间不早了，你得赶紧梳妆打扮。”凝姨的话语中有着焦急的语气。

“凝姨，我知道了，我这就出来。”沐玲欣长长叹了一口气。

她只希望白青青那丫头能够不负她所望，成功地阻止这次订婚仪式。

这个时候的沐玲欣，脸上的虚汗越来越多。她知道，自己已经没有时间了。

她打开了房门。

迎接她的便是凝姨那一脸笑容。凝姨说道：“欣儿，凝姨觉得你好似在一夜之间就长大了。”

“凝姨，其实我早就长大了，只不过在凝姨的眼里，我一直是一个小孩子罢了！”的确，在大人的眼里，孩子永远是孩子，就算孩子已经长大成人，但是在长辈的眼里，依旧是一个小孩子。

凝姨长长叹了一口气，感慨道："想当初，我第一眼看到你的时候，你还是襁褓中的婴儿，你那时候特别小，就是我小胳膊的二分之一啊！"

"凝姨，你言重了吧！我哪有那么小啊！"沐玲欣轻轻地笑了笑。

"岁月不饶人啊！转眼之间，你已经长这么大了，比我还要高！"凝姨感叹道，"而且……马上就要订婚了！"

订婚之后，不久就要结婚了。

凝姨突然之间很伤感，一想到沐玲欣很快就要嫁作人妇，很快就要离开这个家，就觉得心里莫名地伤感。

这些年，她早已将沐玲欣当作自己的女儿。一想到自己的女儿要嫁出去，非常舍不得。

看到凝姨低着头的模样，沐玲欣伸出手抱住了凝姨，笑着说道："凝姨，你不要一副好像没了女儿的模样，好吗？"

"我才没有这样呢！"凝姨狡辩道。

"凝姨，就算我以后嫁作人妇了，我也会常回家来看望你和爸爸的。"

"那就好。"凝姨轻轻地吁了一口气。

沐玲欣缓缓推开了凝姨的身体，目光幽幽地看向了凝姨的脸，笑着说道："所以，凝姨，你笑一个，你女儿我还没有走呢！"

"就是啊！就是啊！"凝姨很快挤出了一个非常难看的笑容。

"还有，凝姨……"这个时候，沐玲欣就像一个大人一样挺直了自己的腰背，伸出手放在自己的下巴处，轻轻地咳了咳，说道，"凝姨，你今年年纪也不小了吧！"

"嗯……"凝姨点了点头，说道，"跟你比起来，我的确年纪不小了。"

"据我所知，你可从来就没有嫁出去过！"沐玲欣瞟了一眼凝姨，说道，"你再嫁不出去，你就是一个剩斗士了！"

凝姨不满地看向了沐玲欣，冷冷地哼了一声，"真是没大没小，什么叫作剩斗士啊！”

“对，用剩斗士来形容你的确有些不恰当。”沐玲欣朝着凝姨吐了吐舌头，说道，“不能够用剩斗士来形容你，应该用老剩女来形容你才是。”

凝姨听了沐玲欣的话，皱起了眉头。

沐玲欣看着凝姨的脸色，轻轻地笑了笑，说道：“凝姨，我是开玩笑的，我这么说完全没有恶意。”

“我知道。”凝姨轻轻地吁了一口气。

“我只是想要提醒你，该为自己的终身大事考虑一下了。这些年来，我一直在观察你，也知道你对爸爸的情义。”沐玲欣继续说道，“但是，我爸爸就是一块木头，完全感觉不到你对他的情义，有时候，你该表白还是要表白。”

“都这么大年纪了，还表白什么啊！”凝姨双手相合放在了自己的腹部，脸上有着红晕。

大概是被沐玲欣说中了心思，所以她有些不好意思。

“凝姨，这就是你的不对了。”沐玲欣眨了一下眼睛，继续说道，“无论你年纪多大，该表白还是得表白。不然的话，对方怎么知道你的心思啊，你说对不对？”

“你这个小丫头！”凝姨伸出手轻轻戳了戳沐玲欣的额头，轻笑了一声，“鬼马精灵，人小鬼大。”

沐玲欣朝凝姨吐了吐舌头，说道：“我没有，我没有，我就是没有。”

凝姨被沐玲欣逗乐了。

“好了，不要再说了！赶紧给我去梳妆打扮！”凝姨轻轻咳了一下，用长辈的语调命令道。

“是，凝姨大人。”沐玲欣捏住了自己衣服的两边，然后半蹲了一下。

凝姨伸出手轻轻遮住了自己的脸颊，浅浅地笑了笑。

“快点去，不要在这里待着了。”凝姨皱起了眉头，不满地说道。

“遵命，大人。”说完沐玲欣便往外走去。

凝姨看着沐玲欣远去的方向，轻轻地吁了一口气。

这个时候，沐清风往凝姨的方向走来，看着凝姨，说道：“你们俩刚刚在谈论什么呢？”

凝姨的手指不由得一阵轻颤，侧过头不去看沐清风的脸，说道：“我们刚刚什么都没有聊。”

“唉……”沐清风轻轻吁了一口气，说道，“玲欣长大了，也是时候出嫁了。以前，我总希望玲欣不要长大，能够一直像一个小孩子一样待在自己的身边。但是，我也知道，那是不可能的事。只要是人，就会长大。”

凝姨说道：“是啊！孩子都会长大，我们都会变老！”

沐清风轻轻吁了一口气。

凝姨突然想起了沐玲欣要她鼓起勇气向沐清风表白的话。

就在她打算开口说话的时候，沐清风突然转过身往不远处走去。

“你也准备准备吧！订婚仪式上，长辈也要出席的。”沐清风侧头看了一眼凝姨，幽幽说道。

“哦！我知道了。”凝姨看了一眼沐清风，点了点头。

凝姨看着沐清风远去的背影，轻轻地吁了一口气。

她真的要向沐清风表白吗？她这个年纪，还适合表白吗？

第四十三章　舅妈的讽刺

沐玲欣和柳卓航的订婚仪式是在轮船上举行的。

这一天，柳卓航穿着非常帅气的西装，而沐玲欣穿着非常好看的黑色吊带礼裙。

柳卓航看着沐玲欣，目光中有着欣赏的眼神。他从来没有见到过能够将黑色吊带礼裙穿得如此有感觉的女人。

他感觉沐玲欣穿上这件黑色吊带礼裙之后，可爱中带着神秘，好看中带着青春，优雅中又不失性感。而且黑色的吊带礼裙和她白皙的皮肤相互映衬，显得沐玲欣更加白皙，也更加迷人。

“你穿这件礼裙很好看。”柳卓航轻轻笑了笑，嘴角处有着好看的笑意。

听到柳卓航的称赞，沐玲欣的脸颊瞬间被泼上了一层淡淡的红晕，说道：“你也不赖！你穿这件白色西装显得很帅气。”

柳卓航嘴角处有着淡淡的笑意，随后伸出手，目光深邃地看向了沐玲欣，说道：“走，我们一起去迎接来宾。”

沐玲欣轻轻抿了一下嘴唇，随后缓缓地抬起手放在了柳卓航的手上。

说实在的，她并不想和柳卓航订婚。但是，事到如今，全都是她咎由自取。

如果当初她没有答应他的求婚，事情就不会到这一步。

想到这里，沐玲欣暗暗叹了一口气。她在想，希望白青青能够帮她破坏这场订婚仪式。毕竟，她不想和柳卓航订婚。

而且，她也不好跟柳卓航说，也不好跟在场的嘉宾说，她不想和柳卓航订婚了。

“你看起来好像有心事。”这个时候，柳卓航幽幽地说道。

“嗯？”沐玲欣一个哆嗦回过神来，侧着头看了一眼站在自己旁边的柳卓航，说道，“没……没有啊？”

“哦，是这样啊！”柳卓航一脸怀疑地看着沐玲欣，嘴角处却有一抹讽刺意味的笑容，说道，“看来是我想太多了呢！”

沐玲欣的后脑勺发麻。

柳卓航不再说话，带着沐玲欣来到了船的入口处，脸上有着儒雅的笑意。

“恭喜你啦！”这个时候，一个年轻的男子带着自己的女友笑呵呵地看向了柳卓航。

“谢谢，里面请。”柳卓航非常绅士地指了指里面的位置。

“哟，这不是卓航吗？”这个时候，一个中年女子扭着自己肥大的腰肢，用折扇遮住嘴唇，目光复杂地看着柳卓航。

柳卓航看到这名女人愣了一下，他的眼角处闪过厌恶的光芒，但是转瞬即逝。他看着这名中年女子，脸上恢复云淡风轻的笑意，说道：“舅妈，你来了啊！”

“是啊！毕竟是卓航的订婚仪式，我能够缺席吗？”中年女子停下脚步，一挑眉头，冷然地看着柳卓航。

原来，眼前这名花枝招展的中年妇女就是柳卓航的舅妈，还真是……与众不同啊！

想到这里，沐玲欣硬生生吞了吞口水。

她听柳卓航说过，似乎他的舅妈叫作刘溪云。以前，刘家是非常有势力的家族，和柳家联姻后，柳家借助刘家的势力，很快就成为商界的佼佼者。

“卓航，你还真会挑媳妇呢！”刘溪云看着柳卓航，一挑眉头，嘴角处有着讽刺的笑意，说道，“但是，你别以为你学会了你舅舅的那一招，就能够平步青云。”

柳卓航微微眯了眯眼睛，并没有说话。

的确，当初舅舅就是因为娶了刘溪云，因为商业联姻，才使得柳氏集团很快就成为业界的佼佼者。

如今，他也想着和沐玲欣结婚之后，能够得到沐清风的帮助，而为自己获取更大的利益。

“你的未婚妻看起来很漂亮。”刘溪云侧头看向沐玲欣，笑着说道，“但是，谁知道她真实样貌是什么样的呢！毕竟，化妆之前和化妆之后区别很大啊！外甥，你可不要被化妆后的女人骗了哦！”

这是什么意思？

听了刘溪云的话，沐玲欣的手轻轻地握了握。

很显然，刘溪云是在讽刺她，而且还在诋毁她！

想到这里，沐玲欣咬住了嘴唇。

“舅妈，这一点你完全可以放心。”这个时候，柳卓航一挑眉头，非常骄傲地说道，“沐玲欣绝对比你的儿媳妇要漂亮很多倍！”

沐玲欣看了一眼柳卓航，轻轻抿了一下嘴唇。

她知道，自己已经被这两人推上了浪尖。

“是吗？”刘溪云冷笑了一声，看着沐玲欣，打量了一下沐玲欣的脸，说道，“我儿媳妇可是公认的美女啊！她可是演艺圈里最有名的女演员，凭借她那清纯可人的模样，不知道迷倒过多少人呢。”

“舅妈，那你就得注意了。”柳卓航一挑眉头，冷冷说道，“演艺圈里鱼龙混杂，多少女星都是靠上位博得大众的眼球。她长得这么漂亮，你就不怕她在嫁给表哥之前被人潜规则了吗？”

刘溪云听了柳卓航的话，皱起了眉头，不爽地说道：“你这话是什么意思？”

“舅妈，我无意冒犯。”柳卓航嘴角处有一抹浅浅的笑意，说道，“既然来参加我的订婚仪式了，你就赶紧找个位置坐下来吧！我还有事情要忙，就不陪舅妈你了。”

刘溪云冷冷地哼了一声，随后扭着肥硕的身体往里面走去。

看到刘溪云远去，柳卓航才长长叹了一口气。

沐玲欣也轻轻地吁了一口气，长长卷卷的睫毛轻轻地颤动了一下，幽幽说道："你的舅妈还真是一个奇葩呢！"

"对于这一点，我不否认。"柳卓航侧头看着沐玲欣，轻声说道，"刚刚她说话带着刺，你千万不要放在心上。"

"我没有放在心上。"沐玲欣摇了摇头，说道，"我只是觉得，你的舅妈有点像童话里的巫婆，非常恶毒。"

听了沐玲欣的话，柳卓航咧开嘴唇笑了笑，说道："是啊！她是巫婆！所以，你要和我一起对付巫婆。只有将巫婆压制了，最后的结局才是美好的。"

沐玲欣低下了眼帘，眸光轻轻地颤动着。

她听出了柳卓航话里的意思。他的意思很明显，就是想要让她助他一臂之力，将刘溪云给打败了。

可是……她不想掺和他们俩的私事！准确来说，她不想嫁给柳卓航。

虽然她爱过他，但是那也是很久之前的事情了。而她现在最爱的那个人，不是柳卓航，而是肖鲭然啊！

第四十四章　他出现了

就在沐玲欣这么想的时候，男性特有的磁性嗓音传入了她的耳朵。

“恭喜你们了。”声音淡淡的，却特别好听。

沐玲欣的手指不由得一阵轻颤，她缓慢地抬起头，看向了眼前这个男人。

当她看到肖鲭然的时候，目光轻轻地颤动着，然而，当看到他手里挽着另外一个女人的时候，目光在瞬间黯淡了不少。

她到底在希冀着些什么呢？她到底在期待着些什么呢？

此时此刻，肖鲭然已经爱上了其他女人，她已经没有任何希望了。

想到这里，沐玲欣暗暗叹了一口气。

“沐玲欣，柳卓航，在这里，我也要恭喜你们。”叶芳芳红红的嘴唇此时特别妖艳。

沐玲欣抬起眸子，目光幽然地打量了一下眼前这名女子。此时，叶芳芳打扮得非常性感，穿着紫色吊带裙，胸前春光乍现。沐玲欣轻轻笑了笑，说道：“谢谢……”

叶芳芳看到沐玲欣抬头看着自己之后，嘴角处有一抹邪恶的表情，随后歪了歪头，将头靠在了肖鲭然的肩膀上，说道：“肖鲭然，他们看起来好幸福啊！你说，我们俩会不会也有一个幸福的结局啊？”

肖鲭然轻轻地笑了笑，伸出手轻轻地揉了揉叶芳芳墨玉一般的头发，说道：“傻瓜，不要想太多了。”

沐玲欣看到他们如此亲昵的举动，睫毛忍不住轻轻颤动了一下，手指也在不经意间轻颤着，硬生生吞了吞口水，随后低下了目光。

他们看起来是那样幸福……如果，她再和肖鲭然有什么纠葛，那她就是第三者!

想到这里，沐玲欣又是一阵轻叹。

这个时候，肖鲭然将深邃的目光定在了沐玲欣的身上，不得不承认，此时此刻的沐玲欣是那样高贵，那样迷人，整个人充满了魅力。

他觉得自己就像是处在漩涡中的人，时时刻刻都有可能被卷进沐玲欣这个漩涡中心。

然而，就在这个时候，柳卓航伸出手揽住了沐玲欣的肩膀，嘴角处有着浅浅的笑意，说道：“我们俩都很感谢你们今天能够来参加我们的订婚仪式。”

沐玲欣一个哆嗦回过神来，努力让自己的嘴角处有一抹笑容，但是那抹笑容在此刻看来是那么勉强。

肖鲭然看到柳卓航揽着沐玲欣，目光黯淡了不少。

虽然他很不想承认，也不想接受沐玲欣已经是柳卓航的女人这个事实，但是这就是事实，他无法改变。

“你们里面请吧！”这个时候，柳卓航伸出手指引了方向。

肖鲭然回过神来，挽着叶芳芳往里面走去。

然而，在走的时候，肖鲭然忍不住转过头看向了此时站在一旁的沐玲欣。

或许，他和她注定是一个遗憾。他注定这辈子无法和自己喜欢的女人在一起。

命里有时终须有，命里无时莫强求。

想到这里，肖鲭然又是一阵轻叹。

“肖鲭然，你怎么了？”叶芳芳一挑眉头，目光幽幽地看向了肖鲭然。

肖鲭然没有回答，板着一张冰块脸往里面走去。

叶芳芳也没有说话，只是暗暗叹了一口气。

“肖鲭然，不管发生了什么事情，我都不想离开你。”叶芳芳顿了顿，伸出手扣住了肖鲭然的手，轻声说道，“我想要这样一辈子牵着你的手，永远不松开。”

肖鲭然轻轻地笑了笑，回应道：“傻瓜……”

肖鲭然再次转过头看向了沐玲欣，沐玲欣带着浅浅的笑容，在入口处迎接着嘉宾。

今天就是他们的订婚仪式，他比任何人都期望这次的订婚仪式以失败告终，但是这又怎么可能呢！

想到这里，肖鲭然苦笑了一声。

沐玲欣侧头看了一眼英气的柳卓航，随后目光幽幽地看向了入口处。

此时，穿着白色礼服的白青青踏着优雅的步伐走了进来。

沐玲欣看到白青青，目光瞬间亮了起来。她知道，白青青就是她的所有希望。

白青青看到沐玲欣，停下了脚步，一挑眉头，说道：“看不出，你这丫头穿上吊带礼裙，居然能够变得这么性感。”

沐玲欣轻笑道：“你不也很有魅力吗？”

“我这可是天生的。”白青青有些高傲地昂起了下巴，朝沐玲欣扬了扬，随后说道，“不管怎么样，我都要祝贺你，祝贺你能够摆脱单身世界。”

“谢谢。”沐玲欣微微眯了眯眼睛，加重了语调。

“不客气。”白青青轻笑。

这个时候，沐玲欣给白青青使了使眼色，想要问她交代的事情如何了。

谁知道，白青青理都不理沐玲欣，就踏着高跟鞋往嘉宾席走去。

这个该死的白青青！

沐玲欣咬住了下嘴唇，目光中有一抹愤怒的眼神，同时，她还握紧了拳头。

“你怎么了？”看到沐玲欣有些不对劲，柳卓航有些困惑地一挑眉头。

沐玲欣一个哆嗦回过神来，脸上开始挂着云淡风轻的笑容，说道：“没有啊！我就觉得我的这个闺蜜太令我郁闷了，多说几句祝福的话又会怎么样！”

“我觉得她很有个性。”柳卓航轻轻地笑了笑，继续说道，“到目前为止，我还没有看到过像她那么有个性的女子呢！”

沐玲欣只是抿了一下嘴唇，轻轻笑了笑。

也不知道白青青会不会如她所愿，成功破坏这订婚仪式。

不，不，不，她不应该怀疑白青青的能力。

要知道，白青青的能力超乎她想象啊！

想到这里，沐玲欣又暗暗叹了一口气。

嘉宾一个接着一个到场了。差不多所有人都到场之后，已经是下午两点了。

距离订婚仪式还有四个小时了。

沐玲欣又时不时转过头，将目光定在白青青的身上。

但是白青青似乎没有注意到沐玲欣那哀怨的目光，只顾悠然地品着上好的龙井茶。

距离订婚仪式越来越近了，沐玲欣也越来越紧张，她心里很没有底，不知道白青青是否有办法阻碍订婚仪式的举行。

“你看起来好似有心事！”这个时候，柳卓航端着两杯红酒来到了沐玲欣的身旁，脸上挂着淡淡的笑容。

第四十五章　交友不慎

听到柳卓航的声音，沐玲欣的后背上升起了一股寒气，随后轻轻笑了笑，问道：“你怎么到这里来了？”

“很意外吗？”柳卓航弯唇，低头笑了笑，语气中带着风趣幽默，说道，“我来和我的未婚妻喝酒，我的未婚妻没有主动热情献吻，反而问我为什么会突然来这里。”

沐玲欣垂下了眼帘，柔声说道：“我不是这个意思，刚刚看到你和其他人在热情地喝酒，不知道你为什么突然到这里来而已。”

“嗯。”柳卓航点了一下头，说道，“现在轮到和你一起喝酒了。”

说着，柳卓航将手里的酒杯递给了沐玲欣。他的声音很好听，问道：“不知道你是否能够和我喝一杯呢？”

沐玲欣低下了眼帘，看向了酒杯里酒红色的液体，轻轻笑了笑，“虽然我不太会喝酒，但是怎么说都得和你干一杯。”

柳卓航嘴角处的笑意更加深了。

和柳卓航喝完之后，他就离开了。

沐玲欣看着柳卓航远去的背影，轻轻叹了一口气。就在她转身想要去找白青青的时候，看到了肖鲭然的身影。

此时，肖鲭然的脸上带着苦涩的笑容。他缓缓地走近了沐玲欣，低沉地说道：“不知道我能否有机会和你干一杯呢！”

沐玲欣的手指不由得一阵轻颤，低下了眼帘，随后轻轻地点了一下头。

肖鲭然递给沐玲欣一杯酒，轻轻笑了笑，“你说我们要以什么名义干这一杯呢？”

沐玲欣没有回答。

“祝你永远幸福。”

还没有等沐玲欣回过神来，肖鲭然已经碰了碰她手里的酒杯，咕噜一下将酒全部喝完了。

沐玲欣轻轻地吁了一口气，但是没有说话。

肖鲭然看着眼前这个娇小的女人，眼里尽是黯淡的神情。他不止一次想过，自己的未来会有她的参与。

过去的许多个夜晚，肖鲭然都在幻想着自己的另一半。而那另外的一半，恰恰是沐玲欣。他每天晚上都在幻想着和沐玲欣以后幸福生活。

但是幻想终归是幻想，现实总比想象要残酷，如今，沐玲欣要订婚了，而订婚仪式上的男主角并不是他。

想到这里，肖鲭然苦笑了一声。

沐玲欣听了肖鲭然的话，心里也很难受。还没有等沐玲欣回过神来，肖鲭然已经转身离开了。

待沐玲欣看向肖鲭然的背影的时候，才发现他的旁边已经站了一个女子。

或许，她永远无法代替叶芳芳在他心里的地位吧！

一想到这里，沐玲欣觉得胸口憋着难受。

沐玲欣有些垂头丧气地往船头的方向走去。她想要好好吹吹风，让自己压抑的心情得到缓解。

就在这时，沐玲欣还没有回过神来，就已经被人一把推下了船。

她的眼睛瞬间睁大了。

是谁……是谁推的她？

此时，沐玲欣就像一块木头一样直直地向海面做自由落体运动。

看着越来越近的海面，沐玲欣心中的恐惧感越来越深，心提了起来。

她很怕水，她不会游泳啊！

冰冷的海水瞬间侵蚀了她的身体，她赶紧扑腾着自己的身体，想要将头露出水面。

可是，无论她怎么扑腾，就是无法让头露出水面。

咕噜噜——咕噜噜——

咸咸的海水不断涌入她的嘴巴、鼻子，让她无法呼吸。

很难受的感觉……她感觉自己就快要死了。

“来人啊！有人落水了！有人落水了！”

是谁？是谁在叫？

沐玲欣已经睁不开眼睛了，但是，她知道这个人的声音。

这个声音……是白青青发出来的！是她最好的朋友发出来的！

意识正在一点一点被削弱，她感觉已经无法呼吸，氧气非常匮乏……

难道说……她就要死在这里了吗？死在自己的订婚仪式上？

脑袋渐渐变成了空白。

无穷无尽的黑暗包围着她，无穷无尽的寒冷侵蚀着她。

等沐玲欣再次睁开眼睛的时候，已经躺在医院里了。而旁边坐着一个女人，这个女人就算是变成了灰，沐玲欣也认得出。

这个人就是白青青。

“感觉好些了没有？”这个时候，白青青皱着眉头看向沐玲欣。

好浓的酒精味啊！这是消毒水的味道。

这个时候，沐玲欣已经皱起了眉头，看到眼前的白青青后，轻轻叹了一口气，问道：“我为什么会在这里？”

她明明记得自己已经掉下海了啊！随后就是无穷无尽的冰冷包围着她！

沐玲欣伸出手按住了太阳穴，晃了晃头，“我记得我被推下海了。”

“抱歉，是我推你下海的。”白青青轻轻叹了一口气。

什么？

推她下海的人居然是……白青青！

沐玲欣万万没有想到，居然是白青青将她推下海的！

她的眼睛瞬间紧缩了一下，有些缓慢地抬起头看向白青青，质问道："你为什么要这么做？"

"你觉得呢？"白青青轻轻叹了一口气。

白青青不是会伤害她的人，她之所以会推她下海，肯定另有原因。

沐玲欣微微皱起了眉头，再次僵硬地转头看着白青青，硬生生吞了吞口水，长长卷卷的睫毛轻轻颤动着，问道："难道……这就是你阻碍订婚仪式进行的方法？"

白青青轻轻吁了一口气，缓缓说道："我也没有办法。不过，好在抢救及时！"

沐玲欣的后脑勺流下冷汗。早知道白青青会采取如此极端的方法，她就自己想办法了！

真是交友不慎，交友不慎啊！

沐玲欣在心里哀嚎了一下。

"为什么一定要推我下海？"沐玲欣一挑秀气的眉头，说道，"办法有千千万万，你为什么一定要采取这种令我难受的方法。你有没有想过，万一没有及时救我，我就死了啊！"

"这一点，你可以放心。"白青青轻轻笑了笑，说道，"我早就让人在海里好好候着了，万一船上的人没能够将你救起来，他们也会将你救起来。"

沐玲欣听了白青青的话，轻轻叹了一口气，再次喃喃道："早知道你会采取这种手段，我就不要你帮忙了。"

第四十六章　如愿以偿

如果沐玲欣知道白青青会采取这样极端的手段，绝对不会让白青青帮忙。

然而，这个世界上没有后悔药。

看到沐玲欣低垂着头一脸难过的模样，白青青轻轻叹了一口气，温柔地说道："沐玲欣，我没有其他办法。这是我唯一想出来的办法！"

沐玲欣斜睨了一眼白青青，随后轻轻叹了一口气，有气无力地说道："算了，事情已经发生了，而你也成功地完成了我交给你的任务。"

白青青轻轻点了点头。

"你是不是对我很不满啊？"这个时候，沐玲欣微微眯了眯眼睛，扫量着眼前这个穿着得体的女子。

"嗯？"白青青眨了一下眼睛，她不知道沐玲欣为什么会突然这么说。

"我承认，我小的时候是对你有那么一丁点儿不好。"这个时候，沐玲欣双手环胸，开始哇啦哇啦地说话了，"小学的时候，我不应该在你的背后画鬼脸。初中的时候，我不应该将你作业本上的名字换成我的。高中的时候，我不应该在你的背后说你的坏话……"

白青青听了沐玲欣的话，眨了一下眼睛，硬生生吞了吞口水，手指微妙地动了动，抽动嘴巴问道："还发生过这样的事情？"

沐玲欣瞬间愣住了，硬生生地吞了吞口水，反问道："这些事情，你不知道吗？"

白青青摇了摇头，说道：“我根本就不知道以前还发生过这样的事情。不过，幸好你告诉我了。”

这个时候，白青青的眼角处闪过一丝冷光，眸子里尽是嗜血的光芒，她磨牙擦掌。

沐玲欣看到白青青磨牙擦掌的模样，后背升起了一股寒气。这个时候，沐玲欣的眼珠子灵活地转动了一下，咻的一下躺在了床上，闭上了眼睛，有气无力地说道：“我已经累了，你先跪安吧！”

白青青的后脑勺流冷汗，说道：“你以为你是皇后？”

沐玲欣睁开眼睛，侧头看着白青青，说道：“你说如果我从楼上掉下去，会像小说里的人物一样穿越到古时候吗？”

白青青伸出手撑住了自己的脸颊，白了一眼沐玲欣，说道：“事实证明，你从楼上掉下去，不会穿越，只会摔死。无数人坠楼死亡已经证实了这一点。”

“一点想象力都没有。”沐玲欣轻轻叹了一口气。

“难道我还说，嗯，你会穿越，到时候你穿越到古时候成了皇后娘娘，就成了万人跪拜的对象了吗？”

沐玲欣没有说话，说道：“好啦，我也只是开个玩笑。”

这么大的人了，还开这样的玩笑。

白青青才知道沐玲欣故意在扯开话题。

她长长吁了一口气，站了起来，往外走去，说道：“我去给你买点水果。”

白青青离开之后，沐玲欣又睁开了眼睛，目光幽幽地颤动着。

不管怎么样，订婚仪式如同她计划中的那样，没有成功举行。这对她来说，是很好的结果。

只不过……

想到这里，沐玲欣的目光幽幽地颤动着。

这个时候，门吱呀一声被推开了。沐玲欣冷然地说道：“白青青，你这么快就又来了，有带点东西过来给我吃吗？”

“是我……”柳卓航的声音中带着淡淡的忧伤的味道。

沐玲欣的手指不由得一阵轻颤，很快就敛下了自己的眉目，幽幽说道："嗯，我知道了。"

"你好点了吗？"柳卓航走到沐玲欣的身边坐了下来。

沐玲欣轻轻点了点头，但是没有说话。

"对不起，明明有我在的情况下，还让你发生了这样的事情。"柳卓航伸出手轻轻地握住了沐玲欣的手。

沐玲欣觉得柳卓航的手很暖和，非常宽厚，说道："这是一场意外，怪不得你。"

"要是我能够守在你的身边，也许就不会出现这样的事情了！"柳卓航的眸光一片黯淡。

沐玲欣抿了抿嘴唇，不知道应该说些什么好，于是选择了沉默！

不过话说回来，为了阻止这场仪式的举行，她可真是付出了血的代价啊！

"我来看看……"

还没有等沐玲欣回过神来，柳卓航已经伸出手探了一下沐玲欣的额头，随后又伸手探了一下自己的额头，轻声说道："还好，烧已经退了。"

她似乎也没有发烧吧！

沐玲欣硬生生吞了吞口水。

"欣儿，都是我的错！我早就知道你怕水，却还将我们的订婚仪式设在了船上。要是我能够考虑周全一点，你也不必受这份罪了！"说到这里，柳卓航又是一阵叹气。

沐玲欣有些缓慢地侧过头看向柳卓航，安慰道："你也不必这么责怪自己，这事儿没有人能够预料到，好在我已经平安了。"

柳卓航轻轻点了点头，随后伸出手握住了沐玲欣的手，说道："虽然订婚仪式无法成功举行，但是不阻碍我们登记结婚。"

什么？

听到这里，沐玲欣的眼睛瞬间瞪圆了，目光一滞。

敢情说……她做的牺牲完完全全没有价值，登记结婚照样进行？

一想到这里，沐玲欣觉得自己欲哭无泪，觉得自己的眼泪就要从眼眶里掉下来了。

怎么可以这样！

沐玲欣敛下了眉目，一副忧伤的模样。

“等你出院之后，我便会安排这件事。”说完柳卓航低下了头，在沐玲欣的额头上落下了浅浅的一吻。

她不想登记结婚！她不想那么快就登记结婚！

即便心里很不愿意，但是沐玲欣还是点了点头，说道：“嗯！”

“你先好好休息，我还有一些事情得处理一下。”柳卓航帮沐玲欣盖好了被子，暗沉的脸上有一股淡淡的笑意，说道，“如果有什么事情或者哪里不舒服，记得打电话给我或者告诉医生，明白吗？”

“我知道了，我又不是三岁的小孩。”沐玲欣轻轻地扯动嘴唇，淡淡地笑了笑。

“我没有说你是三岁小孩，我只是担心你。”柳卓航站了起来，目光幽幽地看着沐玲欣，说道，“毕竟你是我未过门的妻子。”

未过门的妻子！

听到这里，沐玲欣的手指不由得一阵哆嗦。

随后，柳卓航踏着沉稳的步伐往门外走去。柳卓航离开后，沐玲欣的脸色瞬间阴沉了不少。

第四十七章　锋芒相对

沐玲欣知道自己所做的牺牲都是徒劳，非常痛苦，紧紧皱着眉头，几乎要崩溃了。

这个时候，白青青带了些水果回来，说道：“你不要装睡了，我知道你醒着。”

然而，沐玲欣转过头的时候，白青青被吓了一跳。

“沐玲欣，你怎么了？为什么摆出这样一副神情来？我哪里对不起你了？我哪里招惹你了？”白青青伸出手捂住了自己的胸口，滔滔不绝地讲道。

沐玲欣摇了摇头，说道：“你知道吗，我所有的牺牲都白费了。”

嗯？

白青青有些困惑地看向沐玲欣，不知道沐玲欣在说什么，一挑眉头，问道：“你到底在说些什么？”

“订婚仪式虽然失败了没错，但是结婚登记照常。”沐玲欣伸出手挡住了眼睛，声音中带着哽咽。

白青青轻轻地吁了一口气，走到沐玲欣的身边，伸出手轻轻揉了揉沐玲欣的脸，说道：“我来安慰你一下。”

“唉……”沐玲欣长长地叹了一口气，说道，“现在我该怎么办呢？”

“如果你不想结婚，你就有话直说，直接跟柳卓航那小子摊牌就好了啊！”

“事情没那么简单……”沐玲欣敛下了眉目，幽幽说道，“毕竟我已经答应了他的求婚，如果我现在反悔，恐怕外面对我们家的评价就是负面的。我不想连累我爸爸和凝姨。”

白青青轻轻吁了一口气。

没错，如果沐玲欣现在拒绝结婚，肯定会将沐家推到风口浪尖。

难道……事到如今……她只能够嫁给他了吗？

想到这里，白青青轻轻地吁了一口气，说道：“我看柳卓航这个人也不错，而且，他也是大学期间你所爱的人，说不定你嫁过去会得到幸福。”

“你不明白……”沐玲欣哀叹了一口气，说道，“我总觉得他不是喜欢我，他只是认为我能够帮他，我只是一个工具而已。”

“或许相处之后，他就会爱上你。”

沐玲欣没有说话，只是幽幽叹了一口气。

“对了，你知道吗，我来医院的路上，还遇到了一个人……”白青青转移了话题，目光幽然地看着沐玲欣。

沐玲欣微微一挑自己秀气的眉头，用追问的目光看向白青青，说道：“你遇到了谁？”

白青青硬生生吞了吞口水，微微眯了眯眼睛，缓缓说道：“肖鲭然……”

听到肖鲭然的名字，沐玲欣的心脏瞬间加速了跳动。

沐玲欣长长卷卷的睫毛如同蝴蝶展翅一般扑动着，说道：“他……也在这所医院吗？”

“嗯，是的。”白青青坚定地点了点头。

此时，肖鲭然就站在医院里，抬起头神情复杂地看向了不远处的病房。

他知道，沐玲欣就在病房里面。

然而，他却找不到进去的理由。他要以什么样的身份进入病房里，又要以什么样的身份去见沐玲欣呢？

他不知道！

肖鲭然伸出手轻轻揉了揉太阳穴，脸上一片寒气。

当他知道沐玲欣掉进海里的时候，他的心瞬间提到了嗓子眼。

甚至……他想都没有想就跳进了海里，打算将她救上来……

然而，还是被别人抢到了机会，没有能够亲手将她救起来，只能眼睁睁看着别人将她救起来，随后送到医院里。

那时候，他的心非常沉重，也非常害怕。

不过，知道订婚仪式无法正常进行的时候，他居然有一点点侥幸，一点点窃喜！

等他找到沐玲欣所在的医院，却没有勇气踏进她的病房，没有勇气去看她。

“肖鲭然，你怎么会在这里？”这个时候，柳卓航看到了肖鲭然，他的脸上带着浅浅的笑意，问道，“你生病了吗？”

听到有人喊自己的名字，肖鲭然回过神来，当看到柳卓航，说道：“嗯？”

柳卓航扯动嘴巴，弯起嘴唇，问道：“你看起来身体很好，不像是来医院看病的吧！”

肖鲭然看向了柳卓航，问道：“沐玲欣还好吧！”

“好很多了，多谢你的关心。”柳卓航一挑眉头，说道，“不知道你有没有空，我们一起出去走走。”

肖鲭然轻轻吁了一口气，拒绝道：“我公司里还有一些事情，就不赴约了。”

“这样啊……”柳卓航轻轻笑了笑，继续说道，“也是，贵公司遇到创办以来的最大挑战呢！我听说了，你们公司的股东在一夜之间撤资。”

肖鲭然沉默地看了一眼柳卓航。

“虽然我很想帮忙，但是心有余而力不足。”柳卓航说道。

肖鲭然看着柳卓航，说道：“你有这一份心就够了。”

“没能够让你们好好参加我和沐玲欣的订婚仪式，真是抱歉。”柳卓航的眼睛轻轻眯了眯，提高了音调，说道，“但是，结婚时我一定会好好地宴请你们，到时候请你们也务必给我面子，过来喝个喜酒。”

肖鲭然听到这里，手指不由得一阵轻颤。他的脸色很阴沉，浑身上下散发着令人不寒而栗的寒气。

这算是给他下马威吗？

肖鲭然皱起了眉头。

“对了，你年纪也不小了，也到了适婚年龄，听说你和你的女友叶芳芳最近走得很近，关系不错，看来你们应该很快就要结婚了！”

肖鲭然没有回答。

“你结婚的时候，记得也叫上我。”柳卓航说道。

肖鲭然的目光中一片冰冷的光芒，一挑眉头，说道：“放心，如果我结婚了，一定会请你。”

柳卓航扯了一下嘴唇，轻轻笑了笑，“我还有一些事情，得先走了，有空我们再聊吧！”

肖鲭然说道：“好，有空再聊。”

柳卓航踏出了脚步，往医院外走去。他与肖鲭然擦肩而过，然而在擦身而过之后，他脸上的笑意瞬间凝固了，转而换之的是非常森冷的表情。

肖鲭然缓慢转过头看着柳卓航远去的背影，微微皱起了眉头，手也在不知不觉间握了起来。

刚刚……柳卓航在给他下马威！

这个时候，肖鲭然抬起头看向沐玲欣病房的方向。

柳卓航出来了，说明沐玲欣的问题不大，如此一想，肖鲭然心里好受了很多。

第四十八章　她的烦恼

沐玲欣在医院里待了两天就出院了，她实在是受不了医院里强烈的消毒水的气味。

她出院的那天，白青青也在身旁。但是，她隐隐地发现白青青很不开心。

“白青青……”沐玲欣叫了一声，看到白青青没有回应自己，沐玲欣再次叫了一声，“白青青……”

白青青还是没有回应沐玲欣，而是沉浸在自己的世界中。

“白青青！”沐玲欣加重了语气，大喊了一声。

白青青打了一个哆嗦回过神来，转过身子看向了沐玲欣，笑了笑，“不要大呼小叫的，有话快说！”

“我刚才已经将话说完了，你知道我刚才跟你讲了什么吗？”沐玲欣阴沉着脸看向了白青青。

白青青轻轻笑了笑，说道：“你无非就是讲医院里的气味很难闻，很想快点出去。”

沐玲欣轻轻地吁了一口气，低下了眸子，缓缓说道：“白青青，我刚刚什么都没有讲！”

嗯？

白青青的手指不由得轻颤，长长卷卷的睫毛轻轻颤动了一下，说道：“抱歉，我刚刚失神了。”

“你今天看起来有些不对劲。”沐玲欣走到了白青青的面前，一挑秀气的眉头，问道，“能告诉我发生了什么事情吗？”

“沐玲欣啊……”白青青看了一眼沐玲欣，随后低下了眸子，原本想要说些什么，但是最终翕动嘴唇，说道，“没事！”

一副心事重重的模样还说没事？

“走，我们一起去喝咖啡。”沐玲欣伸出手握住了白青青的手。

她想有必要和白青青谈一谈，但是也不想在这里和白青青聊，因为医院里的消毒水气味简直要让她窒息了。

白青青抬起眸子看向沐玲欣，说道：“我不想去。”

“这可由不得你。”沐玲欣走到了白青青的面前，皱起了眉头，冷冷看向了白青青，说道，“你去也得去，不去也得去。”

随后，沐玲欣抓起白青青的手，就往咖啡馆的方向走去。

一路上，沐玲欣都能够听到白青青的叹气，能够让白青青叹气的人只有一个，那就是苏亦俊。

她和苏亦俊认识多年，却始终没有感情。也许，他们真的不适合在一起吧！

来到咖啡馆，白青青始终皱着眉头，不去看沐玲欣的脸。

沐玲欣一语中的地说道：“你是因为苏亦俊的事情而感到烦恼吗？”

白青青轻轻地吁了一口气，说道：“是的。”

白青青低下了眼帘，眸光轻轻颤动着，缓慢说道：“我和他……快要举行婚礼了。”

沐玲欣没有说话，只是伸出手拿着小勺子轻轻搅动着咖啡。她知道，白青青不喜欢苏亦俊。

“我和他已经交往了几年了，按理说，我们应该很甜蜜才是，但是，我们现在还停留在牵手这一阶段。”说到这里，白青青又是一阵轻叹，“我不知道我们结婚之后会是什么样的情景，但是我敢说，我们俩都不会幸福。”

沐玲欣轻轻抿了抿嘴唇，说道：“你可以向你的父母说明，说不定能够得到他们的支持，取消这场商业联姻。”

“不可能的！”白青青摇了摇头，继续说道，“苏亦俊是一个很有能力的男生，而且家庭背景也不错，我父母是不会取消这场商业联姻的。”

说到这里，白青青伸出手轻轻地搅拌着手里的咖啡，目光中带着淡淡的忧伤。

从小她就没有选择权，都是听从父母的话。

她还记得，高中的时候她曾经和班上的一个男孩子相恋过，但是她的母亲嫌弃对方出身贫寒，阻止他们进一步发展。

母亲送钱给对方，让他跟自己断绝来往。

想到这里，白青青苦笑了一声。

她的人生就没有选择权，从来都是听从父母的安排。

“白青青……”沐玲欣挑起眉头，看向了白青青，说道，“我觉得你可以和父母商量一下，实在不行的话，以性命相逼。我想，到时候你母亲一定会看在你的分儿上，取消这次商业联姻的。”

白青青听了沐玲欣的话，轻轻点了点头。

老实说，她也不知道自己能不能成功说服父母，取消这次没有感情基础的联姻。她和苏亦俊就像是两个陌生人，突然间被捆绑在一起。

“你还想他吗？”沐玲欣用试探性的语气问道。

白青青一个哆嗦回过神来，有些困惑地看向了沐玲欣，一挑眉头，问道：“想谁啊？”

“就是你的初恋情人啊！高中同学陈小斌啊！”沐玲欣眨了一下眼睛，颇有兴趣地看向了白青青。

白青青皱起了眉头，手中的小勺子没有规则地搅着咖啡，长长卷卷的睫毛轻轻颤动了一下，说道：“那么多年过去了，我也对他没有多大感觉了。那时候是他先退缩，我不需要一个胆小的缩头乌龟！”

那时候她很坚持，无论她母亲想出什么样的招数来拆散他们，她都不放弃。她以为只要自己不放弃，这份感情就能够一直持续下去。可是，她万万没有想到，她没有放弃，陈小斌却放弃了。他甚至没有跟她说再见，就离开了她的世界。

那段时间，她很伤心，很难受。

然而，时间是感情的良好解药。她的伤痛也渐渐抚平！

所以，她已经对陈小斌没有感觉了。

“也是，我也觉得他配不上你。”沐玲欣轻轻地吁了一口气，继续说道，“老实说，比起陈小斌，我觉得苏亦俊更加适合你。苏亦俊长得不错，而且很有能力，方方面面都很不错，我不知道你为什么不喜欢他。”

第四十九章　幕后黑手

白青青敛下了眉，说道："感情的事情没有一个谱，看对了，就喜欢上了；看不上，就怎么也喜欢不上。"

"我觉得吧，你是心里有疙瘩，陈小斌的事情让你对爱情失去信心，对爱情麻木了！所以，你才不喜欢苏亦俊！"

"也许是吧！"白青青轻轻叹了一口气。

看着白青青垂头丧气的模样，沐玲欣轻轻叹了一口气。

"对啦，我问你，你现在还喜欢柳卓航吗？"白青青抬起眸子，目光幽幽地看向了沐玲欣。

沐玲欣搅拌着咖啡的手停顿了一下，翕动着嘴巴，说道："老实说，我现在心里只有肖鲭然，只要一闭上眼睛，就能够想到肖鲭然。"

她对柳卓航已经没有任何爱恋了，她也不知道自己为什么会这样，会突然之间对柳卓航没有感觉。

"你会不会觉得我很喜新厌旧？"沐玲欣苦笑了一声，说道，"大学的时候追柳卓航追得死去活来，然而出来社会才几年，就已经喜欢上了另外一个男人，而且念念不忘。"

白青青说道："我觉得吧，你对柳卓航的感情是出于喜欢，而你对肖鲭然的感情是出于爱，这才导致了你对肖鲭然念念不忘而不想嫁给柳卓航。"

听到这里，沐玲欣的眼睛瞬间亮了起来，她目光幽幽地看向了白青青，一脸惊讶，"原来是这样！怪不得我对肖鲭然念念不忘，原来，我已经爱上他了啊！”

“可是，那又怎么样，你就要和柳卓航登记结婚了。”

白青青的话犹如往沐玲欣的头上泼了一大盆冷水，让她觉得自己的身体很是寒冷。

的确，她就要和柳卓航登记结婚了。即便她不想和他结婚，也要和他登记结婚了。

想到这里，沐玲欣低下了眸子，目光中有着淡淡的忧伤。

“你接下来打算怎么做？”这个时候，白青青优雅地拿起了放在桌子上的咖啡抿了一口。

沐玲欣轻轻吁了一口气，说道：“想尽方法延迟登记，随后找个适当的机会，再拒绝这场婚姻。”

白青青没有说话，只是优雅地喝着咖啡。

“还有，雅芙公司的事情……”白青青将喝剩一半的咖啡放回桌面上，目光幽然地看着沐玲欣。

“我做了调查。”沐玲欣打断了白青青的话，说道。

“做了调查？”

“没错！”沐玲欣点了点头，继续说道，“一切都是我的父亲在搞鬼！雅芙公司之所以会陷入财务危机，在很大程度上是我爸爸在使绊。”

听到这个消息，白青青睁大了眼睛，似乎有些不敢置信。当沐玲欣知道这个消息时，也很震惊。

但是，她后来一想，爸爸之所以会这么做，应该有他的原因，所以，她也不好去质问父亲。

“那你打算帮雅芙公司吗？”白青青沉默了一会儿后，幽幽说道。

沐玲欣点了点头，说道：“既然是我爸爸造成的，我想我有责任去帮忙解决这次危机。”

白青青知道，沐玲欣做得到。因为沐玲欣是整个商业圈里的金钥匙，只要得到了沐玲欣的帮忙，很多公司都能够脱颖而出。

沐玲欣只要开口，就能够让很多人帮忙做事！所以，缓解雅芙公司的财务危机自然不在话下。

就在这时，白青青的手机响了起来，她从包包里掏出了手机，看向了来电显示。

“谁打来的电话？”沐玲欣看向了白青青，看到白青青微微皱起的眉头之后，就已经猜到了来电的人。

要是沐玲欣没有猜错的话，这个电话应该是苏亦俊打来的。

沐玲欣抿了抿嘴唇，没有说话。

“我先接个电话。”白青青看了一眼沐玲欣，随后接通了电话。

“白青青，我有话想跟你说，不知道你有没有空呢？”声音中带着男性特有的磁性。

“有话不能够在电话里说吗？”白青青微微蹙起了眉头，语气中带着不悦。

“有些事情，我无论如何都想当面跟你说。”苏亦俊说道。

白青青听了这句话后沉默了一会儿，但是很快点了点头，说道：“我知道了。”

白青青跟沐玲欣挥手告别，就匆匆忙忙地走了。

沐玲欣看着白青青远去的背影，轻轻吁了一口气，低下了眼帘，目光幽幽颤动着。

她看着咖啡里面自己的倒影，看着看着，突然觉得有点鼻酸。她突然之间想要去找肖鲭然，想要和他聊聊天，跟他说说话。

就这么简单而已。

她觉得自己已经很久没有和肖鲭然聊天，没有和肖鲭然联系了。

也不知道肖鲭然现在怎么样了？

想到这里，沐玲欣轻轻叹了一口气。

她已经接受这个事实，接受自己爱着肖鲭然的事实！但是，即便她爱着肖鲭然又能如何，他的身边已经有了别的女人，而且看起来非常恩爱。

她已经永远失去了和肖鲭然在一起的机会了！

想到这里，沐玲欣心里一阵苦涩。

“服务员，结账！”沐玲欣冷然地说道。

出了咖啡厅，沐玲欣往雅芙公司走去。

此时，已经入秋了，空气中带着寒冷的味道。两旁的树叶很多都已经变黄了，街道上有很多落叶。

一阵微风吹来，树上又被吹落了一些树叶，这些树叶在半空中旋转了几圈，便幽幽地飘落到了地面。

空气中还有粉尘在旋转着。

这个季节就是这样，给人萧条感。

就在沐玲欣感叹的时候，从她背后伸出一双黑手捂住了她的嘴巴，沐玲欣的眼睛瞬间睁大了。

她还没有来得及挣扎，没有回过神来，就已经被人拖到了一个小巷子里。

对方戴着黑色眼镜，身材非常结实，一看就是受过训练的人。

“要是你识相的话，就乖乖听我们的话，否则，后果自负。”男人冷冷说道。

沐玲欣的眼睛里有着害怕的神情，她看着眼前的穿黑西装的男人，点了点头。

眼前这个黑西装男人，无论在体型还是体格方面都要强她太多了，如果她选择反抗，后果将不堪设想。

第五十章　陷入危机

沐玲欣望着眼前这个训练有素的男人，硬生生吞了吞口水。目前，她还不知道这个男人为什么要绑架她。

是贪恋她的美色吗？看起来不像！如果是贪恋她的美色的话，现在他不会这么镇静。

如果是想要她的钱，那他应该提出要求。可是，他什么都没有说，所以说，这个男人的目的应该不是钱。

不过，现在不是想这些事情的时候，她一定要想个办法报警，否则可能有性命之忧。

想到这里，沐玲欣的额头上流下了一滴冷汗，硬生生吞了吞口水，看向了眼前这个男人。

男人说道："你要是不好好配合的话，你就休想见到明天的太阳。"

沐玲欣点了点头。

随后，这个男人拖着沐玲欣来到了一间阴暗的房间里。

男人放开了沐玲欣的手。

沐玲欣看到自己已经重获自由，暗暗松了一口气。不过，她的神经依旧紧绷着。

这不是她放松警惕的时候，对方随时随地会置她于死地。

只要她一个不留神，就会死在这个阴暗的地方。

她不想死在这种阴暗潮湿的地方，再说，她还那么年轻，而且还没有来得及完成自己的梦想，怎么可以死在这种地方呢！

“你的目的是什么？”这个时候，沐玲欣用试探性的语气问道。

男人一挑眉头，冷冷看了一眼沐玲欣，但是没有说话。

要是沐玲欣没有猜错的话，眼前这个男人虽然是绑架她的人，但是他不是背后的指使者。也就是说，他后面还有人。

沐玲欣想了想，她并不记得自己得罪过什么人啊！

“是谁让你绑架我的？”沐玲欣又用试探性的语气问道。

男人冷笑了一声，说道：“这一点，你不需要知道，你只要乖乖待在这里，乖乖听从我的话就是了。”

“你起码得让我知道是谁在针对我吧？”沐玲欣苦笑了一声，目光冷然地看向了男人。

好在这个男人并没有将她的手机收走，于是，沐玲欣一边转移这个歹徒的注意力，一边拨着肖鲭然的电话号码。

此时此刻，她只能将所有的希望寄托在肖鲭然的身上，希望肖鲭然听到这样的对话后，能够过来解救她。

“我都说了，你不需要知道。”男人冷笑了一声。

“既然你绑架我，也应该说一下绑架我的理由吧！”沐玲欣的眼珠子灵活地动了动，继续说道，“你若是不告诉我，我心里很不舒服。我明明就在去找我朋友肖鲭然的路上，却半路被你给劫持了，还被带到了这种潮湿阴冷的地方。”

“反正等他们把车子开过来，我会带你去一个地方，你不需要再出现在这个城市了。”

这是什么意思？

之前，沐玲欣看过不少新闻，说人贩子劫持了妇女儿童之后，贩卖到其他城市里赚钱。

这些被拐卖的妇女，姿色好看一点的就被他们逼着去卖身，那些被拐卖的儿童，则被他们逼迫着去乞讨。

一想到这里，沐玲欣硬生生吞了吞口水，她的额头上已经流下了冷汗。

要是真的是这样的话，那她该怎么办？

这个时候，男人似乎接到了一个电话，他拿起了电话，随后点了点头，说道："嗯，嗯，好，我这就把她带上车。"

沐玲欣看到男人正在接电话，认为时机已经到了，猫着腰打算离开。

就在沐玲欣打算跑开的时候，沐玲欣的手突然被男人给抓住了，这个男人的脸上有着阴冷的表情，说道："想跑，没门。"

男人发现沐玲欣的手里拿着手机，目光中闪过一道冷光。他从沐玲欣的手里拿过手机，用力摔了出去。

沐玲欣的手机瞬间就变成了碎片，她看着已经被摔成碎片的手机，额头上的冷汗越来越密集。

男人的脸上露出了阴冷的表情，说道："你是逃不出我的手掌心的。"

沐玲欣的脸上有着虚汗，她伸出手想要挣脱男人的禁锢。可是，无论她怎么用力，都无法挣脱。

毕竟这个男人的力气太大了。

隐隐地，沐玲欣能够从电话中听到一个女人的声音。

她什么时候得罪其他女人了啊？

想到这里，沐玲欣咬住了嘴唇，更加用力地挣脱着。

她知道，如果不赶紧挣脱这双手，如果不赶紧离开，她就会有危险。

在雅芙公司，肖鲭然看着这通电话，愁眉苦脸。

看来，沐玲欣有危险了！她被人绑架了！

想到这里，肖鲭然赶紧从椅子上站了起来，飞一般地往外跑去。

那通电话挂断之后，他再拨沐玲欣的电话就已经无法接通了。

沐玲欣，你一定要撑到我到为止！你一定不能够出什么事情！

肖鲭然的脸上有着难看的神情，额头上已经流下很多虚汗。

还好沐玲欣给他打电话了，让他知道她现在在什么地方。

肖鲭然眯了眯眼睛，瞳孔里一片黯淡。

一想到沐玲欣处于危险之中，他的心在瞬间就提到了嗓子眼。他指节分明的手握着方向盘，心里却备受煎熬。

他恨不得马上就能到沐玲欣的身边，好好地保护沐玲欣。

这个时候，肖鲭然心里特别难受。后来，他想，是因为他爱着沐玲欣，他深深地爱着沐玲欣。

所以，当沐玲欣出事的时候，他才会那么紧张，那么难受。

车子在马路上急速地奔跑着……

沐玲欣已经被男人制服在地了，此时，体格和力量上的差异让沐玲欣无法动弹。

她第一次觉得无能为力，第一次觉得自己特别弱小。

“你放了我吧！你要是放了我，我什么都会答应你！”沐玲欣迫于无奈说道。

男子说道：“我不会放了你，你现在只有等死的份儿了。”

沐玲欣突然觉得，自己的生命是那样脆弱，人生是那样起起伏伏。前一秒，她还是商界中炙手可热的人物，然而下一秒却成为歹徒手中的一只蚂蚁，随时随地都可能被置于死地。

肖鲭然……

这个时候，沐玲欣的头脑中闪过了肖鲭然的影子。

刚才她没有将电话打给警察，而是将电话打给了肖鲭然，就是希望肖鲭然能够及时出现，救她一命。

第五十一章　前后夹攻

沐玲欣被歹徒制服后，突然觉得生命是那样脆弱，是那样无常。

“如果想少吃点苦，就好好配合，否则，休怪我的拳头不客气了。”歹徒冷笑了一声，说道，“我可不会怜香惜玉。”

“这看得出……”沐玲欣的脸上有着虚汗，此时，她冷笑了一声。

如果他知道怜香惜玉，此时她就不会被压制在地上，脸上还带着伤痕。

“起来！”这个时候，歹徒非常粗鲁地将沐玲欣拽了起来。沐玲欣咬住了嘴唇，皱起了眉头。

“你能不能温柔些对我？”沐玲欣皱着眉头说道。

“不能！”

“我告诉你，你这个样子，很有可能以后找不到老婆！”沐玲欣蹙紧了眉头，继续说道，“我可告诉你，女孩子都喜欢温柔一点的男人。”

歹徒似乎没有听到沐玲欣的话，非常粗鲁地将沐玲欣往外拽了出去。

沐玲欣觉得自己的手都快要被眼前这个男人折断了，特别难受，她眉头紧皱，不爽地说道：“放开我！”

沐玲欣挣扎着想要摆脱歹徒的束缚。

但是，在歹徒的面前，她是那样弱小，连挣扎的力气都没有。

沐玲欣觉得自己不能和眼前这个男人硬碰硬，她必须等待逃跑的良机。良机一到，她逃脱的可能性才会很大。

这个时候，歹徒手里的电话响了起来。

沐玲欣的眼中闪过一道寒光，她认为时机已经到了。她料定这个歹徒在接电话的时候，一定会疏于看守，这正是她逃跑的大好时机。

想到这里，沐玲欣的嘴角露出一抹得意的弧度。

歹徒伸出一只手去拿电话的时候，沐玲欣用尽全身力气摆脱了歹徒的束缚，随后她用尽力气一直往前跑去。

就在沐玲欣以为自己能够逃脱的时候，感觉脖子被人拽了起来。

不是吧！

这个时候，沐玲欣的脸上有着难看的神情。

这已经是她最快的速度了，比她平时跑步的速度要快很多，也比她参加校运会时的速度快很多。

大学的时候，她参加学校举行的校运会，那时候在四百米短跑中，她荣获了第一名。

虽然与男人相比，她的速度不是最快，但是眼前这个男人是一个大块头，按理说跑起来没有这么快才对。

想到这里，沐玲欣咬住了嘴唇，脸上的虚汗越来越多。

“你以为你能够跑得掉吗？”这个时候，歹徒冷哼了一声，脸上有着得意的笑容，继续说道，“有我在，你是不可能跑得掉的。”

沐玲欣觉得脖子一阵疼痛，感觉自己的骨头都快要被捏碎了，紧紧蹙起了眉头。

“告诉你，从来没有一个女人能够从我的手中逃脱，当然，男人也不可能。”歹徒冷笑了一声，继续说道，“所以你不要自不量力以为自己能够从我的手中逃脱。你要是惹怒了我，我可是要你分分钟丧命的。”

这一点不用他说，她也知道。

沐玲欣脸上的虚汗越来越多，她咬住了下嘴唇，却不知道应该怎么办。

男人的力气越来越大，脸上有着嗜血的笑意。

沐玲欣赶紧求饶，为了减轻痛苦，说道："我知道了，我会好好配合你的，也会乖乖听从你的话，请你……不要这么用力！"

沐玲欣觉得自己的脖子都要被捏断了。

歹徒听了沐玲欣的话，微微眯了眯眼睛，掐着沐玲欣脖子的手也稍微松了松。

沐玲欣轻轻地吁了一口气。

"嗯？"这个时候，歹徒继续通电话了，问道，"你的意思是……将她杀了吗？"

听到这里，沐玲欣浑身颤抖了一下。

"是的。"电话那头传来了女人的声音，"她看起来非常精明，就算她这次能够好好配合，将她贩卖之后，她应该也能够想办法回来。到时候，若是被警察发现了我们的行踪，我们就会受到法律制裁！所以，为免夜长梦多，就地将她杀了吧！"

"是！"歹徒点了点头。

不！不要啊！她还那么年轻，她还不想死！

想到这里，沐玲欣握紧了拳头。

沐玲欣不知道是从哪里来的力气，一咬下嘴唇，猛地抬起脚，往歹徒的要害用力踢了过去。

歹徒突然被沐玲欣踢中了要害，脸色瞬间变青，松开了手，赶紧伸手按住两腿之间。

沐玲欣看时机一到，就赶紧往外跑。她知道，如果再被歹徒抓住的话，就真的是死路一条。

对方已经下令要杀她，而这个刽子手会执行命令。她必须逃走，否则就会死在这个刽子手的手上。

她逃出了暗室，然而，沐玲欣万万没有想到，另外一个歹徒在门口等着她！

她的心瞬间冷了下去，此时此刻非常绝望。

怎么会这样？

她看着眼前这个同样戴着眼镜的男子，手指不由得一阵轻颤。

“你是逃不掉的。”这个时候，身后的歹徒冷哼了一声，说道，“今天就是你的死期。”

沐玲欣此时已经被前后夹攻，没有退路。她额头上渗着细细的密汗，看了看前后的歹徒，硬生生吞了吞口水。

难道……注定她要死在这个地方了吗？

不行！她还不能死！她必须得想个法子，从这两个歹徒的手中逃脱出去。

就在沐玲欣思考的过程中，那个待在潮湿昏暗的暗室里的歹徒突然跑上前来，狠狠地踹了沐玲欣一脚。

沐玲欣根本还没有来得及回过神，就被这样踹飞了出去，重心不稳地摔倒在地。

一股钻心的痛从手掌心弥漫开来，她皱着眉头试着站起来，却发现自己已经没有力气站起来了。

每动一下，都是钻心地痛。

眼泪从她的眼角溢了出来。

还没有等沐玲欣回过神来，那个男人又走到了沐玲欣的面前，用力地踹向沐玲欣的腹部。

沐玲欣觉得昨天晚上吃的东西都要被踢出来了，肚子里一阵翻江倒海。

她伸出手捂住了腹部，眼泪不听使唤地从眼角处滑落。

从出生到现在，她从来没有像今天这样被人打过。

第五十二章　及时出现

沐玲欣从来没有想过，有朝一日自己会遭遇这样的事情。

她伸出手按住腹部，脸色已经变黑。她多么希望肖鲭然能够现在就出现在她的视线里，救她于水火之中。

歹徒看着拼命喘息的沐玲欣，嘴角处露出非常得意的笑容，说道："我不是已经警告过你了吗？最好乖乖听话，否则会死得很惨！"

沐玲欣吸了吸鼻子，冷笑了一声，说道："难道我要待在原地，让你杀死吗？"

只要有一线希望，她就不会放弃。如今失败了，她也不会恨自己，毕竟她已经努力过了。

"不过，话说回来！"沐玲欣苦笑了一声，看着那位歹徒，说道，"你这么凶残，你的父母知道吗？我想，他们应该不知道吧！不知道自己的孩子正在做一些伤天害理的事情！"

"少在我面前说教。"这个歹徒走到了沐玲欣身边，伸出手揪住沐玲欣的头发。

沐玲欣的脸瞬间变扭曲，一股钻心的痛让她忍不住叫了起来，痛苦地叫出声音。

"放开我的头发。"沐玲欣不知哪里来的力气，伸出手想要将歹徒的手掰开。

"臭女人，反正你横竖也是死，不如将你的身体借给我们玩玩再去死吧！"这个时候，歹徒将自己戴着的黑色眼镜拿了下来，色眯眯地看向沐玲欣。

沐玲欣的心瞬间就提到了嗓子眼，她下意识地伸出手护在自己的胸前，摇了摇头，哽咽着说道："不要……不要……"

"现在你已经没有选择的权利了，你只能够乖乖配合！"这个歹徒弯下腰，伸出手扣住了沐玲欣的下巴。

沐玲欣想要爬起来，想要逃开，可是此时她已经没有力气了。

所有的力气都已经用光了。这个时候的沐玲欣仿佛处在悬崖边上，只要有一点风吹草动，就能够轻而易举让她堕入黑暗的深渊中。

"仔细一看，你长得还不错嘛！"歹徒露出了笑容，那笑容是那样猥琐，同时又是那样令人颤栗。

歹徒伸出手想要脱下沐玲欣的衣服，然而，就在这个时候，一个强大的冲击力将歹徒撞开了。

歹徒稳住了自己的身体，转过头看到站在一旁的男人。

那个男人真是雅芙集团的董事长——肖鲭然！

沐玲欣吸了吸鼻子，随后缓慢地抬起了头，看向了男人的方向，当看到是肖鲭然的那一刻，眼泪就这样肆无忌惮地从眼眶里流了出来。

肖鲭然看到沐玲欣满身都是伤痕，脸上有着愤怒的神色，目光森冷地看向了前方。

他终于来了！

"对不起，我来晚了。"肖鲭然侧着头看了一眼沐玲欣，眼里满是心疼。

"不……没有……"沐玲欣吸了吸鼻子，说道，"你比我想象中来得还要早。"

"臭小子，你要是识相的话，就乖乖给我滚开，否则休怪我不客气了！"歹徒握住了拳头，发出了咯吱的声响，似乎要给肖鲭然下马威。

肖鲭然一挑眉头，冷然地看向了眼前的歹徒，冷哼了一声，"这句话应该我说才对吧！你们要是识相的话，就给我滚开！我告诉你们，我已经报警了，你们已经无路可逃了！"

听到这里，歹徒的脸上有着惶恐的神色。

就在歹徒恍惚期间，肖鲭然走上前去给了歹徒一拳。

“你竟然敢欺负我的女人，胆子未免太大了吧！”此时，肖鲭然的眼里尽是嗜血的目光，眼里尽是敌意。

刚刚他看到歹徒打沐玲欣的那一幕，他心里非常愤怒。如果可以的话，肖鲭然会把眼前这个男人活剥了。

那个歹徒也不是吃素的，一看就是经过专门训练的男人。另外一个歹徒看到肖鲭然如此疯狂，赶紧上前挥了一拳。

“肖鲭然，要小心啊！”沐玲欣看到肖鲭然身后的歹徒，心瞬间提到了嗓子眼。

眼前这两个歹徒看起来都是经过训练的男人。肖鲭然面对这两个受过专门训练的男子，很显然处于劣势。

沐玲欣说道：“肖鲭然，你不要理我，赶紧走，赶紧给我离开！”

肖鲭然皱眉说道：“不管怎么样，我都会好好保护你！”

就算付出生命的代价，他也在所不惜。

肖鲭然对付一个歹徒都处于劣势，更何况是两个。

转眼之间，肖鲭然已经被这两个歹徒撂倒在地踢打。

沐玲欣看到这个场景，赶紧大喊：“救命啊！救命啊！”

“你快去堵住她的嘴巴！”一个歹徒对另外一个歹徒说。

就在歹徒往沐玲欣的方向走去的时候，响起了警笛声。

歹徒吓了一跳，脸上开始流下冷汗，面面相觑，说道：“赶紧撤！”

之后，这些歹徒逃命似的跑开了。

沐玲欣流着泪水走到了肖鲭然面前，她伸出手想要将肖鲭然扶起来。

肖鲭然没有说话，皱着眉头从地上站了起来，此时的脸色很难看。他看着沐玲欣，非常担忧地说道：“你没事吧！”

“笨蛋，这个时候你应该更加关心自己才是。”沐玲欣吸了吸鼻子，继续说道，“你看看你，现在已经变成什么样子了！”

肖鲭然轻轻笑了笑，但是这一笑又扯动了自己的脸部肌肉，不由得皱起了眉头。

“痛死了！”肖鲭然轻声说道。

沐玲欣侧着头看向了其他地方，说道：“警察怎么还没有来呢？”

肖鲭然轻轻地吁了一口气，说道：“没有警察。”

“嗯？”沐玲欣皱着眉头看向了肖鲭然，说道，“我明明听到了警笛声。”

“那是我手机里放出来的。”肖鲭然轻叹了一口气，“我根本没有报警！当我找到你的时候，觉得自己可能斗不过歹徒，所以留了一招！毕竟，天底下的歹徒都是怕警察的。”

沐玲欣低下了眼帘，有些愧疚地说道：“对不起，都是我的错，是我把你弄成这个样子的！要不是我，你也不会变成这个样子！”

“傻瓜，这个时候就不要自责了。”肖鲭然轻轻叹了一口气，说道，“你没有看到我受伤了吗？现在最重要的事情是去医院。”

沐玲欣伸出手抹了抹眼角的泪水，点了点头。

第五十三章　同一病房，不同病床

沐玲欣扶着肖鲭然来到了医院，此时，他们两个人都伤痕累累。

“对不起，我没能够好好保护你。”看到沐玲欣满脸伤痕，肖鲭然心里很是愧疚。

沐玲欣摇了摇头，轻轻地吁了一口气，说道：“你已经做得很好了，我没有被歹徒害死，还要归功于你。”

的确，如果肖鲭然没有及时出现，她绝对死定了！然而，他还是出现了。

不知道为什么，沐玲欣觉得心里很是宽慰。

她在关键时刻将自己的命交给了肖鲭然，而肖鲭然也不负她所望。

肖鲭然只是长长叹了一口气，眼睛里尽是黯淡的神情。

这个时候，肖鲭然发现自己还是很爱沐玲欣，然而沐玲欣就在自己面前，可是他却无能为力。

如果可以，他想要亲她，好好抱着她。如今，他只能看着沐玲欣。

经过诊断，他们需要住院观察。

当医生问肖鲭然是否需要和沐玲欣分开病房的时候，肖鲭然愣了一下，很快摇了摇头，说道：“医生，现在病房也很紧张，我和她就分在一起吧！再说，我和她是旧识，也可以互相照顾。”

肖鲭然说话的时候，看了一眼沐玲欣。

沐玲欣只是轻轻抿了一下嘴唇，并没有说话。

之后，医生接受了肖鲭然的意见，让他们住在同一个病房。

沐玲欣看着这病房，轻轻笑了笑，“看来你跟医生应该也是旧识吧！”

“嗯？”肖鲭然抬起英气的眉头，有些困惑地看向了沐玲欣，问道，“你为什么这么说？”

“你看看，这医生给你准备了VIP病房呢！这里的布置可比五星级酒店要好得多。”

“听起来你好像知道五星级酒店的配置哦！”肖鲭然轻轻笑了笑，随后幽幽说道，“你有没有兴趣下次和我一起去五星级酒店看看？”

听到这里，沐玲欣沉默了，低下了眼帘，没有说话。

肖鲭然看到沐玲欣没有说话，轻叹了一口气，说道：“我只是跟你开个玩笑，你不要当真，更加不要放在心上。”

“我当然知道那是玩笑话。”沐玲欣轻笑道，“我也没有放在心上，你放心。”

肖鲭然轻轻点了点头。

“你饿吗？”沐玲欣问道。

“说起来还真有点。”肖鲭然伸出手按住了腹部，说道，“你是不是也饿了啊！那我打电话叫份外卖好了！”

“医院这边应该有饭吃吧！”沐玲欣坐上了病床，看着这温馨的病房，淡淡笑了笑。

这里没有强烈的消毒水的味道，虽然隐隐约约还是能够闻到一点，但是她还是能够接受的。

肖鲭然说道：“应该吧！但是，我觉得医院里的饭菜未必合我们的胃口，你知道的，外面的饭菜应该好吃一些！”

沐玲欣轻轻地笑了笑，随后敛下了眉眼，说道：“你说得对，外面的饭菜应该好一些！要是我没有猜错的话，医院里的饭菜，除了青菜就是青菜，毕竟医生总是让我们以清淡为主。所以，我赞同你的意见，去叫外卖。”

说到这里，沐玲欣抬起头，目光幽幽地看向了肖鲭然。

肖鲭然的后脑勺流下了一滴冷汗，他看向沐玲欣，喉结上下滚动了一下，问道："难道你不喜欢吃青菜吗？"

据他所知，女孩子应该很喜欢吃素食才是，毕竟吃素食既能够保持身材，又能够摄取足够的维生素。

"不喜欢！"沐玲欣非常坦诚地摇了摇头，说道，"我不喜欢吃青菜，我比较喜欢吃肉！我的世界里只有肉！"

听到这里，肖鲭然的脸上一排黑线。

"我最喜欢吃牛肉，其次是鸡肉，最后才是猪肉！"沐玲欣双手环胸，轻轻点了点头，"我喜欢吃牛排，非常好吃！"

沐玲欣说着话，脸上还有淡淡的红晕。她似乎已经想到眼前摆着一大盘肉，她想怎么吃就怎么吃。

肖鲭然有些震惊地看向了沐玲欣，硬生生吞了吞口水，用试探性的语气问道："你不担心吗？"

"担心什么啊？"沐玲欣一脸困惑地看向了肖鲭然。

肖鲭然伸出手轻轻挠了一下自己的太阳穴，继续说道："比如，身材走样。比如，胆固醇升高。要知道，吃那么多肉的话，胆固醇很容易就升高的！"

沐玲欣很快就敛下了眉眼，长长卷卷的睫毛轻轻颤动着，说道："当然担心啊！要不然，我一天三餐都会吃肉！"

"你不是一天三餐都吃肉吗？"肖鲭然轻轻笑了笑，嘴角上扬，说道，"你应该一天三餐都在吃肉才是啊！"

"是这样没错！"沐玲欣伸出手摸了摸自己的脖子，继续说道，"但是必须吃青菜，而且吃肉的量也有限，凝姨不让我吃太多的肉！"

说到这里，沐玲欣像一个不给吃糖的小朋友一样低垂着头。

窗外的阳光已经照射在沐玲欣的脸上，似乎给她披上一层淡淡的光芒。

肖鲭然觉得这样的沐玲欣很耀眼，耀眼得让他有点睁不开眼睛。

这个时候，沐玲欣皱着眉头转过头看向了窗户的位置，眯着眼睛说道："阳光很刺眼，我把窗帘拉上，你会介意吗？"

“你认为我会介意吗？”肖鲭然反问道。

然而，还没有等沐玲欣爬起来，肖鲭然已经走到了窗帘的位置，并且潇洒一挥手，将窗帘拉上了。

“谢谢！”

肖鲭然觉得自己和沐玲欣的关系似乎亲近了不少，低着头走到了自己的病床前，说道：“你身上的伤口还疼吗？”

“还行，不怎么疼了！”沐玲欣抬起眸子看向了肖鲭然，问道，“那你呢！”

其实，沐玲欣这是明知故问。看到肖鲭然那已经瘀青的脸，她就已经知道了。

说不疼，那完全都是骗人的。

然而，肖鲭然笑了笑，说道：“跟你一样，不怎么疼了！”

沐玲欣抿了抿嘴唇，没有说话。

空气仿佛在这一瞬间停止了流动，气氛在瞬间降到了冰点。

他们谁都没有说话，就这样躺在病床上。

沐玲欣的手指轻轻动了动，她转过了身子不去看肖鲭然。她知道，肖鲭然是骗她的。

伤得这么重，怎么可能会不疼啊！

第五十四章　倒霉的外卖员

沐玲欣虽然也要留院观察几天，但是，她觉得自己的伤并无大碍，反倒是肖鲭然身上有很多地方瘀青了。

那些歹徒明显是经过专业训练的，每一拳都往要害处打。沐玲欣看着躺在一旁的肖鲭然，很是内疚。

肖鲭然此时正在翻弄着文件，沐玲欣眨了一下眼睛，说道："这个时候，我觉得你赶紧休息才是，毕竟你受伤了。"

"我只是身体受伤，但是我的眼睛并没有受伤。"肖鲭然幽幽说道。

但是，肖鲭然抬起眸子，神情有些复杂地看向了沐玲欣，说道："你不用太担心我了。"

"我……我……"沐玲欣顿了顿，随后转过头，冷冷说道，"我才没有担心你呢！你不要太自作多情了！"

"真的没有吗？"肖鲭然一挑眉头，神情有些迥异地看向了沐玲欣。

沐玲欣的额头上流下一滴汗。

"我再给你一次机会哦！"肖鲭然轻轻笑了笑，微微眯了眯眼睛，像是恐吓一般说道，"如果你的回答还是没有的话，待会儿的外卖就没有你的份儿了！"

"没有就没有，我不稀罕。"沐玲欣很有骨气地哼了一声。

"你确定吗？"肖鲭然伸出手放在自己的下巴处，轻轻咳了咳，随后闭上一只眼睛，缓缓说道，"你知道吗？我叫的是牛排啊！而且是很有嚼劲的那种牛排，你确定你不要吗？”

牛排？

听到这里，沐玲欣就觉得嘴巴里全部都是口水，稍有不慎，这些口水就会流出来。

她转过头，目光幽幽地看向了肖鲭然，用试探性的语气问道：“真的吗？真的是那种非常有嚼劲的牛排吗？”

看到沐玲欣一脸嘴馋的模样，肖鲭然忍不住想要偷笑。他突然觉得，沐玲欣实在是太可爱了，就跟一只小猫一样可爱。

“是的，我没有必要骗你。”肖鲭然睁着的那只眼睛里有着淡淡的笑意。

沐玲欣扭捏了一下身体，小声说道：“那好吧！我承认，我的确关心你。”

“嗯？”肖鲭然睁开左眼看向了沐玲欣，伸出手放在自己的耳朵处，做听不清的状态，问道，“你刚才说什么了？我什么都没有听到，你能不能再说一遍？”

沐玲欣微微眯了眯眼睛，一脸不满地看向了肖鲭然。

肖鲭然看到沐玲欣的模样，伸出拳头放在自己的下巴处，轻轻咳了咳，清了清嗓子，说道：“非常有嚼劲的牛排，你确定不吃吗？”

这是在威胁她，这是活生生的威胁。

沐玲欣用力地吞了吞口水，随后一副豁出去的神情，说道：“我承认，我非常关心你，可以了吧，满意了吗？”

“说得好像是我在逼你一样。”肖鲭然皱着眉头看着沐玲欣。

本来就是，本来就是他在逼她这么说的，好不好！

不过，沐玲欣突然之间觉得，他们两个人的关系似乎又进了一步，这种感觉很好。

肖鲭然看着近在眼前的自己喜欢的女人，目光轻轻颤动了一下。

她就在自己的面前，可是自己却无法拥抱她，无法亲吻她！她已经成为别人的女人了！

这个时候，一个身穿制服的男人站在门口，点头哈腰地说道：“您好，您的外卖到了。”

“你的牛排到了。”肖鲭然往沐玲欣的方向使了一下眼色，说道，“还不赶紧去拿！”

“好吧！”沐玲欣撇了撇嘴巴，从自己的床上起来。

如果可以，此时此刻她并不想动，因为肌肉非常酸痛。

“小姐，您好，一共是两百二十块钱。”外卖员好声好气地说道。

“喂，肖鲭然，我没有带钱！”沐玲欣转过头，看向了身后的肖鲭然。

肖鲭然轻轻笑了笑，用戏谑的语气说道：“看我干什么？看了我之后，你就会有钱吗？”

此时，站在门口的外卖员已经流下了一滴冷汗，硬生生吞了吞口水，然后静静地站在原地。

“不好意思，外卖员，我们没有钱！”肖鲭然看着外卖员，做出了一个无奈的表情。

听到这里，外卖员火了起来，非常气愤地说道：“如果你们没有钱，那就不要叫外卖。我们外卖员很忙的！为了赚几块钱的提成，东跑西奔，你们这么玩弄我们，会遭天谴的！以后没钱就不要叫外卖了！哼！”

肖鲭然听到这里，额头上渗出了冷汗，轻轻吁了一口气。

“对不起，外卖员大哥，你那边可以赊账吗？等我们出院了，一定会将钱给补上的。”

“对不起，不赊账！”外卖员用力哼了一声，随后抱怨道，“这年头，什么人都有！上次送外卖，还有人给假钱！还有上上次，居然还少给钱。要知道，收了假钱或者少了钱都要我们自己垫上，这年头，当个外卖员容易吗？”

“确实不容易。”沐玲欣附和着说道。

“最过分的是，有一个小偷盯上了我的自行车，故意叫了外卖……”这个外卖员继续吐着苦水，“当我给他送外卖的时候，那小偷居然给我一个假地址，然后趁我爬楼梯去找他的时候，把我的自行车给偷了。”

“听起来很可怜。”沐玲欣轻轻叹了一口气。

“本来就是！林子大了，什么鸟都有！你们看起来什么都不缺，看起来是有钱人，居然也这样对我，真的是太过分了！”外卖员吸了一口气，脸上有着委屈的神情。

沐玲欣侧着头看向了肖鲭然，肖鲭然的额头上流下了一滴冷汗，拿出三百块钱，放在了床边，“我走路不方便，沐玲欣，你帮我拿给他吧！另外，不用找了，算小费了！”

这名外卖员很快就破涕为笑，看着肖鲭然，脸上露出非常灿烂的笑容，说道：“你真是我的青天大老爷啊！谢谢你啦，青天大老爷！”

“我可不敢当啊！”肖鲭然的额头上流下了一滴冷汗。

“下次你若是没有带钱，我会先给你垫上的！”外卖员眨了一下眼睛。

沐玲欣轻轻叹了一口气。

不得不说，这个世界是一个看钱的世界。

第五十五章　发现异样

肖鲭然看着沐玲欣坐在凳子上，一脸希冀地看着眼前的牛排，硬生生吞了吞口水，他伸出手轻轻抹了一下脸上的冷汗，“沐玲欣，你就打算这样开吃了吗？”

此时沐玲欣眼睛里只有食物，脑袋已经被美味的牛排占满了，根本没有听到肖鲭然的话。

肖鲭然看着沐玲欣，轻轻叹了一口气，说道：“好吧！你吃吧！”

对于沐玲欣的熟视无睹，肖鲭然的额头上已经出现了青筋。

沐玲欣也不想想，这牛排是谁买的！

“喃喃喃喃喃喃……”这个时候，沐玲欣转过头，眨了一下眼睛，嚼着牛排说道。

肖鲭然不满地白了一眼沐玲欣，不爽地说道：“我说，你能不能不要边咬着牛排边说话！你只有两个选择，第一就是将牛排吐出来再说话，第二就是将牛排吞进肚子里再说话。”

肖鲭然真是服了沐玲欣了，居然能够咬着牛排说话。

听了肖鲭然的话后，沐玲欣吧唧吧唧地嚼着牛排，随后将牛排吞进喉咙里，瞟了肖鲭然一眼，说道：“你真的不吃牛排吗？”

听到这里，肖鲭然的额头上的青筋跳了一下，不满地看向了沐玲欣，说道：“我有说我不吃牛排吗？我什么都没有说，好吧！”

说到这里，肖鲭然还轻轻咳了咳，大概他太激动了。

“看吧，遭到报应了吧！”沐玲欣冷冷地瞥了肖鲭然一眼，继续说道，“你要是能够心平气和地说话，也不至于遭到报应！”

“你说……我是因为谁才心不平气不和的？”肖鲭然皱着眉头，说道，“我是因为谁啊！”

沐玲欣轻轻吁了一口气，一副自己不知情的模样。

肖鲭然看到沐玲欣这副模样，非常努力地控制自己的情绪，希望自己能够平静下来！但是，他一看到沐玲欣又在旁边吧唧吧唧吃东西，还是忍不住冒了出来，说道：“沐玲欣，你怎么还吃啊，还不赶紧拿到我旁边来，跟我一起吃！”

“可是你旁边没有桌子啊？”沐玲欣不以为然地说道，眨了一下眼睛，说道，“我有一个癖好，那就是绝对不在床上吃东西。”

“那关我什么事？”肖鲭然问道。

“当然有事啊！”沐玲欣说道，“把牛排拿到你旁边，和你一起吃，也就意味着我要坐在你床上吃东西。但是，我有强迫症，那就是不在床上吃东西，即便是病房，即便是别人的床，也不行！”

肖鲭然的额头上流下了一滴冷汗，微微眯了眯眼睛，看向了眼前的这个女人，问道：“既然你有强迫症，那我问你，是不是别人发短信给你，你一定要回他啊？是不是有人给你发消息，你第一时间都要打开来看看啊？”

沐玲欣眨巴眨巴自己的眼睛，一脸惊讶地看向了肖鲭然，问道：“咦，你为什么这么清楚？”

肖鲭然伸出手按住了自己的额头，轻叹了一口气，缓缓说道：“都是猜的！”

“还真是厉害呢！”沐玲欣轻轻笑了笑，“这些都能够猜到。”

“赶紧拿过来，我们一起吃。”肖鲭然说道。

“还是你过来吃吧！”沐玲欣呵呵笑了笑，目光幽幽地看向了肖鲭然。

肖鲭然皱着眉头，想要动身来到沐玲欣身边，可是这一动身就牵动他全身的肌肉，由于肌肉酸痛，他忍不住哀叫了起来。

听到肖鲭然哀嚎的声音，沐玲欣有些担心地皱起了眉头。她走到了肖鲭然的面前，一脸担心地看着肖鲭然，问道：“你没事！”

“没事……”肖鲭然忍着痛说道。

“你是不是浑身肌肉都痛啊？”

肖鲭然没有回答。

“算了，我把外卖端过来，我们一起吃吧！”沐玲欣瞥了一眼放在桌子上的外卖，轻轻吁了一口气。

毕竟肖鲭然会变成这副样子，都是拜她所赐。而她之所以能够活下来，也全部都是肖鲭然的功劳。

肖鲭然看着沐玲欣，随后一挑眉头，问道：“你不是有强迫症吗？”

“是啊！”沐玲欣点了点头，说道，“不过看看你这副样子，根本下不了床，就是一瘫痪的人！”

听到这里，肖鲭然非常不爽地白了一眼沐玲欣，森冷地说道：“你刚才说什么？”

沐玲欣眨了一下自己的眼睛，随后伸出手捂住了嘴唇，随后摇了摇头。

“你说我是瘫痪的人？”肖鲭然皱着眉头问道。

沐玲欣再次摇了摇头，笑嘻嘻地说道：“你现在不能动，就跟瘫痪的人差不多，我刚才一时嘴快，说错了话，你雅芙集团的大人物就不要将我的话放在心上了，好不好？对了，你看，这里有牛排，赶紧吃吧！味道还不错呢！”

肖鲭然低下了眸子，看向了眼前的牛排，说道：“我大人有大量，就不和你斤斤计较了。”

“对，您大人有大量！”沐玲欣赶紧附和道。

吃完饭，天已经黑了。

沐玲欣看着躺在一旁的肖鲭然，轻轻吁了一口气，说道：“今天……要不是你……”

“不要说傻话了！”肖鲭然冷冷地打断了沐玲欣的话。

沐玲欣不再说话了。

空气在瞬间仿佛凝固了。

此时，谁也没有说话，都是目光幽幽地看向了天花板。

“以后要是有机会，我会好好报答你的救命之恩。”沐玲欣幽幽地说道，她的声音很轻柔，轻柔得仿佛是轻飘飘的羽毛一样。

肖鲭然没有回应沐玲欣的话。

就在这个时候，肖鲭然伸出手按住了自己的左眼睛，却发现自己眼前的视线有些模糊不清。

这是怎么一回事?

肖鲭然的心里猛地起了一个疙瘩，浑身不由得哆嗦了一下。

眼前的视线不仅仅模糊，而且很扭曲，仿佛是看扭曲的东西一样。

他抬起另外一只手，却发现自己的手也扭曲了，仿佛是在看哈哈镜里的自己的手一样。

肖鲭然硬生生吞了吞口水，赶紧伸出手按住了自己的右眼睛，却发现眼前的景色跟平常一样。

看到这里，肖鲭然的手指不由得抖了一下。

也就是说，他的右眼出现了问题。

肖鲭然咬住了下嘴唇，目光中一片黯淡，赶紧抬起手按了病房里的铃声。

听到病人按铃，护士急忙往肖鲭然的病房里赶去。

第五十六章　视网膜脱离

当被医生诊断为视网膜脱离的时候，肖鲭然怎么都不敢相信，自己居然会被歹徒打到视网膜脱离。

而沐玲欣知道这件事情之后，心里特别内疚，特别惭愧。

沐玲欣走到肖鲭然面前，眼泪毫无征兆地流出来，吸了吸鼻子，说道："对不起，都是我的错，都是我的错！要不是我，你也不会变成这副模样！"

看到沐玲欣哭得梨花带雨的模样，肖鲭然伸出手轻轻拍了拍沐玲欣的后背，轻声说道："你哭什么啊？我都没有哭呢，你怎么哭了呢？"

沐玲欣将头埋在肖鲭然的胸口，轻轻抽动鼻子，继续说道："肖鲭然，对不起！对不起！"

"不用跟我说对不起……"此时，肖鲭然的目光中有着淡淡柔和的光芒，继续说道，"救你，是我心甘情愿的事情，如果你真的出了什么事情，我恐怕要比死了还难受。"

沐玲欣埋在肖鲭然的胸口处大哭着，摇了摇头，说道："可是……可是……你的视网膜脱离了，要是你的右眼再也看不到东西了，你该怎么办？"

"我不是还有一只左眼吗？"肖鲭然淡然地笑了笑，一副不在意的模样，说道，"所以，你就不要想太多了，好吗？不要哭了，好吗？"

"不好！不好！"沐玲欣吸了吸鼻子，眼中泪光闪闪，说道，"我就要哭，因为我难过！我难过了，就要哭出来！”

“我的视网膜脱离才一会儿，医生应该会有办法治疗我的眼睛的。”此时，肖鲭然的语气非常柔和，仿佛在说一件与自己无关的事情。

沐玲欣伸出手轻轻抹了一下眼角的泪水，此时，她心里很压抑，同时也很愧疚。

“沐玲欣，我能够问你一件事吗？”肖鲭然幽幽说道。

“嗯？”沐玲欣抬起了眸子，有些诧异地看向了肖鲭然，硬生生吞了吞口水，问道，“你想问我什么事？”

“如果我的眼睛真的看不到了，如果我的世界真的一片黑暗，那你……愿意照顾我吗？”说到这里，肖鲭然低下了眸子，眸子里有着淡淡的光芒。

沐玲欣抿了一下嘴唇，点了点头，说道：“当然，我当然愿意。”

肖鲭然原本还想问些什么，但是，最终他还是选择不说话。他知道，沐玲欣之所以这么回答，是因为她心里很愧疚，觉得她对不起自己。

“放心啦，一切都会好起来的。”肖鲭然淡淡笑了笑。

“你为什么现在还能够笑得出来？”沐玲欣低下了眼帘，目光中黯然失神。

他都已经变成这个样子了，怎么还能够笑得出来啊？

肖鲭然轻轻吁了一口气，说道“难道我现在应该哭吗？”

沐玲欣只是抿了一下嘴唇，并没有说话。

这个时候，医生走了进来，他看向了肖鲭然，说道：“肖先生，你好，虽然你身上还有外伤，但是我们不能等你伤势好了再做手术。要知道，你的视网膜刚刚脱离，视网膜还是很新鲜，所以必须马上将视网膜贴好才行！否则，拖得越久，你眼睛的恢复能力就越差！”

肖鲭然轻轻吁了一口气，轻声说道：“我知道了。”

“明天早上空腹进行各项体检，如果体检都过关的话，我们会马上安排国内最知名的眼科教授为你手术。”医生说道。

肖鲭然点了点头，缓缓说道：“嗯，我知道了。”

“医生，是不是动了手术，他的眼睛就能够完全恢复啊？”沐玲欣的手指轻轻动了一下，抬起头，目光幽幽地看向了医生。

医生轻轻叹了一口气，说道：“这个问题，我无法回答。我所能够回答的是，这手术的成功率很高，但是复发率也不低！”

什么意思？

听到这里，沐玲欣的手指不由得一阵轻颤。

她觉得此时脑中一片空白，只知道是自己害了肖鲭然。

沐玲欣低下了眸子，目光中一片黯淡，想要哭，可是此时此刻，却怎么都哭不出来。

医生看向沐玲欣，随后又看向肖鲭然，说道：“待会儿会有人带你去检查眼睛的状况，请肖先生配合。”

“我知道了。”肖鲭然点了点头。

沐玲欣吸了吸鼻子，一副垂头丧气的模样。

肖鲭然有些心疼地看向了沐玲欣，轻声说道：“能不能到我的身边来？”

沐玲欣点了点头，随后走到了肖鲭然的面前。她吸了吸鼻子，承诺道：“如果有一天，你真的什么都看不到了，我会做你的眼睛。”

听到这里，肖鲭然心里暖暖的，仿佛被注入了温泉一样，而且这股温泉流过了他的四肢百骸，让他觉得浑身舒畅。

“傻瓜……”肖鲭然轻轻说道。

“你放心，做手术的时候，我会陪在你的身边。”沐玲欣说道。

肖鲭然知道，此时的沐玲欣心里非常难受。因为她认为，这一切都是她造成的，所以难免会将所有的过错往自己的身上揽。

所以，他才觉得心疼！可是，他却不知道应该怎么办。

似乎他越是安慰她，她就越是难过。

这个时候，沐玲欣坐在他的床上，伸出自己的手，问道：“你知道这是几吗？”

“这是五，五根手指。”肖鲭然回答道。

沐玲欣眨了一下眼睛，嘴角处有一抹得意的笑容，说道：“你能够看到了啊？”

是不是他的眼睛突然好了啊！

肖鲭然听了沐玲欣的话，额头上流下一滴汗，说道：“我又不是瞎子，我还有一只眼睛是正常的。”

这个时候，沐玲欣伸出手捂住了肖鲭然的左眼，然后再一次认真地看向了肖鲭然，摆出了三根手指，“这是几？”

“三……”肖鲭然眯了眯眼睛，缓缓回答道。

对于肖鲭然的回答，沐玲欣非常震惊，因为肖鲭然再一次答对了。她硬生生吞了吞口水，问道：“你看得到？”

“废话！”肖鲭然冷笑了一声，“我的视网膜没有完全脱落，我还是能够模糊看到一点点的。”

沐玲欣抿了一下嘴唇，沉默了一会儿之后，问道：“那你能够看清楚我吗？”

第五十七章　引咎自责

虽然肖鲭然很想点头，但是，最终他还是选择了实话实说，说道：“不能够！我看不清楚你，眼前的你就是一个扭曲的怪物！”

扭曲的怪物？

沐玲欣皱起了眉头，非常不爽地看向了肖鲭然，说道：“谁是怪物啊？你说谁是扭曲的怪物啊？”

“你！”肖鲭然轻轻笑了笑。

听到这里，沐玲欣已经快要抓狂了。

肖鲭然看着沐玲欣快要抓狂的模样，嘴角处有着淡淡的笑意。他伸出手轻轻地摸了摸沐玲欣的头，轻声说道：“你生气的时候还是挺可爱的嘛！”

但是，沐玲欣长长叹了一口气，目光幽幽地颤动着，吸了吸鼻子，缓缓说道：“对不起，肖鲭然，一切都是我的错，要不是我……”

肖鲭然伸出手按住了沐玲欣的头，说道：“突然间觉得你变得非常啰嗦，就如同更年期的女人一样。”

谁是更年期的女人？

沐玲欣的眉头动了动。

“如果你真的觉得很过意不去的话，那在我做手术的这段时间，你好好照顾我，可以吗？”这个时候，肖鲭然敛下了眉目，目光轻轻地颤动着。

不知道为什么，当沐玲欣待在他身边的时候，他会觉得非常心安，心里很满足。

“我知道了。”沐玲欣点了点头，说道，“我会好好照顾你的。”

肖鲭然轻轻吁了一口气，目光淡淡地颤动着。

“肖鲭然先生……”就在这个时候，护士走了进来，她看了看肖鲭然的档案，说道，“明天早上注意不能吃东西，另外，好好地待在病房里，我们会有专门的人带你去检查。”

“我知道了。”肖鲭然回答道。

护士没有再说什么，将包好的药片放在肖鲭然的身边，吩咐道：“睡前吃一包。”

肖鲭然看了看那一大包药片，额头上流下了冷汗。

从小到大，他就病过那么一两回，然而，即便是病了，他也不常吃药，主要是那药实在是太苦了。

一想到这里，肖鲭然浑身轻轻颤动了一下。

如果可以，他真的不想吃药。

沐玲欣看着肖鲭然一脸难看的神情，用试探性的语气问道：“你……害怕吃药吗？”

肖鲭然的手指不由得一阵轻颤，有些心虚地看了 眼沐玲欣。

沐玲欣看到肖鲭然的模样说道：“原来你真的害怕吃药啊？”

“谁……谁说的……”肖鲭然的头上已经冒出了冷汗，“我才不害怕吃药呢！”

“我先帮你倒杯水，你还是乖乖把药吃了吧！”沐玲欣站了起来，走到了饮水机旁，拿出一次性杯子，帮肖鲭然接了一杯水。

肖鲭然看着沐玲欣，随后低下了眼帘，说道：“我不需要你的帮忙！”

“我这是在帮自己的忙。”沐玲欣端着水来到了肖鲭然的身边，并且打开了药片的包装纸，看着药片，说道：“这些药片吃了有什么用啊？”

“我想……”肖鲭然看着那些药片，硬生生吞了吞口水，说道，“要是我没有猜错的话，这些药片应该是消炎止疼。”

“你还真清楚啊！”沐玲欣望着肖鲭然，吞了吞口水，继续说道，“我还真不知道这些药片是消炎止痛用的。”

肖鲭然不知道自己应该说些什么，只好保持沉默。

沐玲欣望着肖鲭然，说道：“不要光是看，赶紧把药吃了。”

嗯?

肖鲭然看着眼前的药片，如同看到了两米长的大蟒蛇一样，充满了恐惧感。

看到肖鲭然的眉头皱了又皱，沐玲欣轻轻地吁了一口气，看着肖鲭然，说道：“赶紧闭上你的眼睛。”

嗯?

肖鲭然有些困惑地看向了沐玲欣，随后，他有些期待地闭上了眼睛。沐玲欣的嘴角露出一抹得意的笑容，拿起了放在一旁的药片，猛地塞进了肖鲭然的嘴巴。

肖鲭然的脸瞬间绿了。

沐玲欣说道：“只要忍一忍就过去了，你将所有的药片吞进去就没事了。”

肖鲭然的额头紧绷，很显然，他生气了。

然而，他昂起下巴，喉结上下滚动了一下，将药丸全部吞了下去。

这个时候，肖鲭然不满地看向了沐玲欣，皱着眉头说道：“你知道你这样做完全可以害死我吗？”

沐玲欣摇了摇头，说道：“我这是在帮你！要不是我，你能够吃下这药吗？”

听了沐玲欣的话，肖鲭然的额头上出现一排黑线，拿起沐玲欣手里的水杯，咕噜噜往自己的嘴巴里倒。

感觉好多了，但是喉咙里还是有一股药味。

那股味道让肖鲭然觉得很不舒服。

沐玲欣看着肖鲭然，说道：“你放心吧！我会陪在你的身边的。”

听到这句话，肖鲭然的目光轻轻颤动了一下，吞了吞口水，说道："谢谢……"

如果可以的话，沐玲欣希望自己能够永远陪着肖鲭然，因为她爱着他！但是，现实总是那么残酷。

肖鲭然已经有了女朋友，而她现在也已经是柳卓航的未婚妻。

他们注定是不能够在一起的！

命里有时终须有，命里无时莫强求。

沐玲欣的眼眸中有着淡淡的哀愁。

肖鲭然看到沐玲欣有些低落的模样，以为沐玲欣还在为自己受伤的事情愧疚，于是，伸出手轻轻地握住了沐玲欣的手。

沐玲欣浑身轻轻哆嗦了一下，有些诧异地抬起了眸子，目光幽幽地看向了肖鲭然。

肖鲭然轻声说道："救你，我心甘情愿。如果不救你，我将后悔一辈子。所以，你不必耿耿于怀，更加不要愧疚。"

沐玲欣的心跳瞬间加快了很多，不过，她很快转过头，回到了自己的床位上。

她害怕，害怕被肖鲭然看到自己红扑扑的小脸。

病房里的气氛在瞬间显得非常尴尬。

肖鲭然张了张嘴，似乎想要说些什么，但是最终什么话都没有说，只是低下了眸子。

沐玲欣伸出手按住了胸口，此时，她心中的小鹿跳得非常快。她敛了敛眉眼，在心中祈祷着。

愿肖鲭然能够手术成功，能够永远健康！

第五十八章　无助的小孩

肖鲭然体检的时候，沐玲欣也在场。

沐玲欣看到了一个小孩。那个小孩看起来只有七八岁，他的目光有些黯淡。

这个时候，小孩的家长来到了医生的面前，询问道："现在有没有空病床啊？你们上个星期就让我们等，可是到现在还没有通知我。孩子的眼睛已经不能够再等了。"

听到这里，沐玲欣走上前去，有些困惑地看向了这个家长。

这个家长的脸上有着忧伤的表情，耷着头伸出手轻轻摸了摸小孩的头，继续说道："孩子是在玩闹的时候不小心伤到眼睛的，现在他的眼睛已经看不到了，所以，请你们尽快为孩子动手术吧！"

"这个……"这名医生看起来有些苦恼。

沐玲欣走上前去，说道："孩子是祖国的未来，拯救病人是你们的职责。如果孩子将来真的看不到了，你们作为医生不会觉得很惭愧吗？"

医生看向了沐玲欣，说道："我只是普通医生，如果可以的话，我当然希望能够救每一位病人！但是，我虽然能够看病，虽然能够开药，但是我无法做这个手术。一般而言，做这个手术的人都是专家！"

沐玲欣皱了皱眉头，"那就让那些专家为小孩做手术啊！"

"每天的病人有千千万万，专家们每天从早到晚都在忙于手术，所以，我们这里是要预约的。"

“可是，我们已经等不了了啊！”这位家长皱着眉头说道，“我每天只要一想到我的孩子有可能失明，有可能再也看不到东西，我就觉得非常揪心，非常痛苦。求求你们，尽快帮孩子做手术吧！”

“目前普通病房是没有了。”这位医生顿了顿，继续说道，“不过，你们可以去 VIP 病房，只不过，那是世界顶级专家做手术，所以无论是病房的费用还是手术的费用，都要高于普通手术的费用。”

“大姐，孩子的眼睛要紧，赶紧带孩子去预约 VIP 病房。”沐玲欣目光幽幽地看向了这位家长。

但是，很快，家长就低下了头。

她幽幽说道：“可是，我一下子……凑不到这么多钱！”

“这有什么，大姐，孩子的眼睛要紧，要是钱不够，我可以借你。”沐玲欣轻轻笑了笑。

听到这里，孩子的目光瞬间亮了起来，他抬起了眸子，看向了沐玲欣，有些诧异地说道：“真的吗？姐姐，你真的愿意帮我吗？”

“对啊！”沐玲欣点了点头。

眼前的小孩长得非常可爱，若是真的看不见了，那得是一个很大的遗憾。

这时，肖鲭然从检查室走了出来，他看着沐玲欣，又看着眼前的这个小孩，说道：“沐玲欣，你和他们认识吗？”

沐玲欣回过头来，看到肖鲭然，问道：“结果如何？”

“你为什么不问过程？”

沐玲欣的脸上滴下了冷汗，她说道：“过程非常痛苦，我只需要结果。”

“自己看吧！”肖鲭然将一堆资料放到了沐玲欣的手上。

沐玲欣拿过资料认真地翻阅着。她看不懂这些英文代表什么，但是，她看得明白医生的字。

肖鲭然的各项指标都已经达标，可以做手术。

肖鲭然看着前方的母子，随后转过头看向了沐玲欣，说道：“你刚刚还没有回答我，你和他们是不是熟人？”

嗯？

沐玲欣回过头来，看向了肖鲭然，随后摇了摇头，说道：“这小孩的眼睛有问题，但是普通病房已经人满了，所以我想帮他，让他住VIP病房。”

“这样啊……”肖鲭然侧着头看了一眼沐玲欣，淡淡说道，“你真是一个热心的好姑娘。”

“谢谢夸奖。”沐玲欣咧开嘴巴笑了笑。

这个时候，肖鲭然想起了一句话：给你一点阳光就灿烂！

眼前的沐玲欣完完全全符合这一句话。

“哦，你身上不是没有钱吗？”肖鲭然微微眯了眯眼睛，目光幽幽地看向了沐玲欣。

沐玲欣恍然大悟，睁大眼睛看向了肖鲭然，吞了吞口水，缓缓说道：“好像……是这样的。”

肖鲭然轻轻叹了一口气，拿出了自己的卡，让沐玲欣拿着，“刷我的卡吧。”

“那就当作我欠你的。”沐玲欣笑了笑，说道，“欠你的，总会还给你。”

“还不还无所谓了。”只要是给沐玲欣的，他就没有收回来的意思。

沐玲欣看着那对母子，随后又侧着头看向了肖鲭然，吩咐道：“你老老实实在这里等我，我很快就回来了。”

肖鲭然的额头上流下了一滴冷汗。

此时，他每走一步都要耗费很大的力气，她居然让他在这里等？

算了……

肖鲭然轻轻地吁了一口气，随后咬住下嘴唇，一步一步地往前走。

此时，他浑身的肌肉还是非常酸痛。

沐玲欣似乎意识到什么一样，赶紧走回肖鲭然的身边，伸出手扶住了肖鲭然，扶着他坐在不远处的座椅上。

“你就在这里等我吧，我去去就来。”

肖鲭然轻轻地嗯了一声。

沐玲欣笑了笑就走开了。

肖鲭然抬起眸子，深情地看着沐玲欣远去。

说起来还真是讽刺啊！虽然他现在伤得很严重，但是他觉得非常快乐。

是因为有沐玲欣陪在他的身边，所以他才觉得快乐吗？

答案不言而喻。

轻轻地吁了一口气，肖鲭然低下了眸子，看向了自己的手指。

如果沐玲欣能够像现在一样陪在他的身边，那么，他宁愿一辈子都受伤，一辈子都住在医院里。

他这是怎么了，怎么会这么消极？

肖鲭然摇了摇头。

就在这个时候，沐玲欣的脚进入了他的眼帘，他抬起头看到了站在一旁的沐玲欣。

此时的沐玲欣脸上贴着绷带，她眯了眯眼睛，看向了肖鲭然，“你是不是站不起来？”

肖鲭然冷笑了一声，摇了摇头，说道：“不是。”

“我背你回去，需要吗？”

肖鲭然不以为然地说道：“你背得动我？”

“那是当然的。”沐玲欣点了点头，说道，“我的伤势跟你的伤势比起来，显然要轻得多，所以，背你是绝对没有问题的。”

第五十九章　手术成功率

肖鲭然望着沐玲欣，随后扣起了中指和食指，轻轻地弹向了沐玲欣光洁的额头，说道："傻瓜，我是男人，你是女人，这不一样的。"

沐玲欣当然知道不一样，但是，此时此刻，她宁可当一个笨蛋，当一个无知的笨蛋，问道："有什么不一样啊？还不都是人吗？"

肖鲭然的额头上流下了一滴冷汗。

这时，沐玲欣低下了眸子，幽幽说道："明天就要手术了，你怕不怕啊？"

"有什么好害怕的啊？"肖鲭然一挑眉头，说道，"我是男人，不像你们女孩子。"

"你似乎看不起女孩子。"沐玲欣有些不爽地眯了眯眼睛，看向了肖鲭然。

肖鲭然有些无辜地看向了沐玲欣，他不知道为什么沐玲欣会这么说。他困惑地皱起了眉头，问道："你为什么要这样污蔑我？我怎么可能会看不起女孩子啊？"

沐玲欣轻轻地吁了一口气，缓缓说道："你的意思是，女孩子做手术就会害怕，不是吗？"

"大部分是吧！当然也有小部分不是，比如像你一样的女汉子。"

这时，肖鲭然停住了脚步，因为，他看到一个女病人在家人的扶持下缓缓进入了观察室。

那个女病人，左眼睛已经肿成了馒头，而且是青紫色。

“做完手术之后，你也会变成那个样子吗？”沐玲欣看到那个女病人，也非常吃惊。

肖鲭然吞了吞口水，说道：“我觉得不会吧！”

“不一定吧！”沐玲欣侧着头看向了肖鲭然，说道，“要在你的眼睛里面动刀子，当然会肿痛啊！而且，我觉得你做完手术出来之后，眼睛里应该都是红血丝。”

肖鲭然的手指轻轻动了动。

不得不说，肖鲭然有些害怕，他感觉到了恐惧。

这个时候，沐玲欣想要和肖鲭然开玩笑，于是双手负于背后，挺起胸膛，说道：“你有没有想过，万一手术失败了会怎么样？”

这一点他当然有想过。万一手术失败，那他的眼睛就废了。从此，他就像加勒比海盗一样戴着眼罩。

“我当然想过……”肖鲭然的目光轻轻颤动着，说道，“我会变成独眼龙。”

看到肖鲭然有些落寞的模样，沐玲欣轻轻吁了一口气，低下了眸子，幽幽说道：“对不起，我不应该说这些的。”

“不用说对不起。”肖鲭然落寞地叹了一口气，随后用力地咬住下嘴唇，有些费力地回到了病房。

沐玲欣看着肖鲭然落寞的背影，心里很不是滋味。

她刚才不是有意要这么说的，她本来只是想跟肖鲭然开个玩笑，不过不得不承认，这个玩笑有点过分。

沐玲欣苦笑了一声。

随后，她低着头回到了肖鲭然的病房，此时，肖鲭然目光无神地看向了天花板，似乎在想些什么。

“你的手术绝对会成功的。”沐玲欣像一个做错事的小孩来到了肖鲭然的面前，伸出手轻轻摸了摸自己的后脑勺，说道，“医生跟我说，视网膜脱离手术是一个小手术，成功率很高的。”

“我知道！”

手术成功率很高，但不代表百分之百会成功。

“你放心啦，手术失败就跟买彩票中大奖一样，概率非常非常低。”沐玲欣笑着安慰道。

肖鲭然没有回答，目光依旧幽幽地看着前面。

“我会在门口一直默默为你祈祷。”沐玲欣敛了敛眉目，幽幽说道，“所以，你不用担心，好吗？一切有我在呢！”

肖鲭然动了动嘴唇，说道：“你会一直陪着我，对不对？”

“是的，是的。”沐玲欣想都没有想，赶紧点了点头。

“既然这样，我就放心了。”肖鲭然轻轻吁了一口气，随后转过头看向了沐玲欣。

“对了，你明天就要动手术了，今天还是赶紧休息一下吧！”沐玲欣撇了一下嘴巴，说道，“而且你的眼睛也不好。”

“你唱首歌给我听，如何？”

哈？

“我听歌容易睡觉。”肖鲭然的嘴角处有一抹浅浅的笑容，说道，“所以，你唱首歌给我听吧！”

“我……”沐玲欣吞了吞口水，说道，“我天生就五音不全，你听我唱歌还不如听牛叫。”

肖鲭然脸上的笑容一点一点地凝结成冰，说道：“算了，如果你不想唱，我也不逼迫你了。”

“不逼迫，不逼迫。”沐玲欣赶紧伸出手摇了摇，抿了抿嘴唇，说道，“只是我唱歌很难听，我不知道你会不会介意。”

“只要是你唱的，我相信都会很好听。”肖鲭然的脸上又开始弥漫着幸福的笑意。

沐玲欣望着肖鲭然，嘴角处也有浅浅的笑容，点了点头，说道：“那好吧！”

“每一夜梦里见到你，感觉你，我知道你没有远离，穿越千里万里来到我的身边，告诉我你没有远去……”

这个时候，肖鲭然皱起了眉头。

看到肖鲭然皱起了眉头，沐玲欣抿了抿嘴唇，停了下来。

“我发现你说得很对，是我错了。”

沐玲欣一挑眉头，问道：“你这话是什么意思？”

“你果然五音不全。”肖鲭然继续说道，“唱歌跟小学生背课文一样，再说，你唱的这首歌我也没有听过。”

“我编的歌。”沐玲欣抿了抿嘴唇回答道。

自己编的歌？

“看来你很适合去当作曲家哦！”肖鲭然打趣道。

“你就别闹了，要是我真的去当作曲家，那全世界就少了一个非常优秀的香水师，而多了一个二流的作曲家。”

“你说得对。”肖鲭然朝沐玲欣竖起了大拇指。

沐玲欣只是淡淡笑了笑，但是，笑容很快就消失了，说道：“你要是真想听歌，我打开电脑播放几首歌给你听，你觉得如何？”

“不好！”肖鲭然摇了摇头，说道，“我已经改变主意了，我打算和你聊天。”

“但是你得休息啊！”

“我闭着眼睛和你聊就可以了。”肖鲭然淡淡笑了笑，继续说道，“和你聊天，我感觉整个人很放松。你要知道，手术前放轻松的话，会增加手术的成功率。如果你不想和我聊天，那就证明你不想让我手术成功。”

沐玲欣轻轻吁了一口气，幽幽说道：“我知道了，我陪你聊天就是了。”

第六十章 进行手术

第二天一大早，医生就进来了。他们让沐玲欣扶着肖鲭然去诊疗室，先对眼睛进行清洗和手术前治疗。

沐玲欣伸出手想要扶起肖鲭然，却发现肖鲭然重得要死，而且不肯抬起头。

“你赶紧起来啊！我们得走了！”沐玲欣咬住了下嘴唇，皱着眉头用力地想要抬起肖鲭然。

然而，肖鲭然吞了吞口水，转过头看向了沐玲欣，说道：“我……不想去！”

“都到这个时候了，你还说什么蠢话啊！”沐玲欣不爽地说道。

肖鲭然低下了头，说道：“昨天晚上我想了想，做手术还真是挺恐怖的。”

“你要是不做手术的话，那会更加恐怖。”沐玲欣说道，“你知道不做手术的后果是什么吗？那就是眼睛会看不到，而且眼球会缩小，到时候会非常难看的。”

肖鲭然轻轻吁了一口气，说道：“这些事情我也知道啊！”

“知道了还不赶紧起来，得去做手术了！”沐玲欣气呼呼地说道。

看到沐玲欣气呼呼的模样，肖鲭然的嘴角处有一抹淡淡的笑意，说道：“你还真是挺关心我的。”

“那是当然的。”沐玲欣点了点头。

不管怎么说，他的眼睛是因为救自己才会变成这个样子，她不关心他还关心谁啊！

“我知道了。”肖鲭然轻轻吁了一口气，从病床上走了下来，看着沐玲欣，说道，“手术过后，你要照顾我，知道吗？”

沐玲欣点了点头。

虽然两个人都受了伤，但是肖鲭然受的伤要比她严重很多。

“小姐，你身上还有伤，你先回去躺着吧！”这个时候，护士看向了沐玲欣，建议道，“再说，今天你也得做全身检查。”

“不用了。”沐玲欣摇了摇头，说道，“我觉得挺好的，你就不用太担心了。”

除了浑身还有些酸痛之外，倒也没什么了。

不过，一想到那歹徒的面容，沐玲欣还是觉得心有余悸。

这些人到底会是谁派来的呢？

虽然她偶尔有些毒舌，但是，她想不起来自己跟谁有如此深仇大恨，搞得人家还想杀她灭口。

想到这里，沐玲欣轻轻叹了一口气。

肖鲭然进手术室后，额头上就已经渗出了冷汗。

医生已经用盐水一遍又一遍地清理他的眼睛，他觉得眼睛难受死了。

被推进手术室之后，医生将他的手脚绑好，开始准备手术器具。

“你看到了吗？这个病人长得真好看。”一个手术护理看着肖鲭然，发出了赞叹的声音。

“对啊，对啊！”另外一个女护理赶紧说道，“特别帅气，鼻子非常挺，而且眼睛也很好看。”

肖鲭然有些无奈地叹了一口气。此时，他的左眼已经被医生用专用的医疗器具盖住了，只露出需要做手术的那只眼睛。

但是，由于这只眼睛视网膜脱离，再加上被医生打了麻醉剂，所以已经无法看清楚任何东西，只是隐隐约约觉得似乎有什么东西在他的眼前晃动。

手术的过程非常漫长，而且肖鲭然不知道医生是如何对他实施手术的。

时间一点一滴地过去了。

他时不时感觉到眼睛一阵刺痛。

不知道过了多久，手术灯暗了下去，他在护士的搀扶下走下了手术台，坐上了手术推车。

沐玲欣看到肖鲭然那只贴着胶布的右眼，心里很不是滋味。

“医生，手术结果如何？”沐玲欣握紧了拳头，有些紧张地看向医生。

医生看了沐玲欣一眼，随后摘下了口罩，缓缓说道：“你放心，手术非常成功，只需要在病房里休养几天就可以出院了。”

听到这里，沐玲欣的开心之情无法言表。

她继续问道：“医生，那我想问问，他的视力是不是能够恢复正常啊？”

医生轻轻吁了一口气，说道：“虽说不可能恢复到以前的视力，但是还是能够看清楚东西的。”

沐玲欣有些困惑地问道：“这是什么意思？什么叫不可能恢复到以前的视力？”

“虽然他的视网膜已经贴回去了，但是，或多或少会对视力有一点影响，”医生继续说道，“但是不妨碍他看清楚东西。”

肖鲭然此时不敢睁开眼睛，两只眼睛一直闭着。因为只要睁开一只眼睛，另外一只眼睛就会忍不住想要睁开。

只要稍微动一下那只已经动了手术的眼睛，一股钻心的疼痛就会袭来。

沐玲欣微微蹙起了眉头，心痛地看着肖鲭然。此时，肖鲭然那贴着的纱布已经被鲜血染红了。

轻轻吁了一口气，沐玲欣说道：“你有什么要吃的东西吗？我可以帮你买。”

“我累了。”肖鲭然轻声说道。

望着肖鲭然的模样，沐玲欣又忍不住愧疚。要不是因为她，肖鲭然也不会变成这个样子。

想到这里，沐玲欣又低下了眸子。

肖鲭然被推到病房之后，很快就躺在病床上睡着了。

沐玲欣想，肖鲭然肯定是因为被打了麻醉剂，所以才会变得如此嗜睡吧！

沐玲欣又低下头，看着自己瘀青的手肘，目光幽幽地颤动着。

就在这个时候，柳卓航走了进来。

沐玲欣看到柳卓航之后，手指不由得一阵颤动，抿了一下嘴唇，有些惊讶地说道："柳……卓航，你……你怎么在这里啊？"

与柳卓航一同进来的还有一个女人，那个女人便是叶芳芳。

看到叶芳芳的那一刻，沐玲欣的眼里有着复杂的神情。

"我去你家找你，听你爸爸说你不在家里，我就到处找你，后来才知道你进了医院。"柳卓航的语气中有着淡淡的担忧，问道，"你没事吧？"

沐玲欣敛了敛眉目，说道："没事，你不用太担心了。"

这个时候，叶芳芳走到了肖鲭然的面前，哭丧着脸看着肖鲭然，说道："你这个笨蛋，你怎么变成这个样子？"

沐玲欣撇了撇嘴巴，随后轻叹了一声，说道："他是因为救我……所以才变成这个样子的。"

沐玲欣觉得非常奇怪，为什么柳卓航会和叶芳芳一起进来？难道说，他们之前有什么关系吗？

或许是她想多了吧！他们俩可能只是在病房门口巧遇了。

"你受伤了。"柳卓航看着沐玲欣脸上的瘀伤，皱起了眉头。

第六十一章　怀疑

沐玲欣摇了摇头，说道："这只是皮肉伤，不碍事的。倒是肖鲭然为了救我，视网膜被歹徒打脱离了。"

沐玲欣的语气中有着淡淡的忧伤，同时又有着愧疚。

柳卓航看着沐玲欣，轻声说道："你好好休息吧！等你休息好了，我们再去民政局领证。"

什么？领证？

听到这里，沐玲欣的手指不由一阵轻轻晃动。她有些僵硬地抬起了头，看向了站在自己面前的男人，说道："我觉得不用这么着急领证吧！"

再说了，她也没有做好准备。

此时，躺在病床上的肖鲭然一听到沐玲欣要领证的消息，脸色瞬间阴了下来。

他们俩要领证了吗？

为什么听到这个消息，他的心里会如此难受，比做手术要他命还难受。

"沐玲欣，我等不及了。"柳卓航轻轻地吁了一口气，声音中带着沧桑的味道，"我必须马上领证。"

这个时候，沐玲欣的额头上已经流下了虚汗。

她深情地看向了躺在另外一张病床上的肖鲭然，随后轻声叹了一口气，有些无奈地说道："我知道了。"

如果可以的话，她不想和柳卓航结婚。

所以，她得想办法不和他结婚！

“肖鲭然，你怎么会把自己变成这个样子啊！”这个时候，叶芳芳那尖锐的声音传进了沐玲欣的耳朵，她继续说道，“你知道吗，看到你这个样子，我非常心痛！”

不想听！不想听到叶芳芳说话！

此时，沐玲欣觉得叶芳芳的话就是一种噪音，让她非常受不了的噪音。

“你一定要好起来。等你好起来，我一定会带你多看看绿色的田野，带你到处走走。”叶芳芳伸出手握住了肖鲭然的手，深情款款地说道。

“你至于吗？”沐玲欣觉得自己再也听不下去了，于是皱着眉头说道，“他只不过是视网膜脱离，做了一个小小的手术。你不要搞得他好像失明了一样。”

“你这个女人，现在还敢说大话！”叶芳芳有些不爽地转过头看向了沐玲欣。

沐玲欣微微眯了眯眼睛，但是没有说话。

“要不是你，肖鲭然会变成这个样子吗？”叶芳芳双手叉在腰上，非常彪悍地说道，“都是因为你，你这个罪魁祸首！要不是你，肖鲭然根本不会变成这个样子！”

说到这里，叶芳芳吸了吸鼻子，她的脸上有着淡淡的忧伤的表情，继续说道：“我多么希望受伤的人是我，而不是肖鲭然。”

沐玲欣轻轻地吁了一口气，说道：“对不起，都是我的错。”

“叶芳芳，你就不要责怪沐玲欣了。”柳卓航侧头看着叶芳芳，说道，“出现这种事情，谁也不想，你说对吧！”

叶芳芳看着柳卓航的脸，一时间竟然忘记了说话。

沐玲欣的脸上有着难受的表情，她觉得心里憋得慌。她转过头看向了躺在病床上的肖鲭然，心里更加难受了。

叶芳芳此时就贴在肖鲭然的胸膛上，然后时不时蹭着，说道：“你一定要快点好起来，知道吗？”

后来沐玲欣想了想，自己之所以这么难受，是因为她看到了自己喜欢的男人跟其他女人如此亲密。

对，她已经爱上了肖鲭然，而且非常爱他！

这几次相处之后，她才发现，跟肖鲭然在一起的时光是那样快乐，让她觉得心里被快乐填满了。

“欣儿，我先出去了。”柳卓航看了一眼沐玲欣，说道，“有什么事情，记得给我打电话。”

沐玲欣抬起眸子看向了柳卓航，轻声说道：“我的手机已经被摔坏了。”

“那你先用我的吧！”柳卓航从口袋里拿出一部手机，递给了沐玲欣。

沐玲欣眨了一下眼睛，说道：“你把你的手机给我了，那你自己怎么办？”

“放心吧！”柳卓航温和地笑了笑，伸出手轻轻揉了揉沐玲欣的头，说道，“我有两部手机，你完全不用担心我。”

叶芳芳看柳卓航如此宠溺地看着沐玲欣，手指不由得一阵轻颤，目光在瞬间黯淡了很多。

柳卓航走后，叶芳芳也跟着走了。

病房里瞬间安静了很多。

沐玲欣轻轻吁了一口气，随后有些无聊地拿出了手机，左右翻了翻。

突然，她的眼睛呆滞了。

因为她在手机通讯录里看到了叶芳芳的名字。

随后她开始在信息箱里查找柳桌航和叶芳芳的通讯内容，无奈一无所获。接着，她又在通话栏里查找他与叶芳芳的通话记录，无奈也没有找到什么蛛丝马迹。

轻轻地吁了一口气，沐玲欣的眸子黯淡。

沐玲欣觉得，柳卓航和叶芳芳之间有着非同一般的关系。或许，是她想多了！

这个时候，沐玲欣转过头看向了肖鲭然，轻声问道："你的眼睛还疼吗？"

"你觉得呢？"肖鲭然轻轻地吁了一口气，缓缓说道。

"应该很痛吧！"沐玲欣目光幽幽地看向了天花板，继续说道，"不过，现在你应该开心了吧！你的女人……"

说到这里，沐玲欣好像想起了什么一样。

叶芳芳为什么知道肖鲭然住在医院里？为什么知道肖鲭然住在这个医院？

难道说，肖鲭然通知了叶芳芳，还是说柳卓航通知了叶芳芳？

"是你让叶芳芳过来的吗？"沐玲欣侧着头看向了肖鲭然。

肖鲭然没有回答。

病房里此时一片寂静。

沐玲欣轻轻地抿了一下嘴唇，敛下了眉目，目光幽幽地颤动着。

也是，这是他们两个人之间的事情，关她什么事啊？

她在他们的感情世界里，不过是一个路人！

想到这里，沐玲欣的眸光中有一抹淡淡的落寞。

沉默了好一会儿后，肖鲭然才回应道："没有。"

没有？

如果没有，那叶芳芳是如何找到这家医院的呢？

沐玲欣有些困惑地皱起了眉头。

然而，就在这个时候，叶芳芳走了进来，伸出手握住了肖鲭然的手，甜甜地说道："亲爱的，我要告诉你一个好消息。"

好消息？

此时，沐玲欣的神经在瞬间也紧绷了。她虽然没有转头看向他们，但是此时，她的耳朵已经竖起来了。

"我怀孕了。"

第六十二章　嫁给我吧

什么？

听到叶芳芳已经怀孕的消息，沐玲欣觉得自己的心瞬间破碎，紧绷着的弦在瞬间也断开了。

她突然觉得心灰意冷，觉得自己的世界在瞬间便灰暗了。

她原本期待着什么！

是的，沐玲欣原本期待他们两个人分手。只要他们两个人分手了，那她就有希望和肖鲭然在一起。

然而，此时，她已经没有任何希望了。

叶芳芳怀孕了。

这注定她和肖鲭然从此就是路人。

想到这里，沐玲欣的眼睛里一片黯淡。

“亲爱的，你要赶紧好起来，知道吗？”叶芳芳低下了眸子，低下头吻着肖鲭然的脸。

沐玲欣侧过头不去看他们，将自己的身体蜷缩成虾米状，眼睛里流露着淡淡的忧愁。

这个时候，柳卓航走到了沐玲欣的身边，说道：“医生说了，虽然你身上还有伤口，但是已无大碍，我今天就帮你办理出院手续。”

“哦，那就麻烦你了。”沐玲欣有些低沉地说道。

“你怎么了，看起来有些不对劲！”柳卓航伸出手轻轻探了一下沐玲欣的额头，随后又伸出手探了一下自己的额头，轻轻吁了一口气，缓缓说道，“还好，你并没有发烧！”

“我本来就没有发烧。”沐玲欣幽幽说道。

她只是心里有些难过罢了，看着自己喜欢的男人和其他女人如此恩爱，心里很不舒服罢了！

原本她很想留在这个地方，但是此时此刻，她恨不得离开这个地方，不要再回来。

她无法忍受肖鲭然和其他女人如此亲密的模样。

如今，叶芳芳已经有孩子了，她再去掺和的话，她就是第三者。

自古以来，第三者都是过街老鼠，人人喊打的对象。她不想成为人人喊打的对象，所以，她必须离开肖鲭然。

“赶紧帮我办理出院手续吧！”沐玲欣轻轻叹了一口气，缓缓说道。

“嗯，好的，那你在这里等我一下。”柳卓航伸出手轻轻揉了揉沐玲欣的头，说道，“我很快就会过来接你。”

“嗯，我知道了。”沐玲欣点了点头。

“亲爱的，你说我们的孩子叫什么好呢？”看到沐玲欣有些落寞的模样，叶芳芳的目光中闪过一道寒光，说道，“这是上天给我们的礼物，我们必须想一个好名字。”

这个时候，肖鲭然睁开了左眼，那只眼睛虽然看起来非常深邃，但是此时没有了光彩，他有些沧桑地说道："你喜欢就好。"

“什么啊？”这个时候，叶芳芳伸出手撒娇般轻轻敲打着肖鲭然的胸膛，说道，“这是我们两个人的孩子，只是我喜欢的话，永远不够的，还要你喜欢才好。”

“嗯。”肖鲭然有些敷衍地回应了一声。

这个时候，肖鲭然有些僵硬地转过头，看向了躺在另外一张病床上的女人。当他看到沐玲欣背对着自己，心里又是一阵叹息。

“肖鲭然，我们会很幸福的，对吧！”叶芳芳非常幸福地贴在了肖鲭然的胸口处，目光轻轻颤动着。

肖鲭然没有回答，而是闭上了眼睛，缓缓说道：“我累了，我想休息一下。”

“嗯，好好休息吧！我刚刚听说了，你过两天就可以出院了，我非常开心。”叶芳芳笑了笑。

沐玲欣睁开了眼睛，目光轻轻颤动着。

不知道为什么，她觉得心里很难受，恨不得马上离开这个地方。待在这个地方，只会是折磨自己。

“沐玲欣，出院手续已经办好了，我们走吧！”这个时候，柳卓航来到了沐玲欣的面前，伸出手想要扶起沐玲欣，然而沐玲欣摇了摇头，说道：“我自己可以走。”

“我知道你可以走，但是我不想让你自己走。”说着，柳卓航一把将沐玲欣抱了起来。

“你怎么轻了这么多啊！”柳卓航轻轻叹了一口气，说道，“这里是医院，不比家里，伙食不好，你瘦了也是理所当然的事情。”

“放下我，我可以自己走。”沐玲欣挣扎着，想要从柳卓航的怀中下来。

可是，柳卓航说道：“你不要闹了，乖乖的，知道吗？”

这个时候，肖鲭然的手指不由得一阵轻颤，慢慢扬起眼皮，看到沐玲欣被柳卓航抱走的画面。

也是，柳卓航才是她的另一半，他在沐玲欣的眼里可能什么都不是吧！

在医院里之所以对他这么好，是因为自己救了她。她对他好，只是感恩而已。

想到这里，肖鲭然的脸上有着黯淡的神情。

“肖鲭然，你如果累了，就好好休息一下吧！”叶芳芳轻轻吁了一口气，站了起来，走到了门口。

她目光幽幽地看向了柳卓航远去的方向，随后伸出手轻轻摸了摸自己的肚子。

叶芳芳不知道自己的孩子以后能不能跟柳卓航相认。

她摇了摇头，伸出手按住了太阳穴，逼迫自己不要想太多。

即便孩子不能够跟柳卓航相认，至少孩子也会健健康康成长，毕竟肖鲭然也是一个有钱人。

想到这里，叶芳芳的嘴角往上扬，勾出了一个非常好看的弧度。

这个时候，叶芳芳已经不在乎了，不在乎自己的孩子能不能和柳卓航相认，她只在乎自己能够过得好。

柳卓航看着怀里的沐玲欣，嘴角处有一抹浅浅的笑意，说道：“你看起来不太喜欢我的怀抱！”

“我只是觉得，我自己能够走……”沐玲欣别过脸不去看柳卓航，目光幽幽地看向前方。

叶芳芳已经有了肖鲭然的孩子，她也是时候和纠缠不清说再见了。

以后，她和肖鲭然便是路人吧！

想到这里，沐玲欣闭上了眼睛。

柳卓航看着沐玲欣，嘴角处的笑意越来越深了。他知道，此时此刻，沐玲欣的心里非常脆弱，说不定这个时候自己求婚能够得到回应。

柳卓航将沐玲欣送入副驾驶，随后单脚跪在地上，深情款款地说道：“沐玲欣，嫁给我，好吗？”

沐玲欣吓了一大跳，侧头看向了柳卓航，迟疑了一下，但是没有点头，只是目光幽幽颤动着。

“我会让你幸福的，我发誓，我会好好疼爱你，一生只对你好。嫁给我吧，沐玲欣。”这个时候，柳卓航的目光定在了沐玲欣的脸上。

第六十三章　不想嫁给他

沐玲欣望着柳卓航，轻轻叹了一口气，说道："你真的……会好好照顾我吗？"

"那是当然的。"柳卓航点了点头。

"那好吧！我答应你。"此时，沐玲欣还沉浸在失落之中。

之前，她之所以让白青青破坏她和柳卓航的订婚仪式，是因为她的心里还存着一线希望。她总觉得只要自己不和柳卓航结婚，就有可能和肖鲭然在一起。

如今，叶芳芳怀孕了，她再也没有什么希冀了，也不再有什么贪恋了。

该怎么样就怎么样吧，已经无所谓了。

这个时候，沐玲欣伸出手轻轻地遮住了自己的眼睛，吸了吸鼻子，不再说话。

然而，对于柳卓航来说，只要沐玲欣答应了自己的求婚就好，其他事情，他就当作没有看到。

他当作自己没有看到沐玲欣那黯然失神的眼睛，没有看到沐玲欣那落寞的模样。

他就这样开着车，送沐玲欣回到了家里。

凝姨看到沐玲欣的额头上有伤口，皱起了眉头，非常担忧地看着沐玲欣，问道："欣儿，你怎么了，为什么会弄成这个样子？"

"阿姨，欣儿在路上遇到歹徒了，庆幸的是逢凶化吉了。现在，让她回去好好躺着，好好休息一下吧！”

凝姨望着柳卓航，点了点头，说道：“嗯，好的。”

凝姨扶着沐玲欣回到了她的房间。

看着沐玲欣有些无神的模样，凝姨叹了一口气，心里很是难受。

以前调皮可爱的沐玲欣，如今看来，不禁让人心疼。

沐玲欣翕动着嘴唇，缓缓说道：“凝姨，我累了，让我好好休息一下吧！”

“嗯，好。”凝姨点了点头，就在她起身的时候，似乎想起了什么一样，看着沐玲欣，问道，“你有什么想吃的吗？”

“不用了，谢谢凝姨。”沐玲欣摇了摇头，“这个时候，我什么都不想吃，我只想好好休息一下。”

“那好，你好好休息一下吧！”凝姨轻叹了一口气，离开了。

凝姨离开后，沐玲欣伸出手，有些颤抖地给白青青打了一个电话。

然而，电话接通之后，那头却沉默着。

这是怎么一回事？

沐玲欣抿了　下嘴唇，用试探性的语气问道：“白青青，你在的吧？”

“嗯……”良久之后，才从对面传来了这样一个音调。

“白青青，你说话啊！”沐玲欣用力握住了手里的手机。

“沐玲欣，我……”白青青有些沧桑地叹了一口气，继续说道，“我要结婚了。”

什么？

沐玲欣的眼睛瞬间睁大了，吞了吞口水，问道：“跟谁结婚？”

听了沐玲欣的话，白青青苦笑了一声，说道：“你说还能够跟谁结婚啊，肯定是苏亦俊啊！”

“你不是不喜欢他吗？”沐玲欣降低声音说道。

“可是我没有办法啊！”白青青的声音有些低沉，继续说道，“我的人生早就已经被安排好了，嫁给谁也被安排好了，我完全……

没有……”

说到这里，白青青哽咽了，她继续说道：“我没有决定权。”

沐玲欣没有说话，只是暗暗叹了一口气。

虽然她和苏亦俊认识十几年，交往了几年，但是没有任何感情。

“那你想嫁给他吗？”沉默了好久之后，沐玲欣轻声问道。

“怎么可能？”白青青又是一阵苦笑，说道，“我们俩根本没有感情，嫁给他，我也不会得到幸福的。”

“嗯。”此时的沐玲欣已经不知道自己应该说些什么了。

“婚礼在后天举行。”白青青淡淡地叹了一口气，继续说道，“你过来……当我的伴娘。”

“我知道了。”沐玲欣回应道。

“对了，你和肖鲭然……”白青青像是想起了什么一样，用试探性的语气问道，“发展得如何了？”

沐玲欣敛了敛眉目，缓缓说道：“我和他……不会有什么未来了！况且，我已经答应了柳卓航的求婚。”

听了沐玲欣的回答，白青青非常意外，抿了抿嘴唇，说道，“你答应柳卓航的求婚了，我没有听错吧？”

“是的，我已经答应了他的求婚，你没有听错。”

沉默了一会儿，白青青问道：“那你当初为什么要我阻碍你们订婚仪式的举行？”

沐玲欣深深吸了一口气，抬起眸子看向了天花板。此时，她的眼睛是那么无神，轻声说道：“那是因为……我……不知道……她的女朋友……有了孩子！”

她原本还想再争取一下，原本还想和叶芳芳公平竞争。

然而，再怎么竞争，都没有意义了。她斗不过叶芳芳，准确地说，她斗不过叶芳芳肚子里的孩子。

白青青没有说话，她能够理解沐玲欣心里的痛苦。

“我的头有点晕，我先休息一下，我会去找你的。”沐玲欣长长地叹了一口气，目光有些空洞地看着蚊帐。

“好好休息。”白青青挂了电话之后，就站了起来，走到巨大的落地窗面前，目光幽幽地看向了前方。

苏亦俊……

过几天，她就要嫁给他了！可是，可笑的是他们交往这么多年，只发展到了牵手的地步。

白青青很想知道，这样的婚姻到底有什么意义！

除了断送两个人的幸福之外，没有什么意义了吧！

长长地叹了一口气，白青青转过身子，后背抵在了落地窗上。

随后，她挺直自己的腰背往外面走去。她想要去找沐玲欣，想要跟自己的好友聊聊天，说说话。

这几天，她一直找不到一个可以说话的人，找不到一个可以说真话的人。

跟自己的父母聊天，只要一聊到苏亦俊的话题，他们都会笑着跟她说，嫁过去之后，她会很幸福的。随后就是说苏亦俊这个孩子是多么靠谱，多么优秀！

只有她才知道……苏亦俊到底是什么样的一个人！

走在大街上，白青青的眼睛突然紧缩了一下。

她看到前面有一个人，而那个人的身影对于白青青来说是那样熟悉。

那个人便是……苏亦俊！

如果只是苏亦俊一个人走在大街上的话，不会让白青青感到惊诧。她之所以这么惊诧，是因为苏亦俊的手里牵着另外一个女人的手。

而且，苏亦俊还时不时伸出手揽住那个女人的肩膀。

第六十四章　街头偶遇

白青青非常惊讶地看着苏亦俊，随后跟在苏亦俊的身后。

此时，苏亦俊和那个打扮得花枝招展的女子有说有笑，俨然一对非常恩爱的情侣。

白青青苦笑了一声，握了握自己的拳头，继续跟在苏亦俊的身后。

他们到底会去哪里呢？她倒是要好好看一看。

“俊，你爱我吗？”那个打扮得花枝招展的女人伸出手，轻轻勾住了苏亦俊的脖子，妩媚地向苏亦俊抛了一个媚眼。

“爱，当然爱啊！”苏亦俊低下了头，在女人的额头上落下了一个吻。

白青青感觉浑身起了疙瘩。

“那你要带我去哪里啊？”女人趴在了苏亦俊的胸膛，脸上有着期待的表情。

白青青此时就躲在一旁的树后面，伸出手按住了胸口，用力地喘了一口气。

“你说呢，小妖精。”苏亦俊伸出手指轻轻点了点女人的鼻子。

白青青咬住了下嘴唇，脸上有着难看的神情。

她苦笑了一声，眼睛里尽是愤怒的神色。

都是要结婚的人了，行为居然还这么不检点。

也好！

这个时候，白青青从口袋里拿出了手机，她打算拍下苏亦俊和那个女人不光彩的一幕！只要有了这些证据，她就有理由不嫁给这个人面兽心的男人了吧！

白青青再次探出头的时候，苏亦俊和那个打扮得花枝招展的女人已经不见了。

怎么回事？为什么会突然之间不见了？

白青青皱着眉头，左右看了看。

随后，她凭着自己的直觉往左边的方向找了过去，在一旁发现了苏亦俊的身影。

此时，苏亦俊揽着美人儿站在酒店的前面。

酒店……是吗？

白青青敛了敛眉眼，躲在一旁看着苏亦俊。

然而，这个时候，苏亦俊看了看旁边，似乎意识到了什么。

苏亦俊低下了眉眼，看向了怀里的小人儿，说道："今天就到这里吧！"

"啊？"美人儿摇了摇头，说道，"不要嘛！人家想要和你那个！你知道的，我已经受不了了，我好想好想要啊！"

"嘘！"苏亦俊伸出手，放在了嘴唇中间，发出了嘘声，说道，"这里是大街，你可不能这么说话啊！"

"我不管！"打扮得花枝招展的女人摇了摇头，娇滴滴地说道，"人家喜欢你，这么说怎么了？"

"人家会以为你是千人骑万人压的女人哦！"苏亦俊打趣道。

"讨厌！"女人伸出手轻轻打了打苏亦俊的胸膛。

然而，她的手却被苏亦俊突然握住。

女人有些困惑地看向了苏亦俊。

"就这样吧！你好自为之！"苏亦俊轻轻吁了一口气，皱着眉头说道。

女人伸出手握住了苏亦俊的手，说道："不要，不要啦！我们都已经到了这里了，酒店就在眼前了，你怎么可以突然说走就走呢？"

“我们的事情以后再说。”苏亦俊皱着眉头拿开了女人的手，说道，“现在我有点急事，得先走了。”

“不要走！不要走！”女人伸出手握紧了苏亦俊的手，继续说道，“我不让你走！”

此时此刻，苏亦俊觉得眼前这个女人特别难缠。但是，他低下了头，在女人的耳边说了些什么，女人这才放开了苏亦俊的手。

轻轻吁了一口气，苏亦俊赶紧往前走去。

白青青皱着眉头看着苏亦俊，赶紧追了过去。

苏亦俊偷偷往后面看了看，当发现是白青青之后，用力哼了一声。

果然是她!

苏亦俊握紧了拳头，加快脚步往前走。

“苏亦俊！”白青青大叫了一声。

听到白青青的声音，苏亦俊皱着眉头低咒了一声，随后转过头看向白青青，假装有些诧异地看着白青青，问道:“你怎么会在这里？”

“我问你，刚才那个女人是谁？”白青青理直气壮地问道。

“哪个女人？”苏亦俊看着白青青，假装有些困惑地问道。

“你别在我面前装傻，就是那个打扮得非常花枝招展的女人！”白青青双手环胸，冷冷说道。

“哦，你说她啊！”苏亦俊轻轻笑了笑，说道，“她只是我的一个朋友，一个高中同学，我们很久不见，所以说了点话。”

白青青苦笑了一声，说道:“说了点话，真的就这么简单吗？苏亦俊，你当我是傻子，是不是？你刚才还亲了她，你当我是瞎子没有看到吗？”

“我说你这个人怎么这么奇怪？”苏亦俊皱起了眉头，转头走近了白青青，说道,“我告诉你，我和她就是同学。你信也好，不信也罢，事实就是这样。”

“苏亦俊！”白青青冷冷地喊了一声。

“你想听解释，是吗？”苏亦俊看着白青青，说道，“那我就告诉你吧，她是我的一个同学，最近心情非常差，我只是安慰她一下而已。”

白青青苦笑了一声，说道：“我们俩不适合结婚。”

“谁说不是呢？”苏亦俊笑着说道，“从一开始，我也没有打算和你结婚。”

“你！”白青青伸出手，用力指了指苏亦俊，“我告诉你，你不要欺人太甚了。”

苏亦俊没有说话，走近白青青，伸出手扣住了白青青的下巴，冷然地说道：“我从来就没有喜欢过你，跟你结婚，只不过是看上你家的财产而已。”

白青青咬住了下嘴唇，恨不得马上给这个男人一巴掌。

然而，她没有，只是握紧了拳头。

她绝对不会嫁给眼前这个男人！绝对不会！

“白青青！你嫁给我也好，不嫁给我也罢，”苏亦俊嘴角上扬，那是一抹嗜血的笑容，“这都不关我的事！”

“好，这话是你说的！”

“是我说的。”苏亦俊再次看着白青青，说道，“我们俩结婚，原本就不是出于我们俩的愿望，都是家里为了家族生意而强行让我们结合在一起。”

谁说不是呢！

白青青苦笑了一声。

“你不喜欢我，我也不喜欢你。”苏亦俊顿了顿，继续说道，“我们根本没有必要在一起！在一起，只会让原本两个不幸的人更加不幸。”

“既然你这么说了，有本事就不要结婚！”白青青挑起了眉头，目光有些冷然地看着苏亦俊，“有本事，就跟你家里人说出你的心里话！”

第六十五章　好友探望

苏亦俊没有说话，没有回应白青青，而是转身往前走去。

白青青看着苏亦俊远去的方向，冷冷地笑了一声。那是无奈的笑容。

如果可以，白青青非常希望这场婚姻只是一场闹剧。

白青青突然觉得自己很可怜，没有任何选择的余地，只能够听从父母的安排。

想到这里，白青青低下了眸子，目光轻轻颤动着。

苏亦俊到了一旁，停下了脚步，微微蹙起了眉头。

他承认那样做的的确确很对不起白青青，但是，他已经无法压抑自己心中的不满了。

为什么……他没有选择的权利？

苏亦俊轻轻吁了一口气，往前走去。然而，就在这个时候，那个打扮得花枝招展的女人走到了苏亦俊的面前，吸了吸鼻子，说道："那个女人是谁，为什么你这么怕她？"

"我没有怕她！"苏亦俊皱着眉头否认道。

"好吧！"这个时候，女人敛了敛眉目，扭着腰肢来到了苏亦俊的面前，伸出纤长的手搂住了苏亦俊的脖子。

苏亦俊伸出手拿开了女人的手，冷冷说道："我们从今天起不要再联系了。"

"嗯？"女人愣怔了一下，随后轻轻笑了笑，说道，"你在跟我开玩笑吧！”

“你觉得我像是在跟你开玩笑吗？”苏亦俊冷眼看着女人，说道，“你不是想要知道那个女人是谁吗？”

苏亦俊伸出手扣住了女人的下颚，微微眯了眯眼睛，说道：“那个女人是我的未婚妻。”

未婚妻？

听到“未婚妻”这三个字的时候，女人的手指不由得一阵轻颤，翕动着嘴唇，说道：“你不是说了吗，将来要娶我为妻？”

苏亦俊苦笑了一声，说道：“那是我跟你闹着玩的。再说了，你也不看看自己是什么样的人？”

“我什么样的人？”女人说道，“我每天为你打扮得花枝招展，打扮得漂漂亮亮，你以为我容易吗？”

苏亦俊说：“你不是为了我，别以为我不知道，你每天都去夜总会，你跟什么样的男人在一起，也别以为我不知道。”

女人听了苏亦俊的话，很快就收回了自己的手，做贼心虚一般低下了头。

“从今天起，我们就不要再有联系了。”苏亦俊冷然地看了女人一眼，踏着沉稳的步伐往前走去。

女人看着苏亦俊，用力跺了跺脚。

居然就这样甩开她！

女人非常不爽地看向了苏亦俊。

苏亦俊看了手机里的信息，随后轻轻叹了一口气。

肖鲭然进医院了，怪不得这么些天来一直联系不上他。当他到医院的时候，看到肖鲭然贴着纱布的右眼，轻轻笑了笑，问道：“我很好奇，你是怎么将你的眼睛弄成这个样子的？”

肖鲭然看了一眼苏亦俊，轻声说道：“这个时候你就不要落井下石了。”

“你把我苏亦俊想象成什么样的人了。”苏亦俊坐在肖鲭然的旁边，从口袋里拿出了一盒烟，随后拿出一根烟递给肖鲭然。

肖鲭然的额头上流下一滴冷汗，看着苏亦俊，苦笑了一声，说道："你觉得我这个样子是能够抽烟的人吗？"

"哦，对哦！我都忘记了，你已经变成独眼龙了。"苏亦俊将烟拿了回来，放在自己的嘴巴里，"独眼龙是不能够抽烟的，对吧！"

肖鲭然脸上一排黑线，问道："我很想知道你到底是来干什么的？"

"这还不明显吗？"苏亦俊摊了摊手，说道，"我是来看你的，这意图再明显不过了，你说对吧！"

肖鲭然不回答。

"我后天就要结婚了。"苏亦俊侧着头，看着躺在病床上的肖鲭然，说道，"你是不是觉得非常唐突，而且非常出乎意料？"

肖鲭然原本想说不是。

然而，肖鲭然还没有说话呢，苏亦俊就长长叹了一口气，说道："这是两家父母临时决定的，我也是前天才知道。"

"你介意我在这里抽烟吗？"这个时候，苏亦俊从自己的口袋里拿出了打火机，准备点燃自己嘴巴里叼着的烟。

肖鲭然轻轻吁了一口气，说道："医生说了，我这种情况不能够抽烟。"

"所以，我没有打算让你抽啊！"苏亦俊笑着回答道。

"二手烟也不可以。"肖鲭然补充道。

"这样啊……"苏亦俊将叼在嘴巴里的烟拿了出来，不爽地说道，"医院里的规矩就是多。"

肖鲭然的声音有些低沉，说道："吸烟有害健康……"

"很正常，烟盒上不也这么写了吗？"苏亦俊轻笑了一声，随后拿出烟盒，靠近肖鲭然的脸，"你看到了吗？上面也写着吸烟有害健康呢！"

肖鲭然没有回答。

"我忘记了，你现在是独眼龙，看不清楚字。"苏亦俊说着将烟盒又放回自己的口袋里。

肖鲭然的额头上冒出了一滴冷汗，说道：“我只是右眼视网膜脱离，但是我的左眼并没有事，上面写什么，我当然知道。”

“哦！”

“另外，医院之所以不让人抽烟，是因为病人的身体不好，闻着烟味会让病人的健康状况恶化。”

“哦，是这样啊！”苏亦俊伸出手轻轻将那根烟放到一边，说道，“医院总是为病人着想。”

肖鲭然没有回答。

“让我想想，你为什么突然会视网膜脱离了呢？”这个时候，苏亦俊侧着头看着肖鲭然，轻笑道，“是因为英雄救美吗？”

看到肖鲭然没有回应自己，苏亦俊嘴角处洋溢着淡淡的笑意，说道：“看来还真是被我猜中了，要是我没有猜错的话，对方还是沐玲欣，对吧！”

肖鲭然轻轻点了点头。

“自古以来，英雄不过美人关。可是你都不是英雄，为什么还是不过美人关呢？”苏亦俊打趣道。

“我救了沐玲欣，还不能称得上英雄吗？”肖鲭然反问道。

苏亦俊没有说话，只是目光闪动。

肖鲭然也不再说话了，觉得眼睛有些苦涩。自从做了手术，他就觉得自己的眼睛时不时一阵苦涩，非常难受。

“你的女朋友呢？”苏亦俊左右看了看，发现叶芳芳没有在现场，有些困惑地抬起头看向肖鲭然。

第六十六章　女人心

肖鲭然轻轻吁了一口气，说道：“你是在问哪一个女朋友？”

“这么说来，你有很多女人咯，”苏亦俊打趣道，“看来你有很多的女朋友。”

肖鲭然不满地握了握拳头。

苏亦俊赶紧笑着说道：“我是开玩笑的，你不要当真。对了，我想知道你和叶芳芳发展到什么地步了？”

听了苏亦俊的话，肖鲭然轻轻叹了一口气，缓缓说道：“她……有了……”

肖鲭然的语气中有着淡淡忧愁的味道。

“那你打算怎么办？”苏亦俊有些困惑地问道，“是让她把孩子生下来，还是让她把孩子给打掉？”

肖鲭然闭上了眼睛，说道：“那……是我的孩子，我不能够让我的孩子就这样没了，既然是我的孩子，那就必须留下来。”

“你的意思是……”苏亦俊皱着眉头说道，“你打算对他们母子负责？”

肖鲭然暗暗叹了一口气，说道：“不然呢？这毕竟是我种下的，那我必须得对他们负责到底。如果我不能够对他们母子负责，那我还算是男人吗？”

“有时候，”苏亦俊长叹了一声，说道，“如果两个人不适合的话，也不用勉强在一起。”

“哦？”肖鲭然提高了音调，说道，“你还有资格来说教啊！”

苏亦俊目光幽幽地看向了前方，说道：“正因为我没有资格，所以才来告诉你一声，不要因为孩子而将自己的幸福给困住了。”

肖鲭然没有回答。

这个时候，叶芳芳已经站在门口了。她双手交叉低下了头，声音有些忧伤，说道：“你们刚才聊天的内容，我都已经听到了。”

苏亦俊撇了撇嘴，但是没有说话。

叶芳芳将目光投向了苏亦俊，说道：“我是不会打掉这个孩子的，这个孩子是我的全部。”

苏亦俊说道：“那是你的事情，不关我的事。”

叶芳芳低着头走了进来，随后抬起眸子看向了肖鲭然，说道：“无论你将来要或者不要我，我都要将这个孩子生下来。”

肖鲭然没有说话，但是他的眉头有些微妙地动了动。

苏亦俊看了看叶芳芳，又侧着头看了一眼肖鲭然，说道：“看来我是电灯泡了，是吧！呵呵，我看我还是先走了！”

苏亦俊离开之后，肖鲭然才缓缓说道：“把孩子生下来吧！”

嗯？

叶芳芳看向了肖鲭然，眨了一下眼睛。

“生下来，我会对你和孩子负责到底。”肖鲭然继续说道。

命里有时终须有，命里无时莫强求！这个孩子也许就是上天赐予他的礼物，也是为了让他不要再去追求不属于自己的爱情。

听到这里，叶芳芳的眼睛开始打转了，她吸了吸鼻子，随后走到肖鲭然的面前，伸出手抱住肖鲭然，说道：“有你这句话，就够了。”

肖鲭然有些僵硬地伸出手，慢慢地靠近叶芳芳的肩膀，轻轻拍了拍。

他轻声说道：“傻瓜……”

此时，苏亦俊正站在病房外，他拿起一根烟点燃。

烟雾缭绕，他目光幽幽地看向了病房。

依照苏亦俊对肖鲭然的了解，他喜欢的人是沐玲欣。如果心里有喜欢的人了，那就大胆去追，为何还要和一个不爱的女人如此纠缠？

肖鲭然不是他，没有自主选择权，所以他希望肖鲭然能够把握住选择权，选择自己爱的人。

长长地吐了一个烟圈，他将剩下的烟蒂丢在地上，随后用脚去踩灭。

苏亦俊来到肖鲭然的病房，脸上带着淡淡的笑意，说道："公司里还有一些事情，我先回去处理了。"

"嗯！"肖鲭然点了点头。

这个时候，叶芳芳低下了头，眸光中有泪光在闪烁着。

"你怎么了？"看到叶芳芳有些不对劲之后，肖鲭然有些困惑地问道。

叶芳芳轻轻地吸了吸鼻子，随后说道："我刚刚听到了一个故事，那是我表妹的故事。"

"哦？"

叶芳芳轻轻地吁了一口气，随后缓缓说道："我听我妈妈说，我表妹怀孕后生下了一个孩子。"

"你表妹？"肖鲭然皱着眉头问道。

但是，当肖鲭然皱起眉头的时候，觉得眸子一阵刺痛，随后赶紧放松眉头。

"是的。"叶芳芳点了点头，继续说道，"我的表妹今年才十六岁，也就是说，她在十五岁的时候就已经有了孩子。"

肖鲭然没有说话，只是轻轻地抿了一下嘴唇。

"我觉得我的表妹特别笨！"这个时候，叶芳芳吸了吸一口气，继续说道，"孩子出生之后，孩子的爸爸都没有过来看看我的表妹。这个男人不负责任，一点责任都没有，可我的表妹还选择将孩子生下来，你说她不是笨是什么！"

叶芳芳再次叹了一口气，说道："如今，我表妹生下了孩子，但是面临着很多问题，你想想，她还没有结婚，就抱着孩子……肯定会被人说……"

肖鲭然打断了叶芳芳的话，轻声说道：“你放心吧，我会和你结婚的。”

听到这里，叶芳芳的眼睛在瞬间就亮了起来，吞了吞口水，随后再次问道：“你说的都是真的吗？”

肖鲭然点了点头，说道：“嗯，我说的都是真的。”

叶芳芳笑着说道：“相比我的表妹，我可是要幸运多了，我有一个负责人的男人，我有一个有担当的男人，我很开心，非常开心。”

肖鲭然苦笑了一声，随后说道：“你这是在损我还是在赞美我啊？”

“那还用说吗，当然是在赞美你啊！”叶芳芳笑着说道。

“你等我……”这个时候，肖鲭然睁开自己的左眼睛，眼睛盯着叶芳芳，“等我出院后，我会让人筹划我们之间的婚礼。”

叶芳芳高兴得马上低下了头，吻上肖鲭然的脸颊，说道：“这辈子能够遇到你，真是我前世修来的福分。”

说这话的时候，叶芳芳的眸中闪过一道寒光。

第六十七章　浪漫爱人

此时沐玲欣坐在阳台上，目光有些无神地看向了蔚蓝的天空。

所有的纠葛，全部都结束了吧！

她目光幽然地看着天空，轻叹了一口气。

叶芳芳怀孕了，而她也没有资格再去与肖鲭然纠缠。两个人就像渐行渐远的平行线，再也不会相交。

如果不会有交点，那她就应该没有理由再去拒绝柳卓航。

以前，她以为只要自己还没有和柳卓航结婚，就会有机会跟肖鲭然在一起。然而，这一次，她已经被宣判死刑了！

她已经……不会有什么机会了……

因为，叶芳芳怀孕了！她怀了肖鲭然的孩子！

一想到这里，沐玲欣心里一阵苦涩，觉得心里非常压抑。

长长吁了一口气之后，沐玲欣将目光看向了前方。

这个时候，沐玲欣意外地发现楼下站着一个男人，仔细一看，那个人是柳卓航。

柳卓航来她家了？

这个时候，周围飞起了泡泡，这种泡泡在阳光下是彩色的。

沐玲欣伸出手轻轻点了点飞到自己面前的泡泡。

她一碰到这些泡泡，这些泡泡在瞬间就破了。

“下来吗？”这个时候，柳卓航一挑眉头，笑着看着沐玲欣。

沐玲欣伸出手托住了下巴，随后看着柳卓航，说道：“我不下去。”

“可是我想让你下来。”柳卓航抬起眸子深情地看着沐玲欣。

沐玲欣抿着嘴唇，嘴角处有两个浅浅的小酒窝。她伸出手指有些无聊地在空中画圈圈，说道：“别以为弄个泡泡什么的，就能够让我乖乖下去。”

这个时候，她想要忘记自己心中的苦楚。所以，她得转移自己的注意力。只要转移注意力，心中就不会那么痛苦了。

“沐家小姐，那你打算怎样才能乖乖下楼啊？”

“我从这里跳下去，你接住我，如何？”这个时候，沐玲欣有些调皮地吐了吐小舌头。

柳卓航摇了摇头，说道：“不行！这是二楼，万一我接不住你，那该怎么办？”

“那你努力接住我就行了啊！”沐玲欣轻轻笑了笑，伸出手掩住了嘴唇，淡淡地笑着。

“那也不行！”柳卓航再次摇了摇头，说道，“就算我努力接住你，但你是在做自由落体运动，你也会受伤的。”

“这样啊……”沐玲欣有些不满地叹了一口气，说道，“那我就不下去了！”

“别这样！”柳卓航哭丧着脸说道。

这个时候，沐玲欣的嘴角处有一抹戏谑的笑意，说道：“要不你将你的鞋子和袜子脱掉，在草地上跳个舞，如何？”

“你还有这个怪癖啊？”听到这里，柳卓航的额头上流下了一滴冷汗。

“如果你不按照我说的做，我就不下去了。”沐玲欣双手交叉着，手肘抵在阳台栏杆上，手背托着下巴。

柳卓航轻轻地吁了一口气，说道：“我知道了，我按你说的做就是了。”

沐玲欣眯了眯眼睛，看好戏般看着楼下。

柳卓航脱掉了鞋和袜子，光着脚丫站在草地上，随后说道：“我突然记起来了，我不会跳舞。”

啊？

沐玲欣眨了一下眼睛，说道：“不会跳舞？那你会干什么？”

“我会唱歌。”柳卓航笑着说道。

“我不想听你唱歌。”沐玲欣将头搁在了阳台上，目光幽幽地颤动着。

因为她五音不全，所以也不想听别人唱歌。因为听着别人唱歌，只会让她越来越自卑。

“小提琴，想不想听？”柳卓航抬起眸子，目光复杂地看着沐玲欣。

“好啊！”沐玲欣点了点头。

这个时候，柳卓航像是变魔术一般变出一把小提琴，随后将小提琴放在肩膀上，开始忘我地拉着小提琴。

好听的音调和旋律立即从他的手上发出，沐玲欣很快就陶醉在音律中。

音乐停了之后，沐玲欣才回过神来。

这个时候，柳卓航一挑眉头，问道：“美丽的小姐，这下可以下楼与我相见了吗？”

沐玲欣点了点头，说道：“嗯，好，你等我一下，我很快就下去。”

对于此时此刻的沐玲欣来讲，也许只有让自己投入到另一段感情中，心才不会那么痛。

所以，她想试着将自己对肖鲭然的爱全部转移到柳卓航身上。

来到楼下，柳卓航正在穿鞋。柳卓航有些无奈地抱怨道：“你到底有什么怪癖啊，为什么一定要我脱鞋呢？”

“我有闻臭鞋子的怪癖！”沐玲欣双手负于背后，打趣道。

柳卓航轻声笑了笑，穿好鞋子之后站起身子，看向了沐玲欣，“恐怕我无法满足你了，因为……”柳卓航轻轻地咳了咳，随后说道，“我的鞋子不臭！”

听了柳卓航的话，沐玲欣伸出手捂住嘴巴轻轻偷笑，说道：“刚才是骗你的，我可没有这个癖好。”

“谁知道呢？”柳卓航耸了耸肩，继续说道，“所谓人不可貌相，说的就是这样一回事。你看看你，表面上看起来斯斯文文的，但是实际上，你可没那么简单。”

沐玲欣扬起了下巴，说道：“你就不要绕弯了，赶紧说吧，你来找我有何贵干？”

听到这里，柳卓航嘴角处的笑意瞬间凝固了，非常严肃地看着沐玲欣，说道：“我们去民政局吧！”

登记结婚?

沐玲欣轻轻吁了一口气，目光轻轻颤动着。

这个时候，她已经没有念想了，她和肖鲭然已经没有任何可能了。

想到这里，沐玲欣低下了眼帘，轻轻点了点头，说道：“嗯，好！”

也许嫁给眼前这个男人，也是一个不错的归宿。眼前这个男人，是一个不可多得的人才，大学的时候，就经常拿学校的奖学金，参加各项活动均获得奖项，一度是他们学院的学生会主席。

“我们赶紧走吧！”柳卓航嘴角处有着浅浅的弧度，伸出手扣住了沐玲欣的手，说道，“以后，我会好好疼爱你，让你过上幸福的生活。”

第六十八章　登记结婚

沐玲欣和柳卓航来到民政局，然而民政局这个时候已经关门了。

“怎么回事？”沐玲欣侧着头看向了柳卓航，有些困惑地看向民政局。

柳卓航侧着头看了一眼沐玲欣，随后摇了摇头，说道：“我不知道，但是我觉得非常蹊跷。”

今天并非是礼拜天，也不是礼拜六，照理说民政局的门应该开着才是。

“看来我们只有改天再来了。”沐玲欣轻轻地吁一口气，说道。

柳卓航看了一眼民政局，说道：“嗯，也只能够这样了。”

“既然今天无法登记，那我们先出去玩吧！”沐玲欣侧着头看向了柳卓航。

柳卓航轻轻点了点头，随后问道：“你想去哪里玩？”

“游乐园也可以，水上乐园也可以！”沐玲欣伸出手放在自己的下巴处，做出了思考的模样。

“那去游乐园吧！”柳卓航笑着说道。

“为什么不去水上乐园？”沐玲欣眨巴眨巴眼睛，有些困惑地看向了柳卓航。

柳卓航轻轻笑了笑，随后伸出手轻轻摸了摸沐玲欣的后脑勺，说道：“如果去水上乐园的话，就要换上专门的泳衣，我才不想你穿这么露呢！”

沐玲欣轻轻笑了笑，说道："看不出，原来你还挺保守呢！"

柳卓航伸手摸了摸沐玲欣的头，说道："因为你是我的女人，所以我不希望别人看到你。"

沐玲欣轻轻吁了一口气，说道："好吧！那就去游乐园吧！"

就在这个时候，沐玲欣的手机响了起来。

沐玲欣拿起了手机，发现是白青青打电话过来，笑着看着柳卓航，伸出手指了指手机，说道："我接一个电话！"

柳卓航点了点头。

沐玲欣接通了电话，电话那头传来了白青青有些低沉的声音，她说道："沐玲欣，你现在有空吗？"

沐玲欣看了一眼柳卓航，问道："你怎么了？"

"我有话想要跟你说……"白青青轻轻地吁了一口气，说道，"我在环雅咖啡厅等你。"

白青青的声音有些低沉，有些嘶哑。

沐玲欣吞了吞口水，随后侧着头看向柳卓航，轻轻地吁了一口气，说道："我的朋友可能出了点问题，我得过去看看。"

"嗯，这样啊……"柳卓航轻轻吁了一口气，说道，"那好，我送你过去吧！"

"不用了，我在这里直接打车就可以。"沐玲欣指了指旁边，说道。

柳卓航看向沐玲欣所指的方向，随后一挑眉头，说道："你确定吗？"

沐玲欣侧着头看向旁边，没有一辆车，却死鸭子嘴硬，说道："我确定。"

这个时候，一辆车从沐玲欣的旁边行驶而过，她的眼睛瞬间就亮了，伸出手想要拦下那辆车。然而，这辆车并没有停下，继续往前行驶。

柳卓航再次问道："你确定吗？"

此时，沐玲欣的额头上流下了一滴冷汗，她再次点了点头，说道："我确定。"

沐玲欣走上前去，有些妩媚地甩了一下自己的长发，随后笑脸盈盈地看着前面，再次伸出手想要拦住后面那辆车。

然而，这辆车却没有因为沐玲欣而稍作停留。

沐玲欣有些恨恨地跺了一下脚！

“还是我送你过去吧！”柳卓航嘴角处有一抹淡淡的笑容，说道，“我送你过去会比较方便！”

“不用了！”沐玲欣冷着脸说道。

柳卓航的额头上流下了一滴冷汗，说道：“那好吧！”

“我自己能行！”沐玲欣有些倔强地说道。

沐玲欣的嘴角处带着浅浅的笑容，随后掀开自己的裙摆，露出了小腿，同时还不忘抛媚眼。

看到这一幕之后，柳卓航轻声叹了一口气，说道：“沐玲欣，那些都是来历不明的车，不要坐！”

“嗯？”沐玲欣眨了一下眼睛。

柳卓航说道：“难道你不知道，前几天有几个花样少女就因为搭了黑车被杀害。”

沐玲欣有些震惊地看着柳卓航，说道：“还有这种事情？”

“是啊！”柳卓航点了点头，继续说道，“那女生跟你年纪差不多！所以，出门在外，最好还是打车，这些出租车比较安全。”

沐玲欣有些震惊。

然而，就在这个时候，一辆车停在了沐玲欣的面前。那辆豪华跑车摇下车窗，司机探出头朝沐玲欣吹了吹口哨，说道：“美女，要搭车吗？”

“不用了。”沐玲欣摇了摇头。

“不用你在这里露大腿干什么？”这个司机皱起了眉头。

“没事了。”柳卓航看向了那个司机，说道，“我们只是在做个游戏而已，她输了，所以受到相应惩罚，只是这么简单而已。”

“神经病！”那司机听了柳卓航的话之后，冷冷哼了一声，摇上了窗户，飞一般开走。

“过来，我送你走！”柳卓航看着沐玲欣，说道，“正好我也有空。”

“哦！”沐玲欣点了点头，说道，“那就麻烦你了。”

“欣儿……”柳卓航轻轻吁了一口气，继续说道，“这个时候，就不要跟我说这些客套话了！我将来是你的老公，是你的另一半，保护你的安全，是我的职责。”

沐玲欣只是抿了抿嘴唇，没有说话。

柳卓航让公司的人开车，自己和沐玲欣坐在了后座上，但是彼此没有说话。

车厢内一片沉静。

这个时候，柳卓航开口说话了，说道：“白青青过两天就要和苏亦俊结婚了，是吗？”

沐玲欣愣了一下，随后点了点头，说道：“是啊！”

“哦！”柳卓航随后看向了车窗外面。

沐玲欣低下了，眸子里有淡淡的光芒。

刚刚白青青在电话里的声音很是低沉，她一定是受了什么委屈了。

一想到这里，沐玲欣就咬住了下嘴唇，脸上有着难看的神情。

“不要摆出这种表情，可以吗？”这个时候，柳卓航侧头看向了沐玲欣，轻声说道，“我不希望你摆出这种表情，我希望你能够开心一点。”

沐玲欣看了一眼柳卓航，轻轻抿了抿嘴唇，点了点头。

第六十九章　谁的孩子

柳卓航让司机在环雅咖啡厅前停下了车。

司机将车子停稳之后，沐玲欣抿了抿嘴唇，侧头看向了柳卓航，说道："谢谢你把我送到这里来。"

柳卓航轻轻笑了笑，说道："不用客气，你的事情就是我的事情。"

沐玲欣原本还想再说些什么，但是最终什么话都没有说，直接往环雅咖啡厅跑去。

柳卓航看着沐玲欣远去的身影，微微眯了眯眼睛，嘴角处的笑意在瞬间消失了，表情很快就严肃起来。

他伸出手看了看右手腕戴着的手表，眼睛里流露出危险的目光。

民政局居然会在这个时候关门，真是一件非常离奇的事情。这背后肯定是有人在捣乱。

想到这里，柳卓航握紧了拳头。

就在这个时候，柳卓航接到了一通电话，手机上显示叶芳芳名字，皱起了眉头。

这个时候，她能有什么事情呢？

柳卓航接通了电话，电话那头传来了叶芳芳的声音，"现在有空吗？"

柳卓航望着电话，冷静地思考了一会儿，说道："你有事吗？"

叶芳芳说道："我在老地方等你。"

柳卓航看着手机屏幕，轻轻吁了一口气。

“载我到前面的那个路口。”柳卓航看向了司机，森冷地说道。

司机点了点头，开车到了前面的路口。

柳卓航下车之后，急急忙忙拦了出租车，往叶芳芳所说的老地方驶去。

那是一个五星级酒店。

柳卓航来到总统套间，伸出手敲了敲门。

叶芳芳听到敲门声，微微蹙起了眉头，问道：“是谁啊？”

“我！”柳卓航森冷地说道。

听出柳卓航的声音，叶芳芳的嘴角处带着浅浅的笑意将门打开，双手环胸，一脸淡定地看向了柳卓航，“进来吧，我有话要跟你说。”

柳卓航走了进去，将门关上。

“我怀孕了，这事你知道吗？”这个时候，叶芳芳走到了大床旁坐了下来，翘起了二郎腿。

“我知道。”柳卓航云淡风轻地说道。

叶芳芳皱起了眉头，双手撑在床上，说道：“我怀了你的孩子。”

听到这里，柳卓航的眉头有些微妙地动了动，说道：“不是为了骗肖鲭然和你结婚而想出来的主意吗？”

叶芳芳摇了摇头，目光轻轻颤动着，继续说道：“这是医院的诊疗结果，你可以看看。”

叶芳芳从一旁拿过一本病历书，说道：“上面清清楚楚写着我怀孕了，而这个孩子是你的。”

柳卓航看向了叶芳芳，随后有些怀疑地皱起了眉头。

“你是不是很想说，这个孩子有可能是肖鲭然的？”叶芳芳双手环胸，皱着眉头说道。

柳卓航沉默了一会儿之后，说道：“不排除这种可能，不是吗？”

“我和他，”叶芳芳冷笑了一声，继续说道，“从再次相遇起，就没有发生过关系。为了迷惑他，为了让他以为已经和我发生关系了，我脱光衣服睡在他的床上。”

柳卓航走到叶芳芳的床前，伸出手拿起了放在一旁的病历书，当看到医生写的“怀孕”两个字之后，轻轻吁了一口气。

“怎么样，我没有骗你吧！”叶芳芳轻轻笑了笑，嘴角处露出了一抹妖魅的笑容。

“孩子……”柳卓航轻轻地吁了一口气，随后说道，“把孩子生下来吧！将来我得到柳家的财产之后，我一定会将你们接回来的。”

“那……”叶芳芳灵动的眼睛转了转，银铃一般的声音响了起来，问道，“那沐玲欣，她该怎么办？”

“到时候想个办法和她离婚就是。”柳卓航坐了下来，床在瞬间往下陷。

叶芳芳的嘴角处有一抹非常得意的笑容，伸出手轻轻地摸了摸柳卓航的脸颊，说道：“我等你，我等你和她离婚。为了你，也为了孩子，我什么都愿意做。”

“真的吗？”柳卓航侧着头，目光幽幽地看向了叶芳芳，随后伸出手握住了叶芳芳的手，将叶芳芳的手放置在自己的脸颊上，轻轻摩挲了一会儿，说道，“你放心，将来我一定会好好疼爱你，会给你和孩子一个交代。”

“我当然相信你啊！”叶芳芳伸出手摸着自己的嘴唇，轻轻地笑了笑，继续说道，“我们现在是站在一艘船上的，该怎么做，我自然比你清楚。”

柳卓航看着叶芳芳，随后低下了头，在叶芳芳的手上轻轻落上了一个浅浅的吻，继续说道：“今生今世能够遇到你，是我前世修来的福分。”

“什么时候学会花言巧语了？”叶芳芳伸出自己另外一只手，非常妩媚地沿着柳卓航的鼻梁一直往下滑落，滑落到柳卓航的锁骨。

“如何？”柳卓航淡淡笑了笑，说道，“是否觉得非常性感。”

“是的。”叶芳芳伸出芳舌舔了一下柳卓航的鼻子。

柳卓航再也按捺不住自己心中汹涌的情愫，推倒了叶芳芳，伸出手打算拉开叶芳芳的衣服。

然而，叶芳芳伸出手握住了柳卓航的手，轻轻笑了笑，说道：“现在不行哦！”

柳卓航的眉头微妙地动了动，随后，轻轻叹了一口气，收回了自己的手，说道：“我知道了。”

“不过，据说过了三个月之后，等胎盘稳定了，就可以继续男欢女爱了。”叶芳芳伸出手掩住嘴唇浅浅地笑了笑。

柳卓航点了点头，随后伸出手抱住了叶芳芳，将自己的下巴搁在叶芳芳的头上，说道：“嗯，我不碰你，我就这样抱着你，可以吗？”

“可以啊！”叶芳芳妖魅地笑着，继续说道，“你不仅仅可以抱我，还可以亲我哦。”

柳卓航紧紧抱住了叶芳芳，声音有些低沉，承诺道：“你放心，有我柳卓航在一天，就不会让你受苦受累！”

“可是……”

柳卓航轻轻地叹了一口气，说道：“只要熬过这一阵子就好了，你知道吗？熬过这一阵子，我们的幸福就到了。”

第七十章　浓情蜜意

叶芳芳伸出手拥住了柳卓航的腰，脸上露出幸福的笑容，说道："这辈子能够遇到你，我很开心。"

柳卓航轻轻地摩挲了一下叶芳芳的后背，轻声说道："傻瓜。"

叶芳芳脸上妖艳的笑容在此时特别显眼。

没错，能够找到一个真正疼爱自己的男人，是她这辈子最幸福的事情。

这个时候，叶芳芳抬起头，非常妖魅地望着柳卓航，缓缓靠近了柳卓航的脸，在柳卓航的嘴巴处啄了一下。

柳卓航望着叶芳芳，说道："一起睡觉吧！"

嗯?

听到这里，叶芳芳愣了一下，脸色瞬间变得有些难看。

看到叶芳芳的脸色变得有些难看，柳卓航就知道叶芳芳在担心什么。

于是，柳卓航伸出手捏住了叶芳芳的鼻子，笑盈盈地说道："只是单纯的睡觉而已，我不会做任何多余的事情。"

叶芳芳笑了，随后点了点头。

"那就赶紧睡觉吧！"叶芳芳嘴角处的笑意越来越深了。

柳卓航伸出手揽住了叶芳芳的腰，并且拉着她往后倒了下去。

"你知道吗，跟你在一起，我总是觉得非常开心。"这个时候，柳卓航目光幽幽地看向了天花板，继续说道，"我觉得这才是归宿。"

“是啊！我这里就是你的归宿，你累了，就可以到我这里来。”叶芳芳轻轻笑了笑。

“但是啊！”说到这里，他目光幽幽地颤动着，“要是我累了就可以来你这里，那该有多好啊！要是我们不需要如此东躲西藏，那该多好啊！”

“只要熬过这一段日子，就可以了啊！”叶芳芳轻笑道，“到时候，我们就可以大胆地在一起了。”

柳卓航伸出手揽住了叶芳芳的腰，将她扳了过来，面对面地看着她，说道：“芳芳，这个过程可能有点长，你愿意等我吗？”

叶芳芳点了点头，说道：“我当然愿意，这一辈子，我就只有你这个男人了，也只认定你这个男人，无论如何，我都会等你的。”

柳卓航听了叶芳芳的话，脸上有着感动的表情，随后伸出手轻轻摸了摸叶芳芳的脸，说道：“在我心里，你是我真正的妻子，也是我真正爱着的女人。你等着，我会尽快拿到更多的股份，让你过上更好的生活。”

叶芳芳听完，笑着蜷缩在柳卓航的怀抱中。

她一直相信他。

“我想……我们还是不要躺着吧！”这个时候，叶芳芳坐了起来，看向不远处的红酒，红红的嘴唇勾起，说道，“不如……我们一起喝红酒吧！”

“不行！”柳卓航冷冷地拒绝了。

“嗯？”听到柳卓航拒绝之后，叶芳芳有些困惑地皱起了眉头。

柳卓航长长叹了一口气，说道：“你现在是有身孕的女人，不能够碰酒。”

“连红酒都不行吗？”叶芳芳皱着眉头问道。

柳卓航摇了摇头，说道：“你就老老实实地给我喝白开水或者牛奶。哦，对了，你怀孕了，以后多喝点汤，知道吗？我会打点钱在你的账户上，如果肖鲭然不好好对你，你得好好对待自己，让孩子健健康康地生下来，知道吗？”

叶芳芳伸出手掩住了嘴唇，淡淡笑了笑，点了点头，回答道："我知道了，你也不用太担心。"

柳卓航没有回答，而是走下床拿起放在桌子上的红酒，轻轻抿了抿，问道："这是你买来的？"

叶芳芳双手环胸，抬起下巴，反问道："不然呢，你以为它是怎么来的，从天上掉下来的吗？"

柳卓航没有回答，只是走了过去，帮自己倒了一杯红酒，随后又倒了一杯牛奶递给叶芳芳，说道："今天是属于我们两个人的世界，好好珍惜吧！"

叶芳芳摇了摇头，回应道："恐怕你得失望了！"

柳卓航的眉头有些微妙地动了动，问道："你还有什么事？"

"我还得回到肖鲭然的身边。"叶芳芳敛了敛眉眼幽幽地说道，"虽然我现在很想待在你的身边，可是现实不允许，我得去医院照顾他，否则我很难让他娶我。"

"这样啊……"柳卓航轻轻叹了一口气，随后缓缓说道，"你找个借口吧！"

"嗯？"

"就说你今天有点不舒服，不宜出门。"柳卓航伸出手揽住了叶芳芳的肩膀，说道，"反正你今天就得陪我。"

看到柳卓航如此孩子气的一面，叶芳芳轻轻地笑了笑，一抬秀气的眉头，说道："嗯，好，那就这样！我陪着你！"

柳卓航拿起红酒往自己的嘴巴灌去。

只有这一刻，他的神经才能够放松下来，也只有这一刻，他才觉得自己活着非常幸福。

平时和舅妈斗智斗勇，要多多留心眼，还要假装爱着沐玲欣，那样的生活，对于他来说有些太累了。

叶芳芳拿起柳卓航为自己倒的牛奶，目光幽幽，问道："将来你真的会娶我回家吗？"

柳卓航眉头微蹙，说道："难道你不相信我？"

叶芳芳摇了摇头，说道：“我相信你，但是我有点不自信，不相信那时候你是否还对我感兴趣。”

说到这里，叶芳芳敛了敛眉目。

“我这一辈子，也就只爱你一个人。你放心吧，我绝对会娶你回家！”柳卓航皱起了眉头，有些不满地看向了叶芳芳，说道，“你就不要再说那样的话了，知道吗？你说那样的话，让我心里也非常不舒服。”

“嗯。”叶芳芳点了点头，将牛奶送入嘴里，一口饮尽。

“喝那么急干什么？”柳卓航皱着眉头说道，“你慢慢喝啊！你看看，都滴到衣服上面了。”

柳卓航走到床前拿起纸巾，帮叶芳芳擦了擦滴在衣服上的牛奶。

叶芳芳觉得此时此刻特别幸福。

第七十一章　白青青的苦恼

沐玲欣来到环雅咖啡厅之后，在咖啡厅的一个角落里看到了低沉的白青青。

轻轻吁了一口气，沐玲欣来到白青青的身边，将包包放在桌子上，说道："我来了。"

"我知道。"白青青的声音非常低沉。

"呃？"沐玲欣吞了吞口水，皱着眉头问道，"你怎么了？你看起来有些不对劲！"

白青青叹了一口气，说道："我今天看到了一幕，非常令人震惊的一幕……"

说到这里，白青青又顿了顿。

沐玲欣一挑眉头，有些困惑地说道："你看到什么了？跟苏亦俊有关系吗？"

白青青点了点头，伸出手撑住额头，随后低下眸子，幽幽说道："我在无意间发现苏亦俊和一个女人有说不清的关系。"

沐玲欣微微蹙起了眉头，用试探性的语气问道："你是不是看错了啊！我觉得苏亦俊这个人好像对女人没有任何兴趣，我还一度以为……他就是一个没有感情的怪物！"

白青青又是一阵长叹，语气中带着沧桑的味道，"如果可以，我还真希望自己看错，但是对方确确实实是苏亦俊！你说……他找一个像样一点的女人，我也不追究了！可你知道吗，他找的那个女人，打扮得花枝招展，要多难看就有多难看。”

听到这里，沐玲欣的额头上流下了一滴冷汗，伸出手轻轻擦了擦脸上的汗水，说道：“你是嫌那个女人长得丑？”

“也不是！”白青青伸出手抱住了头，表情非常难看，说道，“我就想知道，在他的心里，我难道不如那样一个丑八怪吗？”

“你喜欢上苏亦俊了？”沐玲欣微微眯了眯眼睛，用试探性的语气问道。

嗯？

听了沐玲欣的话之后，白青青的手指不由得一阵轻颤，浑身哆嗦了一下，有些困惑地看向了沐玲欣，不明白似的问道：“什么？你说我喜欢上苏亦俊了？”

“嗯！”沐玲欣点了点头。

还没有等沐玲欣再说话，白青青就握紧了拳头，用力地砸了一下桌子，大声说道：“这怎么可能！”

沐玲欣的额头上很快就冒出了冷汗，左右看了看，发现咖啡厅里的其他人都向她们投来诧异的眼神。

于是，沐玲欣轻轻地握了握拳头，放在自己的下巴处，轻轻地咳了咳，用语重心长的口气说道：“我说白青青同志，这里是公众场所，我们说话的时候需要注意一下，你知道吗？”

白青青有些幽怨地看了看旁边的人，随后轻叹了一口气，声音有些低沉，说道：“我知道了。”

“可是，既然你不喜欢苏亦俊，为什么看到他和其他女人在一起会如此生气？”沐玲欣问道。

白青青解释道：“如果是你，你会怎么样？如果你看到即将成为你的丈夫的男人跟其他女人在外面厮混，你会怎么样？”

沐玲欣一想到柳卓航跟其他女人搂搂抱抱、恩恩爱爱的模样，觉得心里非常不好受，说道：“我会和他离婚！”

“你也看不惯，是不是！”白青青低下了头，继续说道，“所以，我现在特别纠结，特别难受。”

“我觉得你应该找他聊一聊。”沐玲欣建议道。

“我有跟他聊过，你知道他怎么跟我解释吗？”白青青苦笑了一声，说道，“他居然跟我说，那个女人是他的同学，他的同学发生了一些非常不愉快的事情，他只是去安慰一下。”

“或许真的是这样吧！”

“才不是呢！”白青青摇了摇头，说道，“他都亲那个女人了。”

沐玲欣皱起了眉头，说道：“我问你，你喜欢他吗？”

这个时候，白青青愣了一下，没有马上回答，而是皱起了眉头，沉默了一会儿会后，摇了摇头说道：“我不喜欢他。”

“如果你真的不喜欢他，你为什么要犹豫？你为什么要犹豫那么久才回答我？”

沐玲欣一连串的问题让白青青无语。

沐玲欣看着白青青低着头的模样，意味深长地叹了一口气，说道：“其实你对他的感情，只有你自己一个人知道。你之前跟我说过，你不想和他结婚，你也不喜欢他。那时候我还真的以为你不喜欢那个男人。但是，今天你跟我抱怨这件事情的时候，我才意识到，也许……你对他……还是有感觉的……”

听到这里，白青青的手指不由得一阵轻颤。

“再说，你们马上就要举行婚礼了。”沐玲欣继续说道，“你真的愿意嫁给一个你不爱的男人吗？”

“这是商业联姻，我没有办法。”白青青摇了摇头，皱着眉头说道，“这不是我一个人能够做主的。”

“如果你不想嫁，你就有办法不嫁！你可以跟你父母解释你不嫁的原因，说你不喜欢他啊！”

“事情没有你想象得那么简单。”白青青抬起了头，眸光中有着复杂的神情，说道，“在这件事情上，我只有服从的份儿。”

“我想天底下没有哪一对父母不心疼孩子的。”沐玲欣一想到自己的父亲和凝姨，眼里就有淡淡的笑意。

“那可不一定。”白青青反驳沐玲欣，“前段日子，不就有新闻曝出来吗，说有一个家庭主妇嫌弃家里太穷，将自己未满一岁的小孩杀了。”

“那只是个例而已。”沐玲欣轻轻吁了一口气，说道。

白青青苦笑了一声，继续说道：“我的父母就在这些个例之中，他们只当我是发财致富的工具。我从来就没有觉得他们真的为我着想过，我都不知道生活在这样的家庭是该高兴还是应该悲哀呢！”

听到白青青如此消极的话，沐玲欣说道：“我觉得你想太多了，你的爸爸妈妈无非就是觉得苏亦俊人还不错，想让你嫁给他得到幸福罢了！”

“我才不觉得他们会为我考虑呢！”白青青摇了摇头。

“关于这一点，我想你可以问你的父母，而不是这样瞎猜测。”沐玲欣拿起了放置在桌面上的咖啡，轻轻抿了一口。

第七十二章　苏亦俊的想法

白青青轻轻吁了一口气，说道："我觉得有些烦，你能不能陪我出去逛一逛。"

"嗯，你想去哪里逛？"沐玲欣问道。

"什么地方都好，只要不回家，我现在都不想回家了，家里贴着的喜字简直亮瞎了我的眼睛。"

沐玲欣点了点头，伸出手向服务员的方向招了招手，说道："结账。"

沐玲欣和白青青往外走去。站在咖啡厅的门口，沐玲欣轻轻吁了一口气，伸出手指了指天空，"阳光可真灿烂啊！走，我带你去公园里走走。"

"不想去公园。"白青青摇了摇头。

"那就去逛街吧！去逛商场，你觉得如何？"沐玲欣建议道。

"我想回家好好睡上一觉。"白青青轻轻吁了一口气，目光有些呆滞，"我现在真的提不起精神来逛街。"

"那好吧！"沐玲欣伸出手，轻轻握住了白青青的手，说道，"你回去好好和你父母商量一下吧！如果你不想嫁，我觉得你父母应该会体谅你的吧！"

"嗯！"白青青点了点头。

这个时候，沐玲欣发现白青青的身后站着一个人。

"白青青……"沐玲欣吞了吞口水，伸出手指了指白青青的身后。

白青青皱了皱眉头，有些困惑地看向了沐玲欣。

沐玲欣说道："你的身后……有人……"

白青青抿了抿嘴唇转过头，当她看到身后的那个男人的时候，手指不由得一阵轻颤。

那个男人正是苏亦俊！

"我想，我得先走了。"沐玲欣轻轻地笑了笑。

"关于那件事情……我想……我有必要和你解释一下！"苏亦俊冷峻的目光看向了白青青，缓缓说道。

白青青苦笑了一声，说道："你还有什么事情跟我解释呢？你不是跟我说了吗，那是你的同学，你只是在安慰她，不是吗？"

"不是！"苏亦俊森冷地说道。

沐玲欣叹了一口气，说道："婚姻可不是儿戏，你们得想好了，如果真的没有一点感情的话，就不要勉强对方了，勉强是不会幸福的。"

苏亦俊看向了沐玲欣，随后冷笑了一声，说道："老女人！"

什么！

沐玲欣非常不满地皱起了眉头，有些不爽地说道："你说谁是老女人？苏亦俊，你这个不知好歹的臭小子！"

苏亦俊没有说话，他的目光再次投向了白青青，说道："附近有一间咖啡厅，我们去咖啡厅里说话吧！"

白青青摇了摇头，轻笑了一声，说道："我可不想再去喝咖啡了，我刚刚从咖啡厅里出来的。"

"不远处有一个甜品店，我们去那里吃点甜品……"

白青青点了点头。

沐玲欣看着苏亦俊和白青青远去的方向，轻轻吁了一口气。

但愿他们两个人能够解决矛盾，毕竟，他们很快就要结婚了啊！

沐玲欣拿出了手机，想都没有想按下了一连串号码。

当她回过神来的时候，才意识到自己所按下的号码并不是柳卓航的手机号码，而是肖鲭然的手机号码。

沐玲欣看着手机屏幕，苦笑了一声，最后按下了删除键。

难道这个时候她还想着肖鲭然吗？

这个时候，她不应该再作贱自己了，不应该再想那个和她有缘无分的男人了！

想到这里，沐玲欣叹了一口气。

白青青和苏亦俊来到了甜品店。

白青青有些百无聊赖地看着手机上的视频。

“你想吃点什么吗？”苏亦俊来到白青青的面前，声音柔和了很多。

白青青没有抬起头看苏亦俊，只是冷冷地说道：“你有话就直说吧！说完了，你走你的阳关道，我过我的独木桥。”

“今天的事情，不会再发生了。”苏亦俊没有点甜品，而是坐到白青青的对面，说道，“不过，结婚之后，我们不得干涉对方的事情。”

“哦？”白青青按下了手机的锁屏键，随后抬起头看向了苏亦俊，轻笑道，“就算我给你戴绿帽，你也不干涉我的事情吗？”

苏亦俊轻轻吁了一口气，说道：“这个……不行！你不能够给我戴绿帽，和我结婚之后，你就是我的妻子，你必须履行妻子应当履行的义务。”

“那你有没有想过，结婚之后你就是我的丈夫了？”白青青说道，“作为我的丈夫，你在外面拈花惹草，你好意思说吗？”

苏亦俊说道：“今天的事情，我向你道歉，并且我发誓不会再发生这样的事情了。”

“我凭什么相信你？”白青青皱着眉头说道。

苏亦俊没有说话，只是抿了抿嘴唇。

“我们之间没有爱情，但是因为商业联姻结合在了一起。”白青青长长叹了一口气，继续说道，“你知道吗，我多么不想嫁给你，可是我却没有选择的余地。”

这个时候，白青青就像喝醉酒了一样，一个劲儿地吐着苦水，继续说道：“真希望这一切都不是真的，我多么希望我要嫁的人不是你。”

苏亦俊没有说话，只是静静听着。

“我想，我也没有必要在这里待着了。”这个时候，白青青站了起来往外走去。

然而，白青青才刚刚踏出了一步，手就在瞬间被一个男人握住了。

苏亦俊握住了白青青的手。

白青青吞了吞口水，缓缓转过头，看向了苏亦俊。

“你话说完了，但是我还没有说呢！”苏亦俊的声音很冷漠，是那样冰冷。

“嗯？”白青青侧着头看向了苏亦俊。

“你必须嫁给我，你没有选择的权利。”苏亦俊目光幽幽地看向前方。他的声音依旧很冷峻，没有看白青青。

白青青苦笑了一声。

“这个由不得你。而且我也说了，我婚后不会拈花惹草。婚后我们虽然各走各的路，但是不得出轨！”说完，苏亦俊松开了白青青的手。

白青青看着自己被捏红的手，皱起了眉头。她冷冷地哼了一声，往外走去。

结婚之后，各走各的路，这样也好。至少不用被拘束，说不定这是另外一种形式的自由！

第七十三章　舅妈的阴谋

柳卓航第二次带沐玲欣去民政局登记结婚的时候，不料去往民政局的路上堵车，等他们到民政局的时候，已经是下午六点多了，大门已经紧闭。

沐玲欣看着紧闭的民政局大门，幽幽地说道：“看来老天不会轻易让我们领证，对吧！”

柳卓航握紧了方向盘，眼睛微微眯了眯，放出了寒光。

这一切一定是有人在暗中捣鬼，他非得查出是谁不可！

“你先回去歇息一下吧！”柳卓航的脸上恢复了正常的表情，轻轻笑了笑，侧头看向了沐玲欣，说道，“今天已经快要天黑了，我送你回去，可好？”

沐玲欣点了点头。

苏亦俊来到肖鲭然的病房。此时，肖鲭然已经摘掉了纱布，两只眼睛都可以看到东西。

“明天我就要结婚了。”苏亦俊拿出烟想要点燃，但是想到肖鲭然还是一个病人，又将烟熄灭了。

“我这个样子，”肖鲭然苦笑了一声，说道，“恐怕是无法参加你的婚礼了。”

“没事，有你的祝福也一样。再说，你在场和不在场根本没有什么区别，这婚该结还是得结，你说对吧，肖鲭然！”

肖鲭然看着苏亦俊布满血丝有些肿胀的眼睛，叹了一口气，说道："那怎么可能会一样，有我在，气氛会活跃一点。"

"得了吧，肖鲭然，你还是这么自恋。"苏亦俊在旁边坐了下来，随后疑惑地问道，"咦，你那个女朋友呢？我怎么没有看到她？"

"她怀孕了，"肖鲭然闭上了眼睛，降低了音调，缓缓说道，"我让她回去休息了。"

"看来你也挺疼她的，是吧！"苏亦俊轻轻地笑了笑，但是笑容很快就消失，有些严肃地看着肖鲭然，问道，"你打算将她娶回家吗？"

"不然呢？"肖鲭然反问道，"她怀了我的孩子，我还要将她拒之门外吗？"

苏亦俊没有说话，只是轻轻地叹了一口气。

"你叹什么气啊？"肖鲭然有些不爽地看了一眼苏亦俊。

苏亦俊轻声说道："我只是觉得有些可惜，你有喜欢的女人，却要娶另外一个女人入门。"

"男人最重要的是有责任感。"肖鲭然轻叹了一口气，"只有有了责任感，才能够有一个家。"

苏亦俊听了肖鲭然的话略有所悟。

"不懂你在说什么。"苏亦俊很快就回过神来，摇了摇头，说道，"你好好在医院里待着吧！我也得走了，我马上就是新郎了，要准备的事情还有很多！"

"走吧！走吧！不要因为我误了你的好事。"肖鲭然轻轻吁了一口气，说道，"正好我也想休息休息。"

苏亦俊看了一眼肖鲭然，随后站了起来往门外走去。

肖鲭然看着苏亦俊远去的方向，轻声叹了一口气。

医院里非常冷清，但是这样也好，至少不用想太多，只要老老实实躺在医院里就可以了。

但是……他还是很想知道沐玲欣的下落，想知道沐玲欣现在过得好不好！

此生，他应该没有机会给沐玲欣幸福了吧！

想到这里，肖鲭然有些落寞地低下了眸子，手轻轻颤动着。

站在民政局的柳卓航目光紧皱，手在不知不觉中已经握成拳头。

要是他没有猜错的话，应该有人在暗地里阻挠他和沐玲欣登记结婚。

能够阻挠他登记结婚的人无非就两个，一个是他心爱的女人叶芳芳，另外一个则是窥视柳氏集团继承权的舅妈刘溪云。

依照他对叶芳芳的了解，她绝对不会做出这样的事情来，因为这样做对她没有任何好处。

那么做这件事情的人就只剩下一个，他的舅母刘溪云。

只要能够让刘溪云露出马脚，他就胜券在握。

要是他没有猜错的话，之前沐玲欣被歹徒绑架，那歹徒应该也是刘溪云派来的。

她已经触犯了法律，在不知不觉中处在了弱势。

接下来，只要让她中了自己所设的圈套，那么她就必死无疑了。

想到这里，柳卓航的眼睛里闪过一道寒光。

与此同时，在城市里的一处繁华地段，一个穿着非常华丽的女人此时翘着二郎腿，坐在椅子上晒太阳。

这个人便是刘溪云。

此时的刘溪云坐在绒椅上，脸上露出得意的笑容。

一个穿着黑衣服的男子走上前来，说道："老板，接下来我们应该怎么办？"

"你认为呢？"刘溪云轻轻笑了笑，说道，"这柳卓航和沐玲欣，两个人之中必定有一个不能够存在。"

黑衣人听了刘溪云的话之后，用疑惑的语气问道："那么老板，你觉得杀谁会比较好呢？"

刘溪云只是优雅地拿起了放置在一旁的果汁，轻轻地吸了一口，脸上有着得意的笑容，说道："柳卓航再怎么说都是我的外甥，你说这当舅妈的会跟自己的外甥过不去吗？"

黑衣人很快就明白了刘溪云话里的意思。

"那个小丫头虽然跟我无冤无仇，但是她的存在会对我的位置造成威胁。”刘溪云顿了顿，随后继续说道，“将她速速解决了吧！她留着总归是一个祸害。”

“是！”黑衣人点了点头，打算离开。

“等等！”看到黑衣人打算离开，刘溪云轻轻笑了笑。

黑衣人停住脚步，有些困惑地看向了刘溪云。

刘溪云嘴角处的笑意越来越深，轻轻笑了笑，接着说道：“如果无法杀那个小丫头，我也就只有忍痛割爱了。”

“我这么说，你能够明白吗？”刘溪云伸出手轻轻摸了摸自己手指的护甲，嘴角处的笑意是那样冰冷。

黑衣人点了点头。

柳卓航，你可不要怪舅妈我狠心。毕竟你的存在只会威胁到我和孩子的地位！你如果肯乖乖放手，乖乖放了柳氏集团这块肥肉，舅妈也不至于下此黑手。

想到这里，刘溪云的嘴角处的笑意越来越深了，一口将手里的果汁喝完了。

第七十四章　螳螂捕蝉，黄雀在后

柳卓航知道，沐玲欣之所以会被绑架，差点被撕票，全都是一个人在暗中搞鬼。而他认为，这个人很有可能是他的舅妈刘溪云。

为了证明自己的猜测没有错，柳卓航还让人去暗中调查绑架沐玲欣的人以及幕后指使者，结果跟他猜测的一样。

柳卓航眯了眯眼睛，目光冷然地看着前方，冷笑了一声，脸上有着嗜血的笑意。

看来，还真是你在暗中搞鬼啊！你越是想得到整个柳氏集团，我越是不能够让你如愿以偿。

想到这里，柳卓航握紧了手里的高脚酒杯，脸上有着令人不寒而栗的杀气。

既然你不仁，就休怪我不义！

想到这里，柳卓航的瞳孔猛地紧缩，放射出了一抹让人不寒而栗的光芒来，那样的眼神带着警告的味道。

刘溪云，你别以为我不知道你心里在想什么，你不就是想要杀我或者沐玲欣，来吧，赶紧过来吧！

我会让你偷鸡不成蚀把米！

柳卓航冷笑了一声，将手里端着的红酒一饮而尽。

他很高兴叶芳芳没有搅和到这场暗斗中来，否则她就有可能在这场暗斗中受伤。

要是柳卓航没有猜错，刘溪云这一次肯定还会对沐玲欣下手，应该还会在她家附近监视着沐玲欣，等到沐玲欣离开家，等到她毫无反抗之力的时候将她解决。

知道这一点，他也能够好好想办法对付刘溪云。

柳卓航率先报警。

他想要走一步叫作“螳螂捕蝉，黄雀在后”的棋！

果然不出他的所料，待沐玲欣再度离开家不久之后，刘溪云的人就将沐玲欣围了起来，打算向沐玲欣下手。

沐玲欣看到这些突然出现的黑衣人，吓了一大跳。她认得出其中两名黑衣人，这两名黑衣人就是当初差点害她丧命的人。

真是阴魂不散啊！

沐玲欣的手指不由得一阵轻颤，额头上已经流下了不少的虚汗。

“我劝你还是乖乖的，免得受不必要的苦。”一名黑衣人看着沐玲欣，冷笑了一声。

沐玲欣咬住了下嘴唇，苦笑道：“警察没有将你们抓走吗？”

“就凭警察也想把我们抓走？”这名黑衣人冷哼了一声，自傲地说道，“也不看看老子是谁，那些警察能是老子的对手吗？”

沐玲欣冷笑了一声，额头上已经流下了不少的虚汗。

难道……她今天就要栽在这条路上，栽在这些坏人的手里了吗？

想到这里，沐玲欣微微蹙起了眉头，眼睛开始观察地形，想要找出一条逃生之道。

然而，她的周围已经站满了黑衣人，他们蓄势待发，仿佛下一秒她就会被打成马蜂窝一样。

沐玲欣看了看那一个个强壮的黑衣人，随后硬生生吞了吞口水。

情况看起来有些不妙！

就在这些黑衣人往沐玲欣的方向跑来的时候，突然听到了警察的声音。

“统统不要动！警察！”

这些黑衣人一听是警察之后，身板很快就僵硬了，当他们转过头看到真的是警察，脸色瞬间变白。

警察的手里拿着枪，而这些枪都指着这些黑衣人。

这些黑衣人陆陆续续地抬起了自己的手，做出了投降的动作。

然而，就在这个时候，有一个黑衣人不怕死地往沐玲欣的方向扑了过。沐玲欣还没有回过神来，就已经被对方控制。

沐玲欣的瞳孔瞬间放大了。

“统统不要动，如果你们敢动一下的话，这个女人就休想活命！”黑衣人的手里出现了一把锋利的小刀，架在沐玲欣的脖子上。

沐玲欣低下头看着架在自己脖子上的小刀，身上开始流虚汗。

“这刀虽小，要一个人的命是绰绰有余。”黑衣人冷哼了一声，继续说道，“你们这些狗屁警察，赶紧将手里的武器放下，否则我就杀了这个女人。”

说着，黑衣人在沐玲欣的脖子上用力移了移。

“好，我们放下武器……”这个时候，一名警察将自己手里拿着的枪放在地上，随后举起双手，用试探性的语气说道，“这些总该可以了吧！我们已经将武器丢在地上了。”

“还不够！”黑衣人大声说道，“所有警察都不能够带武器，而且还要转过身去。”

警察害怕歹徒会伤害人质，不得不听歹徒的话，乖乖转过身体，将自己脆弱的后背面对歹徒。

不行，再这样下去，不仅仅是她自己，就连这些警察也会丧命于这个地方。

沐玲欣觉得自己不能够让这些事情发生，于是一咬下嘴唇，像是鼓起了勇气一样，突然用力抬起脚踹向了身后那个男人。

那个男人被踢中了要害，浑身力气猛地消失，松开了沐玲欣的胳膊。

警察看准时机，纷纷拿起地上的枪，指向了在地上打滚叫痛的歹徒。

沐玲欣看到机会一来，拼命往警察的方向跑过去。

“举起手来，否则休怪我们不客气。”这个时候，警察已经将这个人抓捕。

“谢谢你们。”沐玲欣目光幽幽地看向了眼前这些警察。

警察说道：“这是我们应该做的。”

不远处还站着一个笔直的男人，这个男人穿着非常挺直的西装，优雅中带着一丝森冷。

柳卓航看着被抓的歹徒，嘴角处的笑意越来越深了。

这些歹徒都已经抓到了，刘溪云还能够再躲多久呢？

不过，话说回来，他还真没想到沐玲欣有这一招。要不是沐玲欣使出了最后一招，恐怕他的计划就要落空，恐怕他所有的猜想和揭发都要功亏一篑。

好在沐玲欣及时出手扳回了一局，才不至于让事情变得越来越糟糕！

既然这些黑衣人已经被抓起来，那么背后的指使者——也就是刘溪云——也快要入监狱了。

一句老话说得很好，多行不义必自毙！

柳卓航冷笑了一声，踏着沉稳的步伐往自己家走去。

第七十五章　恶有恶报

刘溪云此时在家中悠闲地翻弄杂志，脸上有着浅浅的笑容。

只要这件事情完成，她就再也不用担心柳家集团会落到柳卓航的手里。

想到这里，刘溪云嘴角处的笑意越来越深。

就在这个时候，一个女佣匆匆忙忙地走到刘溪云的面前低下了头。

刘溪云看着这个女佣，非常厌恶地皱起了眉头，说道："我不是说过了吗，如果没有什么事情，就不要出现在我的面前，我讨厌看到你们这些下人。"

"夫人……"女佣的脸上有着为难的神色。

嗯?

刘溪云很快就意识到这个女佣有话说，于是挺直了腰板，微微眯了眯眼睛，缓缓说道："有话就直说，吞吞吐吐的，像什么话！"

女佣轻轻地吐了一口气，说道："夫人，外面有警察。"

听到"警察"两个字，刘溪云的手指不由得一阵轻颤，说道："警察来干什么？"

"说是有事情要和夫人确认一下。"

"你出去跟那些警察说我没空。"刘溪云微微皱了皱眉头，随后又急急忙忙地叫住马上就要走开的女佣，说道，"等等，你先别走，你就跟他们说我身体不舒服，不方便见警察。"

“可是……”女佣有些为难地低下了头，说道，“警察……已经进来了……”

什么？

听到这里，刘溪云的心猛一滞，假装淡定地喝了一口水，随后踏着轻盈的步伐出去。

看到警察的那一刻，刘溪云的脸上有了淡淡的笑意，轻轻笑了笑，说道：“不知道各位警官来我家有何贵干呢？”

“刘溪云，我们现在以涉嫌杀害别人的罪名对你依法逮捕。”警察拿出证件，非常严肃地说道。

听到警察的话，刘溪云的手指不由得一阵轻颤，笑容瞬间凝固，但是很快回过神，说道：“警察先生，我不知道你在说什么。”

“之前我们接到了受害者的电话，说是有人在暗地里想要伤害她。于是，我们便暗地对她进行跟踪保护。”这个警察顿了顿，继续说道，“不管怎么样，你先跟我们到警察局再说。”

刘溪云冷笑了一声，说道：“虽然你们是警察，但是你们话都没有说完，我还不知道发生了什么事情，就想要将我带到警察局？”

警察说道：“请你配合我们的工作。”

刘溪云抿了抿嘴唇，知道自己已经逃脱不了法律的惩罚。

警察将刘溪云带出别墅，当刘溪云走出别墅的时候，看到柳卓航，此时柳卓航的脸上没有任何表情，脸色异常冰冷。

刘溪云看到柳卓航，肚子里有一股怒气，怒瞪柳卓航，冷哼了一声。

柳卓航只是笑了笑，说道：“舅妈，早知如此，又何必当初呢？你今时今日的报应，都是你之前咎由自取。”

听了柳卓航的话，刘溪云非常愤怒，想要上去抽柳卓航一个耳光，无奈却被警察紧紧地压制着。

这个时候，柳卓航的脸上露出幸灾乐祸的表情，嘴角处的笑意越来越深。

即便刘溪云非常生气，却无能为力。

这个时候，她突然醒悟过来，她输了，她在这场战斗中失败了。但是，她非常不甘心，柳氏集团原本就应该属于自己的孩子。

就在这个时候，刘溪云看到自己的孩子站在不远处，眼中闪烁着泪光，他张了张嘴唇，说道："妈，你告诉我，这一切……都不是真的。"

看到自己的孩子，刘溪云低下了头，她不敢抬头，不敢看着自己的孩子。

她害怕看到孩子之后会忍不住想要哭。

柳卓航看着刘溪云被警察带走，异常兴奋。

对于他来说，刘溪云是最大的对手，而且也是最危险的存在。有刘溪云在的一天，就是他提心吊胆生活的一天。

多少次，她派人在暗地里追杀他，好在他够机智，才能够化解危机。

如果不赶紧将她关入警察局，恐怕他连睡都无法睡好。

"柳卓航……"这个时候，刘溪云转过了身子，非常冷静地看着柳卓航。

听到舅妈的声音，柳卓航侧过头看了一眼刘溪云，一挑英气的眉头，问道："舅妈，你还有什么吩咐吗？"

"你不要高兴得太早了！"刘溪云抬起了下巴，目光中有着凌厉的神情，一字一顿地说道，"我还会回来的！"

柳卓航冷笑了一声，回应道："到时候，我会去接你的。"

那个时候，柳氏集团应该就在他的手里了吧！

刘溪云想要再说些什么，却被警察押上了车。

柳卓航看到刘溪云被押上警车，悬着的心才安定下来。

总算解决了一个难缠的角色。

不过，他现在高兴还是有点太早，得尽快拿到和沐玲欣的结婚证，只有这样，他才能够名正言顺地接管柳氏集团。

想到这里，柳卓航暗暗叹了一口气。

他冷然地看了一眼有些呆滞地站在原地的表弟，踏着沉稳的步伐往前走去。

天……有些冷了。

这个时候，柳卓航抬起眸子看向蔚蓝的天空，此时，天空中万里无云，好一派神清气爽的景色。

再看看路中央，他发现原本嫩绿的树叶此时已经变成金黄色，而且路上已经落了很多金黄色的叶子。

一阵微风吹来，柳卓航有些瑟瑟发抖。

不知不觉中，秋天已经到了！

柳卓航轻轻吁了一口气，蹲下身子捡起一片树叶，看了一眼。

他再次抬起头看向已经变成金黄色的叶子，这个时候，有一片叶子脱离了树枝的怀抱，轻轻地在空中旋转出一个又一个的圈，最后飘落到地面上。

柳卓航抬起脚踏过那片落叶，毅然决然向前走去。

第七十六章　爸爸的追问

柳卓航的舅妈被抓之后，柳卓航就带着沐玲欣到民政局去登记结婚。然而，登记结婚的那一天，沐玲欣忘记带户口本。

“你真的没有带户口本吗？”柳卓航有些着急地看向沐玲欣。

沐玲欣点了点头，伸出手按住自己的额头，说道：“我出门太着急，所以忘记带户口本了。”

柳卓航轻声安慰道：“不要着急，我们还有很多时间登记结婚呢！”

“要是下次来，堵车了怎么办？民政局没有开门怎么办？”这个时候，沐玲欣侧着头朝柳卓航叹了一口气，敛了敛眉目，说道，“都是我太笨了，走的时候居然忘记带户口本。”

“不要再怪自己了。”柳卓航轻轻地笑了笑，随后说道，“我的外公想要见见你，你能不能给我这个面子？”

嗯？

听到这里，沐玲欣眨了一下眼睛，说道：“你外公想要见见我？”

“嗯！”柳卓航点了点头，说道，“他看了你的照片之后，很喜欢你。要是能够见到你，我想他应该会非常开心才是。”

“这样啊……”沐玲欣抿了抿嘴唇，随后轻轻点了点头，说道，“有时间的话，我会去看望你外公的。”

“我希望你现在就陪我去探望一下。”说到这里，柳卓航轻轻叹了一口气，目光轻轻颤动着，“老人也没有什么特别的愿望，就是想要看看自己的外孙过得开心，娶到一个如意的新娘。”

沐玲欣找不到拒绝的理由，就点了点头。

当沐清风知道雅芙公司成功地渡过财务危机之后，非常气愤。他握紧拳头用力砸了一下办公桌。

这到底是怎么一回事？

他给予雅芙公司的应该是致命一击才是，为什么雅芙公司能够成功地渡过财务危机？

想到这里，沐清风额头青筋暴现。

这个时候，一个戴着眼镜的斯文秘书走了进来，看向沐清风，随后低下了头，说道：“总裁，你找我吗？”

沐清风调整了一下自己的情绪，冷静地说道：“你帮我查一下，为什么雅芙公司能够成功地渡过财务危机。”

秘书推了推脸上的眼镜，毕恭毕敬地说道：“关于这个……”

沐清风看着秘书，一挑眉头，说道：“难道你知道这里面的原因？”

秘书点了点头，恭敬地说道：“因为沐玲欣小姐在暗中帮忙，所以雅芙公司才能够渡过财务危机。”

什么？

听到秘书的话，沐清风的脸瞬间变得非常难看，微微眯了眯眼睛，目光中有着复杂的神情。

居然是……沐玲欣！

沐清风轻轻地吁了一口气，脸上的怒气瞬间消失得无影无踪，伸出手轻轻按住了额头。

沐玲欣到底在想些什么？为什么要帮助那个玷污她的人渣？

难道说……沐玲欣喜欢那个男人吗？

想到这里，沐清风又是一阵长叹！

如果说沐玲欣喜欢的人是肖鲭然，而不是柳卓航的话，那就能够解释她为什么在和柳卓航订婚之后闷闷不乐了。

想到这里，沐清风微微眯了眯眼睛。

既然知道这些，他想有必要去问沐玲欣的意见。如果她喜欢的人是肖鲭然而不是柳卓航，那他必须阻止柳卓航和她的婚礼。

沐玲欣是他的女儿，他必须得为自己的女儿着想。

沐清风想都没有想就穿上西装，看向站在一旁的秘书，皱着眉头说道："你帮我准备一下，我马上就回家。"

"是，总裁。"秘书点了点头，推了推眼镜往外走去。

沐清风看向了窗外，长长叹了一口气。

不知不觉中，秋天已经到了。

沐清风回到家之后，就坐在沙发上等待沐玲欣回来。

沐玲欣回来之后，沐清风抬起自己的手放在下巴处，轻轻咳了咳，说道："欣儿啊……"

沐玲欣看到自己的父亲坐在沙发上，眨了一下眼睛，说道："爸，你怎么回来了，这个时候你不应该还在上班吗？"

沐清风轻轻吁了一口气，说道："快点坐下来，我有话要和你说。"

沐玲欣抿了抿嘴唇，轻轻笑了笑，说道："爸，你的表情看起来很严肃呢！你想要和我聊些什么呢？"

沐清风一脸严肃地看向沐玲欣，张了张嘴唇，缓缓说道："爸只是想知道你对肖鲭然的看法。"

听到"肖鲭然"这个名字，沐玲欣的手指瞬间颤抖了一下，吞了吞口水，有些勉强说道："我……对他没有看法啊！什么看法都没有啊！"

"欣儿……"沐清风轻轻叹了口气，说道，"都到了这个时候，爸希望你能够对我坦白。"

沐玲欣咬住了下嘴唇，低下了眼帘。

"真的是这样吗？"沐清风的语气中带着怀疑的味道。

"当然是这样啊！"沐玲欣点了点头，说道，"我只是见过他几面而已，能够有什么看法啊！"

沐清风长长叹了一口气，继续说道："可是你在暗中帮助肖鲭然度过财务危机，这一点你想要怎么解释？”

听到这里，沐玲欣浑身轻轻颤动了一下。她沉默了一会儿之后，回答道：“爸，我有些累了，我想回去休息了。”

说完，沐玲欣就往自己的房间走去。

“站住！”沐清风冷冷地说道。

沐玲欣停在原地，她的脸上此时已经流下不少虚汗。

“爸爸问你，你是不是喜欢上肖鲭然那小子了？”这个时候，沐清风站了起来，目光幽幽地看向女儿。

沐玲欣咬住嘴唇，随后轻轻叹了一口气，说道：“爸，我真的累了，我想去休息一下。”

随后，沐玲欣就往自己的房间走去。

依照他的判断，肖鲭然和自己的女儿一定有道不清的关系，要是他没有猜错，自己的女儿是喜欢肖鲭然那小子的。

要不然沐玲欣在和柳卓航订婚之后，也不会露出那样闷闷不乐的表情。

第七十七章　新娘不是她

沐玲欣回到房间之后，觉得头很晕。面对自己父亲的追问，她无法回答，也不能够回答。

她轻轻吁了一口气，躺在自己的床上。

沐清风是因为关心她才会如此追问，这一点她不是不知道。

就在这个时候，她的手机响了起来。

沐玲欣没有抬头，伸出手在床上摸索着，摸到手机后，将手机拿起，按了接通键。

电话那头是白青青的声音。

“沐玲欣，你知道肖鲭然的事情了吗？”

“他的事情……”沐玲欣微微眯了眯眼睛，随后轻轻叹了一口气，说道，“他的事情关我什么事？”

顿了顿，沐玲欣又补充道：“我和他……已经没有什么瓜葛了，你不要在我面前提他的名字了。”

毕竟，她已经决定放弃这个男人重新开始，和柳卓航一起生活。

她好不容易才下定决心，所以不想有任何事情来摇动她的决心。

“你确定不想知道他的事情？”白青青用试探性的语气问道。

“不想知道。”沐玲欣压低了声音说道，声音中带着淡淡的忧愁。

白青青轻叹了一口气，说道：“好吧，既然你不想知道，我就不说了，免得影响你的心情。”

听到这里，她抿了一下嘴唇，“但是，既然你打电话过来了，还是告诉我肖鲭然……发生什么事情了？”

“你不是说和他没有什么瓜葛，并且没有兴趣知道发生了什么事情吗？”白青青的语气中带着打趣的味道。

沐玲欣翻了翻身子，换了一个姿势接电话，目光幽幽地说道：“可是你已经激起了我的好奇心，我只是好奇而已。”

对于他的事情，她依旧忍不住想要知道。

原来，她还是很在乎肖鲭然的。虽然，她总是骗自己，骗自己已经不在乎肖鲭然了，可是无法骗过自己的心。

“好吧！”电话那头的白青青轻轻吁了一口气，平静地说道，“肖鲭然他……和叶芳芳会在这个月底结婚。”

沐玲欣听到这里，手指不由得一阵轻颤。

听到这个消息之后，她觉得自己的世界一阵电闪雷鸣，随后一片空白。

她明明知道会有这一天。

可是，当她知道这件事情的时候，还是忍不住悲伤。

沐玲欣苦笑了一声，张了张嘴巴，却什么话都说不出来。

听到沐玲欣久久不说话，白青青皱起了眉头，用试探性的语气问道：“沐玲欣，你还好吗？”

沐玲欣很想说还好，然而张开嘴巴什么话都说不出来。

心里非常苦涩，仿佛是吃了黄连一般特别痛苦。

她伸出手按住了胸口，拼命想要喘气。

“你不要想不开啊！”白青青觉得事情有些不太妙，非常着急地说道。

沐玲欣让自己缓过神来，吸了吸鼻子，有些痛苦地说道：“白青青，我没事，我只是累了，我休息一下。”

还没有等白青青回话，沐玲欣就把电话挂了。

眼泪就这样从她的眸子里流了下来，无声无息地流了下来。

她明明知道肖鲭然的结婚对象不会是自己，她明明知道叶芳芳怀孕了，她和肖鲭然再也没有在一起的可能。可是，当她听到肖鲭然要跟叶芳芳结婚的消息，还是忍不住想要哭，忍不住哀伤。

毕竟，她也深深爱着他。

沐玲欣伸出手轻轻擦了擦眼角的泪水，捂住了自己的眼睛。

这个时候，门外传来了敲门的声音。

沐玲欣没有回话，也没有打算开门的意思。

她害怕这个样子会被父亲看到，不想让任何人看到她这副忧伤的模样。

“欣儿，我知道你还没有睡觉。”这个时候，门外传来了沐清风有些沙哑的声音。

沐玲欣没有回应，只是拿起放在桌子上的纸巾擦了擦眼角处的泪水。

“欣儿啊，有些话，爸爸想单独和你聊聊，你看可以吗？”沐清风轻轻吁了一口气，目光幽幽。

沐玲欣调整了一下情绪，轻轻吸了吸鼻子，说道：“爸，我累了，明天再聊吧！”

沐清风听出沐玲欣的声音带着哭腔，于是长长叹了一口气，说道：“那好，我明天再来找你聊天。”

她的语气中明显带着哭腔。

沐清风看着手里的报纸，若有所思地眯了眯眼睛。

报纸上有一个大大的标题：富豪肖鲭然月底将与一普通女子完婚。

如果沐玲欣真的喜欢肖鲭然，那他作为沐玲欣的爸爸必须为沐玲欣做些什么事情！

想到这里，沐清风用力握住了手里的报纸，将报纸捏成了一团。

毕竟，沐玲欣绝对不会无缘无故去帮雅芙集团，而且经过他最近的一些调查，发现沐玲欣和肖鲭然之间有着道不明的关系。

他必须去问个清楚。

想到这里，沐清风便往门外走去。

这个时候，凝姨看到沐清风匆匆忙忙往门外走去，蹙起了眉头，问道："这个时候了，还要去哪里呢？马上就可以吃饭了。"

听到凝姨的声音，沐清风停下了脚步，转过身看向了凝姨，轻轻吁了一口气，说道："你放心吧！我有些急事，去去就回来。"

凝姨轻轻吁了一口气，说道："那好，你路上小心。"

"我知道了。"沐清风轻轻点了点头。

凝姨凝视着沐清风远去的方向，轻轻叹了一口气。

她轻轻抿了抿嘴唇，低下头看向自己的手指。

此时，凝姨的手指正流着血，那是不小心被刀切到的，原本以为沐清风会看到她受伤的小指头。

然而，看来是她想多了。

凝姨目光幽幽，随后抬起了头看向门外的天空。

此时，天空中万里无云，秋高气爽。

也许，她并不需要什么名分，能够像现在一样陪在沐清风的身边，那就已经足够了。

只要待在他的身边，能够帮忙解决一些琐碎之事，对于她来说，那就已经满足了。

想到这里，凝姨轻轻地笑了笑。

第七十八章　车祸

沐清风一想到自己的女儿发生了这么多事情，而自己却不知情，就非常懊恼。

他的手放在方向盘上，那张原本平和的脸此时看起来非常冷峻。

此时，他所驾驶的车如同一头奔跑的猎豹在马路上奔驰着。

然而，就在转弯的时候，沐清风突然意识到前面还站着一个人。

沐清风的脸刷白，咬住下嘴唇赶紧踩下刹车，然而，由于车速太快，没能够及时停下车子。

还没有等沐清风回过神来，车子就已经径直撞上前面那个人。

沐清风伸出手按住额头，有些慌张地从车上下来。

看到地上流淌着的鲜血，沐清风被吓得够呛，往后面退了退，跌倒在地面上。

缓过神来之后，他颤巍巍地伸出手拿出手机报警。

打完报警电话，沐清风用力撑着地，有些恍惚地站了起来，来到被撞的女人面前，伸出手轻轻摇了摇那个女人的身体，哆嗦着说道：“姑娘……你……你还好吗？”

然而，被撞的那个人并没有任何动静，仿佛已经死去一般。

沐清风有些自责地叹了一口气。

他伸出手按住额头，随后又是一阵长叹。他不知道叹了多少次气，很久，救护车的声音才从不远处响了起来。

随着救护车而来的还有警车。

沐清风又是一阵长叹，随后跟着警察去录口供。

对于被撞的那名女子，他心里非常愧疚，也非常难过，很害怕那名女子出事。

而那名女子，正是叶芳芳。

肖鲭然得知叶芳芳被车撞了之后，脸色变得非常难看。他握紧拳头往叶芳芳所在的医院跑去。

赶到手术室的门前，大门紧闭。

此时，他咬住嘴唇，握紧拳头。

这个时候，从手术室里走出一名医生，他赶紧走上前去问道："医生，患者现在情况怎么样了？"

医生看到肖鲭然，长长地叹了一口气，随后问道："你是叶芳芳的家属吗？"

肖鲭然想了一会儿，点了点头，说道："是的，我是患者家属。我想问问，患者现在的情况如何？"

医生摘下口罩看向肖鲭然，长长地叹了一口气，缓缓地说道："实不相瞒，患者的情况并不乐观。"

听到这里，肖鲭然的手指不由得一阵轻颤，翕动着嘴唇，继续问道："那她肚子里的孩子呢？"

医生长长地叹了一口气，说道："先生，我们已经尽了最大努力去保住病人的孩子，但是我们真的尽力了。"

听到这里，肖鲭然的身子不由得往后倾了倾，此时脸色变得非常难看，翕动着嘴唇，苦笑了一声，说道："按照你的意思……孩子……没有了？"

医生点了点头，说道："不过，依照病人的身体状况，想要再怀上也是有可能的事情。"

肖鲭然觉得一个晴天霹雳，原本已经做好了当爸爸的准备，然而就在他准备当一个好爸爸的时候，孩子没有了。

他苦笑了一声，脸上尽是酸涩的表情。

他握紧拳头用力砸向墙壁。

到底是哪个混蛋，哪个混蛋撞了叶芳芳！

肖鲭然咬住了下嘴唇，吩咐自己的秘书去查清楚肇事司机。

当从秘书的手里接过资料的时候，肖鲭然冷笑一声。

沐清风！居然是沐清风！是沐玲欣的爸爸！

看到这里，肖鲭然将秘书递给自己的资料撕成碎片，往地上猛一丢。

沐玲欣，你为什么总要扰乱我的生活！你夺取我的心，却狠心地离去！现在，我好不容易让自己放弃你，好不容易放了你，好不容易忘记你，你却要这样残忍地毁了我的新生活！

这个时候，肖鲭然的脸上有着阴沉的神色。

沐玲欣原本躺在床上，当接到父亲的电话的时候，吃了一惊。

“女儿啊！”沐清风的声音中充满了疲惫。

“嗯？”沐玲欣觉得父亲的声音有些不对劲，皱起了眉头，有些困惑地问道，“爸，你怎么了？你的声音听起来有些不对劲。”

“我现在在警察局录口供呢！”

录口供？

听到这里，沐玲欣的心瞬间提到了嗓子眼，硬生生吞了吞口水，问道：“爸，发生了什么事了？”

“我开车的时候不小心撞到人了。”沐清风顿了顿，随后说道，“欣儿，这件事情不要告诉你凝姨，否则她又要瞎操心了。”

“爸，我知道了。”沐玲欣马上就坐直了身子，眉头轻轻蹙了起来，说道，“我现在就去警察局找你。”

“不用了，欣儿，你先去看看被我撞的那个姑娘吧！”沐清风长叹了一口气，说道，“是我对不起她啊！”

“好！”沐玲欣点了点头，随后问道，“爸，你知道那个姑娘在哪家医院吗？我先代替你去向对方以及家属道歉，该做的我都会去做！”

“市中心医院。”

说完之后，沐清风把电话挂了，而沐玲欣也急急忙忙从床上爬了起来，赶紧换上衣服匆匆忙忙出门。

“欣儿，你要去哪里啊？”凝姨看到沐玲欣匆忙往外跑，有些困惑地皱起了眉头。

看着凝姨，她很想将父亲撞了人的事情告诉她，然而她想起了父亲的吩咐。

沐清风不希望她将这件事情告诉凝姨。

也许，父亲是在担心凝姨吧！

想到这里，沐玲欣摇了摇头，脸上有一抹勉强的笑容，说道：“凝姨，我有事去去就回，你不要太担心了。”

凝姨看着沐玲欣的面孔，随后轻轻叹了一口气，不再说话了。

第七十九章　探望遭拒

凝姨知道沐玲欣是不想让自己操心。

随后，她说道："那好吧！你路上小心一点。"

沐玲欣点了点头，往门外跑去。

凝姨吁了一口气，说道："这父女俩走得都这么匆忙，该不会发生了什么事吧！"

随后，凝姨又摇了摇头，自言自语说道："呸呸呸，我这个乌鸦嘴，怎么可能会出事呢！"

沐玲欣赶到医院，匆匆忙忙问市中心医院的医生："医生，你好，下午有个女人被撞了，我想问问她现在在哪个病房呢？"

医生看了沐玲欣一眼，说道："你是病人的家属吗？"

沐玲欣想都没有想，急急忙忙地点了点头。

医生说道："这年头，生命无常，要好好珍惜眼前人！"

"这些我都知道。"沐玲欣点了点头，着急地问道，"麻烦你告诉我病人在哪个病房，我得赶紧去看看她。"

"在住院处一号楼的三楼二号房！"医生说道。

知道具体的位置之后，沐玲欣连奔带跑往住院处跑去。她必须取得病人的原谅，不然事情就麻烦了。

然而，当看到病房门前那颀长的身影之后，她的脚步越来越慢，越来越慢。

那个男人就算是化成灰，她也认识。

是肖鲭然。

看到肖鲭然的那一刻，沐玲欣的脸瞬间僵硬了，甚至不知道自己应该如何称呼眼前的这个男人。

她多多少少猜到自己父亲撞到了谁。

肖鲭然抬起头看到站在一旁的沐玲欣，冷着脸问道：“呵，你过来干什么？是来看我的女人被你父亲撞死没有，是不是？”

沐玲欣张了张嘴唇，没有回答。

“沐玲欣，我跟你无冤无仇，你为什么要这样对我？”肖鲭然冷笑了一声，继续说道，“为什么要夺走我的孩子！”

“孩子……”沐玲欣哆嗦了一下嘴唇，吞了吞口水，说道，“孩子……没有了吗？”

肖鲭然冷笑了一声，说道：“是啊！孩子没有了，你开心了吗？高兴了吗？”

“我……”沐玲欣咬住了嘴唇，觉得胸口堵得慌，说道，“我是来道歉的。”

“道歉？”肖鲭然一挑英气的眉头，加大嗓门，说道，“沐玲欣，你以为发生这种事情，道歉就可以了吗？”

“那……”沐玲欣此时已经不知道应该说什么，觉得快要说不出话了。

面对肖鲭然的冷嘲热讽，她恨不得马上离开这个地方。

但是，她不能够离开，她是代替父亲来这里看望病人的。

“我可以去看看吗？”沐玲欣吸了吸鼻子，缓缓地说道。

“不能！”肖鲭然拒绝道。

沐玲欣觉得眼泪就快要流出来了，眼前这个男人是自己喜欢的男人，然而他却不给自己一个赎罪的机会。

“我父亲不是故意的。”沐玲欣低下了头，她害怕看到肖鲭然的眼睛。

肖鲭然的眼睛里，此时除了深深的恨意之外，什么都看不到。

她只要看到他的眼睛，仿佛会被他那炽热的视线灼烧。

肖鲭然望着沐玲欣苦笑了一声，说道：“如果你是来冷嘲热讽的，我告诉你，你的目的已经达到了，赶紧给我离开。”

沐玲欣咬住嘴唇，摇了摇头，说道：“我不是来冷嘲热讽，我只是想要来看看……看看叶芳芳的情况！”

“呵呵……”肖鲭然冷笑了一声，让出了一条路，说道，“好好，你去看，你去看，看完马上就给我离开。”

听了肖鲭然的话，沐玲欣握紧拳头。她心里很难受，觉得自己的心难过得仿佛快要死掉了一般。

现在不是她在冷嘲热讽，而是他在冷嘲热讽啊！

沐玲欣就在肖鲭然那带着怨恨的目光中慢慢往前走去，她觉得头有些发麻。

“等等！”肖鲭然伸出手握住了沐玲欣的手腕。

沐玲欣浑身轻轻一颤，吞了吞口水，有些缓慢地转过头看向身后那个男子。

她皱着眉头问道：“什么事？”

“你还是走吧！你的好意我已经心领了。”肖鲭然微微眯了眯眼睛，继续说道，“我不能够让芳芳一睁眼就看到你。她要是看到撞自己的人的女儿，恐怕心里不会好受。”

“我……”沐玲欣张了张嘴唇，想要再说些什么，可是最终只是一阵长叹。

“我不想再说第二遍。”这个时候，肖鲭然的声音中带着冷漠的味道。

沐玲欣笑了笑，说道：“好，我尊重你的话，我马上就走，行了吧！”

随后，沐玲欣转过身子往走廊的另外一边走去。

她能够听到自己心碎的声音。

特别痛！

心特别痛！

此时此刻，沐玲欣已经皱起眉头，伸出手按住心脏的位置。

这也许就是传说中的心痛吧！

沐玲欣一直往前走，不再回头。

而肖鲭然的表情，随着沐玲欣的走远，渐渐缓和了过来。他皱起眉头，伸出手按住了额头。

这实在是太糟糕了！他居然对着自己最爱的女人发火！

叹了一口气之后，肖鲭然就走进叶芳芳的病房。

此时的叶芳芳正处于昏睡中。

偌大的病房里，只能够听到输液的声音。

肖鲭然拉过旁边的椅子坐了下来，双手相交叉放在下巴处，目光幽幽地看着叶芳芳。

“芳芳，你赶紧醒过来吧！”肖鲭然伸出手握住叶芳芳那只修长的手，低下了头说道，“如果你醒不过来，我都不知道自己应该怎么办才好了。”

虽然肖鲭然此时此刻脑子非常混乱，但是，他非常迫切地希望叶芳芳醒过来。

只有她醒过来，肖鲭然才知道自己下一步该怎么办！因为，这个时候的肖鲭然毫无头绪。

第八十章　得知真相

就在肖鲭然低头叹气的时候，叶芳芳的睫毛轻轻动了一下，随后她慢慢睁开了眼睛，看向了这个白茫茫的世界。

天花板是白的，窗帘也是白的……

叶芳芳动了动嘴唇，缓缓说道："这里……是哪里啊？"

肖鲭然听到叶芳芳的声音，原本黯淡的眼睛瞬间变亮了，他赶紧站起来，目光幽幽地看着叶芳芳，说道："这里是医院。"

"医院？"叶芳芳喃喃道。

"是啊！"肖鲭然点了点头，抿了抿嘴唇，问道，"你感觉如何？"

叶芳芳想要抬起手，可是她发现此时自己四肢乏力，张了张嘴唇，说道："我……头很沉。"

肖鲭然赶紧伸出手探了探叶芳芳的额头，发现她的额头不热之后，说道："还好没有发烧。"

叶芳芳像是意识到什么一样，缓缓抬起手摸向自己的肚子，长长卷卷的睫毛轻轻颤动着，问道："我的孩子……还在吗？"

那种语气带着受伤的味道。

"关于这个……"肖鲭然低下了眸子，翕动着嘴唇，说道，"这个孩子……跟我们没有缘分……"

叶芳芳的目光在这个瞬间猛一滞，硬生生地吞了吞口水，非常困难地说道："你的意思是……我的孩子……没了吗？"

语气带着试探的味道。

肖鲭然注意到叶芳芳在回答的时候摇了摇头，似乎不相信自己孩子没有了的事实。

“是的。”肖鲭然点了点头，说道，“孩子没有了。”

叶芳芳的眼睛瞬间黯淡了，脸色变得异常惨白，她翕动着嘴唇，想要说什么，却什么都没有说。

肖鲭然看到叶芳芳受刺激的模样，脸色有些难看，赶紧伸出手握紧了叶芳芳的手，说道：“没有关系，我们还会有的，我们还会有很多很多孩子的。”

叶芳芳目光呆滞地看了一眼肖鲭然，随后摇了摇头，说道：“不！不！不！”

肖鲭然看着叶芳芳，随后低下头吻住叶芳芳的额头，说道：“乖，芳芳，至少你还有我，不是吗？”

叶芳芳苦笑了一声，眼泪就这样从她的眼角处哗啦啦地往下流。

看到叶芳芳眼泪哗啦啦地往下流，肖鲭然有些手忙脚乱地伸出手帮叶芳芳擦眼泪，安慰道：“你放心，无论你是否有这个孩子，我都娶你回家，我都娶你！”

可是……

叶芳芳咬住了嘴唇，觉得心里特别难受。

那个孩子是她和柳卓航爱的结晶，她还想着以后一家其乐融融地过着幸福生活。

这个世界……实在是太不公平，为什么要这样对她？

为什么要夺走她的孩子？

肖鲭然看着哭得撕心裂肺的叶芳芳，心里也非常难受。

沐玲欣走出医院，在医院的门口长长地叹了一口气，随后抬起头看向阴沉沉的天空。

她再次叹了一口气，随后拿出手机给柳卓航打了一个电话。

柳卓航看到是沐玲欣打来的电话之后，脸上有一抹淡淡的笑意。

她终于主动给他打电话了！

这么多天来，都是他主动联系沐玲欣，鞍前马后千方百计逗沐玲欣开心。这次她主动联系他，也就说明他们之间的关系确实在进一步发展。

“卓航……”沐玲欣吸了吸鼻子，缓缓地叫了一声。

“嗯？”柳卓航的嘴角处带着浅浅的笑意，温柔地说道，“你听起来好似不是很开心，能告诉我发生了什么事情吗？”

“我……”沐玲欣觉得喉咙里一片苦涩，说道，“我心里很难受！”

柳卓航的声音带着爽朗的味道，同时又非常温柔，问道：“发生什么事情了，你告诉我！”

“我……”沐玲欣翕动着嘴唇，但还是说不出口。

“你别急。如果你不想说，我也不勉强你！”柳卓航轻轻吁了一口气，说道，“那你至少告诉我，你现在在哪里，可以吗？”

沐玲欣长长地吁了一口气，说道：“我在市中心医院门口。”

市中心医院？

听到“医院”两个字，电话另一端的柳卓航微微眯了眯眼睛，随后用试探性的语气问道：“你生病了吗？”

“不是！”沐玲欣摇了摇头。

不是生病，那她在医院干什么？

柳卓航很是疑惑。

“我爸爸……”沐玲欣顿了顿，说道，“开车太快，撞到了一个人。”

原来是这样啊！

听到这里，柳卓航安慰道：“一切都会好起来的，欣儿。”

随后，柳卓航像是想起了什么一样，问道：“那被撞的人现在怎么样了？”

“她流产了……”沐玲欣回答道。

“只是流产吗？那有没有生命危险？”柳卓航追问道。

沐玲欣调整了一下情绪，随后继续说道：“度过危险期了，我问过医生了，但是孩子没有保住。”

“没有生命危险那一切就好说了。”柳卓航安慰道。

沐玲欣摇了摇头，语气中带着悲伤的味道，“事情没有这么简单。”

“你将那个人的名字告诉我，我帮你解决这件事。”柳卓航温柔地说道。

“那个人……是叶芳芳，肖鲭然的未婚妻。”

听到这里，柳卓航的目光瞬间呆滞，拿着手机的手瞬间颤动了一下，脸色瞬间变得非常难看。

他像是不敢置信地再问道：“那个人是谁？”

“叶芳芳。”

柳卓航咬住了下嘴唇，随后翕动着嘴唇，说道：“先这样……”

急急忙忙挂完电话，柳卓航的身体不由自主地往后倒，像是瘫痪了一般坐在沙发上。

这……怎么可能？

柳卓航掏出手机按下叶芳芳的手机号码，但是，很快他又将电话号码删掉了。

他有些痛苦地伸出手抱住头。

随后，他站了起来往外走去。他必须去医院看望叶芳芳。

第八十一章　他看到了她

柳卓航急急忙忙地来到医院，找到叶芳芳所在的病房。

然而，病房里面照看叶芳芳的是另外一个男人。

当肖鲭然看到柳卓航之后，微微皱起了眉头，冷冷地问道："你来这里干什么？"

柳卓航有些心痛地看了一眼躺在病床上的叶芳芳，手指不由得一阵轻颤。

此时的叶芳芳脸色苍白了很多，看起来消瘦了很多。

"我是代替我的岳父过来看望一下病人的。"柳卓航看了一眼肖鲭然，非常平静地说道。

肖鲭然听了柳卓航的话，冷笑了一声，走到柳卓航的面前说道："你这是猫哭老鼠假慈悲。"

"随你怎么想！"柳卓航白了一眼肖鲭然，随后往叶芳芳的方向走去。

肖鲭然看着柳卓航，又看了一眼躺在病床上的叶芳芳，双手环胸斜斜地靠在墙壁上。

他知道此时此刻不能跟柳卓航硬碰硬，叶芳芳需要一个安静的环境。

柳卓航张了张嘴唇，此时有千言万语要说，可是他只能够作为一个外人来看望她。他说道："你……流产了？"

叶芳芳听到柳卓航的声音，吸了吸鼻子，点了点头。

“我替……我岳父……”柳卓航抿了抿嘴唇，继续说道，“向你道歉。”

叶芳芳听到这样一句话之后，觉得心里特别难受，仿佛被针扎了一般。

“孩子没有了……”柳卓航说道，“孩子没有了，还会有。好在，你的命还在，那就已经足够了。”

听到这里，叶芳芳的眼睛里有泪光在闪烁。

他真的是这么想的吗？孩子不在了，没有关系吗？只要她还活着，就真的已经足够了吗？

叶芳芳翕动着嘴唇，却不能够说话。

毕竟此时，他和她……只能够做陌生人。

“你放心，我们这边一定会补偿你的。”柳卓航想要伸出手去握叶芳芳的手，然而他又缩了回来。

这个时候，肖鲭然挺直腰背走到柳卓航的面前，伸出手抓住他的肩膀，往外面推了推，“可以了，你可以走了！”

柳卓航再次看了一眼叶芳芳，随后抿了抿嘴唇就往外走去。

他的心里非常痛苦，看着自己最心爱的女人躺在病床上却无能为力，只能够眼睁睁地看着她痛苦地皱起眉头，无法伸出手去抚平她的眉头。

柳卓航有些无神地往外走去，此时他的心里非常难受，伸出手按住了自己的胸口。

然而走出医院的大门，他却看到有气无力地坐在一旁的沐玲欣。

看到沐玲欣，柳卓航的手指不由得一阵轻颤，随后调整了一下自己的情绪，走到沐玲欣的面前。

沐玲欣抬起头看到柳卓航，眼泪哗啦啦地往下掉。

看到沐玲欣流泪，柳卓航赶紧伸出手去帮沐玲欣擦眼泪，轻轻拍了拍沐玲欣的肩膀，说道：“一切都会过去的，一切都会变好的。”

“都是我的错！”沐玲欣低下了头，眼泪更加肆无忌惮地往下掉。

如果她能够及时和父亲沟通，如果她能够及时告知父亲自己的看法，也许这一切都不会发生。

她是这起案件的罪魁祸首啊！

“你没有错！”柳卓航坐在沐玲欣的旁边，伸出手揽过沐玲欣的肩膀，让她的头靠在自己的肩膀上，继续说道，“你不要太难过了。”

沐玲欣没有说话，只是静静地靠在柳卓航的肩膀上。

这个时候，肖鲭然已经走到窗口的位置，当他看到坐在医院门口的沐玲欣和柳卓航的时候，觉得胸口有些喘不过气来。

他以为有了叶芳芳之后会忘记沐玲欣，然而他还是做不到，做不到忘记沐玲欣！

这个时候，肖鲭然握紧拳头，脸色很是难看。

“肖……肖鲭然……”此时，叶芳芳有些虚弱地出声了。

听到叶芳芳的声音，肖鲭然回过神来，转过头看了一眼叶芳芳，说道：“嗯，我在呢！”

“扶我一下，我想要去洗手间。”叶芳芳张了张嘴唇，说道。

“嗯，好的。”肖鲭然走到叶芳芳的面前，将叶芳芳横抱起来往洗手间走去。

叶芳芳到了洗手间之后，笑了笑，“你可以出去了。”

肖鲭然看了一眼叶芳芳，说道：“你的身体现在非常虚弱，我得留在这里照顾你。”

“可是，”叶芳芳低下了头，说道，“我觉得有点奇怪……”

肖鲭然看到叶芳芳有些羞涩的模样，轻轻叹了一口气，说道：“那好吧，你上完厕所记得喊我。”

“嗯。”

肖鲭然离开了洗手间，随后走到了窗户前，目光复杂地看着楼下。

叶芳芳脱下裤子，发现自己的裤子上都是血，眼泪就这样哗啦啦地往下掉。

孩子……没有了……

真的……没有了！

当她看到这一幕，突然觉得心里特别压抑，特别难受。

曾几何时，她想象着柳卓航将自己和孩子接回家的画面。然而，这一切都灰飞烟灭了！

孩子……是妈妈对不起你，是妈妈没有好好保护你。

要是妈妈能够注意一点的话，你就不会离开我了。要是妈妈不出门的话，你就不会连这个世界都没有见着就走了。

想到这里，叶芳芳又是一阵啜泣。

意识到叶芳芳已经在洗手间待了好长一段时间，肖鲭然赶紧走到卫生间。

他推开门看到正在哭泣着的叶芳芳，咬住了嘴唇，随后将叶芳芳抱回病床。

“芳芳，不要哭了，好吗？”肖鲭然长长地叹了一口气，说道，“孩子总会有，这个孩子之所以不能够平安出生，是因为他跟我们没有缘分啊！”

叶芳芳轻轻咧嘴想要笑，可是，她却怎么也笑不出来。

“我们会有好多孩子，好多跟我们有缘分的孩子。”肖鲭然伸出手握住叶芳芳的手，将叶芳芳的手放在嘴唇轻轻吻了吻，说道，“所以，不要哭了，好吗？”

叶芳芳点了点头。

第八十二章　约会

沐玲欣看着手里拿着的身份证以及户口本，随后躺在自己的床上。

今天晚上，她应邀去 KTV 庆祝领证。

以后，柳卓航就是自己的男人，是自己应该信赖的男人。

沐玲欣苦笑了一声，觉得心里非常苦涩。

毕竟自己嫁的人不是真正喜欢的男人，不能够嫁给自己真正喜欢的男人，心里多多少少会有些落寞吧！不过，她相信自己嫁给柳卓航也会很幸福的。

想到这里，沐玲欣从床上站了起来，走到衣柜前开始翻弄衣服，她要找到适合的衣服去参加今晚属于他们俩的约会。

算是约会吗？

这个时候，沐玲欣手里拿着一件看起来非常性感的黑吊带裙，目光幽幽。

她从衣柜里拿出了那件黑吊带裙。

她看着镜中有些憔悴的自己，轻轻地吁了一口气。

这阵子为了让爸爸能够从看守所里出来，她做了不少的努力。

即便镜子中的她有些憔悴，但没有减少她的魅力。

黑色的裙子和她白色的肌肤相得益彰，使她看起来那样迷人，充满着成熟女性的韵味，同时又不失清纯的味道。

一头长长的秀发如同瀑布一般散落在她的肩膀上。她伸出手轻轻地将散落在胸前的秀发拨至身后，抿了抿嘴唇，努力对着镜子挤出一个微笑。

她来到和柳卓航相约的地方，是一家装潢非常豪华的KTV。

沐玲欣抬起头看向眼前这装潢得非常豪华的KTV，轻轻笑了笑，随后踏着轻盈的步伐往KTV的包厢里走去。

看到沐玲欣，柳卓航的脸上带着浅浅的笑容，说道："你今晚看起来非常漂亮，仿佛仙女下凡一般。"

沐玲欣轻轻笑了笑，将背包放在一旁，笑着说道："跟大学时相比，你的嘴巴似乎利索了很多，变得很会说话了。"

"人活在这个社会，如果不会说话，那就注定要得罪很多人，而且办事效率会低很多。"柳卓航回应道。

沐玲欣点了点头，表示自己同意柳卓航的观点。

"为什么想在KTV里庆祝啊？"沐玲欣一挑秀气的眉头，有些困惑地看向柳卓航。

"总不能够一直都待在咖啡厅吧！"柳卓航的背部抵到沙发上，目光幽幽地看向大屏幕，轻轻笑了笑，说道，"我可是听说了。"

"嗯？"沐玲欣歪了歪头，有些困惑地看着柳卓航，很期待柳卓航接下来要说的话。

柳卓航拿起放在桌子上的红酒，轻轻抿了抿，随后眨了一下眼睛，说道："你五音不全。"

沐玲欣的头瞬间发麻，皱起眉头，说道："你这话我就不爱听了。"

"即便你不喜欢听，但也是事实。"柳卓航再次优雅地抿了一口红酒。

沐玲欣轻轻吁了一口气，说道："你不是说了吗，人在社会，要记得会说话。你刚才是会说话的表现吗？"

柳卓航轻笑道："我们都是一家人，还需要说好话吗？不过，如果你希望我拍马屁的话，我现在就可以拍马屁。"

沐玲欣双手环胸，不爽地看向柳卓航，"我觉得你哪里都好，就是嘴巴不会说话。”

“那是因为我没有说出你想听的话，所以你就觉得我的嘴巴不会说话。你可别忘记了，你刚刚还说我的嘴巴挺利索呢！”柳卓航笑了笑，一挑精致的眉头，目光中带着戏谑的味道。

沐玲欣长长叹了一口气，说道：“好吧！”

“你放心，我跟你恰恰相反，我唱歌的功夫……”

还没有等柳卓航说完，沐玲欣赶紧点了点头，幽幽说道：“我知道了，大歌唱家。我觉得你可以去参加什么选秀节目，你可能就是未来的明星了。”

柳卓航轻轻笑了笑，随后帮沐玲欣倒了一杯酒，说道：“话不多说，赶紧喝一杯吧！”

沐玲欣伸出手拿起放置在自己面前的高脚酒杯，轻轻抿了抿。

“第一杯酒，就敬我们的缘分。”柳卓航拿起了酒杯，想要和沐玲欣碰杯。

然而，就在这个时候，门外响起了敲门声。

柳卓航有些厌恶地皱起眉头。

他看向门口，非常不爽地问道：“谁啊？”

“是我。”一个清爽的声音传了过来。

柳卓航很快就听出这个声音的主人，这个人便是自己外公身边的秘书。

于是，柳卓航有些歉意地看了一眼沐玲欣，说道：“真是抱歉，我得出去一趟。”

“去吧！”沐玲欣轻轻地笑了笑。

柳卓航走到门口，当他看到秘书之后，有些困惑地皱起眉头，说道：“你在这里干什么？”

秘书低下头，说道：“是这样的，老爷突然病重，你赶紧过去看看。”

柳卓航点了点头，和秘书往外跑去。

沐玲欣看着柳卓航远去的背影，轻轻叹了一口气。这个时候，沐玲欣的眼睛停留在桌子上，桌子上还放着柳卓航的手机。

他怎么不带手机啊？万一有什么重要的事情，那该怎么办啊？

沐玲欣抿了抿嘴唇，果断地拿起放在桌子上的手机往前跑。

但是由于裙子的原因，她跑不快。

真是该死！

沐玲欣皱着眉头看着自己的黑色长裙。

即便这样，她还是往前跑。

就在这个时候，沐玲欣觉得头撞到一堵肉墙，手里拿着的手机瞬间掉到地面。

她皱着眉头抬起头，却看到那张放大的俊脸。

那是……肖鲭然……

看到肖鲭然那一刻，沐玲欣用力吞了吞口水，随后眨一下眼睛，说道："是……是你？"

肖鲭然微微眯了眯眼睛，神情复杂地看着沐玲欣。

沉默了一会儿之后，肖鲭然开口问道："你……没事吧！"

沐玲欣眨了一下眼睛，有些尴尬地转过头看向其他地方，缓缓说道："还好……"

肖鲭然的眸子很快就定在地上的手机 。

第八十三章　手机里的真相

肖鲭然微微蹙起眉头，随后蹲下身子捡起掉在地上的手机。

然而，当他修长的手指触及手机的那一刻，手机屏幕突然亮了一下。看到那亮起的屏幕之后，肖鲭然的目光瞬间呆滞。

上面的电话号码，分明就是自己未婚妻的手机号码。即便手机上没有注明叶芳芳的名字，但是他还是一眼就认出这个电话号码。

肖鲭然的手指呆滞了一下，皱着眉头看了看。

“手机给我。”意识到肖鲭然拿着柳卓航的手机之后，沐玲欣微微蹙起了眉头，说道，“那是他的隐私，你无权看他的隐私。”

肖鲭然微微紧缩了一下瞳孔，眼睛里带着警告的味道。

沐玲欣硬生生地吞了吞口水，说道：“发生什么事情了吗？你的眼神看起来有些不对劲。”

肖鲭然翻了翻手机里的短信，脸上露出苦笑，说道：“呵呵，呵呵，原来是这样，原来是这样！”

沐玲欣有些困惑地看着肖鲭然，不知道肖鲭然为什么突然露出这样一副表情。

“把手机给我！”这个时候，沐玲欣从肖鲭然的手里夺过手机。

然而，当她的目光触到手机屏幕的时候，她也愣在原地。她的表情瞬间变得非常难看，握着手机的手有些颤抖。

这……是？

里面全部都是柳卓航和另外一个女人暧昧的信息，而且她翻了翻柳卓航的手机，发现里面大多数都是他和这个女人的通话记录。

她有一种受骗的感觉。

她的鼻子一酸，有些震惊地往后退了退，摇了摇头，小声说道："这……怎么可能？"

怎么会发生这样的事情！

她看着上面的信息，觉得自己在这一瞬间快要窒息了。

柳卓航一直在骗自己，一直都在骗她！

她突然觉得自己非常傻，居然相信这个男人会给自己幸福的未来。

什么未来，什么承诺，一切都是谎言！

沐玲欣有些无力地往后退了退，随后有些痛苦地蹲在地上，脸上是阴沉的表情。

看到这样的沐玲欣，肖鲭然抿了一下嘴唇，有些艰难地踏出脚步走到沐玲欣的面前。

"不要靠近我，不要看着我，你们男人都是一个德行，都是披着羊皮的狼！"沐玲欣的眼睛里充满着让人不寒而栗的敌意，说道，"你们男人都该死！"

被肖鲭然骗了感情之后，又遭到柳卓航的欺骗。

沐玲欣觉得，自己的世界仿佛在这一瞬间已经崩塌了。

她伸出手抱住膝盖，像一个受伤的小女孩一样蜷缩在一边。

"沐玲欣……"肖鲭然伸出手想要握住沐玲欣的手。

然而，还没有等肖鲭然握住沐玲欣的手，沐玲欣已经甩开肖鲭然的手，眼睛里充满敌意，大声说道："我不是说了吗，不要碰我！"

此时此刻，沐玲欣觉得自己的心情糟糕透了！她伸出手撑着墙面，有些费力地站了起来。

什么约会，什么结婚，都是在玩弄她！

为了柳家集团的股份，将她玩弄于手掌之中。

沐玲欣站起来，垂头丧气地往外面走去。

"我送你回去吧！"这个时候，肖鲭然小跑到沐玲欣的面前。他想要伸出手去扶沐玲欣，但是很快就被沐玲欣给甩开了。

“不用了！”沐玲欣的声音中带着森冷的味道。

“你……”肖鲭然说道，“好！那我看着你回家，可以吗？”

“事到如今，我的事情跟你有什么关系呢？”沐玲欣咬住下嘴唇，苦笑一声，继续说道，“你跟柳卓航都是一样的，都是一样的，只会骗取别人的感情！”

“我……”肖鲭然翕动着嘴唇，什么都说不出来。

“肖鲭然先生，”这个时候，一个穿着西装的男子从 KTV 的包厢里走了出来，非常礼貌地说道，“我们这边已经等了很久，希望你赶紧过来商量一下签约一事。”

肖鲭然有些为难地看着眼前这名穿着西装的男子，随后又侧着头看了一眼沐玲欣，说道：“抱歉，关于这件事，我想我们可以另找时间再商议，我今天有点事情。”

穿着西装的男子轻轻地叹了一口气，说道：“那好吧！那就另找时间再商议吧！不过，肖鲭然先生，希望你下一次能够遵守约定，否则休怪我们不再和贵公司合作了。”

“我明白的，我明白的。”肖鲭然点了点头，随后向沐玲欣的方向追了过去。

沐玲欣走在人来人往的大街上，心情非常压抑，非常难受。她伸出手按住自己的胸口，有气无力地走在大街上。

此时此刻的她用行尸走肉来形容再恰当不过了吧！

肖鲭然追上去挡在沐玲欣的面前，说道：“走，我送你回去。”

沐玲欣干笑了两声，说道：“我已经不会再相信你们这些男人了，一个一个都是那样自私！为了自己的利益，牺牲了别人！”

“我不是那样的人。”肖鲭然回应道。

“你不是？”沐玲欣冷笑了一声，伸出手揪住肖鲭然的领带，说道，“你是，你就是！为了得到凤鸣的代理权，你骗了我的感情！”

“对不起……”肖鲭然轻轻吁了一口气，低下头缓缓地说道，“我承认，那时候的我的的确确是利用了你的感情，但是我是真的喜欢你。”

沐玲欣没有说话，而是转过身子往旁边移了移。

肖鲭然赶紧向沐玲欣移动脚步。

沐玲欣停下脚步，抬起头，目光有些空洞地看向肖鲭然，说道：“能不能不要挡住我的路。”

肖鲭然的手不由得一阵轻颤，随后硬生生地吞了吞口水。他伸出手按住沐玲欣的肩膀，说道：“我送你回去，可以吗？”

“我有手有脚，用不着。”

肖鲭然死缠烂打地说道：“你知道吗，最近一段时间，有一个大学生因为被坏人盯上，随后被杀了。还有，你忘记了吗，上一次你差点落入坏人的手中。”

听到这里，沐玲欣咬住嘴唇，脸上出现密密的虚汗。

很显然，肖鲭然的威胁还算成功。

肖鲭然说道：“我就在你的身后，看着你安全回家，可以吗？”

沐玲欣没有回应。

沉默便是默许。

于是，肖鲭然就这样跟在沐玲欣的身后，跟着她回到家。

一路上，沐玲欣都没有转过头看肖鲭然一眼。

而肖鲭然的眼眸自始至终都未离开沐玲欣。

第八十四章　咎由自取

肖鲭然送沐玲欣回到家里后，就回到了医院，看着躺在病床上的叶芳芳，轻轻吁了一口气。

“医生说了，我的身体恢复得差不多了。”叶芳芳长长卷卷的睫毛轻轻颤动了一下，继续说道，“所以，你也不用太担心了。”

“嗯！”肖鲭然点了点头。

随后，肖鲭然拿出口袋里的烟掏出一根，然后拿出打火机点燃。

叶芳芳觉得肖鲭然有些怪怪的，他的脸上有着让人无法靠近的低气压。她看着肖鲭然，说道：“你不是已经很久没有抽烟了吗，怎么突然之间又抽起了烟呢？”

“我心里烦。”肖鲭然有些冷漠地看了一眼叶芳芳，冷然地说道。

叶芳芳的手指不由得一阵轻颤，随后低下了眼帘，缓缓说道：“是因为……我没有了你的孩子吗？”

听到这里，肖鲭然就觉得很好笑，一挑英气的眉头，说道：“那是我的孩子吗？”

叶芳芳的心在瞬间提到了嗓子眼，吞了吞口水，说道：“你说的是什么话，什么叫作那是你的孩子吗？”

“关于这一点，你不应该比我更加清楚吗？”肖鲭然冷笑了一声，随后吐出了一个烟圈，一脸憔悴地看着叶芳芳。

叶芳芳的手指不由得拽紧了被单，脸上渗出了密汗，说道：“我不知道你什么意思，那是你的孩子，天地可证。”

“你敢发誓吗？”

叶芳芳的心瞬间哆嗦了一下，隐隐约约觉得好像肖鲭然知道了什么事情。

难道说她和柳卓航的地下恋情，他都知道了？

不可能吧！

她平时也很小心谨慎，都是趁肖鲭然不在的时候或者趁他生病的时候才和柳卓航在一起，况且，手机里的短信她一直都删掉，手机一干二净。

叶芳芳笑了笑，说道：“为什么不敢？”

“凭着良心发誓！”肖鲭然的语气非常冰冷，继续说道，“如果你有半点谎言，你就天打雷劈。”

叶芳芳张了张嘴唇，脸上的细汗越来越多，伸出手轻轻抹了抹脸上的汗水，说道：“你突然怎么了？你这个样子，我感觉好陌生啊！我熟悉的肖鲭然，他在哪里？”

肖鲭然将手里拿着的烟丢在了地上，将烟蒂拧灭，大步走到叶芳芳的面前，笑道：“叶芳芳啊叶芳芳，我从来都不知道你的心机居然这么重！我真是后悔相信了你！”

叶芳芳的手指不由得一阵轻颤，脸上都是细汗。

“叶芳芳，你肚子里的孩子根本不是我的，而是你的奸夫柳卓航的！”肖鲭然伸出手紧紧握住叶芳芳，好似要将叶芳芳的手拧断一样。

叶芳芳的手非常痛，忍不住叫出声来，皱着眉头大喊道：“痛！你赶紧放手！”

“痛？”肖鲭然冷笑了一声，继续说道，“痛，那就对了！”

叶芳芳此时的心在颤抖着，突然觉得非常恐慌。

眼前这个男人就像一头发疯的狼，随时能将她这只弱小的小绵羊吃得一干二净。

“叶芳芳，看到你这副模样，我突然觉得这是你咎由自取。”肖鲭然冷笑了一声，他的嘴角处尽是嗜血的笑意。

叶芳芳的手指在颤抖，瞳孔变大，浑身都在颤抖着。

“贱人自有上天收！”肖婧然甩开叶芳芳的手，大步流星地离开病房。

叶芳芳伸出手揉了揉被捏疼的手，随后有些哆哆嗦嗦地拿出手机开始发短信，想要给柳卓航发信息。

此时此刻，肖婧然已经发现了她的秘密。

她该怎么办？她该怎么办啊？

叶芳芳觉得发短信有些太费劲了，于是赶紧熟练地按下了柳卓航的电话号码。

然而，电话那头始终没有人接。

真是该死！这个时候还在和沐玲欣恩恩爱爱、甜甜蜜蜜吗？

她知道今天是柳卓航和沐玲欣庆祝的日子，可是眼下有一件非常棘手的事情要解决。

如果这件事情不能够有效解决的话，叶芳芳知道柳卓航会有很大的麻烦。

另一方面，拿着柳卓航手机的沐玲欣目光呆滞地看着来电显示。

这就是叶芳芳的手机号码了吧！

沐玲欣抿了抿嘴唇，鼓起勇气按了电话的接通键。

“卓航啊，我要告诉你一个坏消息……”电话那头传来叶芳芳十万火急的声音，说道，“肖婧然已经知道我的孩子不是他的了，知道我是为了骗他才靠近他的，你说我们现在该怎么办？”

沐玲欣没有回答。

听到电话那头没有回答，叶芳芳的心瞬间提到了嗓子眼，用试探性的语气问道：“卓航……是你吗？”

“不是！”沐玲欣冷哼了一声，“对不起，让你失望了。”

听到是女人的声音，叶芳芳的手指颤抖了一下，手里的电话瞬间掉到了被子上。

叶芳芳翕动着嘴唇，伸出手抱住头，她的瞳孔在这一瞬间变大了很多，缓缓说道：“完了……这一切……都要完了……”

沐玲欣看着手里的电话，突然苦笑了一声。

她突然觉得自己的人生真是太失败了！

眼泪就这样毫无知觉地溢出了她的眼眶，啪嗒啪嗒地往下掉。

不能够哭！不能够哭！

沐玲欣伸出手抹了抹眼角处的眼泪，按下挂断键。

她觉得是时候去找柳卓航，让他解释清楚这些事情。

突然沐玲欣觉得自己是幸运的，至少她还没有和柳卓航领结婚证，至少她的人生还没有糟糕到极点！

她在结婚之前就揭开了柳卓航的真面目，这一点是值得庆幸的！

沐玲欣调整了一下自己的心情，走到衣柜前挑了一件白色的衣服换上。

这个时候，沐玲欣的手机响起来了。

沐玲欣看着手机上的陌生来电，按了接听键。

第八十五章　挽留

这个电话正如沐玲欣所猜测的一样，是柳卓航打来的。

“欣儿，你在哪里？”电话那头传来柳卓航有些着急的声音。

沐玲欣调整了一下自己的情绪，让自己冷静下来，说道：“我在家呢，怎么了？”

“真是抱歉，我刚刚有点事情离开了，太过匆忙，忘记跟你打声招呼。”柳卓航轻轻叹了一口气，缓缓说道。

“你什么时候有空？”沐玲欣非常平静地说道，“有空的话，我们好好聊一聊。”

柳卓航轻轻吁了一口气，说道：“我就在我外公这里，他病得很重，我得好好陪着他。”

“哦，是这样啊！”沐玲欣面无表情地说道，“既然这样的话，我更加要去探望一下你的外公了，毕竟我也是你的未婚妻，不是吗？”

柳卓航觉得沐玲欣的语气有些不对劲，于是用试探性的语气问道：“欣儿，你怎么了？你的语气听起来有些怪怪的。”

沐玲欣抬起头看向了天花板，说道：“是吗？哪里怪了？哦，对了，你的手机在我这里呢！”

柳卓航的手指轻轻颤动了一下，随后翕动着嘴唇，问道：“你没有偷看……我的隐私吧？”

“刚才还来了一个短信。”沐玲欣的声音是那样森冷，“那条短信我看了。”

柳卓航没有说话。

“你有时间吗？”这个时候，沐玲欣反问道，“如果有时间，我想我们有必要好好聊一聊，聊聊我们的未来。”

柳卓航轻轻吁了一口气，语气也低沉了很多，随后说道：“什么时候？”

“晚上六点，我在刚才你离开的地方等你。”说完沐玲欣就将电话挂断。

她仰起头看向天花板，苦笑了一声。

柳卓航，你真行！跟我在一起之后，心里还惦记着其他女人！

想要牺牲我的未来满足你的一己私欲！

沐玲欣调整了一下心态，很快就前往 KTV。然而，当她下楼的时候，看到自己的父亲。

此时，父亲坐在沙发上轻声叹了一口气。

“爸爸，”沐玲欣赶紧走到沐清风的面前，说道，“你怎么在这里啊？你不应该去上班吗？”

沐清风轻轻叹了一口气，说道：“今天心情不太好，所以就没有去上班。”

“这样啊……”

沐清风意识到沐玲欣的脸色有些不对劲，于是问道：“女儿，你怎么了？”

嗯？

沐玲欣哆嗦了一下，回过神来，看着沐清风轻轻笑了笑，说道：“我没事啊！对了，爸，我想我应该不会和柳卓航结婚了。”

沐清风有些困惑地皱起眉头。

还没有等沐清风开口说话，沐玲欣就径直走开了。

这个时候，凝姨端着水果来到沐清风的面前。沐清风很快就意识到凝姨手上的伤口，有些心疼地皱起了眉头，说道：“你怎么把自己的手指弄受伤了？”

凝姨轻轻笑了笑，说道：“这点小伤不碍事。”

“过来，我看看……”沐清风伸出手招了招。

凝姨迟疑了一会儿，走到沐清风的旁边坐了下来。

沐清风伸出手搭在凝姨的手上。

凝姨的眼睛瞬间亮了起来，目光轻轻颤动着。

沐清风轻声说道：“这些年来多亏有你，否则我也不知道自己应该怎么办才好。”

凝姨摇了摇头，说道：“这些都是我应该做的。”

“没有什么应该做的。”沐清风轻声叹了一口气，“为了我们这个家，你也牺牲了很多，也是时候让你解脱了。”

凝姨的眉头很快就皱了起来。

“等一会儿，我会让人给你一笔钱……”

凝姨听到这里赶紧转过头，目光幽幽地看着前方，说道：“清风，你知道，我需要的并不是钱。”

沐清风有些疑惑，眉头有些微妙地动了动。

凝姨沉默了一会儿，继续开口，说道：“在这里待了这么多年，难道……你就看不出我对你的心思吗？”

沐清风的手指不由得一阵轻颤，翕动着嘴唇，说道：“你……你的意思是？”

凝姨轻声叹了一口气，随后低下了眸子，有些尴尬地说道：“这些年来，我一直喜欢着你，所以我才会无怨无悔地待在这个家，为这个家奔走效劳……”

沐清风抿了一下嘴唇，说道：“可是，你值得拥有更好的。”

凝姨苦笑了一声，说道：“对于我来说，我早就将玲欣当成是自己的孩子了。如果……”

说到这里，凝姨苦笑了一声，随后继续说道：“如果你真的不希望我待在这里，那我可以走。”

沐清风抿了一下嘴唇，但是没有说话。

这一刻，凝姨突然明白了，这么多年，沐清风对自己完全没有感觉。

她的存在可有可无。

如果真的是这样的话，那这个家，她也不必再待下去了，应该离开这里。

凝姨觉得鼻子一阵酸涩，她突然站了起来，往自己的房间走去。

然而，就在这个时候，沐清风伸出手握住了凝姨的手。

凝姨的眼睛瞬间亮了起来，她转过头有些诧异地看向沐清风的手，随后顺着他的手往上看。

当看到沐清风那张脸之后，她硬生生地吞了吞口水。

“留下来吧！”沐清风轻声叹了一口气，随后说道，“我想，欣儿绝对舍不得你。”

只是沐玲欣舍不得她而已吗？那他呢？

凝姨伸出另外一只手想要将沐清风的手推开。

然而，沐清风的眉头轻轻动了动，翕动着嘴唇，说道：“这个家……不能没有你！”

听到这里，凝姨的手僵硬。

沐清风这句话的意思……是他舍不得她吗？

凝姨有些希冀地看着沐清风。

沐清风低下了眸子，说道：“你留下来，我会很开心的。”

第八十六章　离开这个地方

沐玲欣来到了约定的KTV。她的脸色很难看，就如同死灰一般。

大概等了一个多小时，她才等到柳卓航。

柳卓航看着坐在一边的沐玲欣，嘴上堆满了笑容，笑着问道："你怎么来得这么早啊？"

沐玲欣白了一眼柳卓航，将手机放在桌子上，笑着问道："我问你，你和叶芳芳是什么关系？"

"叶芳芳是肖鲭然的女朋友"柳卓航打算装傻，他坐在沐玲欣的身边，说道，"你不要想太多了，可以吗？"

"是我想太多了吗？"沐玲欣冷笑了一声，随后伸出手指了指放在桌面上的手机，"我说你是真傻还是假傻，既然你不想让我知道你们之间的事情，那为什么不把短信删掉？为什么不把有关叶芳芳的东西删除得一干二净？"

柳卓航沉默了。

"这个婚，我们恐怕是结不成了。"沐玲欣长叹了一口气，缓缓说道。

"嗯。"柳卓航点了点头。

沐玲欣张了张嘴唇，想要再说些什么，却什么都没有说。

对于柳卓航来说，这倒是一个不错的选择。反正刘溪云已经被关入监狱，情况对于他来说是有利的。

虽然外公说要将沐玲欣带回去，但是，事到如今想要让她乖乖跟他合作，恐怕是不可能了。

柳卓航长长叹了一口气，说道：“我尊重你的想法和你的意见。”

沐玲欣冷笑了一声，说道：“这么说来，你承认你和叶芳芳有见不得人的勾当了。”

柳卓航的脸色瞬间变青了，说道：“你说话请礼貌一点。”

“对于你这种人，我说话还需要礼貌吗？”沐玲欣拿起放置在桌子上的红酒猛地往柳卓航的脸上泼了过去，“柳卓航，你真是太差劲了！”

柳卓航伸出手擦了擦脸上的红酒，随后眯了眯眼睛。

“从今天起，我沐玲欣绝对不会和你这种自私自利的家伙有任何关系！”沐玲欣站直了身子，她的身上有着让人无法靠近的低气压。

柳卓航冷笑了一声，说道：“你说我自私自利？那你呢？你就不是了吗？”

沐玲欣的手指不由得一阵哆嗦。

“说到底，你和我结婚，只是为了让自己好受一点，让自己不去想肖鲭然，不是吗？”

不得不承认，柳卓航说得对。

突然之间，沐玲欣像是想起了什么，她抬起头目光冷然地看向柳卓航，质问道：“这么说来，你是故意让叶芳芳接近肖鲭然的，是吗？”

柳卓航没有回答，但是嘴角处有一抹嗜血的弧度。

沐玲欣有些苦涩地笑了笑，随后翕动着嘴唇，说道：“我知道了，我全都知道了。”

真没有想到，她竟然一直都被柳卓航玩弄于掌中。

就在这个时候，沐玲欣张了张嘴唇，问道：“叶芳芳肚子里的孩子是你的吗？”

柳卓航的手指不由得一阵轻颤。

沐玲欣看着柳卓航的神情，冷笑了一声，说道：“知道为什么你的孩子会没有吗？”

她顿了顿，说道："那是因为你啊！因为你作孽，所以报应报到你的孩子身上了。"

"住嘴！"柳卓航在这一刻被沐玲欣激怒了，他神情愤怒地看向了沐玲欣，说道，"你说够了没有？"

沐玲欣冷笑了一声。

"我的孩子是被你家人给夺走的！沐玲欣！"柳卓航的声音中带着森冷，同时又带着愤怒的味道。

沐玲欣不知道自己此时此刻应该用什么样的表情来对待眼前这个男人，她只是笑，笑得非常冷酷。

随后，沐玲欣有些跌跌撞撞地往门口走去，伸出手按住自己的额头，神情特别痛苦。

她以为她会得到幸福，可是幸福是那样虚伪，同时又是那样虚假。

沐玲欣不知道自己是如何回到家的。

回家之后，她知道自己已经对这个城市充满绝望，待在这个城市只会让她觉得压抑，觉得痛苦。

所以，她决定离开这个地方，离开这个令她压抑、令她伤心的地方。

只有离开这个地方，她才能够重新开始新的生活。

沐玲欣离开的时候，没有带什么东西，只带了一点现金。

凝姨看到沐玲欣的神情有些不对劲，于是上前关切地问道："欣儿，你怎么了？你看起来有些不对劲。"

沐玲欣侧着头看了一眼凝姨，随后长长地叹了一口气，说道："凝姨，我想出去旅游。"

"嗯？"沐清风听到沐玲欣的话，有些困惑地抬起了眉头，说道，"都是要结婚的人了，还去旅什么游啊？等结婚之后再度蜜月，这样比较好。"

沐玲欣说道："我已经说过了，我不会和柳卓航结婚了，也不会有什么蜜月。"

沐清风觉得事情有些不对劲。

“你跟他吵架了？”凝姨微微蹙起了眉头，有些困惑地看向沐玲欣。

“这不是吵架问题，这是原则问题。”沐玲欣皱起了眉头，继续说道，“他有喜欢的人了。”

沐清风眯了眯眼睛，眼里有着冷然的目光，说道：“还有这种事情？”

沐玲欣没有再说话，说道：“爸，你不用担心我，我会好好照顾自己。”

这个时候，沐清风走到沐玲欣的面前，伸出手抱住了沐玲欣，声音中充满着溺爱，说道：“不管你做出什么样的决定，爸爸都会支持你。”

沐玲欣点了点头，说道：“谢谢你，爸爸。”

“凝姨也会一直支持着你。”这个时候，凝姨也用宠溺的目光看着她。

“谢谢你，凝姨。”沐玲欣带着淡淡的笑意看向了凝姨。

“要记得联系，知道吗？”沐清风轻轻叮了一口气，随后说道，“还有，女儿，你要记得一点，这里是你永远的家！”

“我知道了。”沐玲欣点了点头。

沐玲欣就这样往外走去。

第八十七章 误会

沐玲欣在机场看到一个人。

这个人便是苏亦俊，此时苏亦俊手里牵着的人不是白青青，而是另外一个女人。

看到这里，沐玲欣有些不淡定了，她停下脚步，皱着眉头看着苏亦俊。

苏亦俊此时还没有意识到沐玲欣就站在旁边，只是有说有笑地看着站在自己身边的那个女人。

沐玲欣咬住下嘴唇，冷然地握住了那个女人的手，说道："这个女人是谁？"

苏亦俊没有说话。

沐玲欣冷笑了一声，说道："你们男人还真是一个德行！"

女人明显不愿意了，皱起眉头不爽地看向了沐玲欣，说道："你是谁啊？你凭什么这么说啊！"

沐玲欣望着这个女人，微微眯了眯眼睛，冷然地笑了笑，说道："你就是一个小三！"

"你！"女人伸出手用力指了指沐玲欣，似乎非常不爽，说道，"你这是污蔑！我要到法院告你，告你对我进行人身攻击。"

"别闹了。"苏亦俊微微眯了眯眼睛，看向了站在自己身边的女人，抬起头目光冷峻地看向沐玲欣，说道，"她是谁，似乎跟你一点关系也没有。我跟你一点关系也没有，不是吗？"

沐玲欣摇了摇头，目光冷然地看着苏亦俊，说道："很有关系！你别忘记你跟白青青刚刚结完婚。刚刚结婚你就打算劈腿了，你这个人渣！"

"我有劈腿吗？"苏亦俊苦笑了一声。

"人证物证俱在，你还想狡辩？"这个时候，沐玲欣不满地皱起了眉头。

苏亦俊轻轻叹了一口气，一手揽过旁边那个女人的肩膀，幽幽说道："她是我的表妹。"

嗯？

沐玲欣一瞬间愣在原地。

苏亦俊往沐玲欣的方向瞟了一眼，继续说道："我的表妹今年要去国外读书，我只是过来送送她。"

听到这里，沐玲欣觉得有些尴尬，脸上尽是尴尬的神情。

"什么？"女人皱起了眉头，非常不爽地说道，"搞了半天，你以为我是我表哥的情人啊，真不知道你是什么眼神！"

苏亦俊往女人的方向看了一眼，说道："小琪，不要乱说话。"

小琪抿了抿嘴唇，随后点了点头。

沐玲欣轻轻叹了一口气，说道："不好意思，我不知道你们两个人是这种关系。"

"没事！"苏亦俊冷然地回答道。

要是平时的苏亦俊肯定不会解释，如今他向她解释，那是不是代表他……其实在乎白青青呢？

"白青青……"沐玲欣抿了一下嘴唇，问道，"她还好吧！"

"这种事情，你问我干吗？"苏亦俊蹙起了眉头，说道，"这种事情，你应该问她本人才是。"

沐玲欣低下了眼帘，说道："哦，我知道了。"

"表哥，我得走了。"女生笑着看着苏亦俊。

苏亦俊轻轻点了点头，随后转身离开。

沐玲欣一个人站在原地，轻轻叹了一口气。

此时此刻，她觉得自己的脸都红了，刚才真是太尴尬了。

这个时候，沐玲欣才反应过来她也得登机了。

她转过头看着周围的风景，轻轻地吁了一口气。

这个地方对于她来说是那样熟悉，然而她却不得不离开这个地方。

只因为这个地方一而再再而三地伤害了她。

冷冷笑了笑，她转身往登机口走去。

不再回头！

坐上飞机的沐玲欣看了看窗外的风景，突然很舍不得离开。

毕竟她在这个地方生活了二十几年，这个地方对于她来说是故乡。

轻轻吁了一口气，沐玲欣的眸子在轻轻颤动着。

她出生在这个地方，生长在这个地方，如今要离开这个地方了。

这一去，也不知道自己什么时候才会再回来。

或许，不会再回来了吧！

想到这里，沐玲欣很伤感。

离开这个地方，或许对她来说是一件好事！她的心一而再再而三地被男人伤害。

也许，时间能够治疗她心中的伤痛。

等心中的伤痛好了，再回到这个地方，可能就会有不一样的感触吧！

想到这里，沐玲欣系好安全带，眼中尽是坚毅的目光。

离开这里，是另外一种生活的开始。

轻轻吁了一口气后，沐玲欣的脸上带着淡淡的笑意。

即便这样的笑容是那么难看。

飞机在空地上滑行了一段时间之后迅速上升，随后航行在浩瀚的天宇。

透过窗户，沐玲欣看到了蔚蓝的天空，看到了棉花一般的白云。

此时，沐玲欣低下了眼帘，看着曾经生活过的地方。

她轻轻翕动着嘴唇，缓缓说道：“再见了，我所爱的城市。”

叶芳芳出院之后，就开始寻找柳卓航的下落。

她在一家酒吧里找到了柳卓航。

此时此刻的柳卓航看起来有些憔悴。

叶芳芳在柳卓航的对面坐了下来，她轻轻翕动着嘴唇，说道：“卓航……你怎么喝这么多啊？”

柳卓航意识到叶芳芳就坐在自己的对面之后，轻笑道：“是你啊！要不要来和我喝一杯啊！”

“我……”叶芳芳抿了抿嘴唇，随后像是下定决心一样点了点头，说道，“好吧！如果你希望我陪你喝，我就陪你喝一杯。”

叶芳芳知道，此时此刻，以她的身体状况是不能够喝酒的。她刚刚小产完，原本应该好好调养身子，不能够吃太辛辣的东西，也不能够喝酒！

但是，如果柳卓航需要的话，她会毫不犹豫地和他喝上一杯。

因为，她希望眼前这个男人开心，她比任何人都要喜欢柳卓航。

柳卓航倒了一杯酒放在叶芳芳的面前，笑了笑，“一定要干杯哦！”

叶芳芳点了点头，说道：“好，我知道了。”

是的，她为了眼前这个男人可以做任何事情，只因为她已经深深地爱上了眼前这个有点忧郁同时又非常有魅力的男人。

第八十八章　拜见母亲

就在叶芳芳打算拿起酒杯往自己的嘴里灌的时候，柳卓航及时伸出手握住了叶芳芳的手。

嗯?

叶芳芳有些困惑地抬起了头，看向了柳卓航。

柳卓航轻轻吁了一口气，说道："笨蛋，你不是刚刚小产吗，小产后的一个月都要调养，是不能够喝酒的。"

叶芳芳的眼睛轻轻颤动着，长长卷卷的睫毛像蝴蝶展翅一样扑动着。

原来，他知道，原来……他有将自己的事情挂念在心里。

之前，她以为如此高傲的他不会对自己动情。她还以为柳卓航只是玩弄一下自己，所以她拼命想要孩子。想要用孩子套住他，好让他永远不会踹开自己。

这个时候，柳卓航伸出手将叶芳芳握在手里的酒杯拿了下来，随后轻轻地叹了一口气，缓缓说道："突然觉得，自己还是挺对不起你的。"

叶芳芳翕动着嘴唇，说道："为什么要这么说？"

"因为……"柳卓航低下了眸子，继续说道，"我不是一个很好的人，我没有好好保护好你和孩子。外公病逝前，我也没有好好守在他的身边，也没有让他看看自己的孙媳妇。"

这个时候，柳卓航吸了吸鼻子，继续说道："我突然觉得自己是一个胆小鬼，一个懦弱的人……”

“不要这样说自己。”

柳卓航摇了摇头，继续说道：“我喜欢的人是你，可是，我却从来不敢把你带回家，就害怕遭到家人的反对。如果把你带回家了，说不定外公能够看到你的优点，说不定他们会认可我们。然而，我懦弱了，总是害怕这个害怕那个，害怕你不被承认。”

说到这里，柳卓航叹了一口气，继续说道：“其实，那时候要是我能够去试一试，那该多好啊！”

叶芳芳翕动着嘴唇，说道：“可是你外公不是说了非沐玲欣不可吗？”

“那是因为他以为沐玲欣是我喜欢的女人，所以他希望我能够一心一意，不要朝三暮四。我早就应该坦白的，我早就应该向外公坦白沐玲欣不是我喜欢的女人，她只是一个同学而已。我要是早点跟他说我喜欢的女人另有其人，他说不定会祝福我，支持我！”

叶芳芳伸出自己的手握住柳卓航的手，低下头蹭了蹭柳卓航的拳头。

“我突然觉得自己有罪。”柳卓航继续说道，“我伤害了沐玲欣，又伤害了你。”

叶芳芳翕动着嘴唇，说道：“一切都来得及，亲爱的。”

柳卓航伸出手握住叶芳芳的手，说道：“走吧！你不应该来这种地方！”

“嗯？”叶芳芳有些困惑地歪了歪头，不知道柳卓航为什么这么说。

柳卓航轻轻吁了一口气，接着说道：“你刚刚小产，不要待在这种地方。我带你去咖啡厅，我们喝牛奶吧！”

“不如……”叶芳芳抿了一下嘴唇，小心翼翼地说道，“我跟你回家，好吗？”

柳卓航愣了一下，随后轻轻点了点头，说道：“如果你想见我母亲，我就带你回去看看。”

也是时候让叶芳芳见见他的母亲了，毕竟地下恋也不是长久之计。他打算和自己的母亲摊牌！

外公虽然没有直接说明把所有的股份都给他，但是随着舅母的入狱，所有的问题都迎刃而解。

外公的股份十有八九是属于他的母亲的，属于他的母亲，也就是在很大程度上属于自己。

这个时候的他已经没有任何后顾之忧。

但是，柳卓航也不清楚自己的母亲是不是满意这个儿媳妇。

当他把叶芳芳带回家的时候，他母亲的脸瞬间就红了。她看着柳卓航，伸出手指了指叶芳芳，硬生生地吞了吞口水，"卓航，你告诉我，这个女人是谁？你怎么可以把这个女人带回家里！"

柳卓航轻轻吁了一口气，随后调整了一下自己的情绪，说道："妈，这位是你未来的儿媳妇。"

柳月明听到柳卓航这么说，身体轻轻一颤，翕动着嘴唇，伸出手指了指叶芳芳，说道："你在开玩笑吗？你说她是我未来的儿媳妇？"

随后，柳月明伸出手按住太阳穴，说道："让我缓一缓吧！"

轻轻地叹了一口气，柳月明继续问道："柳卓航，如果她是我未来的儿媳妇，那沐玲欣呢？"

"妈……"柳卓航目光幽然地看了一眼柳月明，随后说道，"这个就是待会儿我要跟你说的内容了！"

"卓航，妈不希望你娶这个女孩子回家。"柳月明有些厌恶地看了一眼叶芳芳，说道，"这个女人绝对不简单。"

"妈，你想太多了。"意识到柳月明还有叶芳芳都在门口站着，柳卓航又伸出手将柳月明扶进屋子。

叶芳芳就站在门口，听了柳卓航母亲的一番话之后，心里很压抑，很难受。

虽然，她早就知道一时间很难让柳卓航的母亲接受自己，但是真的听到这些话的时候，叶芳芳觉得自己的心难过得快要死掉了一样。

意识到叶芳芳没有进屋，柳卓航又想转身到门口去。然而，这个时候柳月明握住了柳卓航的手，语重心长地说道：“儿子啊！沐玲欣是一个好女孩，我们家要是娶了这个女孩子，我们集团能够很快壮大！”

柳卓航知道沐玲欣是香水界的天才调制师，外公也知道她的名气，才想着让他娶她过门。而柳月明自然也知道，娶了沐玲欣过门，对于柳氏集团来说就等于注入了一大笔资金。可是，有时候感情的事情是不能够勉强的。

再说，沐玲欣也知道他骗她的事情，也不可能再跟他在一起。

于是，他调整了一下自己的情绪，跟母亲柳月明说道：“妈，沐玲欣的的确确是一个好女孩，但是她不适合我。”

“她怎么就不适合你了呢？”柳月明皱起了眉头，继续说道，“我觉得你完全有自信拥有她啊！”

柳卓航摇了摇头，说道：“妈，这无关自信与不自信！”

第八十九章　照片的真相

柳月明长长叹了一口气，说道："孩子，感情磨合磨合就好了。不管如何，你必须将沐玲欣娶回家。只有将她娶回家了，你的地位才能够真正巩固。"

柳卓航说道："妈，一切都回不去了。再说，你必须得相信我，我有能力管理好公司！"

柳月明坐了下来，伸出手按住自己的太阳穴，轻声叹气，"孩子，你刚才说一切都回不去了，这是怎么一回事？你和沐玲欣之间发生了什么事情？"

"妈，我老实跟你坦白吧！"柳卓航也坐了下来，坐在柳月明的身边，他的手指轻轻动了动，目光中一片冷然，说道，"我从来就没有喜欢过沐玲欣！"

"那……"柳月明抿了一下嘴唇，问道，"那张照片是怎么一回事？"

在自己外公病重的时候，从柳卓航的书本里掉出了一张照片，那张照片便是沐玲欣的相片。

柳卓航敛了敛眉目，随后低下了头，双手相交托住自己的下巴，缓缓说道："那张照片……是我故意放进我的书本里的。"

当初他也只是想尝试而已。他认为沐玲欣在化妆品界很有名气，许多公司都为了争夺她不择手段。

而他当时也把所有的赌注都押在沐玲欣的身上，他相信，如果他能够娶沐玲欣回家，他在公司的地位、所拥有的股份也许就会有所改变。

事实跟他预料的差不多，当外公一看到沐玲欣之后，脸色都变了。

因此，他对沐玲欣展开了一连串的追求。

只是眼看就要把她追到手的时候，却因为一步之差，导致他所有的努力都白费了。

好在因为舅母的贪婪，成功地落入他事先设下的陷阱里，被关入监狱里。

不然，要是舅母还在，那局势依旧对他不利。

“你故意放的？”柳月明有些诧异地皱了皱眉头，说道，“那个时候，你和她就不是男女关系？”

“那时候，我和她没有任何关系。”柳卓航轻轻吁了一口气，缓缓说道，“那个时候，我喜欢的人就是叶芳芳，也就是在门外的那个女人。为了帮助我，她牺牲了很多。”

“牺牲很多？”

柳卓航点了点头，继续说道：“可以这么说，舅妈之所以能够被关入监狱，叶芳芳起了关键作用。”

如果不是叶芳芳将肖鲭然引开，可能沐玲欣和肖鲭然还会一直纠缠下去，这样他也不可能暂时成为沐玲欣的依赖，也不可能成功将舅母绳之以法。

“你可以具体说说吗？”柳月明双手环胸，目光冷然地看着站在门前的那个女人。

柳卓航抿了一下嘴唇，说道：“妈，这是年轻人的隐私，求你不要再问了，可以吗？”

柳月明看向了叶芳芳，说道：“你站在门前干什么，赶紧进来啊！”

叶芳芳听到柳月明叫自己，回过神来，有些茫然地看了一眼柳月明，随后又将目光定在柳卓航的身上。

柳卓航轻轻地笑了笑，“你怎么还不进来？”

叶芳芳抿了抿嘴唇，低着头走进屋子。

第一次见柳卓航的母亲，她还是有些紧张的。

“抬起头，让我好好瞧瞧你。”这个时候，柳月明翘起了二郎腿，目光冷然地看向了叶芳芳。

叶芳芳咬住了下嘴唇，随后抬起头看向了柳月明。

柳月明看到叶芳芳的那一刻，轻轻冷笑了一声，说道：“长得挺一般的啊，还没有沐玲欣长得好看呢！”

“妈，这你就不懂了吧，她属于长得非常耐看，百看不厌！”柳卓航急忙圆场。

柳月明抬起下巴，说道：“刚刚我的儿子说你引开了肖鲭然，我想知道你是怎么引开肖鲭然的？”

顿了顿之后，柳月明继续问道：“你是用肉体引开他的吗？”

叶芳芳觉得柳月明说话很难听，于是皱起了眉头。

“妈，她跟肖鲭然什么事情都没有发生。”

“我又不是在问你。”柳月明白了一眼柳卓航，继续说道，“我问的人是她，我让她回答。”

柳卓航抿了一下嘴唇，沉默着不说话。

叶芳芳的目光中突然有了坚毅的神色，她开始恢复妩媚的神态，抬起手遮住嘴唇轻轻笑了笑，问道：“阿姨，那你认为呢？”

“我在问你话呢！”柳月明非常不乐意地皱起了眉头，说道，“有你这样对长辈说话的吗？你这是在尊敬长辈吗？”

叶芳芳冷笑了一声，随后继续妩媚地笑了笑，说道：“长辈一直对我冷言冷语，对我冷眼相看，我心里已经很受伤了。”

柳月明说道：“就你这样子，还想做我的儿媳妇？”

“是！”叶芳芳点了点头，说道，“我想做你的儿媳妇，但是我嫁的人是柳卓航。”

柳月明听了冷笑一声，将自己的后背靠在了沙发上，抬起下巴，一副非常冷傲的模样，说道：“真是大言不惭，你觉得你配吗？”

说完之后，柳月明又重复了一句，“你好好想想，你配不配嫁给我的儿子。”

“妈，她配！”柳卓航站了起来，站在叶芳芳的身边，说道，“如果这些年来她不帮我，我早就死在舅妈的连环追杀之中了。”

看到自己的儿子如此帮助一个女人之后，柳月明有些生气地皱起了眉头，说道：“我在跟她说话呢，你插什么嘴！儿子，你好好在旁边坐着，妈做的一切都是为了你。”

柳卓航点了点头，说道：“妈，我知道你一切都是为了我，但是，这件事情处理得不对。毕竟，你对面站着的是你儿子的救命恩人。”

在国外的日子里，要不是叶芳芳一直在背地里支持他，要不是叶芳芳暗地里帮忙，他早就颓废了，早就已经死在舅妈的追杀之中。

幸亏叶芳芳让他看到生活的希望，让他能够在紧张和幸福中生活着。

这辈子，他不想辜负叶芳芳，希望能够给叶芳芳幸福。

听到柳卓航的话，柳月明的声音软了很多，有些恍惚地说道：“好吧，好吧，你喜欢就好……”

第九十章　找上门来

得到柳月明的认同，叶芳芳的眼睛瞬间亮了很多。

柳月明轻轻叹了一口气，说道："不过，我有两个要求。"

"阿姨，你说，你说。"叶芳芳目光炯炯地看着柳月明。

柳卓航轻轻笑了笑，随后伸出手放在叶芳芳的肩膀上，说道："以后得改叫妈了。"

"还没有结婚呢！"柳月明幽怨地说道。

这个时候，柳月明继续说道："第一，你必须做到自律，凡事得为这个家着想。第二，你必须尊重长辈。"

叶芳芳笑着看向柳卓航，赶紧点了点头，说道："没问题，我一定能做到的，我一定可以做到的。"

柳月明轻轻咳了咳，继续说道："女人还得矜持，尤其是在长辈面前更要矜持。"

柳卓航和叶芳芳面面相觑，随后淡淡一笑。

这个时候，站在外面的女佣匆匆忙忙走了进来，看向了柳月明，随后低下了头，说道："夫人，雅芙集团的总裁说有事要找少爷。"

叶芳芳的脸色瞬间变得非常难看，咬住了嘴唇，随后低下头。

"肖鲭然？"柳月明一挑眉头，有些困惑地看向眼前这个女佣，问道，"他为什么会来这里找卓航？"

"是的！"女佣点了点头，继续恭恭敬敬地说道，"肖鲭然先生说他有事情要和少爷聊。"

柳月明轻轻叹了一口气，说道："你就出去跟他说少爷还没有回来。"

话音未落，肖鲭然就已经冲进了大厅。他看着柳卓航，气冲冲地说道："告诉我，沐玲欣现在在哪里？"

"我不知道。"柳卓航一脸冷漠地看着肖鲭然。

肖鲭然此时已经像一头暴戾的狮子，走到柳卓航的身边，揪住柳卓航的衣领，说道："你最好老实交代。"

柳月明看到自己的儿子被肖鲭然揪住，突然愤怒起来，可是她使劲压抑着心中熊熊燃烧的烈火，冷静地说道："肖鲭然，你如今也是雅芙集团总裁了，做事不要这么不带脑子，好吗？还有，你不要这么没有素质，可以吗？"

肖鲭然此时的眼睛里带着嗜血的眼神，非常冷漠地说道："是的，我没有素质，但是你就有素质吗？你们全家为达到目的不择手段，就有素质吗？"

柳月明听了肖鲭然的话非常愤怒，说道："你这是什么话？这是人说出来的话吗？"

"如果我不是人，那你们连禽兽都不如。"肖鲭然冷哼了一声，随后，他看向了柳月明，说道，"赶紧把沐玲欣交出来！"

这个时候，肖鲭然的目光定在了叶芳芳的身上。如果眼神能够杀人，他已经杀了这个女人无数次了。

他冷哼了一声，伸出手扣住叶芳芳的下巴，说道："真够行的啊！被我甩了不到一分钟，就攀上了另外一个男人。"

"什么？"听到这句话后，柳月明不淡定了，浑身颤抖了一下，跌坐在沙发上，伸出手颤巍巍地指了指叶芳芳，说道，"你这个女人，你之前还和他有一腿……"

"妈，不是你想的这样的。"这个时候，柳卓航走到柳月明面前，想要让柳月明的情绪冷静下来。

"不是！"叶芳芳的眼睛也有着委屈的泪水，说道，"不是阿姨你想的那样。"

看到这家人有些慌了，肖鲭然冷笑了一声，继续说道："她的身材可好了，这里非常丰满，味道好闻极了。"

肖鲭然边说边伸手指叶芳芳的胸部。

叶芳芳一直摇头，说道："事到如今，你就不能够让我过好日子吗？"

"是的，因为你劈腿了。"肖鲭然抬起下巴，冷然地说道，"既然是出轨的女人，就得得到报应。"

"住嘴！"柳卓航非常愤怒地皱起眉头走到肖鲭然的面前，伸出手将肖鲭然的手从叶芳芳的下巴处拿开，挡在叶芳芳的面前，说道，"一切都是我的错，不要怪叶芳芳。"

肖鲭然的目光直视着柳卓航的目光，空气里有一股看不见的硝烟的味道。

柳卓航接着说道："叶芳芳是因为我才去接近你的，不，应该说是我指使她去接近你的。"

"你这个男人……真是太可悲了！"肖鲭然看着柳卓航，冷笑了一声，但是他的眼睛里尽是犀利的神情，"为了达到目的不择手段，连自己的女人都可以出卖吗？"

"你不懂！"这个时候，柳卓航摇了摇头，说道，"你不是我，所以你不懂，我有我的苦衷。"

"不管你有没有苦衷，你都是一个可悲的男人！"肖鲭然冷然地说道，"为了自己的目的不择手段的男人，真是太可悲了！"

说完之后，肖鲭然转身离开了。

他知道，再待下去也无法得到沐玲欣的消息。

"真是一个没有教养的男人！"柳月明伸出手用力指了指肖鲭然。

随后，柳月明又不满地看向了叶芳芳，说道："你……跟他……发生过关系吗？"

嗯？

叶芳芳很快就回过神来，看着柳月明摇了摇头，说道："我没有。"

“我可不信。”柳月明摇了摇头。

这个时候，柳卓航看向了柳月明，轻叹了一口气，说道：“妈，我相信她。再说了，你也不知道那时候发生了什么事情，不是吗？你相信她是干净的，她就是干净的。”

“那要是我相信她是肮脏的呢？”柳月明问道。

“妈，你不是已经接受她了吗，怎么突然变成这个样子？”柳卓航皱着眉头说道。

“儿子，赶紧把她赶出去吧，她没有资格在这里待着。”柳月明用力哼了哼。

柳卓航长长叹了一口气，说道：“你要是把她赶走，顺便也把我赶走吧！我心意已决，今生今世，我绝不辜负这个女人。”

“你……”柳月明有些气急攻心，伸出手用力指了指柳卓航，随后有些摇晃地跌坐到沙发上，说道，“真是不孝子！真是不孝子！”

“妈，我是大人了，我能够判断一个女人是不是爱我的。”

“我的意思不是她爱不爱你，而是她有没有资格。”柳月明长长叹了一口气，继续说道，“她被其他男人给玷污了。”

第九十一章　有情人终成眷属

叶芳芳苦笑了一声，说道："阿姨，你这么说都是为你的儿子，没有错，可是你有没有想过我的感受？"

柳月明冷哼了一声，没有说话。

这个时候，柳卓航伸出手握住叶芳芳的手，目光坚毅地看向柳月明，说道："这个女人为我牺牲了这么多，我不允许任何人说她。妈，有时候你说的话很不好听。"

"不好听也是为了你好。"柳月明看了一眼柳卓航，继续严肃地说道，"你想一想，以后你继承家业了，这个女人能够在工作上帮助你吗？退一步说，就算她不能够帮助你，也没有关系，我们柳家还能够靠自己。但是，儿子，你有想过吗，这个女人……你带得出去吗？"

这个时候，柳卓航浑身颤抖了一下。

"儿子啊！做事得考虑后果！"柳月明说道，"万一商业伙伴伸出手指着叶芳芳，说她和雅芙集团的总裁有一腿。"

"我不介意。"柳卓航回答道。

"儿子啊，你傻了啊！"柳月明又是一阵长叹，说道，"这传出来，面子怎么挂得住啊？就算你挂得住，我能够挂得住吗？我已经一把年纪了，不要让我出去见不得人。"

听到这里，叶芳芳抬起了下巴，说道："阿姨，你放心，我绝对不会让你的老面子挂不住。我会选择退出，退出你儿子的世界。"

"要多少钱？"柳月明双手环胸，冷然地看着叶芳芳。

叶芳芳摇摇头，说道："我不需要你们柳家的钱，一分钱也不需要，只希望你不要再继续践踏我的尊严。"

说完叶芳芳转过身子往外走去。

"算她有点自知之明。"柳月明哼了一声。

然而，当叶芳芳转身之后，柳卓航急忙伸出手握住叶芳芳的手。

叶芳芳在瞬间停留在原地，她长长卷卷的睫毛轻轻颤动着，缓缓抬起头。

"别走。"柳卓航挽留道。

"我和你也许今生有缘无分。"叶芳芳长长叹了一口气，随后继续说道，"但是我心甘情愿帮助你。遇到你，我很快乐。"

"你真的快乐吗？"这个时候，柳月明反问道。

叶芳芳低下了眸子，轻轻吁了一口气，说道："快乐。"

在一起的时光是非常快乐的。

她依然记得两人在国外相遇的情景，那时候柳卓航被人追杀，而她看不过眼就帮了他一次。

也就是那样的一次相遇，开启了两个人的缘分，开启了两个人的故事。

虽然，她跟他在一起之后有开心、有心酸、有难过、有痛苦，但是她还是觉得自己非常幸福。

至少，自己这么努力地爱过。

"好了，你通过我的考验了。"这个时候，柳月明站了起来，往自己的卧室走去，"以后好好生活，凡事都要为对方着想。"

柳卓航的目光瞬间亮了起来，看向自己的母亲，说道："妈，你……"

"我也不是一个不懂风情的人。"柳月明说道，"我相信她是真心对你的，她是为你着想的。只要证实了这一点，我就同意你们俩在一起。"

听到这里，柳卓航赶紧跑到柳月明的身边，伸出手抱住了柳月明，说道："谢谢妈！"

柳月明伸出手轻轻拍了拍柳卓航的后背，说道："孩子，妈希望你以后能够以家庭为重，这事业再大，也不够家庭大啊！"

"我懂的，我懂的。"柳卓航有些激动地回答道。

"还有……"这个时候，柳月明转过身子看向了叶芳芳，说道，"我刚才说的那两点，你记住了吗？"

"记住了，阿姨……"叶芳芳点了点头，说道，"我会做一个非常自律而且尊重长辈的女子。"

"好了。"柳月明轻叹了一口气，说道，"我得回去休息了。"

柳卓航放开母亲，随后走到叶芳芳的面前，说道："我们可以结婚了。"

"嗯！"叶芳芳也笑了，笑得非常开心。

其实，以前她不敢确定自己是不是会和眼前这个男人结婚，所以当她听到柳卓航这样说的时候，心里非常激动。

叶芳芳忍不住伸出手抱住了柳卓航的腰，说道："幸亏我遇到你了。"

柳卓航笑了笑。

很快，柳卓航的笑容凝固了，说道："你恨我吗？"

恨？

叶芳芳有些困惑地歪了歪头，看着柳卓航，问道："为什么这么说？"

"我让你做了那样的事情，你难道不恨我吗？"他皱起眉头说道。

"不恨。"叶芳芳摇了摇头，随后妩媚地笑了笑，说道，"我知道这是为了你，只要为了你好，我就不会后悔。"

柳卓航抱紧了叶芳芳，紧紧地抱住，说道："对不起，以后不会再发生这种情况了，我再也不会让你待在其他男人的身边。从现在开始，你只能够待在我柳卓航的身边。"

叶芳芳轻轻笑了笑，说道："要是以后我有孩子呢？"

"那当然就是待在我和孩子的身边啊！"柳卓航继续深情地说道，"我会好好待你，让你幸福的。"

叶芳芳轻轻地笑了笑。

不过，对于沐玲欣，他的心里始终有愧疚感，毕竟自己欺骗了她的感情。

但是，即便可以重来，他还是会选择欺骗沐玲欣，还是会骗她的感情。

肖鲭然开始寻找沐玲欣，他发现自己心里对沐玲欣有万分的想念。

可是，他找不到她，无论怎么样都找不到她。

“沐玲欣，你在哪里？”肖鲭然对着空地大喊了一声。

此时，肖鲭然的脸上尽是焦虑的神色。

直到这一刻，他才发现，自己有多么喜欢这个女人；他才发现，自己是如此深爱着这个女人。

肖鲭然已经找遍了他能够找的地方，找了沐玲欣的家，但是沐清风对他有偏见，压根不告诉他沐玲欣的事情。

是凝姨告诉了他，说沐玲欣已经不在这个城市，至于去哪里，她也不清楚。

但是，即便这个样子，肖鲭然也相信，只要自己坚持不懈地寻找，总有一天他能够找到她。

只不过，那一天是什么时候……

第九十二章　三年后的沙滩上

今年，已经是肖鲭然找沐玲欣的第三年了。

在外面奔波了那么多年，说实在的，他觉得很累，但是他始终不放弃。

他坚信有一天能够找到沐玲欣。

三年来，他放下手头的工作，一心一意寻找沐玲欣。

之所以这么孜孜不倦，之所以一直不放弃，是因为他在心里一直爱着沐玲欣。

他想着，如果不是自己这么深爱一个女人的话，或许他早就放弃了。

三年的时间，已经让他心智成熟了不少。

他也总结过自己之所以会和沐玲欣发生种种事情却始终不在一起的原因。那是因为他不懂得和她交流，没有及时和沐玲欣沟通，所以导致两个人走了不少弯路。

如果他找到沐玲欣，一定要将沐玲欣抱在怀里，好好疼爱着。他一定要将沐玲欣当成宝贝。

此时此刻，肖鲭然漫步在沙滩上。这是一个旅游景点，很多人都来这个地方度假。

风起了。

周围响起了海浪拍打沙滩的声音。

肖鲭然在转头的时候，发现了一个非常熟悉的身影，那个身影跟沐玲欣的身影很相似。

他停住脚步，眼睛瞬间亮了起来。

他不停地眨自己的眼睛。

是……她……吗?

肖鲭然的手指轻轻颤动了一下，随后迈出脚步，慢慢地接近那个女人。

“沐玲欣……”肖鲭然想都没有想，伸出修长的手拍打了一下那个女人的后背。

女人回头了，女人的脸不是他印象中那张脸。

她……不是沐玲欣。

“你是谁啊？怎么突然打我的肩膀呢？”这个女人微微皱起眉头，有些不爽地看向肖鲭然。

肖鲭然哆嗦了一下回过神来，看着眼前这个女人，很有礼貌地鞠了一躬，说道：“对不起，我认错人了。”

“我看你是想和我搭讪吧！”女人转过身来，一脸拽拽地看向肖鲭然，继续说道，“所以你故意这么说。”

“小姐，我觉得你似乎想太多了。”肖鲭然有些尴尬地笑了笑，说道，“我没有想要搭讪你的意思。”

“说吧，我的身影像谁？”女人微微眯了眯眼睛，继续说道，“如果你能够说出个人来，我就会相信你没有想要搭讪我的意思。如果你说不出个所以然来，那你就得承认，你就是在搭讪我。”

肖鲭然轻轻叹了一口气，说道：“随你怎么想！反正这是我的故事，与你无关！”

这个女人听到肖鲭然这么说，说道：“我劝你还是乖乖告诉我吧！毕竟，你只有告诉我，我才能够留意一下跟我长得很像的人，不是吗？如果我看到跟我长得很像的人，我就可以通知你啊！”

“她和你只有背影像。”肖鲭然继续说道，“但是，她比你要漂亮很多。”

“什么？”听到这里，女人有些不乐意了，继续说道，“我才是最漂亮的，你看看我，长得跟洋娃娃一样，我周围的人都很喜欢我，而且我非常有涵养。”

听到这里，肖鲭然的额头上流下了一滴冷汗。

这个时候，一只手握住了肖鲭然的胳膊。

肖鲭然皱起眉头，有些不耐烦地转过头。

当他看到那张脸的时候，他的心瞬间就提到了嗓子眼，眼睛在瞬间亮了起来。

是她……是沐玲欣！

“跟我走！”沐玲欣冷然地说道。

“喂！臭女人，你没有看到这个帅哥在跟我聊天吗？”这个女人有些不满地皱起了眉头，目光冷然地看着沐玲欣。

“就算跟你聊天又如何？”沐玲欣森冷地看了一眼那个女人，用力哼了一声。

“你……”女人用力地跺了跺脚，非常不爽地皱起了眉头。

“我们走吧！”

肖鲭然点了点头，随后就跟着沐玲欣往前走去。

女人看着肖鲭然和沐玲欣手牵着手一起往前走，有些气急败坏。刚刚有一刻，她觉得自己的桃花运已经来了。

转眼之间，桃花运又跑了。

“那个女人，你认识吗？”沉默了一会儿之后，肖鲭然翕动着嘴唇，用试探性的语气问道。

沐玲欣摇了摇头，回答道：“不认识。”

如果沐玲欣真的不认识刚才那个女人，为什么在他和女人交谈的时候会出现呢？

肖鲭然有些想不通，但是他自己也知道没有必要想通。

只要沐玲欣再次出现在他的生命里，那就足够了。

在肖鲭然登上这座小岛的时候，沐玲欣其实就已经注意到了他。而她原本就打算和肖鲭然保持一定距离，在远处看着他。

然而，当沐玲欣看到肖鲭然和其他女人聊天的时候，她觉得有些妒忌，心里很不爽。

她实在耐不住了，所以往前迈出几步将肖鲭然给拉了回来。

肖鲭然的目光温柔地看向沐玲欣。他的目光如同海浪亲吻沙滩那样，是那样温柔，同时又富含着情愫。

“沐玲欣，你知道吗，我找了你三年了。”肖鲭然看着沐玲欣的背影，眼神里充满深情。

沐玲欣停顿了一下，随后轻轻吁了一口气，说道：“你找我干什么？”

“你说呢？”他对她的心意，难道她真不知道吗？

沐玲欣转过身子，看向了肖鲭然，说道：“就此别过吧！”

说完沐玲欣松开了肖鲭然的手。

但是肖鲭然很快又握住了她的手，翕动着嘴唇，说道：“沐玲欣，回到我的身边吧！”

沐玲欣轻声叹了一口气，说道：“我是不可能回到你的身边的，我不想再回去过以前的生活。”

这个时候，肖鲭然突然用力一拉，沐玲欣就这样跌入他的怀抱。他紧紧地抱着沐玲欣，好似自己只要一松手，沐玲欣就会从自己的怀抱中消失一样。

他再也不能够松手，他很想将沐玲欣就这样禁锢在自己的怀抱中，就待在自己的怀抱中，永远不离开。

沐玲欣抿了抿嘴唇，说道：“我……”

“你不要说话！”还没有等沐玲欣把话说完，他插嘴阻止沐玲欣再次说话，调整了一下情绪，说道，“在失去你之后，我每天过得非常煎熬。我去过无数个地方，横跨整个地球。我一直相信，只要我有心，我就能够找到你。”

第九十三章　意料之外的小生命

沐玲欣能够感受到眼前这个男人有着温暖的体温。

这些年来，她四处飘荡，虽然过得很充实，却难免寂寞。

这是一个久违的怀抱。

沐玲欣待在肖鲭然的怀抱里，泪水悄无声息地流了下来。

就在这个时候，周围响起了一个稚嫩的声音，喊道："妈咪，你怎么可以抱陌生的叔叔啊！"

听到这个声音，沐玲欣很快就推开了肖鲭然的身体，随后伸出手轻轻地抹了抹自己脸上的泪水。

而听到那个稚嫩的声音，再看看沐玲欣的反应，肖鲭然瞬间僵硬了。

"小汤圆……"这个时候，沐玲欣赶紧抱起了那个可爱的小孩，伸出手揉了揉小孩的头。

肖鲭然觉得自己的世界似乎在瞬间就崩塌了。

眼前这个小孩，是沐玲欣的孩子？

她是不是已经找到了可以依靠的男人？是不是他……出现得有些太晚了？

肖鲭然觉得心里非常苦涩，仿佛吃了黄连一般。

他以为只要能够找到她，就万事大吉。他想，他只要找到她，两个人就能够在一起。

然而，他忽略了时间，忽略时间可以改变一切，包括改变一个人的感情。

如今，眼前的女人似乎已经是有家室的人了。

想到这里，肖鲭然敛下了眉目，眼里的深沉在瞬间变得黯淡。

但是，肖鲭然又猛一想，这个孩子有可能是别人家的孩子，也就是说这个孩子不是沐玲欣的。

肖鲭然调整了自己的心情，打算问清楚。

“这……是你的孩子吗？”肖鲭然的声音弱了下来，像是在询问。

他多么希望沐玲欣能够回答他，这个孩子不是她的孩子，而是别人的孩子啊！

然而，事实却是那样残酷。

沐玲欣点了点头，说道：“是的，他是我的儿子，他的小名叫作小汤圆，因为他出生的时候就像汤圆一样又圆又小。”

沐玲欣说这话的时候，脸上还有淡淡的红晕。

“孩子……几岁了？”肖鲭然抿了抿嘴唇，问道。

沐玲欣停顿了一下，回答：“两岁半。”

肖鲭然轻轻吁了一口气，随后看向那个小孩，说道：“孩子的父亲应该很疼爱孩子吧！毕竟，孩子长得这么好看。”

说这话的时候，肖鲭然觉得心里苦不堪言，觉得特别难受。

在寻找沐玲欣的这几年里，他无数次做梦，梦到自己跟沐玲欣生活在一起，他们拥有两个孩子，一个女儿，一个儿子，正好凑成了一个“好”字。

然而，每当梦醒过后，当他看不到沐玲欣之后，现实的残酷让他有些喘不过气来。但是，他总是在心里为自己鼓气，鼓励自己，只要找到沐玲欣，那梦里的一切都会是真的。

终究都是他的一厢情愿罢了。

想到这里，肖鲭然长长叹了一口气。

“妈咪，这个怪叔叔是谁啊？”就在这个时候，小汤圆转过了头，目光颤颤地看向了肖鲭然。

当肖鲭然看到小孩子的时候，眼睛瞬间睁大了。

眼前这个小孩子就是一个缩小版的他啊！眼睛、鼻子，还有嘴巴非常像他。

他有些不可置信地问道："这个孩子……是谁的？"

沐玲欣皱了皱眉头，说道："是我的。"

肖鲭然有些激动地走到了沐玲欣的身边，伸出手按住沐玲欣的肩膀，有些急切地说道："这个孩子是不是我的？"

"是不是你的，跟你一点关系都没有。"沐玲欣皱着眉头看向肖鲭然按在自己肩膀上的手。

由于肖鲭然的力气很大，沐玲欣的脸色有些难看。

"放开我妈咪的肩膀。"这个时候，小汤圆也非常不满地看向了肖鲭然。

肖鲭然笑着说道："这个就是我的孩子，就是我的孩子。"

沐玲欣没有回答，只是轻轻敛了敛眉目。

没有错，这个孩子是肖鲭然的孩子。

三年前，在英国的时候，肖鲭然的出现，那一晚的缠绵，让她怀上了这个孩子。

之后，她一直浑然不觉，直到离开那个城市之后，才发现自己的身体有些不对劲。

那些日子，她总觉得很想吐，觉得难受，后来去医院检查，发现已经怀孕了。

最初知道自己有了孩子，沐玲欣有点被惊吓到了。她不知道自己应不应该将这个孩子生下来。

她难以抉择，在留与不留之间犹豫徘徊了好久。

最后，她还是去了医院，既然自己已经没有办法和肖鲭然有未来，这个孩子就干脆不要了吧！

于是，她到了医院，就在她打算将孩子打掉的时候，听到了一个中年妇女和一个年轻女子的对话。

这个中年女子对年轻女子说道："你的孩子是一个生命，你忍心关上他来这个世界的大门吗？再说，打胎对身体的伤害非常大，你不要作践自己。”

也就是这样一句话，让沐玲欣回去了。

她觉得，日子过得再苦再难，只要自己有一口饭吃，就会养活自己的孩子。

于是，沐玲欣把这个孩子留下来了。头两三个月，她还经常出来散步，后来她就一直在家里安心养胎。

虽然日子过得很苦，但是她还是坚持下来了。

想到这里，沐玲欣轻轻吁了一口气。

“他……是我的孩子吧！”这个时候，肖鲭然硬生生地吞了吞口水，非常激动地说道。

沐玲欣没有回答。

“你沉默就是默认了哦。”这个时候，肖鲭然笑着说道。

“是的，小汤圆的的确确是你的孩子。”说到这里，沐玲欣释然，叹了一口气。

听到沐玲欣的话，肖鲭然猛地抱住了沐玲欣，还抱住了汤圆，说道：“辛苦你了，沐玲欣。”

沐玲欣看到眼前这个男人，觉得自己的内心被填补得非常充实。随后，她也轻轻笑了，笑得非常开心。

此时，蔚蓝的天空就像没有杂质的蓝锦缎一样湛蓝，特别干净。

肖鲭然突然觉得非常愧疚，因为在沐玲欣最痛苦、最需要他的时候，他没有在场。

“你辛苦了。”肖鲭然望着沐玲欣，嘴唇轻轻哆嗦了一下，非常深情地说道。

沐玲欣轻轻笑了笑，说道：“还好，不是很辛苦。有小汤圆在，我过得非常开心。”

第九十四章　结婚被拒

肖鲭然听了沐玲欣的话，有些不满地挑起了眉头，说道："有孩子在，你就开心了？"

"是的。"沐玲欣点了点头。

"有我在，你是不是更加开心啊？"这个时候，肖鲭然满怀希望地看向了沐玲欣。

沐玲欣淡淡地笑了笑，但是没有说话。

这个时候，肖鲭然将目光定在眼前这个小孩的脸上，笑了笑，问道："小朋友，喜欢吃糖吗？"

"妈咪说，给糖的都是坏叔叔。"小汤圆看着肖鲭然，嘟起了嘴巴。

"看来你教得不错哦！"肖鲭然轻轻地笑了笑。

沐玲欣空出一只手将头发往后面捋了捋，说道："能够在这里见到你，我很开心。"

肖鲭然抿了抿嘴唇，随后双手负于背后，很快就收敛了一下嘴角处的笑意，很认真地说道："我们结婚吧！"

听到肖鲭然这么说，沐玲欣很快就皱起了眉头，随后轻轻吁了一口气，说道："我不想结婚。"

虽然她生活中缺少一个能够承担责任的男人，能够给她依靠的男人——她也很想有人陪伴着她，给她安全感，给她呵护——但是，她没有办法结婚。

她不想要结婚！毕竟，三年前的事，她的心已经被重重地伤害了。

尤其是柳卓航以结婚为目的伤害了她，让她对婚姻有些恐惧。

她害怕结婚！

“为什么？”肖鲭然有些困惑地皱起了眉头，他不明白为什么沐玲欣会说出这样一句话。

难道说……她不爱他吗？

如果真的不爱他，那她为什么会生下自己的孩子呢？

要是肖鲭然没有猜错的话，沐玲欣还是爱着他的。

正因为看到这个孩子，看到她对孩子的爱，他才敢大胆猜测，眼前这个女人还是爱他的。也正是因为这样，他才敢大胆说出自己心中的那一点期望。

他花费大量的时间去找沐玲欣，为的就是给沐玲欣一个家，和沐玲欣结婚，以后好好照顾她一辈子。

“我……”沐玲欣轻轻叹了一口气，说道，“我不想当着孩子的面说这些，有什么事情，等今晚孩子睡着了，我们再做讨论吧！”

肖鲭然抿了抿嘴唇，随后轻轻点了点头。

“我家就在这附近，你要不要去看看？”这个时候，沐玲欣轻轻笑了笑。

“必须要。”肖鲭然非常坚定地说道。

在回沐玲欣家的途中，肖鲭然在想两件事情。

第一，他必须让孩子赶紧叫他爸爸，因为小汤圆就是他的孩子。

第二，他得了解沐玲欣现在的生活状况，还必须尽快说服沐玲欣，让她赶紧和自己把婚给结了。

肖鲭然还没有找到沐玲欣之前，总以为自己能够永远等下去。当他找到了沐玲欣，却觉得自己不能够这样等下去了，他必须给沐玲欣一个承诺，一个未来。

而这个承诺与未来，他只能够通过婚姻这种方式给她。

来到沐玲欣家，肖鲭然觉得房间非常简单，装修得很温馨。

“妈咪，你为什么要让陌生人进屋子啊？”这个时候，小汤圆皱起了眉头，有些困惑地看向了沐玲欣。

沐玲欣轻轻吁了一口气，非常耐心地讲道："孩子，那不是陌生人，那是你的爸爸。"

"爸爸？"小汤圆看了一眼肖鲭然，说道，"他是我的爸爸吗？"

"是的。"肖鲭然非常郑重地点了点头，随后继续说道，"我当然是你的爸爸啊！"

"但是，我不是没有爸爸吗？"这个时候，小汤圆的目光又看向了沐玲欣。

肖鲭然听了孩子的话，觉得心里特别痛苦。他甚至不知道，自己在这个世界上还有这么一个孩子。

他知道，沐玲欣把这个孩子生下来用了非常大的勇气，所以他决定以后要好好地呵护和照顾这母子俩。

"你随便坐吧！"沐玲欣看了一眼肖鲭然，随后将孩子放在沙发上，往厨房走去。

肖鲭然看着小汤圆，伸出手轻轻地摸了摸孩子的头，目光轻轻颤动着，说道："孩子，你喜欢妈咪吗？"

"当然喜欢。"孩子理所当然地点了点头。

"那你喜欢爸爸吗？"这个时候，肖鲭然伸出手指向了自己。

孩子很快就摇了摇头。

肖鲭然只是长长叹了一口气，说道："也难怪爸爸一直都不在你的身边，你怎么可能还喜欢爸爸呢？"

之后，肖鲭然发现放在不远处一本相册。他看到相册，就随手翻了翻，看到孩子出生的模样，也看到孩子一岁时的模样……

孩子的成长，此时就像电影一样在他的眼前闪过。

这个时候，沐玲欣从厨房走了出来。她看到肖鲭然在看相册之后，敛了敛目光。

她每个月都帮小汤圆拍照，虽然说是为了怀念孩子成长的点点滴滴，但重要的是想让肖鲭然，也就是孩子的父亲，见证孩子的成长历程。

就算肖鲭然不能够陪着孩子长大，他也能够看到自己的孩子从小到大的模样。

这个时候，沐玲欣走到客厅，看着肖鲭然，随后又看向了自己的孩子，说道："孩子出生的时候有些营养不良，那时我特别害怕，害怕这个幼小的生命会突然从自己的世界里消失。"

所以，她翻阅了很多资料，很注重孩子的营养搭配。经过一年多的努力，孩子慢慢摆脱了营养不良，最终变成了一个非常健康的孩子。

"你辛苦了。"肖鲭然抬起头目光深情地看着沐玲欣，说道，"你是一个非常伟大的母亲。"

沐玲欣的左手搭在自己的胳膊上，没有说话。

此时，孩子正兴致勃勃地坐在沙发上玩着积木。

"天底下的母亲都很伟大。"沐玲欣有些不以为然地说道。

"不是。"肖鲭然摇了摇头，随后轻轻合上相册，抿了抿嘴唇，缓缓说道，"我的母亲把我生下来之后就跑了。"

这个时候，沐玲欣有些诧异地睁大了眼睛，像是在听一件非常不可思议的事情一样。

第九十五章　戒指上的承诺

肖鲭然轻轻吁了一口气，像是在讲一件非常痛苦的事情，皱起了眉头，“我的母亲之所以丢下我、丢下我的父亲，原因非常简单。”

他抿了一下嘴唇，继续说道：“我的母亲一开始嫁给我父亲的时候，生活非常幸福，他们的日子过得也非常甜蜜。后来，为了这个家，我父亲出去外面工作，一周也才回来两三天。在我爸爸奋斗的期间，我的母亲和别的男人好上了。那个男人的家庭条件比我父亲好。对方是有车有房的人，因为有了经济基础，所以他工作的时间少，就有相对多的时间陪我母亲。我母亲就抛弃了我们这个家，选择和那个男人在一起，不顾年幼的我，就这样和那个男人走了。”

说到这里，肖鲭然长长叹了一口气。

听了肖鲭然的话，沐玲欣抿了抿嘴唇，轻声说道：“对不起，我不知道你发生过这样的事情。”

“没关系。”肖鲭然继续说道，“所以，我就一直在努力，努力赚钱，努力让自己有经济基础，因为我害怕……害怕和我的父亲一样最后被女人抛弃和伤害。”

“有时候，”沐玲欣抿了一下嘴唇，说道，“像你母亲那样的女人很少。比如我……像我的话，就看中对方的真心，只要对方真的爱我，只要对方是真的能够给我安全感，能够呵护我，那就足够了，我就会义无反顾地选择跟对方在一起。”

“我知道。”肖鲭然点了点头，非常深情地看着沐玲欣，说道，“我等了你三年，找了你三年，还不够看到我的真心吗？你还看不出我的忠诚吗？”

沐玲欣皱了皱眉头，随后说道：“我害怕。”

“害怕？”这个时候，肖鲭然皱起了眉头，看着沐玲欣。

“因为柳卓航吗？”看到沐玲欣没有回答，肖鲭然又反问道。

沐玲欣点了点头，轻轻吁了一口气，说道：“他在我的心里就是一条蛇，让我很后怕！”

虽然沐玲欣知道眼前这个男人是一个对她极其忠诚的人，但是她还是害怕遭到背叛。

这个时候，孩子玩积木玩得睡着了。

沐玲欣轻轻吁了一口气，随后抱起孩子，将孩子抱到床上。

孩子睡好之后，她从房间里面走了出来。

当沐玲欣走到肖鲭然的面前，肖鲭然突然单膝跪地，手里拿着一枚钻戒。他的目光中饱含深情，说道：“沐玲欣，我想陪着你走完这一辈子，我愿意包容你，疼爱你，愿意给你幸福。请你嫁给我，好吗？”

沐玲欣突然懵了，有些愕然地看着肖鲭然，随后抿了抿嘴唇，逃避了肖鲭然的眼睛，看向其他地方，说道：“你先起来吧！我们有话慢慢说。”

“我就想你给我一个回应。”肖鲭然继续说道，“我不着急你马上就嫁给我，但是，我希望你有一个态度。”

“我……”沐玲欣说道，“我不想。”

“就算你不想，你也得为孩子着想吧！孩子需要父亲，孩子在成长的过程中总需要一个完整的家。再说，生活中有很多未知性的东西。我希望有朝一日，当这个家出现困难的时候，我能够为这个家撑起一片天。”

肖鲭然说这些话的时候非常诚恳，目光始终注视着沐玲欣。

沐玲欣听了肖鲭然的话，心里还是很纠结的。

几年的生活，让她深深觉得，自己的身边缺了一个依靠。

而且，在这几年间，她还想着肖鲭然，还爱着肖鲭然。

正是因为对肖鲭然的爱，所以她选择把孩子生下来了。

想到这里，沐玲欣抿了一下嘴唇，说道："我……"

看到沐玲欣有些犹豫，肖鲭然继续说道："沐玲欣，你就当作我不是在求婚，就当是我对爱情的一种承诺，我承诺未来会让你过上好日子，我承诺我是以照顾你们为目的出现在你的面前。"

听了肖鲭然的话，沐玲欣慢慢伸出手放在肖鲭然的面前。

肖鲭然轻轻笑了笑，脸上的表情也缓和了很多。

随后，肖鲭然将戒指套到沐玲欣的手指上。

沐玲欣看着手里的戒指，笑了笑，说道："这戒指看起来不像是你刚刚买的。"

"的确。"肖鲭然点了点头，说道，"从我爱上你那一刻，我就已经将这枚戒指买下来。具体来说，就是从你肚子里有小汤圆的时候，我就买了。"

听了肖鲭然的话，沐玲欣非常震惊，她睁大眼睛，有些不可思议地看向肖鲭然。

沐玲欣问道："既然你那个时候就已经买了，为什么那时候不给我呢？"

肖鲭然轻轻地笑了笑，随后伸出自己的手宠溺一般捏了捏沐玲欣的鼻子，一挑眉头，问道："这个很重要吗？"

"也……没……"沐玲欣敛了敛自己的眉目，打算不正面回答。

肖鲭然轻声叹了一口气，说道："从那之后，我总是想找一个适当的机会向你求婚，但总是失之交臂。"

沐玲欣轻轻笑了笑，随后目光定在自己的手指上，说道："是你不抓住时机，好吧！"

肖鲭然没有说话，嘴角处却有一抹幸福的弧度。

"沐玲欣，跟我回国好吗？"这个时候，肖鲭然非常真诚地看着沐玲欣。

沐玲欣低下了头，坐在了沙发上。

其实，这三年她也很纠结。她想回去，因为她舍不得自己的父亲，舍不得凝姨，舍不得白青青。

可是，她又不想回去，毕竟那个城市对她伤害很大。

“对了，白青青让我捎来了一张照片。”肖鲭然从口袋里拿出了一张照片，照片上是白青青一家三口。

“我也听白青青说了，他们好像生活得很融洽，对吧！”沐玲欣看着那张照片，看着一脸严肃的苏亦俊，又看着脸上有笑容的白青青，又看了看他们俩的孩子，“他们的孩子是一个女孩，而且，我在电话中听白青青说，他们家的小孩想嫁给我们家的小汤圆。”

第九十六章　见家人

肖鲭然听了沐玲欣的话，温柔地说道："是啊，你想想，他们的孩子那么喜欢我们家的小汤圆，难道我们不应该将孩子带回去给他们看看吗？"

沐玲欣轻轻吁了一口气，随后侧过头，目光柔柔地看向了小汤圆睡觉的房间。

"你说得对，是时候让小汤圆去见见他未来的老婆了。"沐玲欣很释怀地笑了笑。

即便她知道回国之后说不定会见到柳卓航，但是她也是时候和过去真正说再见了。

人总是得学着长大，生活总要继续。有时候，人总得学着去面对过去的伤痛，面对那些伤害过你的人。

这个时候，肖鲭然赶紧伸出手紧紧抱住了沐玲欣，随后低下头吻住沐玲欣的嘴唇，是那样深情地吻着。

而沐玲欣被肖鲭然这么一吻也非常激动，也回应了肖鲭然的吻。

那一天，两个许久未见的人开始了他们炽热的爱。

第二天一大早，他们就回到了自己曾经生活过的城市。

沐玲欣在电话里听凝姨说，沐清风已经知道了凝姨的情义，承诺了要给她一个名分。沐玲欣在想，虽然凝姨得到了自己父亲的认可，并且也得到了父亲的爱，但是，她觉得他们俩还得举行婚礼。

凝姨这一生操操劳劳，为这个家忙里忙外，在背后支持着她的父亲，也是时候享受爱情和婚姻的美好了。

回到家里，当沐清风看到小汤圆，脸上尽是慈爱的笑容。

“妈咪，他们是谁啊？”这个时候，小汤圆有些羞涩地看向了沐玲欣。

沐玲欣蹲下来看着自己的孩子，说道：“那是你的外公，还有，这是你的外婆。”

沐玲欣说着还伸手指了指凝姨。

凝姨听了沐玲欣的话，心里满是宽慰。她走到沐玲欣的面前，伸出手抱住沐玲欣。

“外公……”这个时候，小汤圆走到沐清风的面前，甜甜地叫着。

沐清风的眼睛在瞬间笑成了一条线，伸出手抱住小汤圆，脸上尽是慈爱的笑容。

“孩子，你能够回来，凝姨觉得非常开心。”这个时候，凝姨有些激动地拍了拍沐玲欣的后背。

沐玲欣看着凝姨，笑着说道：“凝姨，你现在是我的妈妈了。”

凝姨脸上洋溢着幸福的笑容。

这个时候，沐玲欣侧着头看了一眼肖鲭然，轻轻笑了笑。

肖鲭然看着沐玲欣也笑了，压低声音说道：“家是永远的家，父母永远会挂念着自己的孩子。”

这个时候，沐清风像是想起了什么事情一样看向沐玲欣，语重心长地说道：“回头赶紧把婚给结了，知道吗？”

沐玲欣瞬间睁大了眼睛，说道：“我才刚回来，你就让我去结婚啊？”

“你也不看看你让人家肖鲭然等了多久。”

肖鲭然听了沐清风的话，挺直了腰背，伸出手放在下巴处，轻轻地咳了咳，说道：“等了很久。”

沐玲欣轻轻地笑了笑。

“欣儿，听到没有，人家等了很久了。再说经过我们这几年的观察，肖鲭然还是一个不错的男人，你嫁给他，我们也放心了。”沐清风伸出手边逗着小汤圆玩，一边说着话。

沐玲欣侧着头又看了一眼肖鲭然，随后轻声说道："行啊你，居然能够让我的家人这么认可你。"

"你知道他们为什么这么认可我吗？"肖鲭然一挑眉头，随后继续说道，"因为我对你这颗心是真的，而且用实际行动证明了我对你的感情，所以岳父才这么放心把你交给我。"

他刚刚说了什么？

岳父？

沐玲欣微微眯了眯眼睛。

看到沐玲欣用那样的眼神看着他，他有些不好意思，于是就瞪大眼睛，说道："这么看着我是什么意思啊？"

沐玲欣轻轻吁了一口气，说道："没什么意思，就是想看看而已，你也不要想太多了。"

"既然你们都来了，那就一起吃个饭吧！"这个时候，凝姨轻轻笑了笑，说道，"好久没有吃团圆饭了。"

"是啊！是啊！"沐清风也点了点头，有些伤感地说道，"像这样一家子和和气气地在一起吃个饭，仿佛是很久之前的事情。"

其实，沐玲欣也很愧疚。

她这么一走，就离开了三年。三年来，她未曾回到过这个地方，未曾见过自己的父母，虽然有视频过，有电话聊天过，但是像这样真真实实地和自己的家人见面，却是三年中的第一次。

这个时候，肖鲭然伸出手揽住了沐玲欣的肩膀，随后低下头在沐玲欣的耳朵处轻声说道："你打算什么时候和我结婚啊？你看看，岳父岳母已经等不及了呢！"

沐玲欣打了一个哆嗦，随后侧过头白了一眼肖鲭然，一咧嘴巴，说道："等哪天我乐意了，我才嫁给你。"

"那你告诉我你哪天乐意了呗，我好做准备啊！"这个时候，肖鲭然又追问道。

"你有那么着急吗？"沐玲欣抬起了下巴，看向肖鲭然。

“要多着急就有多着急。”

沐玲欣轻轻笑了笑，没有说话，往厨房走去，说道：“妈，我来帮你。”

这个时候，沐清风坐在沙发上逗着自己的外孙。而肖鲭然帮沐清风倒了一杯茶，说道：“以后，我一定会经常带沐玲欣回来看看。”

“我相信你。”沐清风愣了一下，随后抬起头看向肖鲭然，说道，“你是一个好男人。同时，我得道歉，为我三年前做的事情！”

三年前，沐清风以为肖鲭然玷污了自己的女儿，于是就派人去雅芙公司制造财务危机。

“岳父大人，那已经是很久之前的事情了，就不要再提了。”肖鲭然笑着说道。

沐清风突然非常郑重其事地伸出手按住肖鲭然的肩膀，语重心长地说道：“从今天起，我就把我的女儿交给你了，我也希望你能够好好待我女儿，为她承担一切困难。”

“我明白。”

沐清风伸出手指了指肖鲭然的胸膛，说道：“当遇到暴风雨的时候，我希望我的女儿还有我的外孙能够在你的怀抱中。我希望你能够用这个地方给我的女儿和外孙一个心灵上的避风港。”

第九十七章　大结局

肖鲭然得到沐清风的肯定之后，特别开心。

真情最终还是换来了幸福。

吃完晚饭，沐玲欣说道："好久没有来这个城市了，我想去逛逛街，也不知道这里的街道和三年前相比有什么变化。另外，我也想去看看白青青，也不知道白青青现在过得如何？"

听了沐玲欣的话，肖鲭然就说道："吃完饭去散步对身体很好，见老朋友对身体更好。"

"你们一家三口难得重聚，先去外面散散步吧！"这个时候，凝姨笑着说道。

"爸妈，要不我们一起去散步，如何？"沐玲欣提议道。

"不用了。"沐清风摇了摇头，说道，"我和你妈喜欢待在家里，你们去吧。"

沐玲欣点了点头，随后就抱起了小汤圆，"那我们先走了。"

"去吧，去吧！"凝姨笑着说道。

沐玲欣抱着孩子和肖鲭然一起出去，不料在路上遇到了柳卓航。当她看到柳卓航的那一刻，心里压抑着的东西仿佛在瞬间就要爆发了。

真是冤家路窄啊！

出来逛个街，也能够和自己心里痛恨的那个男人遇上。

显然，看到沐玲欣之后，柳卓航也非常震惊。他看着沐玲欣，翕动着嘴唇，率先说道："好久不见，你过得还好吗？"

沐玲欣没有回答，看了一眼柳卓航，说道："好，比你想象中的好多了。"

"对不起……"这个时候，柳卓航非常释然地说道，"以前我算计你，也算计了他。"

肖鲭然冷然地看了一眼柳卓航，说道："你算计的功夫非常厉害，我自愧不如，但愿你以后不要算计自己身边跟你白头偕老的人。"

"妈咪，他是谁啊？"这个时候，小汤圆伸出手指了指柳卓航，有些困惑地问道。

沐玲欣不知道自己应该怎么解释，随意说道："一个叔叔。"

"走吧！"这个时候，肖鲭然抱起小汤圆往前走。

他不想和眼前这个男人有太多纠葛，他也知道以前发生的事情都已经过去了，人不能够总生活在过往中，生活在继续，人总要释怀。

沐玲欣看到肖鲭然往前走，也跟着往前面走。

她想，她也放下了，放下了心中的怨恨。

这个时候，肖鲭然停住了脚步，随后侧过头看向了沐玲欣，说道："走吧，去你未来儿媳妇家里看一看吧！"

"好！"

她也很久没有去白青青家了，也不知道白青青现在过得如何，是不是如同她在电话里描述的一般非常幸福。

到了白青青家之后，她发现家里装修得非常温馨，而且白青青一看到沐玲欣也非常高兴。

白青青很快就抱住沐玲欣，吸了吸鼻子，说道："好久不见了，你知道我有多想念你吗？"

"好啦，好啦！"沐玲欣伸出手轻轻拍打白青青的后背。

"妈……咪……"这个时候，一个穿着公主裙的小朋友走到白青青的面前，伸出自己的手。

沐玲欣看向小女孩，说道："这小孩长得很漂亮。"

白青青只是淡淡地笑了笑。

小汤圆很快就意识到这个小孩，他走到小女孩的面前，说道：

“我是小汤圆，妹妹。”

“我是……小米……粒。”小女孩笑着回答道。

这个时候，苏亦俊从房间里走了出来，脸上依旧是一副冷冰冰的表情。

沐玲欣想，苏亦俊虽然一脸冷漠，表现出一副非常不近人情的模样，但是他内心是非常疼爱白青青的。

好在苏亦俊是这样一个好男人，所以白青青结婚之后没有提出离婚，反而生活得非常融洽。

苏亦俊看到肖鲭然，轻笑了一声，“看来，你找到了。”

肖鲭然点了点头，回应道：“命里有时终须有，命里无时莫强求！”

上天注定他们是有缘分的，注定他们会在一起，只是中间会经历一些磨难罢了。而且，很显然，肖鲭然已经通过了上天对他们爱情的考验。

之后，他们两家人开始聊近况。

在聊天中，白青青说结婚之后的美好，让沐玲欣有些心动了。于是，她决定找个合适的日子和肖鲭然尽快完婚。

其实，白青青之所以将结婚说得那么美好，是因为苏亦俊让她这么说的。而最终的幕后指使者，则是肖鲭然。

肖鲭然知道，如果是沐玲欣最好的朋友劝她的话，可能会说服沐玲欣让她早日和自己完婚。

事实正如肖鲭然猜测的那样，沐玲欣听从了白青青的话。

当沐玲欣说出她想和肖鲭然尽快举行婚礼的时候，肖鲭然的眼睛瞬间亮了起来。

婚礼是在一个小岛上举行的，举行婚礼的是两对新人。

一对是沐玲欣和肖鲭然，另外一对则是凝姨和沐清风。

婚礼举行的当天，社会上很有名气的商人以及演艺圈的艺人都到场了。

沐玲欣不得不承认，那一天是她人生中最幸福的时光。那一天，肖鲭然当着亲朋好友的面做出了承诺：他的肩膀只属于沐玲欣，是沐玲欣一辈子依靠的地方。

那一天，举行婚礼之后，肖鲭然带着沐玲欣来到了沙滩上，他们就这样躺在沙滩上，目光凝视着蓝天白云，脚下是柔和的海水。

“从今天起，我们将一起面对生活中的挑战和困难。”肖鲭然伸出手握住沐玲欣的手。

沐玲欣侧着头看了一眼肖鲭然，说道：“如你所愿，我愿意和你一起面对生活中的挑战，还有那些羡慕嫉妒我们的困难！”

从她口中听到这样的承诺，肖鲭然更加用力地握紧了沐玲欣的手。

他心中确信，只要有沐玲欣在自己的身旁，那么，生活就会越来越幸福！